文訊叢刊㉔

鄉土與文學

——台灣地區區域文學會議實錄

文訊雜誌社　主編

序

◉李瑞騰

「區域」是一個相對性概念，以世界爲整體，則有歐美、亞太等區域性畫分；以台灣爲整體，則整個島嶼可畫分成許多大小區域，如中部、北部、南部、東部等，或者再細分，有北基宜、桃竹苗等地區；而同在一鄉一縣，亦可再分。

當我們決定舉行台灣地區區域文學會議時，很清楚是在「台灣」這個大區域中再區分爲幾個其次的區域，我們依地緣將縣市級行政區域再加整合，於是台灣就分成北基宜、桃竹苗、中彰投、雲嘉南、高屏澎以及花東等六個地區，我們到當地找一縣市，在文化中心辦以當地文學爲主題的會議，這是整個活動的構想。

這個構想是在各縣市藝文環境的調查之後形成的，可以說是前一計劃的深化，和各縣市在文建會指導下進行縣市籍作家資料的建檔，以及有計劃的出版作家作品集相互呼應。我們認爲唯有把現象鋪陳開來，把問題找出來，以有效的公開說明之方式來進行學術論辯，才有可能進一步建立各地脈絡清楚的文學傳統。

近十年來，因爲大情勢的改變，台灣的本土文化獲得比較多的關注，也有了一個比較寬闊的發展空間。在文學上，各種有關文學的論述不斷呈現出來，有不少篇章讀來令人難過，比較嚴重的是一些資料的引述和討論陳陳相因，顯得貧乏膚淺；其次值得注意的是觀念問題，也就是持之以詮釋或評價的基本立場有很大的不同，從整體宏觀的角度來看，這很正常，但也因爲各種觀點發出來的聲音，無法均衡，所以至今尚未出現令人滿意的「圓照之象」。

同時我們發現，除了曾經有過所謂的「南北文學不同論」（借用劉師培的話）以外，區域特性與文學傳統的關係，並沒有獲得應有的重視，在這裡，我們有一個很單純的想法，那就是如果各地方有關文學的歷史與現實，都能脈絡分明，一個台灣的文學全貌應可彰顯出來。

舉辦這六場會議是我們在這方面踏出的第一步，這本「鄉土與文學」是我們目前所能提供出來的表面成績，謹供文學界參考。我們深知做的還是不夠，譬如說綜合座談的實況，無法全部錄出；譬如說受限於會議時間，不能容納更多的論文等等。然而，於今我們知道，關心本鄉本土文化的發展，已經是大部分文化人共有的心願，所需再思考的是，如何有效去促動？如何開發並均衡資源？

呼喚大地，傳動鄉情！我們誠盼大家在觀賞從土地長出來的花朵之餘，能以愛心再種植更多的花木，讓花開遍地，永遠燦爛！

特別感謝行政院文建會與新聞局的指導及在經費上的贊助，文化事務是大家共同的關切，不論政府或民間，都有責任付出較大可能的心力。

目錄

高屏澎地區

雲嘉南地區

桃竹苗地區

北基宜地區

花東地區

花東地區文學會議議程表

時間	場次	主持人	內容	特約討論
9：30～10：00	開幕式	許福明	貴賓致詞	
10：00～12：30	論文發表	李殿魁	王浩威：地方文學與地方社羣認同——以花蓮文學爲例	陳　黎
			張芬齡：山風海雨詩鄉——花蓮三詩人楊牧、陳黎、陳克華初論	陳義芝
			吳　當：後山巡禮——後山文化的回顧與前瞻	何三本
12：30～14：00	午餐休息			
14：00～17：00	綜合座談	李瑞騰	林文寶：有關鄉土文學的省思 林韻梅：地方文學發展的語言難題 林宜澐：文學創作與鄉土關懷	

〈論文①〉

◉王浩威

地方文學與地方社羣認同

1.

我僅到過台東三或四次，即使是遷來花蓮定居的這兩年，來去也都是匆匆忙忙的浮掠過境，當天就往返。上一次是搭朋友的便車，深夜才從台東趕回花蓮的。黑暗中的花東公路，急躁的心突然感覺如此遙遠而有些後悔來了這一趟。

當然，我必需有些勇氣來承認，每當被人稱爲東部作家時，我經常在猶豫之間就失去了解釋的機會。這樣的遲疑是來自多方面的，譬如「作家」的意涵。然而更常被忽略的是「東部」，這個字隱涵了一個假設存在的社羣。如果我是「東部」的，爲何台東對我來說是如此遠而台北反而是如此地近？爲何提到東部，我腦海立刻浮現的永遠是花蓮市附近那一有限的範圍？

稱我是東部作家的「人」，某一程度上也就是西部台灣的，甚至僅止於是台北中心的人所佔據的發言位置。在那樣的位置上，居住在花蓮也就往往被認定是居住在東部了。所謂的「東部」，所謂的「後山」，往往也就是這樣位置發展出來的一種對空間的認識和秩序的排定，是由「人」（台北中心）所界定的，而「我」只是一種被動地接受命名的狀態。花蓮市和台東市之間的距離，即使是客觀的空間地理上，也是相當於台中市和高雄市的差距。然而，這樣的差異卻在「東部」的名詞下全然消失了。

甚至，在我如同自傳文體一般的旅行上，這些實實在在地存在於經驗和情緒當中的差異，可能遠比想像的還要更多。在回程的車途中間，我們曾在玉里停車暫且休息。這裡是比花蓮市更早有漢人開發的城鎮，同治初年就有漢人拓墾的璞石閣，如今卻依然消失在我自己用台東和花蓮來取代東部的命名之中。

事實上，依荷籍印尼生之華裔女作家 Ien Ang 的說法（註①），這些命名本身就是「一種抽象的、去政治化的、對差異毫無內在觀念區分的問題」，也就剷平了差異的脈絡。而抵擋這潮流的方法之一，可能是「强調個別歷史情境的關懷、以及促使社會的全體能產生極度相異和相似的特定軌道」；即使是後現代遊牧狀態的不斷「定位」，也會「根據種族與族性的分類、及階級、性別、地理位置而定」，而來「影響到『認同』的形成」。

2.

對於並非屬於台北大都會中心的居民而言，如何去自覺地處理這種位置的指派，對我而言，是一個重要的問題。我要强調的是：第一，這「對我而言」是成立的，也就是依我的認識和經驗，而非放諸四海皆準的絕對眞理；第二，是自覺地「處理」，也就是有意識地迎合、抵抗、甚至是逃逸。

整個社會結構的徹底資訊化已經是無庸贅言了。資訊的距離早已取代了一公里一公里計算的物理空間。對兩個彼此不認識的花蓮居民來說，即使住處僅隔一條街，台北市三家電視台出現的人物和事件，不論是在台北或在台東發生的，永遠都比這兩個花蓮人之間的距離還要更近。

一九八〇年十月，聯合國教科文組織就曾經起草了一個提案「新世界資訊與傳播秩序」。這個以第三世界代表佔多數而遭西方政府和新聞組織積極反對的計劃，也就是要在歐美主掌的資訊流通和內容決定權上，尋求一個更公平的過程，尋求各國傳播政策的自決權利，最後也尋求在國際層面上，更正確地反應低度開發國家的雙向資訊流通。

資訊和文化的全球化（globalization）原本就是相當爭議的（註②）。我們簡化地說，似乎西方立場的理論家往往視這種趨勢爲不可避免也不該過度干涉的過程，有一種未來主義的樂觀態度；而第三世界立場的理論家（如世界體系理論的 I. Wallerstein）卻往往持對抗的態度。

傳播學者 Thomas L. Mcphail 提出了「電子殖民主義」這樣的疑慮（註③），指出十八、十九世紀的重商殖民主義是尋求廉價的勞工和原料，而「電子殖民主義尋求的是心靈，它的目的是透過眼睛、耳朵或二者來影響那些消費了進口媒介節目者的態度、欲望、信念、生活形態，消費者意識或購買型式」，而「導致了某種的心智狀態」。

這樣的資訊全球化或電子殖民主義，呈現在花蓮這一層面的，是幾個不同位階的中心輾轉傳遞而下的。從西方中心，到台北中心（或台灣意識中心），而驅使花蓮也擬倣著一種「要這樣過日子才算是生活」的規範。於是，包括我最近一次到台東的浮光掠影印象，這些遠離台北的不同地方城鎮，也都開始流行「抓娃娃」的電動遊樂器了。這種包涵了各類消費行爲在內的心智狀態，最可以反映出各地的地方社區失去了它文化的主體性，而臣服在以台北爲中心的電子殖民主義下。

在文學上，這樣的臣服／支配的影響關係除了這種文化的「中心／邊緣」，還包括了歷史傳承的影響問題。王爾德在《W. H. 先生的畫像》裡感歎說：「影響乃是不折不扣的個性轉讓，是拋棄自我之最珍貴物的一種形式。影響的作用會產生失落感，甚至導致事實上的失落。每一位門徒都會從大師身上拿走一些東西。」這樣的觀點到了Harold Bloom的手中，在討論詩人之間的代代影響時，認爲「美學領域裡每一次重大的覺醒似乎意味著越來越善於否認曾經受到前人的影響；與此同時，一代一代的追逐名聲者不斷地將別人踩翻在地。」（註④）如何讓自己逃離前人的影響，克服這種影響的焦慮，對Bloom而言，是好詩人的某一種標準；同樣的，這樣影響的逃離／克服，也將是地方文化的主體性的必要。

基於這樣的思考，如何自覺地處理這些影響，包括電子殖民主義的和文學傳統流承的，也就成爲地方文化（包括地方文學）存在的一種必要策略。

3.

「那是一個幾乎不製造任何新聞的最偏僻的小城，在那個年代。……奇萊主峯高三千六百零五公尺，北望大霸尖山，南與秀姑巒和玉山相頡頏，遠遠俯視著花蓮在沈睡，……花蓮就在那公路和鐵路交會點上沈睡，在一片美麗的河流沖積扇裡，枕著太平洋的催眠曲，浪花湧上沙灘，退下，又湧上，重覆著千萬年的旋律，不管有沒有人聽到它。……」（註⑤）在楊牧自傳式的散文下，花蓮的文字再現是由外往內逼近而呈現的，彷如一位外來者假設自己是全知的位置，由上空俯瞰而下。

一八八二年，也就是距離楊牧這篇自傳的約一百年前，一艘叫馬卻沙號的英國船隻悄悄逼近了花蓮——當時漢人還沒有持久屯墾東海岸。船上的一位生物地理學家古里馬（F. H. N. Guillemard）在《馬卻沙號的旅行》裡，是這樣發現花蓮的：「我們向北航行，在夜中減低速度。黃昏時，山巒在我們的左舷，被難以穿越的濃厚雲層圍繞，時而朦朧地自霧層出現。……霧帷愈來愈高，時而隱藏，時而露出山峯、山頂與峽谷。玫瑰色的陽光愈來愈寬闊，刷出淺薄、光亮的雲層面紗。白日已掃除黑夜。最後，山巒清楚而顯著。一羣長薄而雪白的雲靜靜地懸浮、滯留在半空，遮住山巒的面貌。在有知的世界中，最高的海崖就在我們眼前揭開面貌，它是壯麗的。」（註⑥）

花蓮的出現是在外來者的眼前所揭開的，是由他者的凝視來定位的、來再現的。古里馬從海上而來，向陸地建構一個在他視野下浮現的東海岸（清水斷崖）；而楊牧的文字則越過西側的中央山脈而來，向花蓮平原的遠處展望。古里馬是渡海而來的探險者；而楊牧這樣的花蓮漢人，大多則是先輩自西台灣翻越而來的。花蓮的再現方式也是花蓮「被發現」的過程。

在這樣的「被發現」的過程中，花蓮被納入了一種被指定的位置上。正如 Edward Said 提到的好萊塢鏡頭下他的故鄉——阿拉伯，是隸屬於歐美中心的「東」方位置，浮現的異國情調和沒有「人」（主體性）的國景，都一再地强調了這種發現／開拓／探險等行爲不可質疑的合法性（註⑦）。這被發現的「新」土地是沒有「人」的土地。

這樣的空間不只是被指出位置的，甚至連名字也都隱涵了這種命名（naming）的權力關係。在花蓮的原住民，主要是阿美族和泰雅族（而布農族則是在卓溪鄉）。阿美族的發音「Ami」，原本是南部阿美族的自稱，至於北部阿美族原來應是自稱「Banc'ha」（即阿美語「人」的意思）。只是因為學者稱漢人及阿美族的接觸是透過由南而來的平埔族和卑南族，也就全被稱為「Ami」；而花蓮的泰雅族亦不自稱自己是「泰雅」（Tayal或Atayal），而是自稱「Taroko」（太魯閣即此諧音而來的地名）。然而人類學家在種族分枝的分類表上，認定了太魯閣族是泰雅族的一支，他們也就失去了自己的名字；阿美族是南方所發現的，也就納入了同一個名字。

不論從位置或命名，以發現者（漢人、西方探險家及人類學者）為極端中心的文化／世界觀，都證實了對原來居住者的長久漠視和邊陲化現象。這樣的發現角度所書寫的歷史，如今延伸成為以台北／漢人為中心的台灣史論述，是可能出現在各種地方的史料記錄中，是可能出現在台北中心的「東部」這名詞之意涵中，也可能出現在漢人民間傳說中（像民間藝人陳達《阿達與阿發父子的悲慘故事》，敍述由西部到東部的「開拓」）。

然而，對當今定居在花蓮的居民而言，即使他是一位漢人，一位開拓者的後裔，也都是要面對前述的電子殖民主義或台北中心文化的侵入——就像當年的原住民面臨的漢人侵入。

這樣情形下，兩種主軸發展出來的歷史觀：漢人的和原住民的，如何去互相辯證，將是地方文化認同開始的可能。

4.

這幾年來，有關後殖民論述（postcolonial discourse）和認同政治（politics of identities）的英藉牙買加出生之黑人理論家Stuart Hall對文化認同的說法，是經常被引用作爲一個思考的起點：「文化認同根本不是固定的本質，並不是自外於歷史與文化而恆常不變的。它不是我們身外之物的某種普遍及超越之精神，不可能免於歷史的烙痕。它不是一旦確定就永久存在的現象。它不是一種固定的發源點，可以供人作最終而全面性的回歸。」因此，文化的認同不是統一的（oneness）並不存在「有統一的、共享的文化，一種集體的『統一而眞正的自我』」，因此，「我們的文化認同，也就反映了我們共同的歷史經驗和共享的文化符碼」，而這歷史是推移不已的分裂和榮枯（註⑧）。

在這樣的情況下，認同的雙重性（doubleness）也就被霍爾所强調。按這種認同邏輯，文化認同「不是某種可以超越空間、時間、歷史和文化的已經存在的東西。文化認同來自某處而有其歷史……是會不斷變形……我們被過去的敍事以不同的方式擺置定位，也以不同的方式將自己擺置在過去的敍事中，而認同就是我們賦於這些不同方式的名字。」

由此，文化認同也就是出現雙重性：一是類同和延續，另一則是差異和斷裂。如果我們將前文所提的地方文化的雙軸歷史拿來對照，雙軸歷史的延續是前者；雙軸歷史之間的辯證和後軸（侵入者文化）的不斷改變原有的位置，則是後者。也唯有這許多的差異上，認同才得以建立：「我是誰——『眞正的』我是多種他者的敍述互動形成的，……認同本就是一種創見（invention）」（註⑨）。

花蓮的地方認同就像其它的各種文化認同一樣，並非是指單一的某種標準，也因此認同 identity 這一詞的翻譯，有人採取「屬性」，也有人稱爲「身份」，就是要避免認「同」給人望文生義的誤會。

另一方面，「花蓮」這一個詞就像其它的地方一樣，本身也是有著它的歧義性的。所謂「花蓮」，也就是 Benedict Anderson 所說的「想像的社羣」（imagined community）（註⑩），從國家到地方，認同的文化就是一個在想像中的社羣的文化和社會過程，藉此找到了達成整個社羣暫時性（temporality）整合的象徵、儀式、旗幟、歌曲、集體行動的表現與再現方式。而且，這是一種動態的過程，「記憶和遺忘」是不斷出現的。

於是，相對於中心的文化（國家、台北等等），對 Homi Bhabha 這位美籍印度出生之波斯人而言，「國家所隱涵的確定性和固定本質是不同於我試著呈現的：將西方民族寫成模糊而普遍存在的一種過著文化地方性（locality）之生活的方式。」而這種地方性，「與其是歷史性的，不如是暫時性的；一種生活的方式，比社會更象徵，比社區更複雜，比宗教較不愛國，比政府更修辭，比意識型態更神話學，比文化霸權更缺少同質性，比市民更不中心化，比主體更集體，比市民性更心靈，比任何社會對立結構更混雜了文化的差異和相同……。」（註⑪）

這樣認同也就出現在不同的情境而有不同的再現；而這樣的想像社羣也隨著當事人認同再現的不同，而有不同隸屬。換言之，所謂的花蓮作家、台灣作家或中國作家，可能在不同的脈絡下，刹那間的認同將是隨時改變的。

5.

地方的作家身份／認同問題，其實在更早以前的台灣文學就有所爭議了。在民國七十年，詹宏志提出「邊疆文學」在描述相對於大陸的台灣文學時，擔心「三百年後，有人在中國文學史的末章，要以一百字來描寫這卅年的我們，他將會怎麼形容？提及那些個名字？」（註⑫）這看法立刻遭到當時本土論的作家們攻擊。

到了七十一年，陳若曦對《文學界》創刊時發生的所謂南北作家對立的說法，用「團結一致」來作爲呼籲，認爲北派「第三世界文學論」和南派「本土文學論」之間的差異是無稽之談（註⑬）。

這兩次的論戰，各執一詞的雙方都隱約有本質論的傾向，認爲文化的認同就只能有一種，而且這一種文化認同是統一而不變的。然而，相對於霍爾的界定，如何在不同的脈絡來呈現不同的認同，而且這認同本身是由差異性組成的，也就是一種辯證的狀態，才是可能的有效策略。而這也就是前面提及 Ien Ang 所說的「不斷運作的『定位』（fixing）影響到「認同」的形成。」

在這樣情況下，我們討論地方文學與地方認同，其實是豐富了「台灣文學」大纛下的差異性。兩者之間是互相存在且互爲主體的。就像原住民文學，瓦歷斯・尤幹就曾表示：「我個人較急迫的是如何培養更多的原住民作家。至於台灣要如何認定原住民文學，那是你們的事。有實力的自然會被認可是原住民文學，如藍博洲所說，如台灣獨立，台灣文學會被認可，但唯有實力才是籌碼；甚至若有人說瓦歷斯・尤幹寫的是漢文學，我一個人想否定也沒有用。對我來講，我的作品算不算台灣文學。我

沒有問題！我的問題是，我還不夠泰雅，正在努力成爲泰雅！」（註⑭）

同樣的問題也就出現在花蓮的作家身上：要成爲台灣文學、中國文學、或花蓮文學，恐怕都不是主觀可以決定的。重要的是：花蓮，這樣的地方認同帶來的差異性，是個人文學創作一種可能的策略——擺脫文學歷史承傳影響的陰影，而建立新的美學領域。

6.

對於原住民歷史層面所再現的世界，的確是相當困難討論的話題；但這樣的困難並不能否認它的存在。相對於漢人，原住民的歷史記憶基本上是口語文體的，散布在傳說，在個人故事，在祖先遺跡中。至於漢人侵入以來，所帶來的書寫文化，也等於將原住民中心的歷史觀開始推向文字者（日本人、漢人）的中心。

「從日本帝國中心，到台灣的百朗（漢族）中心，透過書寫文化，原住民不斷地被度量（體質人類學）、被研究（文化人類學）與被保障（各種國家機器）。」（註⑮）在書寫文化下，原住民永遠是等待被研究、等待被保障、等待被教育的他者。同樣的，以書寫文化（漢人）的立場思考原住民的歷史，必然也落入預設結構所造成的扭曲：編年的紀事、民族流傳的線性關係、傳說的邏輯性等問題。

至於書寫文字一旦逐漸成爲部分原住民的能力，口語與書寫的對立不再是「我們」和「他者」的絕對對立，操弄漢文、乃至有策略地介入百朗書寫，傳大爲在文章中，一方面慮慮這將是「一種永恆的邊緣游擊戰」，但又忍不住樂觀地認爲「如果台灣的原住民文化要保持某種『反宰制』的自主性或主體性，則需要不斷地提出與檢驗各種積極而主動的策略。」（四十五頁）

對於原住民自己對書寫文字的思考，大抵是在接納了這樣的前提（漢文字）之下，而呈現的主動策略。來自台東卑南族的孫大川（註⑯）提到「原住民符號世界的瓦解，直接影響了他們『內在法律』的建構」，也就是「一種由民族文化、風俗習慣、社會價值觀等等所構成的一種約束力」的瓦解。因此，母語文字的建立，乃至於推廣教育，是「第一，暴露長久以來我們（指台灣漢人政府）的語言、文化政策中泛政治化的虛僞本質。」「第二……可以減緩原住民文化徹底崩解的速度……創造一個空間和條件，給原住民重拾弓箭、彎刀，爲自己的民族命運在這世紀之交，放手一搏、奮鬥犧牲的機會。」（四十頁）

來自中央山脈梨山一帶泰雅族的娃利斯．羅干（註⑰）也肯定「原住民族本身語文傳達有其獨特韻味與特殊風格」，「原住民文學表達，當面臨中文／原住民語文之差距，（漢）文字的使用不會有很大的困難。難題在創作者對文字的認知態度；必須是站在漢文表達立場看原住民族的語文表達，也是站在原住民族語文傳達反省漢文的表現……經由創作手法和洗練純熟的修辭功力，將原住民族精神寫出來。」

而來自台中和平泰雅族的瓦歷斯．尤幹則進一步提出幾個可能的發展方向，首先是「保有自己族羣最珍貴的文化資產——語言，才能進行深刻地自省、自覺、自主文學活動」，「第二個是有關於母語神話及傳說部份的述寫、整理、解釋」，「第三是台灣原住民族對大自然的體驗，也可以提供更多相異於漢族定耕的農業文化，是一座值得開發的寶藏。」（註⑱）

在這樣的思考下，以原住民歷史軸出發的花蓮文學，無疑是重疊在台灣原住民文學（雖然是異質而非統一）的範圍中。當文化傳遞的機置主控於漢文化的狀況下，從漢文字的觀點來看，整體的呈現是零散甚至佚失的。（也許從原住民口語文化來看，可能應是有其整體性，然而，也許整體性根本不是原住民世界觀的一部分。）這樣的文字化文學（不論漢文字或原住民母語），也就像浮現水面的不完整冰山，只能進行徵兆性的閱讀（Synptomatic reading）。

7.

在我們談論花蓮的原住民文學時，另一個難題立即浮現：有泰雅、阿美、布農……的原住民文學，但有花蓮、台東、南投……的原住民文學嗎？「花蓮原住民文學」這詞的提出，無疑再次地將原住民視爲待漢人文化分類的他者（依縣市行政機構所形成的國家機器）；但，如果我們視爲是有策略的參與，可能又有一番面貌。

我必須承認，在寫這一篇文章時，並沒有參考花蓮地區現有的原住民神話或傳說的書籍。在這領域的探討，應該是相當豐富的，特別是自傳性文本。在以往的文件處理裡，主流文化重視的是較近於（漢文化的）歷史的和民族誌的「科學性」文件，而非「文學性」的作品。如何去找出原住民個人、聚落、及部落的自傳性文本，將是重要的課題。

近年來定居花蓮的南投布農族作家拓拔斯・塔瑪匹瑪（田雅各），他的兩本小說《最後的獵人》和《情人與妓女》（註⑲），大多的題材是以南投故鄉爲背景。然而，發生在他經驗中的漢人文化，經由文字再現的過程，可以驗證是花蓮兩個歷史軸之間生動的辯證。在《情人與妓女》這篇小說中，這樣的經驗的對立是呈現在下鄉醫療服務的「我」和泰魯閣女郎申素娥之間，後者最後是徹底以全然的拒絕來處理漢人文化：「妓女沒有國家，叫『妓女國』不太像話吧！就算有國家我們仍是妓女。」而前者依然要訴諸漢文化的正義「要把她不幸的遭遇帶到太陽底下，讓有心臟的人張大眼睛看，這場無聲無砲的戰場，不公平的競技場。」

而花蓮阿美族阿道・巴辣夫進一步以母語文字和原住民思考形式交替參雜造成漢文字文學的侷促不安，讓作品的「好壞」標準失去了它的信心。他的作品尚未成集，大部分發表在自立早報和民衆日報副刊上。收在於《花蓮現代文學選：小說卷》（註⑳）中〈好想「彌喝喝」啊，現在〉，從題目就直接不理會漢文法地直譯了阿美母語，甚至以穿插的羅馬拼音逼得你的閱讀（漢人的凝視）必須先經過强制的學習，而「相異於漢族定耕的農業文化的經驗」呈現出不同的人與自然的關係，以及這關係變化中同時反應的人際關係的變化。

拓拔斯和巴辣夫的作品列入了《花蓮現代文學選》，並排在王禎和、張子樟、劉春城、李潼、林宜澐等知名的花蓮漢人作家之間，呈現出一種弔詭的表象：是侵入了還是被收編爲漢中心的花蓮文學？這樣的問題預設了一種「忠誠」的要求，我們先暫且懸而不決。然而，這樣的再現，隱約指出了花蓮文學可能存在的方式：並排而對話。

8.

並排而對話的情形，可以用何恩的傳奇作例子。

英國探險家何恩（James Horn）在一八六七年來到台灣，劉克襄稱爲「留下那一世紀（在台灣）最戲劇性，也最教人感傷的事蹟。」（註㉑）何恩是一位特殊的探險家，他不僅是來到台灣，甚至歸化於台灣，也殉難於台灣。

在他到達蘇澳時，因爲漢人大量遷入蘭陽平原，Kabaran的平埔族已被趕離了他們的家園。瘟疫和各種漢人法律的屠殺藉口，使得這族僅剩少數人的這一平埔族退居山區，失去所有生存的手段而陷於無處可歸的窘境。而當時蘇澳以南還是「化外之地」，以往漢人的多次屯墾皆遭「生蕃」滅亡。何恩原先居於冒險發財的因素正打算開墾而今南澳一帶的大南澳。他組成來自八國的移民隊伍，卻成爲kabaran這一民族能否生存的決定遷移，而成功的立足在更接近花蓮的南澳。然而，漢人的覬覦透過强力的政治運作斷絕了他們的後援。最後何恩和他的平埔族妻子死在離去時的船難，開墾的土地落入漢人的手中。

這樣的一段故事是介於漢人、平埔族、「生蕃」（即現在泰雅族）和西方人之間不同觀點的敍述。如果我們從宜蘭及花蓮歷代留下的縣誌記載，呈現的是漢人「開墾」中不屈不撓、慘重犧牲的英勇歷史。然而，透過何恩及其同時代西方人的記載，卻是一場平埔族如何在漢人手下滅族的慘劇。在書寫的文字中，平埔族和泰雅族是啞口無聲的；唯有這樣的另一種歷史觀點，才能讓我們更深刻地反省漢人中心的歷史敍述。

王幼華在他的小說《土地與靈魂》（註㉒）中，根據這歷史事件重新建構了這一個歷史情境，而從另一種角度解構了傳統的漢人開台「神話」。在這一本有康拉德《黑暗之心》類似可能性的作品中，談話者的立場爲了達到歷史的反思而站在何恩的立場。相對的，平埔族的面目就像出現在電影「與狼共舞」中的印第安人，雖然是友善的但卻是沒有個人面貌的。更不談偶而從黑暗森林出突襲馘首的泰雅族了；他們依然是黑暗而模糊的恐怖身影。

然而，王幼華的小說，必需肯定的，是他開啓了反漢人中心的歷史敍述了。

9.

讓我們順著這樣的歷史觀點，回來看看花蓮市吧。

回到十九世紀的花蓮，山上的泰雅族和平地的阿美族是在衝突和接觸中平衡生存的，直到今天還可以從兩族老一輩的口中，聽到了互相之間的鄙視和世仇；另一種歷史的再現。

很多西方人和漢人都曾來過，但是又失敗離去了。一七一四年（康熙五十三年）法國神父馮秉正（de Mailla）奉清聖祖命令，前往台灣繪製地圖。他所繪製的台灣只有中央山脈和西部平原。他說：「並不是整個台灣島都屬於漢人的，它分爲兩部分，東部與西部，中間是高山，只有大山的西部才是屬於漢人的。」（註㉓）而東部的「國家」，也就是屬於原住民的：阿美、泰雅、布農、卑南、平埔等等。

一直晚到一八七五年，西部「開發」相當規模了，清廷在「開山撫蕃」的政策下，分別由中南北路，建立了勉强可行的通道。然而，獎勵下的移民，包括閩客，還是稀稀疏疏。眞正大量的漢人移民，應是一九〇五年左右，日本政府完成花蘭港的設市和附近土地規劃（註㉔），大量招募西部人口和日本內地人口來屯墾才開始的。在花蓮的歷史中，後來的人口幾乎是沒有太大的時間差距：一九〇〇年的閩、客、日本人的遷入，一九四九年國民黨敗退而帶來的外省籍人口的遷入，這兩者之間等於只有兩代的距離。

在短短的五十年之間，原先原住民自成天地的文化，突然陸續湧進了閩、客、日和外省人各種不同的語言和不同的生活習慣。這種短暫的漢人歷史，出現在今天花蓮人民政治意識上的，也就相當地不同於西部台灣。這些差異，包括：客家族羣的家族約束力明顯薄弱、福佬意識（特別是台灣意識抬頭的當前局勢）較少有被迫害的歷史情緒，外省意識亦同樣較少有被排斥的反應。

相對來說，歷史感也就來得稀薄而疏遠。如果我們將花蓮和北部宜蘭、南部台東相比較，這一點將會更清楚。基本上，花蓮市可能是台灣唯一行政組織的完成比漢人移民還更早的地方；也就是，在花蓮市附近的移民過程，固然也有類似台東一帶「走路」一類的說法，但更多卻是馴服地來到這一有政府的新天地。於是，宜蘭和台東那種祖先「自力更生」的慓悍民風，在花蓮卻不見了。就像每年元宵節，台東市有著最充滿慓悍驍勇的寒單爺民俗，多年以來也只能傳到玉里，而花蓮市卻不受影響。

10.

這樣的歷史感，我們回過來看楊牧兩本居住花蓮爲題材的自傳體散文：《山風海雨》和《方向歸零》，以及《疑神》中花蓮經驗（註㉕），或許可以理解他的文字中，一直保持遠去的身影。

在兩本自傳體散文的扉頁，作者都題了「此の書を母ん捧じ」（將此書奉獻給母親）。花蓮這樣的

故鄉，這樣的土地母親，是夾雜著日本和漢文的文字文化的。於是，在他記憶中一次遇到一個帶長刀的軍人：

「那應當是冬天的上午罷，他穿著軍大衣在街上沈默地邁步，臉上幾乎也是沒有表情的，是脣上的小髭帶著一種寂寞的傲氣，在那皇軍戰事正節節失利的年代，他沈默地邁步，一手扶著長刀，在偏僻的小城裡，當冬天的寒氣游漫著太平洋的涯岸，而俯視的峻嶺穩重地立在那裡，桑巴拉堪山，立霧山，奇萊山，峯頂積著白雪，比挫折中的統治者和惶惑的台灣人更沈默，沈默地守護，卻必然也輕輕訴說著甚麼。」（十頁）

那是楊牧約五、六歲的記憶，而今被台灣意識文化所歌頌的羣山，對他而言都是重疊著日本文化的經驗。甚至是更深層的，屬於身體和感覺的：「那（阿眉）婦人和我走進草屋錯落的小村裡，而就在那前後恍惚之間，我感覺到一股強烈的氣味，很陌生，很吸引人。」「那氣味是宿命的，悲涼，堅毅，沒有反顧的餘地，飄浮在村落空中，頃刻間沾上我的衣服，我的身體和精神，而且隨著我這樣成長，通過漫漫的歲月，一直到今天。」原住民的文化經驗，即使不是口語或文字，也將由身體和知覺，無法逃避地植入了這一土地上的居民，不論是漢還是原住民。

然而，也因爲這樣的永無止盡的混合，認同成爲遊牧狀態地不斷定位、脫離、再定位。當這一切認同的動態發生是無意識的而非策略時，也就是出現平常所謂的認同混淆，以及所帶來的焦慮。混淆這個字意味著認同本身是有著一種本質；相反的，正如前文所引霍爾的理論，如果我們不接受這種認同的本質，這樣的認同尋求甚至可能成爲豐富的來源。

只是無意識中發生的這一切，在來不及理解以前是挾著強烈失落的焦慮而來的，讓人們不得不保持距離。就這樣，從早期的葉珊到中期的楊牧，世界永遠像一場默片的靜靜放映，作者僞裝成不存在於現場的凝視，也就沒有恐慌、喜怒、激烈等等各種置身其中才有的情緒了。

這樣的局外人敍事觀點，不止是在楊牧的文章，在葉日松的抒情散文裡，在陳黎的部分作品裡，在吳鳴的散文中，甚至是成年以後才來花蓮定局的陳列和孟東籬，同樣的焦慮表現成他們的遠離姿態上，以反向作用的機轉而凝爲保持距離的人間關懷。

花蓮的歷史幾乎是沒有系統文字的。即使是漢文化的歷史觀，也只是片段的事件而沒有史的勾勒；是依附在台灣史末篇中的簡單幾句話，而被統一在一致的台灣意識中。至於，在這裡居住的居民，不論是原住民，不論是第四代或第一代花蓮漢人，他們的未經書寫的個人歷史所感受的，卻是如此的不同。這樣的不同，這樣的說不出來的差異，不得不成爲游離的位置。

11.

另一種面對認同的姿態，則是全然不同的。

在王德威論現代中國小說的笑謔傾向時（註㉖），提到劉紹銘形容「現代的中國作家過於『耽溺』於中國的命運，因而使他們的小說好像寫於『涕淚飄零』之中。」而「（一九八六年來的）近五年來，我們看見一種新的喜劇／鬧劇小說趨勢，嶄露頭角。」其中包括了王禎和的《玫瑰玫瑰我愛你》。

嚴格地說，這種笑謔傾向並不是近年才出現的。在王禎和的早期小說裡，像《三春記》，他就一直突顯著自己的這一風格：比鄉土文學以後的寫實主義更早高學寫實路線，但在鄉土文學寫實普遍落入狹隘的「露骨寫實主義」或淪爲重覆性的意識型態製品或資本社會的商品時，王禎和卻一直如此地堅持。

有趣的是，在花蓮的主要小說家，一直承續著王禎和這樣的寫實路線。譬如：劉春城《不結仔》，林宜澐《人人愛讀喜劇》和《藍色玫瑰》（註㉗）。就像 Henri Bergson 認爲「滑稽味即使在它最偏離正規的表現當中，總也有它一定的道理；滑稽時帶有一定的瘋狂的意味，但它的瘋狂總也根據一定的方式，滑稽味帶有夢幻的性質，但在夢幻之中卻能喚起一些爲整個社會立即接受和理解的幻象。」（註㉘）在花蓮這一城鎮，呈現在王劉林等人小說中的，是失去歷史和疆界的獨立存在。也唯有這樣的封閉世界的建構，可以避開複雜的歸屬問題。

王禎和說：「也許我看的傷心事太多了，總希望：只要可能，讓人間多一點笑聲。」（註㉙）於是，在這一個歷史雖然短暫但卻發生太多認同紛爭的土地上，懷著各種期待而來自各地的移民，將希望建立在彼此的競爭上。而寫作又能做甚麼呢？「我想，我的寫作多半源自於這一類簡單的感覺，這些感覺讓我在生活中對周遭的人與事保持興趣。……我讓小說在生活中漂浮、流竄。」（林宜澐，五頁）同樣的小說家也讓自己在城鎮中漂浮、流竄，在固定空間中不固定的路線。Bergson 說：「通常伴隨著笑的乃是一種不動感情的心理狀態。」這樣的不固定路線中，笑謔是作家的一種不動感情的關注——因爲徬徨的焦慮，我們開始讓自己不動感情。

12.

詹明信談到第三世界文學時，前現代寫實主義成爲民族認同的有利途徑，特別是在面對多國資本主義所挾來的文化殖民主義。（註㉚）在花蓮這樣的市鎮，一個位處世界資本體系邊陲地帶國家中的遙遠地方，尋求自己的故事也就回到了最素樸寫實主義的基本方式。在邱上林的報導文學裡（註㉛），地方上的人或事就這樣簡簡單單地記錄下來，讓花蓮後來的人知道曾經在這土地上發生的故事，經歷過的人物，譬如駱香林，譬如郭子究。

認同的重現從自己開始，從自己的個人歷史和家族歷史，從自己所遭遇的一切不同經驗。陳黎的〈家族之旅〉七首構成的組詩，幾乎也是花蓮許多移民故事的相似身影，「而它自然是一本書／一本體例乖謬，卻是千眞萬確的辭書／印在四色牌上，印在借據／印在拘票上，印在結婚證書上」。（註㉜）

這樣的家庭之旅出發，像一條回溯的旅程，同樣的一塊土地背負的歷史也就浮現了。以逐漸滲入而隨之浮游的方式，進入了歷史的河流，或者讓歷史進入了意識中的世界。於是，這樣的花蓮，在〈太魯閣，一九八九〉（註㉝）裡，都成爲對話的你：

逝者如斯夫不舍晝夜
你讓紅毛的西班牙人到你的峽口採取砂金
你讓紅毛的荷蘭人到你的峽口採取砂金
你讓被滿州人驅逐過海的中國人到你的峽口採取砂金
你讓驅逐走滿州人的日本人到你的峽口採取砂金

而這些西班牙人、荷蘭人、滿州人、中國人、日本人前仆後繼地同樣侵略的姿態：「投降吧，太魯閣番！」於是，

你看著紋身的他們漸次從深山遷往山麓
從山麓遷往平原
你看著他們漸次離開他們的家
不言不語

而我的尋找從沒有發現過，或者更準確地說，最後是找到了回聲的洞穴，「一羣意義豐富的母音子音」：

桐卡茬，旁給揚，塔比多
礑翁乾，洛韶，托魯灣
托博閣，斯米可，魯玻可
可巴洋，巴拉腦，巴托諾夫
卡莫黑爾，卡魯給，玻卡巴拉斯
咯拉胞，達布拉，拉巴侯
卡希亞，玻希瑤，達希魯

希黑干，希達岡，布卡拉汗
卡奧灣，托莫灣，普洛灣
伏多丹，巴支干，欣里干
得呂可，得卡倫，得給亞可
沙卡丹，巴拉丹，蘇瓦沙魯
布拿俺，玻魯琳，達布可俺
烏歪，陀泳，巴達幹
達給黎，赫赫斯，瓦黑爾
斯可依，玻可斯伊，莫可依希

在這一切聲音中，曾經有過它自己的意義而又失去了；如今，在這些游離了意旨的意符中，文學的聲音從中心出現，而地方的認同在進行這一切聲音的重新閱讀。

註釋：

①Ien Ang 原著，施以明譯：〈不會說中國話：論散居族裔之身份認同與後現代種族性〉。《中外文學》，廿一卷第七期（民國八十一年十二月），四八——六九頁。

②關於這樣的爭議，可以參考 Mike Featherstone 所編的《Global Culture》，London:Sage,1990.

③Thomas L. McPhail 原著，鄭植榮譯：《電子殖民主義》，台北：遠流，一九九二。同樣的討論可以參考 John Tomlinton:《Cultural Imperalism》，Baltimore: Johns Hopkins UP, 1991。

④Harold Bloom 原著，徐文博譯：《影響的焦慮》，台北：久太，一九九〇。

⑤楊牧：《山風海雨》，台北：洪範，一九八七，六——七頁。

⑥劉克襄譯著：《後山探險：十九世紀外國人在台灣東海岸的旅行》中〈綠島與清水斷崖：一八八二年科學調查船馬卻沙號的探查〉一文，台北：自立，一九九二，七十——七一頁。

⑦Edward Said：《Orientalism》, N.Y.: Random House, 1978。

⑧Stuart Hall:〈Cultural Identity and Cinematic Representation〉, Framework 36（1989）: 69–72，本文係參考李有成〈漂泊散散的美學：論《密西西比的馬薩拉》〉，但略做翻譯上的更動。《中外文學》，廿一卷第七期（民國八十一年十二），七一——八七頁。

⑨Stuart Hall〈Minimal Selves〉In《Identity: The Real Me》。London: ICA, 1987, 44–46。

⑩Benedict Anderson《Imagined Communities》。London: Verso, 1983。

⑪Homi K. Bhabha〈DissemiNation: time, narrative, and the margins of modern nations〉收於同一人編之《Nation and Narration》London: Routledge, 1990, P.211–322。

⑫詹宏志：〈兩種文學心靈〉，《書評書目》，一九八一年元月號。

⑬彭瑞金：《台灣新文學運動四十年》，台北：自立，一九九一，二〇〇——二〇一頁。

⑭瓦歷斯・尤幹，在〈混聲合唱——台灣各族裔作家對談記實〉中的發言。《中外文學》，廿一卷第七期（民國八十一年十二月），四二頁。

⑮傅大為：〈百朗森林裡的文字獵人：試讀台灣原住民的漢文書寫〉，《當代》八三期（一九九三年三月），頁八——四

十九頁。

⑯孫大川：〈有關原住民母語問題之若干思考〉，《島嶼邊緣》二卷一期（一九九二年十月），三十三——四十三頁。

⑰娃利斯・羅干：〈敬　泰雅爾〉，民衆日報民衆副刊，一九九〇年三月十四、十五日。

⑱瓦歷斯・尤幹：〈新的聲音・新的生命：談台灣原住民文學的發展〉收於《番刀出鞘》，台北：稻鄉，一九九二，一三五——一四二頁。

⑲拓拔斯・塔瑪匹瑪：《最後的獵人》（一九八七）《情人與妓女》（一九九二），台北。

⑳張子樟、林宜澐編《花蓮現代文學選：小說卷》，花蓮縣立文化中心，一九九二。

㉑劉克襄：《深入陌生地：外國旅行者所見的台灣》，台北：自立，一九九三，一二七——一二九頁；亦可參考同一作者〈大南澳：一九六八年探險家何恩的拓墾〉，收於同註⑥一書，三一——四二頁。

㉒王幼華：《土地與靈魂》，台北：九歌，一九九二。

㉓同註⑳，十六——十八頁。

㉔待查。參見《花蓮縣誌》，花蓮縣政府。

㉕楊牧：《山風海雨》（一九八七）《方向歸零》（一九九一）《疑神》（一九九三），台北：洪範。

㉖王德威：〈從老舍到王禎和〉收於《從劉鶚到王禎和》，台北：時報，一九八六，一四八——一八二頁。

㉗劉春城：《不結仔》，台北：圓神，一九八七。林宜澐：《人人愛讀喜劇》台北：遠流，一九九〇；《藍色玫瑰》台北：麥田，一九九三。

㉘Henri Bergson 著，徐繼曾譯：《笑：論滑稽的意義》（一八九九）。台北：商鼎，一九九二。

㉙王禎和：《玫瑰玫瑰我愛你》。台北：遠景，一九八四。

㉚Fedric Jamesons:〈The Third World Literature under the Multinational Capitalism〉。Social Text。

㉛邱上林:《不朽的約定》。花蓮:花蓮縣立文化中心,一九九二。

㉜陳黎:《親密書》。花蓮:花蓮縣立文化中心,一九九二。

講評/陳 黎

王浩威先生在論文中說:「漢人與原住民兩種主軸所發展出來的歷史觀彼此的互相辯證,將會是地方文化認同開始的可能。」這是他衆多論點中重要的一點。他强調的差異性、爭議性,從另一角度來看即是多義性,兩種歷史觀互動互愛互相融合,未來花蓮地方文學可能變得多采多姿。

至於文學源流,包括有原住民的神話傳說,福佬、客家族的傳說、風俗習慣、音樂舞蹈,這些文化資產在過去政府一元化的教育政策下,使這片土地上的人們沒辦法充分領略這種資源,而無法從自己土地去孕育出有生命力的東西。但自從解嚴以來,台灣的文化政策一元化風向有很開明的轉變,雖然目前如前述兩種歷史觀及不同的敍述觀點,尚不能充分融合,但我相信,有一天一定有才華洋溢的創作者在這方面開出奇花異果。

〈論文②〉

山風海雨詩鄉

——花蓮三詩人楊牧、陳黎、陳克華初論

⊙張芬齡

一

在詩人心目中，花蓮該是得天獨厚的，充滿浪漫和幻想的色彩，以及神話的情調。湧動的水聲，似遠還近的波光，檳榔樹、鳳凰樹、老榕和麵包樹憨厚樸拙的形體，層層堆疊的青翠大山，削過斷崖的狹窄公路，褶皺曲折的岩面、亂石崩疊的谷底，萬仞山壁，山地村特有的風情，頻繁的地震，首當其衝的颱風登陸地，這種種觸覺、視覺、味覺、嗅覺、聽覺交感而成的經驗，對自小生於斯、長於斯的觸角敏銳的詩人而言，自然是鮮明的譬喻和強力的呼喚。他們觀察山的顏色，聆聽海的聲音，接收山海傳遞出的祕密訊息和語言，「那些沉在精神內部的因素，在我覺悟的時刻，忽然湧動，產生無限光彩。起初只是繽紛的顏色和抑揚的聲音，繼則彷佛可以蔚為虹霓，構成完美的樂章（註①）。」對

山的敬畏，對海的遐思，即是詩歌的種子，孕育出詩人的部份體質。毫無疑問地，這塊土地以它多樣的形、音、色、味，提供給花蓮詩人們取之不竭的夢想的題材，創作的靈感，而詩人們也藉由詩作去再現這「詩的家鄉」的形象，去豐富這塊土地的生命。

楊牧、陳黎和陳克華這三位生長於花蓮的詩人，都曾自這塊土地汲取養分來耕耘灌溉作品，營建詩的王國。他們三人詩風互異，但溫厚的人文素養和熱愛人間的本性是他們共通的體質，而企圖嘗試突破、勇於創新求變的精神是他們體內奔流的血液。關懷土地、投入生活，使他們細膩且廣闊地觀照生存的環境，深刻的人性認知和敏銳的觸角，使他們自平凡卑微的事物翻掘出奇異且動人的質素。

二

楊牧在散文集《山風海雨》裡，回到太平洋戰爭時期的花蓮，細說山林的聲籟，山光水色，蟲鳴鳥叫，蒼山翠嶺，奇花異草，自然的神祕，人世的變遷，愛恨情愁的無意窺見，戰事的毀滅和感傷。對當初仍幼穉而好奇的楊牧而言，空間所賦予他的似乎只是「巍峨和浩瀚，山是堅強的守護神，海是幻想的起點」（註②），透過幻想，他爲遙遠的海面創造更繁複的風景，爲沉默的大山編織亙古的神話和傳說。回望家鄉的山水，楊牧找到了自己的「詩的端倪」，藝術的起點。這些充滿暗喩的具體形象，在一個服膺藝術和美的纖細善感的心靈逐漸蛻化成詩的精靈。我們隱然了悟何以自《水之湄》、《花季》、《燈船》到《傳說》，年輕的楊牧（當時的筆名是葉珊）能夠提煉出如此濃密婉約的詞藻和意象——倒映水中的雲，荒涼的宗祠，穿越窗櫺的星光，無言的樹林，積苔的洪荒，春初的墳，異國的花園的幻夢，清晨的鼓聲，眨眼的河岸，僧侶的釀酒廠，溪流的懷鄉症，抽搐的河流，水蠅一般瑣碎而且短暫的生命情調，蘆花般的記憶，歲月的獨木橋，青銅的嚎啕和竹的嗚咽，剪下一片女牆外的晨霧，爲遊蕩的鬼魅裁製一襲子夜的衣裳，慾望推開隊隊撞門的月光，十數種沉默的天井同時響徹晚夏的知了，髮是森林的氣候，時間是吞食雲罍擊碎雨缽的竹杖……。

花蓮的山地村落也像山的顏色和海的聲音一樣地吸引著少年楊牧。在一次偶然的漫遊，他和山地村有了第一次的接觸。村子裡那股陌生的氣味逗引著他。他深情地描述著：「莫非（那氣味）就是檳榔樹長高的歡悅，是芭蕉葉尖隔宵沉積的露水，是新筍抽動破土的辛苦，是牛犢低喚母親的聲音……那氣味帶著亙古的信仰，絕對的勇氣，近乎狂暴的憤怒，無窮的溫柔，愛，同情……一份宿命的色彩（註③）。」這股氣味沾上他的衣服，滲入他的心靈，使他對原始民族（不論是花蓮的阿美族人或美國的印第安人）有著一份悲憫、迷戀和關注。因爲幼年這份經由祕密追尋而生的單純的愛，原始民族類似宗敎儀式的作息和活動，禁忌和傳說，苦難和隔絕，都常自沉澱的回憶中勾起，浮現在他的散文和詩作裡。在〈傳說〉這首長詩，楊牧假藉昆蟲採集隊在佛里蒙山區的活動，以蕭瑟的秋天爲背景，托出他對凋零、殘破、滅絕的部落的悲憫：

像射落古代的飛雁，射落了遷徙的
死靜。而原是一體的神蹟
卻在迷信裡——起伏如丘陵的迷信
崩裂為星宿的分離

他們理應像樹木一樣自然地成長，卻被文明驅趕，「驚怖逃亡，黥面的惆悵」。此詩寫於一九六七年，其時楊牧初至柏克萊，浪遊異國的飄泊心事和倉皇撤退的族人的悲涼，在詩中平行並置，個人經驗和羣體經驗互相結合，楊牧逐漸脫離浪漫唯美的酖愛，蛻變成一個「社會意識逐漸成型的中國留學生」（註④）。在〈柏克萊精神〉一文中，楊牧曾提及在這個全美對政治最敏感的校區的求學經驗是他生命中一個重要的轉捩點，促使他走出自我的沉思默想，「睜開眼睛，更迫切地觀察社會和體認社會……介入社會而不為社會所埋葬（註⑤）。」這種思想歷程的轉變和再出發，或許是他把筆名由葉珊改為楊牧的原因之一。

《傳說》之後，楊牧仍寫抒情詩、愛情詩，但是由於對生命體驗的加深，下筆成詩自然是另一種境地。在《瓶中稿》的許多詩作裡，楊牧企圖用性愛在廣渺的時空印證生命的存在，在大千世界開闢所謂的樂土，企圖透過意象轉化愛和慾、生與死的遐思，使之提昇為更具普遍性的層次，使小我之愛也具有對生命的憐憫和關懷（註⑥）。而後，楊牧聽到了生物血液的召喚，想到鮭魚迴游的本能：「若非一尾鮭魚之冒險游泳，回到祖先產卵死亡的水域，何嘗還有那麼多魚苗順流而下，在海洋中茁壯（註⑦）？」一種血濃於水的望鄉心情，隨著幸福愛情的到來，流瀉於詩作中。在《海岸七疊》，我們看到自我放逐的楊牧找到了新的生命座標，重新擁抱自我，以寧靜、清澄、愉悅的節奏，純淨、明朗的意象，邁向新的成長。他在楓紅露重、細雪紛飛的西雅圖寫記憶中的亞熱帶——他的故鄉。當〈花蓮〉一詩完成時，他知道自己已經「為自己寫了一首 Prothalemion，從歐洲文藝復興詩人最堅實晶瑩的思想和感情，最嚴肅工整的藝術傳統裡，琢磨脫逸出來的婚頌，獻給我的新娘（註⑧）」：「那窗外的濤聲和我年紀／相彷，出生在戰爭前夕／日本人統治台灣的末期／他和我一樣屬龍，而且／我們性情相近……／……我不忍心／離開睡眠中的你，轉側／傾聽他有情的聲音——同我在戰後一起ㄅㄆㄇㄈ的／台灣國語——黯黯地撫慰地／對一個忽然流淚的花蓮人說／……『你必須／和我一樣廣闊，體會更深：／戰爭未曾改變我們，所以任何挫折都不許改變你』」而在十四首〈給名名的十四行詩〉裡，他要初生的兒子認識草莓和牛奶的最初家園（美國），但要他從這個王國出發，認識宇宙、自然的法則和秩序，摸索人間的公理、正義和同情，最後到達一個「祕密世界」。

……有一種
焚身的熾熱，從童年的彼端
傳來，曾在我生涯裡挫折冷卻
又導回童年的此端，熾熱如昔
你不必畏懼，往檳榔樹開花的
方向走去，使用簡單的方言
有禮親善的手勢，在適當的
場合，以微笑回報族人的好奇
他們將擁戴你如部落的兄弟
故鄉，我們不可凌辱的土地

（〈給名名的十四行詩〉，第十一首）

回歸到家和鄉的召喚之後，楊牧的詩的焦距頓時變得眞確明晰，他爲他的詩找到了新的出發點。隨著年歲的累積，青春的惶惑蛻化成爲沉穩成熟的自信，楊牧的生命腳步也調整得更從容自在。在最近的兩本詩集《有人》和《完整的寓言》裡，楊牧仍喜歡以抽象的聲律和色彩的結合擷取生命的意象，浪漫抒情、溫柔敦厚的本質未曾稍減，但面對歲月，他綻現出慈藹的神色：

我兩手扶著欄杆外望
一串又一串的泡影從眼前閃過
那棵樹正悲壯地脫落高舉的葉子
這時我們都是老人了——
失去了乾燥的彩衣，只有甦醒的靈魂
在書頁裡擁抱，緊靠著文字並且
活在我們所追求的同情和智慧裡

（〈學院之樹〉）

他將小我之情映現宇宙之大，更把對家鄉的眷戀擴大爲民族血緣的牽繫。在《完整的寓言》的後記裡，他坦言：「政治和牽涉鬼神的種種活動（或稱『宗教』）是我不能坦然或忘的，一向如此。」他尊重也欽羨有些詩人能針對時事、遭遇而即刻抒懷，留下傳世的諷諭詩，但是他的詩的信念告訴他：「詩的思維必須經過冷靜沉澱，慢慢發酵，提鍊，加工」（註⑨），才不致因强烈的刺激而顯露出太多的憤慨和怨恨。所以，他讓時間錘鍊語言，讓語言掩去激情，讓筆下的詩質純淨。在〈有人問我公理正義的問題〉一詩，他以抒情、誠摯的語調，平緩沉穩的節奏，迴蕩低吟的句法，勾勒出一個平凡的年輕人對社會的質疑，對歸屬認同問題的迷惘，對生活的狂熱和絕望。整首詩呈現的是問題本身以及思索問題的內在過程，面對這樣眞實、尖銳的問題，詩人呈現給我們的不是問題的答案，而是被問題說服的悲憫和無奈。詩人用「簷下倒掛著一隻／詭異的蜘蛛，在虛假的陽光裡／翻轉反覆，結網」，以及「天地也哭過，爲一個重要的／超越季節和方向的問題，哭過／復以虛假的陽光掩飾窘態」，這兩組外在的意象暗示出問題的無解，任何言語的安慰或解答的企圖都是虛假的姿態。

面對現實生活中諸多無解的苦難和憂慮的根源，或許溫厚的同胞愛和人類愛才能夠使我們在絕望沮喪時仍懷有夢想盼望。因爲這份體認，楊牧在佔領阿富汗的俄軍發動春季攻勢時，爲紀念一位阿富汗朋友而寫下了：

機關槍掃射我們放牧的草原
如豪雨打過夢境，然而
春天將屬於我們，夏天也屬於
我們，當草木越長越茂盛
羊羣還要和我們的孩子一樣的
在哭聲中長大，充滿這屬於
我們的，完全屬於我們的

（〈班吉夏山谷〉）

當他在一九八七年〈你也活著回來——悼六四亡者〉寫下這樣的結尾：「『但我其實並未眞正死去……我走過？一座廣大的廢墟，野草／和麥苗雜生……』知更鳥跳躍／在乾涸的水井轆轤，烏鴉聒躁／……我知道，你也將活著回來」，我們知道童年時代幼稚好奇、年輕時代浪漫唯美的楊牧仍未老去，他仍眷戀著人間，仍在追尋並且創造夢的顏色，只是個人的深情已然和羣體、鄉國、時代結合成爲更遼闊的夢土。

三

相對於楊牧對抒情詩功能的執著，陳黎的詩作就顯得知性和入世。他不擅將自己的感情做主觀的宣洩，意象是他溶化感情，騰出美學距離的工具。和楊牧一樣，他也側重意象的經營，但不同的是：楊牧常自大自然擷取意象，讓內心的波動和自然的波動相合，他的意象羣旨在營造氣氛，捕捉色彩，錘鍊聲音，詩的純粹性是他的一向主張；而陳黎相信詩的羣體力量，也堅持詩的藝術性，他的許多詩作雖自現實取材，但他企圖將意象提昇到象徵的層次，拓展詩的詮釋層面，即使在他最早的一本詩集《廟前》，我們已然見到雛型；在第二本詩集《動物搖籃曲》，陳黎才鍛鍊出知性感性兼具、寫實象徵並融的詩風。

同樣生於花蓮，長於花蓮，卻有著不同的成長背景，不同的生命視野。楊牧在山風海雨的洗禮下，成就了抒情典雅、深情浪漫的詩風，而陳黎從小城諸多鄙俗、曲扭的生活斷片，認識到現實的缺憾和錯亂。對自然的渴望是他們共通的特質，但表現方式卻不盡相同——前者是自然想望的溫柔延伸，後者則是自然想望的知性訴求。在詩集《動物搖籃曲》的後記，他說：「世俗難道不是我詩作最大的主題嗎？……我始終不能忘懷這地上居留的卑微與鄙俗。」於是他以筆爲劍，先是寫出個人對童年、家鄉及母愛的依戀，天眞地企圖透過捕捉自然、再現自然，來守護自然，繼而浪漫地以諷刺手法痛鎚荒謬錯亂的現實（註⑪）。

在第二本詩集，他不再憨直地爲現實中不可超越的對峙和無奈尋求解脫，而將對自然的想望和對城市生活的嘲諷轉化成一種較廣博的情思，尖酸諷刺的知性語調被稀釋到某一程度，代之而起的是摻合了感性的理念以及意象和象徵的經營（註⑫）。在〈在一個被連續地震所驚嚇的城市〉，陳黎用超現實的手法剪貼出居民因驚嚇紛紛懺悔的景象，但他的用意不在爲讀書描繪出一個理想國藍圖，他似乎有意引導讀者從顚倒過來的新秩序去發現這個世界原本錯亂的本質，讀者從中得到的不是痛擊要害的快感，而是一種微妙的頓悟。在〈在我們最貧窮的縣區〉，陳黎只用了六個名詞片語和兩個簡短明快的句子，呈現出八個場景。前四行勾勒出圓醮的浪費和排場：「兩億元新台幣／四千隻大豬公／四十六座牌樓／二十三座醮壇」，這樣鋪張的拜拜排場和詩題的「貧窮」二字格格不入，我們隱約察覺諷刺的語調。第五、六句：「素食齋戒三日夜／獻刄宰殺雞鴨魚」是另一組對比，呈現出矛盾的現象——口腹之慾頓時扼殺了宗教的虔誠。最後兩句：「五萬多遠來親友／十一名本地乞丐」是全詩諷刺的高潮。詩人要諷刺的不是宗教本身，而是不合理的宗教節慶以及貧富不均的社會現象。詩人未加任何評論，只是客觀地讓幾個不協調的意象平行並置，諷刺效果就在其中。而在另一首〈黃昏過蘇花公路送癌症病人回家〉裡，陳黎以連續彎路、險象環生的蘇花公路比喻重重苦難的人生。「像快要睡著的你，不必再注意落石／在這條連續彎路又不太好倒車的單行道上……」當世人在崎嶇的人生道上艱苦跋涉之際，癌症病人的即將睡入永恆的搖籃未嘗不是一種幸福。陳黎對生命苦澀的本質有著深刻的認知。

這三首詩雖以詩人家鄉爲背景，但在陳黎的刻意經營下，意象被提昇到象徵的層次，也使得詩作從狹隘的鄉土民情的呈現，躍昇成人類或生命的普遍共相。他立足家鄉，但並不自限於家鄉。在〈海岸教室〉這首詩裡，我們看到詩人留在濱海的家鄉教書，眼見他的同學、學生像外國遊客般一批批來了又去。面對海洋，他選擇在自己生長的土地立足，心中難免有份落寞、哀愁。但是他知道：「只要對世界懷抱渴望我就隨時在移動。我知道坐在教室裡的我的五十位學生是五十本不同的旅遊指南，指向五十座不同的城；我知道我每天在街上，在市場邊碰到的人，他們的心跟這世界所有的名勝古蹟一樣豐富……（我）在我的城複製所有的城，在我的世界旅行全世界（註⑬）。」透過想像、渴望，透過對人間的愛戀、悲憫，陳黎擴大了家鄉的版圖，花蓮從一個濱海的小城變成許多象徵的發源地。

太魯閣無疑是最大的一個象徵。〈太魯閣．一九八九〉可說是陳黎第三本詩集《小丑畢費的戀歌》中「暴雨系列」詩作的總結。〈暴雨〉時期的陳黎寫作了一系列省視台灣歷史的作品，他將對鄉土的愛落實爲對家國的愛，將對生命的思索擴大爲對歷史的關懷。他寫「在異族的統治下反抗異族／在祖國的懷抱裡被祖國強暴」的苦難人民（〈二月〉）；他以「蔥」做爲台灣本土文化的象徵，回過頭來重新認識自己生長的環境——它的歷史、文化、藝術，它的一切；他假借黃土水的《水牛羣像》和際遇，呈現出台灣人民苦難又堅韌的形象，窺探這島嶼祕密的夢想（〈牛〉）；他以「樹」的燃燒和再生，歌頌懷抱政治理想的先驅者前仆後繼的悲壯和勇氣。他希望在台灣風雨的洗禮下踏實、愉快地生活（〈台灣風〉），也期望後代子孫肯定傳統和土地之美好，活在更自由、豐富，更能寬廣地包容不同聲音和不同理念的世界（〈爲吾女祈禱〉），而壯闊寬廣的太魯閣正是此種世界的理想象徵。在〈太魯閣．一九八九〉這首詩裡，詩人以家鄉花蓮爲背景，透視三百年來糾纏的台灣歷史及變動的人文風貌。他以太魯閣山水的多重面貌暗示台灣命運的多變，引領我們見證台灣的苦難，並對失落的本土文化做一番巡禮。儘管隨著時間的推移，太魯閣或許再也無法回到她最純粹、最本眞的面貌，但新的生活自有其溫馨、活力、和諧和甘美。全詩以太魯閣禪寺的梵唱作結，詩人悟出了生命大道——當人心壯闊如太魯閣的山水時，人間的愛恨、悲喜、成敗、苦樂都能一一被沉澱、包容或拂平，一如生活在太魯閣懷抱中的人民，接納了種族的差異和生命的苦難、無奈，跟著太魯閣的血脈一同顫動，一同呼吸：

一如那低眉悲慈的菩薩，你也是
不言不語的觀世音
無緣同體地觀看天開地闢，樹死蟲生
山水有音，日月無窮
我彷彿聽見生命對生命的呼喊
穿過空明的山色，水色
穿過永恆的回聲的洞穴

萬仞山壁如一粒沙平放心底

〈暴雨〉之後，陳黎的詩風和關注的層面又有了新的面貌，他捨棄龐大沉重的歷史省思，轉向自己曾經走過的生命的角落尋求靈感，以樸實平易的語言，節制的語調，探討生命的某些質素。在一組由七首短詩組成的系列詩作〈家庭之旅〉裡，他把一段家族史凝鍊成悲愴但不失溫婉的生活剪影。全詩雖瀰漫破碎、陰鬱的意象，但在陰冷的背後，我們同時看到了光和熱，那便是與生命的悲苦本質並存於人性當中的愛情，親情，夢想，以及堅韌的生命力和溫馨的包容力。整組詩作的語調由淒楚無奈，而平靜平和，而諒解包容，展現陳黎柔性的一面。在〈親密書〉這首詩裡，他用極生活化的意象——「一條不怎麼難看的圍巾／冬天用過，夏天忘掉」——追憶在生命途中與他擦身而過的人地事物，對生命中的憂喜悲歡，流露出無奈和不捨之情：「於是你下樓，／準備在街角再遇見他」。而有一天，他眞的在清晨上班途中，在紅綠燈前，和停在對街紅綠燈前騎著腳踏車準備上班的母親「相逢」，但在數十秒內，綠燈亮起時，他們將各自「左轉，到不同的地方／不同眼淚和音樂交會的地方」。這種母子殊途、擦身而過的情景具體呈現了親人間似近還遠、似遠實近的關係，似孤獨然一體、似一體實孤獨的生命本質——但在「這麼明亮的故鄉的天空下」相逢，即使短暫，也是溫馨的。〈暴雨〉之後的陳黎由激情知性轉向溫柔敦厚，寫作了許多首短詩（如〈陰影的河流〉、〈浮生六記〉、〈街頭音樂〉、〈給時間的明信片〉），呈示一個動人的情緒，一個閃現的意念，一個身邊的場景，意象仍是他最佳的代言人，只是說話的語調舒緩了，對生命的態度變得更從容了。

寫成於一九九二年底，收錄於詩集《家庭之旅》裡的「紀念照三首」，是陳黎在編輯《洄瀾憶往——花蓮開埠三百年紀念攝影特輯》時，自照片中看到家鄉的舊貌，有感而作的系列詩作。台灣自十七世紀以來即頻頻變換統治者，像一間不斷易主的房子，隨著不同主人的遷入，而變更著外貌和內部陳設。一棟建築物，由阿美族會館，改爲昭和紀念館，改爲消防隊址，改爲民防指揮部，改爲國軍英雄館。這段不斷更名的史實，讓人憶起台灣喪失歸屬、認同的歷史悲劇：

所以他們沒有想到這棟房子會變成
說中國話的民防指揮部，會變成
掛中國旗子的國軍英雄館：
英雄，因為他們像滅火一樣消滅
弱勢者的聲音、名字、紀念物

（〈昭和紀念館〉）

由此陳黎更加確定歷史的唯一眞理是勝利者、統治者、强勢者的眞理。「滅火」的意象是此詩的靈魂，畫龍點睛賦予了整首詩活力。一如消防隊滅火，弱勢者的文化也無可避免地被不斷變更的統治者撲滅。隨著歷史的演變，一度强勢的日本消防隊被國民政府的軍隊「撲滅」，而「撲滅」阿美族會館的昭和紀念館也被國軍英雄館「撲滅」。詩人的阿美族學生說：「我去看什麼地方失火了。」現實的火和歷史的火巧妙銜接在一起，我們不禁好奇地想知道：如今定名爲國軍英雄館的這棟建築物以後會不會再改名？「一朵雲剛剛飄過，停在照片外」——照片上沒有說出的，只有留待歷史去述說了。

而那些試圖以行動去違拗歷史的眞理的人，就必須要有頑固如石頭的硬骨，才能不懼歷史之火的燃燒。在第二首紀念照〈布農雕像〉裡，在日據時代擊斃日警的布農族人，走足並坐，用腳掌緊貼自己的土地，用精神護衛自己的鄉土。統治者手上的巨斧無法擊碎他們，因爲他們是不斷再生的石頭，一如他們相信他們的祖先是從石頭迸生（註⑭）。隨著照片的流傳，隨著以他們的事蹟爲題材的文學作品的流傳，他們成爲不朽的雕像。陳黎對那些曾經爲保存鄉土文物付出心力的人心存感激。要不是他們「像一個錙銖必較的／收稅者，處心積慮爲子孫收刮財富，厚積遺產」，我們怎能看到這些用歲月換取的豐碩成果？第三首紀念照〈蕃人納稅〉裡巧妙地呈現了幾個有趣的關係：蕃人納稅，稅吏收稅，而攝影師或收藏家則既是收稅者又是納稅者——他們徵收山川景物、風土人情的精華，將之繳納給時間；推而衍之，我們也可以說寫作這首詩的詩人或作家們也同樣是收稅者和納稅者——他們從歷史、鄉土、生命經驗徵集聲音、顏色、形象，將之繳納給讀者，繳納給時間。感謝這樣的「納稅制度」，使我們看到詩人們用笑和淚寫下的土地的戀歌。

四

一九六一年出生的陳克華，比陳黎小七歲，和楊牧整整差了二十一歲。成長於開發中的花蓮，在青年期進入都市求學，目前生活重心在台北的陳克華，未及趕上那個讓楊牧「穿越曠野和逡巡山林的，徜徉阡陌間的，匐匍澗水上的」（註⑮）花蓮，也未像陳黎一樣選擇回鄉定居，「看守這一片逐漸受蝕，後退的海岸教室」（註⑯）。在陳克華的詩作裡，家鄉的影子只是偶而飄過心頭的雲朵。他雖曾以家鄉爲題材寫下〈北迴線上〉、〈太魯閣之死〉、〈花蓮海岸憶白燈塔〉、〈往天祥路上〉、〈臍帶〉等詩，對家鄉的變遷流露出悲戚、諷刺和抗議之情，但這些詩未走入花蓮的心，不是他用力之作（他在詩集《騎鯨少年》的序裡坦承自己並不很喜歡）。

他或許沒有太多和大自然交接溝通的經驗（楊牧曾認爲這是人生一大憾事），但想像是可以超越時空限制的。他的詩植根於城市，自有另一種鮮明、蓬勃的質地和動感。在第一本詩集《騎鯨少年》的自序裡說：「我相信文學終極是一種記錄，隨著我個人思想情感的變遷而呈現多種不同的風貌。我愛、我生活、我掙扎過的證據，都要完整無缺地在詩裡頭留下筆錄。」他忠實坦然記下自己，他的大自然是無遮掩、最本眞、赤裸裸的心靈曠野，他的山林是遍佈人性的愛、慾、情、愁。從陳克華身上，我們看到花蓮的山風海雨逐漸撤離，代之而起的是在現代人心靈湧動的焦躁、空虛的淚。

醫學院出身的陳克華喜歡將人體器官和腺體傾倒進詩作裡，將它們重新組合成奇異且前衛的現代風景。受傷的的軀體，切下的手指，斷裂的頭髮，剝落的皮屑，剪下的指甲，僵硬的屍體，斷裂的肋骨，冰冷硬化的內臟，稠綠的膽汁，失去彈性的乳房，荒瘠的胎盤，退縮的眼珠子，鬆弛的陰道，頭顱，淋巴，唾液，精液，陽具，鼠蹊，陰莖，心臟，精蟲，血液——翻開陳克華的詩集，這些被肢解的人體部位陸續迸現。或許見慣了解剖檯上的屍體，他比其他同年齡的詩人更直接接觸死亡，也因此能更知性、淡漠地看透肉體。在他的詩中，肉體意象未給人太多浪漫、激情的色慾聯想，那是詩人用來裸露眞實內在的一種手段，當這種眞實以特寫鏡頭強力呈現在眼前時，齷齪、汙穢、窒息的壓迫感油然而生。強烈的文字的撞擊力無疑是陳克華詩作的一大特質，這一方面固然是因爲他使用意象大膽所致，另一方面則源於並陳於詩裡的相互衝突或矛盾的特質：他用知性、科學的語言寫浪漫感性的情感，用死亡的意象爲愛情定位；他將靈與慾、美與醜、神聖與淫穢相提並論。

在〈我撿到一顆頭顱〉這首詩，他想像人體在「一次肉體不堪禁錮的脹裂／胸壓陡昇至與太陽內部／氫爆相抗衡的程度」時崩解。他像地球的拾荒者，也像地球的驗屍官，仔細檢視所撿到的手指、乳房、陽具這些傳統上和性產生聯想的部位，發現它們單獨存在時，只是荒涼的景象。找到了頭顱，卻發現那只是不安、悲哀、漠然、痛楚、疑慮的綜合體，他於是「一路丟棄自己殘留的部位」。最後他撿到了那顆「邦浦著整個混沌運行的大氣，地球的吐納」的漲血的心臟，尋覓的過程才算圓滿達成。他用知性超然的語調敍述這趟奇異的追尋，但詩作的核心精神卻是浪漫的——他相信心才是人類的最後依歸，只要有心，「圓潤的歡喜也是完滿／傷損的遺憾也是完滿。」陳克華肢解人體，只爲重新拼排人類的全貌，找到生命存在的證據。

除了肢解人體，他也解剖人體居住的空間。在「室內設計」系列詩作裡，他剖析了和人類生活息息相關的二十件事物——樓梯間、牀、馬桶、煙灰缸、傘、浴室、窗、椅、衣架、信箱、盆景、燈、原子筆、鏡、書桌等，企圖藉這些外在的意象來呈現現代人的內在風景——靈肉不再相合的兩性，疏離的人際關係，封閉的心靈，空洞的愛，無能面對自我的困境，僵化的夢想，沉重的負擔，無法飛昇的宿命，沒有出口的苦悶——逼使我們直視習而不察的生活祕密，重新認識自己。陳克華對世界的認知是殘缺斷裂多於完滿，哀愁焦慮大於美麗。但他仍由衷地感激「許多向燈靠攏的聚首／許多次澄明終夜的思索／許多額頭相映——許多心靈上的超速進化」（〈燈〉），他也相信在創作的世界裡創作者就是統領的王（〈書桌〉），經由創作，詩人爲燠熱焦躁的人世開鑿一座人工湖，好讓上帝看見「地球表面上有一顆眼淚」（〈後記：室外〉）。在這組詩裡，我們再次看到陳克華展現精湛的醫術，把生活搬上手術枱解剖，要讀者跟著檢視，但得自行縫合傷口。

情感世界是陳克華探索的另一個主題。在他的詩作裡，愛情難得綻現甜蜜滿足的喜悅之光，童話故事的美好結局似乎不曾出現，不變質的愛情他從不奢望。綜觀其情詩，愛情是焦躁、悔恨、苦悶、掙扎諸種情緒的集合。隨著現代人人際關係的疏離，愛情也變得難以捉摸：「我在結巢的樹上／你在飄然遠離的雲上」（〈明天〉），精神契合的愛情難覓：「有兩個大夢並置……／遠遠地／互不干涉」（〈牀〉）。在〈冰上〉這首詩，他用雙人過狹橋的意象具體呈示了兩性關係的微妙互動：「黃昏時我們相遇在窄窄的木橋……／冰上已經些許春意了，我忍著／懷疑遠山的溶雪／佯裝也是渡河——喔，解凍了／只這層薄冰，除非／除非我們能夠同時陷落……／否則兩岸／我們只是觀望／觀望」。如果不「同時思量著如何讓給彼此／更多一些讓路的空間」，愛便像「太陽死亡，隕石來襲，行星互撞」一樣，具有毀滅性的殺傷力（〈天問〉），和死亡幾乎同義。在〈婚禮〉這首詩，觸目驚心的死亡意象爬滿了本該喜氣的喜宴：

碟子裡堆疊的鼠屍洒上一層白蛆
一旁爬蟲們都不耐地舔著舌頭了
一隻蛞蝓掉落在我襟上留下玄黃的銀白的迹子
蝙蝠倒掛於耳垂吸血。我手持蕭艾和毒藤

任由蜘蛛和螻蟻在裙裾築巢

……

一雙粗礪的唇掠吻額際，留下滴血的傷口

揭開頭紗，燃起人脂凍製的蠟燭

——我愛，

我願意，

我遵守，

我原諒，

我至死不渝……

陳克華對愛情價值的懷疑在此詩暴露無遺。在愛情和死亡性質相近的認知下，陳克華寫了〈上墳〉、〈屍變〉這類陰寒悲涼的詩來哀悼愛情之流逝，寫了〈神祕分屍案〉，企圖用愛情的殘骸拼讀出愛的眞義。

然而浪漫的本質使他在許多時候仍堅持等待的姿勢：「自從你決意飄泊的那晚起／我便悄悄／立成一株等待的楓／望你以冬的步伐歸鄉／探看我不住地憔悴」（〈第六棵楓樹〉），溫柔地回望愛情：「於是我們沉默著互道再見／彷彿你是遙遠的一道霓虹亮麗，在西門／鬧區複雜喧囂的巷弄裡，沉默著／我堅持，只是沉默不告訴你／曾經，我在生命轉彎的地方等你」（〈我在生命轉彎的地方等你〉）。儘管渴望愛情，但他不要加了「防腐劑」的愛情（〈絕食〉），他要自然、坦誠、心靈上裸裎相向的愛情，於是他大量使用性意象透視情和慾，直視現代人的情感本質。陽具和精液或許是出現最頻繁的意象了。在〈北迴線上〉，他和同座的阿美族青年談及家鄉的工業開發和自然景觀的抉擇問題時，他如是問道：「在清醒的時候，你比較崇拜煙囪呢，／還是陽具？」煙囪是工業文明的象徵，陽具便是自然的象徵。在詩人的經營下，手淫和射精這一類隱射性慾的字眼反而引人做知性思索。肉體意象在陳克華詩中成了替精神、愛情或自然定位的一種工具，精液和眼淚，性慾和智慧，精子和種子等重同質。

陳克華的叛逆，除了表現在他對愛情的詮釋手法上，也表現在他以科幻手法將現實轉化成爲寓言，自外太空回頭探索人類現代文明的困境上。他說：「我的想法是，不要耽遊於冰山浮在水面的一角，我要費更大力氣把整個冰塊撈上來給讀者看，不要浮光掠影式的神遊，我要把幻想的建構藍圖攤開來在讀者面前（註⑰）。」於是他寫了許多長詩，其中〈星球紀事〉長達八百餘行，是未來的人類浩劫餘生的故事。陳克華想像高度的科技文明把人類後裔帶進太空，這些未來的族羣和電腦結婚，履歷表上只需塡寫「智商」一欄，並且在每個夜裡「絕望地自慰」，但在「星系內核能已告用罄」，星球毀滅之後，回過頭來尋找地球做爲安身之地。全詩是一個找尋的旅程，找尋象徵精神寄託的W．S（事實上，「尋覓」是陳克華詩中不斷再現的子題。他企圖在愛情的旱地和精神的荒原找到滋潤的水源和綠洲，詩中說話者常在暗處摸索，跌跌撞撞地尋求出口）。全詩也是一個回歸的過程，像穿越時光隧道一般，未來的人類回到過去的歷史，回頭檢視文明的發展，重溫「一富庶且盛傳愛情詩歌的城邦如何／興起、沒落，終至戰爭、瘟疫／燬於一場天火的故事」，重溫「人類所有的苦難和愚昧種種／自戰爭、晚報、球季、鹹濕電影等資料和詩」。有趣的是，未來人類所回望的不堪回首的過去，正是現在人類的未來，詩人在帶領我們偷窺未來的同時，似乎發出預警：過度的科學文明將使人類付出昂貴的代價。詩末，未來的人類回到文明的源頭，回到「羊水般的童話」，體認到「那冰冷的礦物質、空氣和細菌的比例／無能完滿解釋／大地所愛唱的那首歌」，回到自然的定律，與羣樹、山陵、季節、潮汐、春花、秋實一同脈動：「日出而作，日入而息／太陽在前我在後」，這單純自然的擊壤歌正是「被强姦了的文明」的最佳「處女膜整型術」。陳克華創造了一個未來的寓言，深刻地嘲諷了現代文明，也表露了回歸自然的强烈渴望。他的鄉愁不是空間的、歷史的鄉愁，而是一種仍待追索、定位的心靈的鄉愁。

五

葉維廉在〈論葉珊的《傳說》〉時說：「我們的詩人始終是這個（濟慈的）『無上的美』的服膺者：古典的驚悸，自然的悸動，童稚眼中雲的倒影。」

余光中在〈歡迎陳黎復出〉一文中說陳黎的詩「粗中有細、獷而兼柔」，《小丑畢費的戀歌》裡「大多數典型的『硬件』則對現實作强烈的反應，但其批評尚非純然單向。在為本土鳴冤之餘，作者更進一步，也為原住民泰雅族發言。有時候他也會轉過頭來，諷刺本土民風之不仁……陳黎在長詩中好用排比與枚舉，有惠特曼的氣勢。」

林燿德在〈看騎鯨少年射虎摘星〉說到：「在八百多行的〈星球記事〉和三百多行的〈末日紀〉中，陳克華以前衛的視野開拓了現代詩的新牧場，這種視野背後的心靈……已極為接近李維史陀以人類學家身份提出的『西方工業化心靈』……陳克華幾乎踰越了詩人的身份而成爲一個未來學的預言家。」

當然，這三段引文絕對無法涵蓋三位詩人詩作全貌，但是卻頗適切地點出了三位詩人某一階段的詩的特質，而這些特質在各詩人的創作歷程上佔了相當的比重。執著於詩的抒情功能及純粹性的楊牧，嘗試將人世間一切抽象和具象的加以抽象化。他認爲經過經營的抽象結構是無窮盡的給出體，在這樣的結構裡，所有的訊息不受限制，運作相生，綿綿亙亙，他名之爲「超越抽象」。以此詩的信念，他的情感多內歛而隱密（除了《海岸七疊》中許多歌詠生命和愛情的快樂詩作），有些詩作只爲捕捉聲音顏色形象而存在，讀者很容易在柔美、幽渺的意象中迷失。在寫實和象徵間力求平衡的陳黎則是三分浪漫感性，七分知性，詩作時而明快犀利，充滿機智，時而溫婉敦厚，充滿縝密蘊藉的情思。他企圖將自己的熱情和認知傳遞出去，雖不免失之激昂或急切，但其對意象之經營頗見功力。最年輕的陳克華具有「用科學精確描繪的語言」創作的反叛精神，以其專業知識，大膽且大量地將性、肉體、科學等意象入詩，雖然若干詩作流於個人情緒的發洩而顯得濫情或晦澀，但在新世代詩人中，他是旗幟鮮明的。

一如不同的果樹在相同的土壤結出不同的果實，這三位同樣出生花蓮，同樣在花蓮完成中學教育，同樣對詩有份持續創作的熱情的詩人，透過不同的氣質、才情、知識背景、生活體驗的催化，發展出不同的詩風。他們自家鄉出發，以各自的步伐和路徑，向文學的高峯行去。

在高度工業化和商業化的今天，隨著城鄉差距的縮小，田園家鄉的特質也跟著隱去，土地的認同也變得模糊了。如何回頭擁抱土地，如何建立一個超越地域的精神故鄉，如何自舊有題材開闢更大的寫作平原，如何掌握時代的動脈寫出觸動人心的佳作，是詩人們共同的課題。難能可貴的是，這三位成長於花蓮的詩人始終具備遼闊的創作視野和自我的詩的理念，在有所不變中尋求蛻變，而在蛻變中又不背離人性。在〈島嶼邊緣〉一詩，陳黎把在縮尺一比四千萬的世界地圖上的臺灣，比喻成一顆鬆落在藍色制服上的鈕釦，而個人的存在就像一條透明的線。但只要胸前那顆祕密的鈕釦（我們的心）不脫落，即使身處島嶼邊緣，照樣能接收到世界的聲音；即使詩人的存在微不足道，但手中的筆可以是一根針，牽引著線，「穿過被島上人民的手磨圓磨亮的／黃鈕釦，用力刺入／藍色制服後面地球的心臟。」懷有這份孤寂但不自囿的認知，島嶼邊緣也可以是詩的中心。

註釋：

①見楊牧散文集《山風海雨》（洪範，一九八七），頁七七。
②同前，頁一四。
③同前，頁五五。
④見楊牧散文集《年輪》（洪範，一九八二），頁一七八。
⑤見散文集《柏克萊精神》（洪範，一九七七），頁八八。
⑥參見拙作〈開闢一個蘋果園—論《傳說》以來楊牧的愛情詩〉，收於《現代詩啓示錄》（書林，一九九二），頁一七—三八。
⑦見《年輪》，頁一四〇。
⑧見《海岸七疊》（洪範，一九八〇）後記，頁一三〇。
⑨見《有人》（洪範，一九八六）後記，頁一七六。
⑩見〈陳黎談詩〉，長廊詩刊第九號（一九八二年五月）。

⑪參見拙作〈《廟前》的世界〉，大地詩刊十六期（一九七六年三月）。

⑫參見拙作〈地上的戀歌——陳黎詩集《動物搖籃曲》試論〉，收於《現代詩啓示錄》，頁七一——九三。

⑬見陳黎〈旅行者〉，收於散文集《晴天書》（圓神，一九九〇），頁一二五。

⑭布農族對祖先的發祥傳說，有「石生說」，參見吳榮順爲《布農族之歌》唱片（音樂中國，一九九二）所寫的解說。

⑮見《一首詩的完成》（洪範，一九八九），頁二五。

⑯見〈海岸教室〉，收於陳黎詩集《小丑畢費的戀歌》（圓神，一九九〇），頁一一八。

⑰見陳克華詩集《星球紀事》（時報文化，一九八七）序，頁九。

講評／陳義芝

有關詩人的認定，我服膺十九世紀法國小說家詩人雨果（Hugo Victor）所說：誰要是名叫詩人，同時也就必然是歷史家、哲學家，還是一位畫家。歷史意識、哲學思想以及情景再現的能力，可以判定一位詩人的價值。歷史意識與家園、民族、鄉土、出身背景有關；哲學思想與他的信仰、追求、學習和觀察深度有關；情景再現的能力則包涵了一切詩的形式要求，包括字詞、語法、音調、情境等之選取與駕馭力。

我初讀張芬齡的論文題自〈山風海雨詩鄉——花蓮三詩人楊牧、陳黎、陳克華初論〉，以爲她著重的是詩人與土地的血緣關係，接近雨果所說的詩人就是歷史家這一部分。（呈現花蓮人的思想和感覺，也就是談花蓮詩人與花蓮的關係）。雖然該論文第一章（P.1）談三位詩人共通的體質，所謂「溫厚的人文素養」「熱愛人間的本性」「關懷土地、投入生活」「細膩且廣闊地觀照生存的環境」，大約也點到了這樣的論述觀點。但拜讀一萬五千字全文後，我發覺，論主更在於說明這三位詩人的詩風同中有異。他們的相同是：同樣出生花蓮、同樣在花蓮完成中學教育，同樣對詩有持續創作的熱情，同樣是我們這個時代優秀的創造者；他們的不同是：氣質不同、知識背景不同、生活體驗不同、表現方法不同。依我的看法，楊牧與詩經，陳黎與拉美詩，陳克華與醫學，很容易找出關連。

評論家張芬齡著有《現代詩啓示錄》，曾持續評論、譯介現代詩近二十年，她對花蓮三詩人的個論頗能勾勒出詩人完整的精神風貌，闡釋十分精闢。例如論文第二章他說傳說時期的楊牧對原始民族（不論是花蓮的阿美族人或美國的印第安人）有著一份悲憫、迷戀和關注；「有人」和「完整的寓言」時期，楊牧仍喜歡以抽象的聲律和色彩的結合擷取生命的意象；第三章說陳黎對土地的眷戀、對歷史的關懷、對現實缺憾的抗議是他的詩的特色。都令人深深折服。最爲獨特的閱讀經驗是第四章——她對不斷成長變化中的陳克華所作的全面掃描。在此之前，我對陳克華的詩雖敬佩、期待，卻也不免有一半難以接受的惋惜，我曾經認爲：當代新生代作家作品常見的不足：沒有大自然的薰陶、沒有家園的守望、沒有鄉土的呼喚，沒有民族的情感、沒有人性的安慰，這些問題陳克華都未能免，換言之陳克華以一柄無情的手術刀縱橫於詩的意象世界，前衛性高，相對地失手的機會也不少，我對他的讚賞因此有所保留。及至讀了張芬齡對陳克華的評析，我在閱讀陳克華詩上有了大幅度的進展。張芬齡說他「喜歡將人體器官和腺體傾倒進詩作裡」，「他用知性、科學的語言寫浪漫感性的情感，用死亡的意象爲愛情定位；他將靈與慾、美與醜、神聖與淫穢相提並論」，「陳克華對世界的認知是殘缺斷裂多於完滿，哀愁焦慮大於美麗」，「肉體意象在陳克華詩中成了替精神、愛情或自然定位的一種工具，精液和眼淚，性慾和智慧，精子和種子等重同質」，「他的鄉愁不是空間的、歷史的鄉愁，而是一種仍待追索、定位的心靈的鄉愁」……一面對照陳克華的近作〈欠砍頭詩〉〈關於我們構想中的馬戲團〉，整個閱讀過程就在成見與新的認識兩股思維中拔河拉鋸。張芬齡的論文給了我們新的視角與視野。我想她談陳克華的部分是相當重要的「陳克華論」。

除了個論精采之外，這篇現代詩論文也揭示或觸及到不少文學與現實鄉土的觀念性課題：

1.有山有海有森林的詩的家鄉是不是能多方孕育詩人？答案是肯定的。劉彥和說：「人稟七情，應物斯感，感物吟志，莫非自然。」可以佐證這種想法。自然條件極佳的花蓮提供創造獨特的人文氣質，在這方面花蓮詩人的成績是可觀的。例如楊牧寫他和立霧溪的〈再世情緣〉（俯視——立霧溪一九八三）。

2.優秀的詩人是否需超越家園的寫實描繪，爲人間創造更美、更寬闊的世界。這一點可以借用擔任中學老師的陳黎的觀點，旅行的象徵：「只要對世界懷抱渴望，我就隨時在移動。我知道坐在教室裡的我的五十位學生是五十本不同的旅遊指南，指向五十座不同的城；我知道我每天在街上，在市場邊碰到的人，他們的心跟這世界所有的名勝古蹟一樣豐富……（我）在我的城複製所有的城，在我的世界旅行全世界。」詩人用筆創造出更多的城，帶著花蓮的養分旅行到無遠弗屆，花蓮因此不僅是地理名詞，也是出現在詩人筆下的文學名詞；花蓮曾經哺育詩人，回過頭來，花蓮的詩人也榮耀了花蓮。

3.詩人面對眼前的人事時地物，應採取什麼樣的姿態與距離？——楊牧告訴我們是「介入社會而不爲社會所埋葬」，他從來不慣於以詩躍身時事慘烈的批評，即使〈悲歌爲林文雄而作〉（一九八〇年作，海外先發表，一九九三年首度於國內發表），作者也已將事件淨化，讓我們永遠對殘酷驚濤中的逝者懷著愧憾並對回到療傷的故鄉這件事充滿期待。詩人能針對時事遭遇而即時抒發成詩，固然是中國古代詩人的傳統，但他們立下的「溫柔敦厚」的詩法，也同樣提醒創作者不要過於憤激，以免縮短了詩存留的生命，因此熱情獻身投入之後，還要能冷靜抽離，儘量與所描述者保持一客觀距離。

我不厭其詳地這麼囉嗦一大堆，是要表明張芬齡這篇論文蘊藏之豐富，不僅對一般讀者，對有心創作者也是很富啓發性的一篇文章。如果一定要找出一點它的缺失的話，我想可舉第一頁第一章和第八頁第三章開頭，當她想用一兩句話統整三位詩人或區別楊牧與陳黎時。她說：「他們三人詩風各異，但溫厚的人文素養和熱愛人間的本性是他們共通的體質，而企圖嘗試突破，勇於創新求變的精神是他們體內的血液。」這種略嫌空泛的統括語在論文起頭就出現，不太有力，反而令人起疑。至於說陳黎和楊牧一樣，也側重意象的經營，但不同的是，陳黎企圖將意象提昇到象徵的層次，拓展詩的詮釋畫面……這種說法略嫌粗疏，陳黎這一點特長，究竟與楊牧有何不同？眞的不同嗎？還有說陳黎的詩三分感性、七分知性，作爲一個「外人」（相對於他們是夫婦）我也不完全接受——就陳黎的詩經常有抽離主觀情愫而以客觀事物排比呈現所欲表達之思想而言，說他知性感性五五波就差不多了。如王浩威論文中也提到的〈太魯閣一九八九〉可證。

不管怎麼說，我確實高興花蓮最優秀的三位詩人——放諸全中國亦不遜色的詩人，有機會在這麼愼重動人的鄉土地區文學會議上接受大家的討論。我要向最可愛的花蓮媳婦——張芬齡致敬。

〈論文③〉

後山巡禮

——後山文化的回顧與前瞻

◎吳　當

壹、序曲／沉睡中的歷史

泛黃的冊頁中，隱約的記載著百年來台東的歷史，輕輕翻閱，它便如山風海雨般襲來。

歷史雖然已經遙遠，但是先民的足迹，卻曾鮮活的在這塊土地奔馳過，他們的努力比我們更爲艱辛，但是歷史爲什麼卻吝於記錄？

在目前工商業急遽發展、環保問題成爲最大隱憂的時代，這一塊土地仍然是美麗的福爾摩沙最後的淨土；但長久以來，卻徘徊在文明的十字路口。傳統的農業，使他仍然保有翠綠的風貌，可是秀麗的山水抓不住許多年輕一代的腳步，爲了追求更精緻的文化，爲了更繁華的生活，他們紛紛走出了這一塊土地。和當年懷著夢想，冒著生命危險，跋山涉水而來的先民相較，令人有無限的感慨。

出走，表示對土地的失望，當初夢想中的樂土，爲什麼會逐漸崩潰？

貳、揭開歷史的面紗

今日的台東，在清光緒元年（西元一八七五年）時統有現在的花東兩地區。甲午年戰敗，台灣割讓給日本之後（西元一八九四年），仍維持原制，屬台南縣。此後雖微有更張，但仍維持原管轄範圍。直到宣統元年九月（西元一九〇九年），始另分出花蓮港廳，台東廳的轄區縮小了一半。

台東，含蘭嶼、綠島二顆海上明珠，跨歐亞大陸與菲律賓兩大板塊，總面積三五一五平方公里，約佔全省十分之一，爲全台第三大縣。縣轄一市二鎮十三鄉。海岸線長達二三一公里，僅次於澎湖，全球唯一黑潮暖流縱貫南北海域。台東縣政府在觀光海報上這樣寫著：

境內三千公尺以上高山聳立，叢山峻嶺綿延起伏，氣候包含了熱帶、亞熱帶、溫帶、寒帶，動植物種類繁多，不乏瀕臨絕種的珍禽走獸和奇花異果。又由於開發遲緩，得以保有更多的清新、自然之美、山明水秀、鳥語花香，無論是人文或自然景觀，都蘊藏了許多稀有不可替代性、多元性的資源。

然而歷史裡的台東呢？連橫的《台灣通史》曾有這樣的記載：

台東為新闢之地，高山大川，氣象雄偉。（一二五頁）台東，天府之國也。平原萬畝，可農可工；而森林

之富，礦產之豐，久為世人所稱道。（八一三頁）

可是這樣美麗的自然景觀，並未給台東帶來快速的開發，壯麗的叢山峻嶺，反成爲移民者的天塹。

早期的土著，並沒有詳細的紀錄，依據荷蘭政府在西元一六四七年五月二十四日公布的蕃社戶口調查，卑南地方集會區有二十七個村落，九〇八戶，約有四、〇八六人（資料見日人宮本延人著《台灣的原住民》晨星版五二頁）

《台東縣志》中，對原住民只有一些零星的記載：

元大德元年（西元一二九七年）：卑南八社頭目馬加特征服其他各社，被推為酋長（卑南王）。

明洪武二十一年（西元一三八七年）阿眉族人初至卑南，代酋長耕作為活。

明嘉靖二十三年（西元一五四四年）馬於文社頭目不帶夏不，率阿眉族人遷居秀姑巒溪一帶。

明嘉靖四十二年（西元一五五三年）排灣族山胞集會巴塱衛。

明永曆二十五年（西元一六七一年）鄭經遣將招撫東部山胞。

清康熙三十五年（西元一六八四年）台灣府令陳林、賴科等越山至卑南招撫山胞，冊封其酋長文結。

原住民是後山最早的住民之一，所記資料如此缺乏，其餘漢人更不必說了。

清人陳英在《台東誌》中亦僅有這樣的記載：

道光以前，卑南生蕃甚眾，有一蕃超乎眾之上，稱為卑南王，總管七十二社。……阿眉常與卑南相鬥，阿眉屢敗，屢被卑南綑縛，殺傷甚多。阿眉因之生畏，甘心歸順為奴，住居卑南側後，其地名曰窩碗，狹小之至。凡卑南耕田種土，阿眉代為出力，如奴僕一般。由是盡力日久，爭心兩化，漸有相親之意。

再如一八八七年英國人泰勒（G. Tayior）在〈與十八灣社頭目潘文杰的旅行〉一文中所記載的：

卑南平原由八個社組成，分別為卑南、知本、馬蘭坳、利吉利吉（Neek-neekce）、猴仔山（Cowahsan）檳榔樹格（Pinaskee）與北絲鬮（Paksikou）（見劉克襄譯，後山探險一一八頁）

這些文字，或只有統計資料，或只有近乎傳說事蹟而無確實的年代、姓名，可見史料的記載，實在已到了貧乏的程度。他們就像史前時代的人們，在這塊土地上寂寞的來，寂寞的去。

至於漢人移民來台東的，在設官治理之前也並不多。《台灣通史》台東拓殖列傳中所記有陳文、賴科、林漢生、吳全、黃阿鳳等人，但細考其所居之地，均爲現今之花蓮，眞正在台東者爲鄭尚：

鄭尚，鳳山水底寮人。咸豐五年，至卑南，與土蕃貿易，且授耕耘之法。蕃喜，以師事之。（八一六頁）

據《台灣志》記載，同治十三年，在台東的漢人，卑南二十八戶，璞石閣二十餘戶，花蓮港四十餘戶，成廣澳五十六戶。總人數尚不足千人。

在外國人的記載方面，台灣省文獻會編的《台灣史》中，首見這樣的資料：

> 崇禎九年（西元一六三六年），荷蘭人既服瑯嶠諸社，聞卑南覓（今台東縣境內）山中出產黃金，因啟其征服東部而探採黃金之謀。……

於是荷人第六任總督杜拉第紐斯（Pauius Traudenius）曾在崇禎十三、十四年間，派助理商務員衞西林（Marten Wessling）數次征伐台東、花蓮境內，但均無功而返，後竟爲大巴六九及呂家二社所殺。荷人對東部之控制，一時爲之所挫。

有關外國人在台東的活動，《台灣通史》中有波蘭公爵麥禮荷斯奇其人其事，寫他在乾隆三十六年（西元一七七一年）八月至台灣東岸，利用當地強蕃富亞波族撫平野蕃的經過。這是一段懸疑的故事，連橫先生亦說：「舊志不載，而西史言之」（八一六頁）。

在傳教士方面。光緒元年英國基督教長老教會設在台灣南部的分會傳教士李麻（Hugh Ritchic）由打狗前來台東，並撰寫了一篇報導，發表在《中國記事》（Chinese Recorder），劉克襄先生翻譯後並收錄在他的《後山探險》（自立出版部）一書中，重點大致是這樣的：

一、一八七五年二月五日由一位年長的漢人和一位僕役伴隨，搭戎克船前往東海岸的寶桑（台東）。

二、當時的寶桑，是一個村子，約有二、三十間漢人的房子。

三、卑南領袖對他十分友善，因爲他們還兼扮醫生的角色，西方成功的醫學，打開了東部人友善的大門。

四、當時曾流行天花，首領興建公共宿舍。他每天被上百位可憐的病人包圍，要求治療。於是就藉著醫藥，傳布「神在一切之上」的福音。當然，效果是有很令人振奮的進展的。

一八八二年英國科學調查船馬卻沙（Marchesa）號和一八八八年探險家泰勒，也曾對這塊土地有過一段因緣。

馬卻沙號上的生物學家古里馬（F. H. N Guillemard），撰寫過一部作品，其中有一段對綠島的描述：

> 這是個小島，幾乎不到二里長。……我們迅速和當地土著聯絡，他們主要是來自廈門地區的漢人子孫，另外從暗色皮膚與其他特性判斷，也有福爾摩沙的土著，或者可能有來自琉球的住民。……。（《後山探險》六七頁）

接下來是對島上的農作和梅花鹿以及學校教學情形的介紹，雖然簡單，卻是極爲重要的先民活動的記錄，分外覺得珍貴。

泰勒的旅行筆記，則更爲詳細。這篇文章中，詳細的描述東南部每一處溪流、海岸河口與部落生活的狀況。其中還有著人和解事件與在知本射擊比賽和差點被招親的插曲。可稱爲十九世紀中葉以後，西人在台灣旅行報告的代表作之一。

像這樣具有生命力的文字，竟出於洋人之手，漢人則付之闕如，不能不說是一種遺憾。也許是當時生活艱困，自顧之不暇，那有閒情來蒐集資料，搦筆爲文，爲歷史作見證呢。但是先民在當時對後山豐饒土地的憧憬，以及開山闢土的毅力，實在不是今天的我們所能想像的。

這種開疆闢土的精神，我們從台東縣首任民選縣長吳金玉的《九十自述》中亦可看見。吳先生回憶他的祖父來台東開墾的情形：

> 我先祖嘉傳公兄弟二人卻能排除萬難，僅憑一把開山刀，一根扁擔，扁擔的一頭挑著簡單行囊，另一頭則挑著襁褓幼兒，赤手空拳即踏上到東部懇荒的征途。……他們沿著山腳的溪谷或河牀攀山越嶺，日夜跋涉，餐風露宿地越過了千山萬水，歷經閱月始到達台東大同路近海處停下來，隨即展開艱辛的墾荒工作。（六七頁）

面對今日的繁榮，我們實在不能不有感於先民的遺澤。

參、歷史，在這裡

清初，由於朱一貴事件，台東成爲漢人的禁地，《台灣史》中有這樣的記載：

> 康熙六十一年，以朱一貴之役，其餘黨王忠，竄入卑南覓，有眾千人，蓄髮持械，耕田力食。清總兵官藍

廷珍，慮其為亂，檄千總鄭維嵩往喻頭目文結搜捕，凡漢人皆逐之；然是役也，實開漢人墾闢山後之始。朱一貴變後，恐遺黨透越，劃界封禁蕃地，東部山後地方，漢人往來遂絕。（三四七頁）

歷史的腳步走到同治十三年，由於後山生蕃甚衆，不服王化，沈葆楨奏明皇上，開闢後山，於是開山撫蕃之議遂行。兵分三路：以總兵吳光亮帥中軍，提督羅大春帥北軍，同知袁聞柝帥南軍。《台灣通史》〈袁聞柝列傳〉中，曾描述當時的情況是：

十月，抵諸也葛，出斫仔崙，以達後山。十一月，駐卑南。途次染重病，回郡就醫。光緒元年春三月，復赴卑南，任南路撫民理蕃同知。卑南初建，制度未備，寄治於綏靖營內。乃次第招撫卑南以北之蕃，自平地暨高山，歸化日衆。徠民開墾，給牛種，以拓巴壟衛大陂之野，來者漸集。廣設學堂，教蕃黎。……（九一四頁）

而陳英之《台東誌》中則如是記載：

……又設卑南撫墾局委員，治理墾務，招充社丁，以通譯蕃語訪請塾師，以教訓蕃童，更預備農器，以發百姓開墾，委人于鳳山一帶，招集衆民……

光緒元年設卑南廳治理後，有關政令的推行及史料的記載，便有制度。自明崇禎十三年（西元一六四〇年）荷蘭人抵卑南覓起二四七年後，台東總算有了一個可以依靠的母親。命運如此多舛，令人思之慨然。

設官之後，對台東的開發，有相當大的助益，像開了閘的水門，漢人聞風而至。根據胡鐵花先生（光緒十九年曾任台東直隸州州長）的記載，當時台東直隸州即有山胞人口約六萬人，平地人亦有五千人。而當時興建水利，灌溉田園，更大幅提高了人民的生活。政府對百姓的照顧，苦口婆心，我們從胡鐵花先生的〈勸民四字〉可見一斑：

台東各處，土曠而沃；勸爾居民，各求富足。
多開荒地，多種五穀；多養牛羊，多栽竹木。
利用厚生，以資富足；毋吸鴉片，嚴禁賭博。
力戒惰游，庶免窮蹙；早完錢糧，無待催促。
無論民番，共敦和睦；毋相尋仇，以全族類。
各安生業，各除惡俗；勉為善良，毋違特告。

肆、空白的後山文化紀錄

設官治理之後，先民的活動有了比較完整的記載。可是除了人事的變遷，應該還要有人文的活動，思想的紀錄才能在幽幽的歷史長廊留下一點光芒，照耀後人。台東先民的發展，除了溯自明崇禎時荷蘭人之外，其實在更早以前就有了。根據考古的發現，共有三處重要的史蹟：

一、長濱文化：屬於舊石器時代晚期，是目前所知台灣最古老的史前文化。其石器都是以打剝法製成，原料均爲採自海邊的礫石，是典型的礫石器工業。完全沒有農牧的迹象。距今約三萬年到五千年。

二、麒麟文化：有整套的巨石構築，由岩棺、石壁、石像、單石、有孔石盤等組成，是巨石文化的一種。距今約三千三百多年。

三、卑南文化：分布最廣，也是目前台灣考古史上發掘範圍最大，內容最豐富而最廣爲人知的一個史前遺址。卑南遺址已是定居村落，已有農業，居民以種植穀類及打獵爲生，工業技術水準很高。距今約五千三百年至二千三百年間。

這種考古的發現，固然有助於人類活動的尋根，有助於歷史的研究，但是卻沒有鮮活的先民影子，看不他們的喜怒哀樂。比起漢民族在大陸地區的活動，留下了無數的文學、哲學、思想……，各種精神的資產，實在讓人覺得：台東，像長在野地裡的小花，寂寞的開著，謝著。

爲了了解台東先賢們在這塊土地上的努力痕迹，筆者走訪了台東縣政府禮俗文物課主辦台東文獻會事務的黃小姐。她很熱心的解說台東縣志編纂的進度，對台東截至目前仍然沒有完整的《台東縣志》出版，她無可奈何的表示：人才、經費都是問題。在已出版的三本資料：大事記、人民志、文教志中，只有基本的制度、數據等資料，至於先賢的事略，幾乎完全是空白的，只在《台東縣志・人民志》九十七頁中有如是簡要的記載：

> 查百年前東台灣各族山胞，散居草澤，荒蕪未闢，交通阻梗，經濟困苦。及清代欽差大臣沈公葆楨奏請分三路開發後山，我先賢跋涉崎嶇，流血流汗，披荊斬棘，用啟蓬蒿。化瘠壤為沃土，易文身而冠裳，故有今日平地山胞人民熙來攘往，欣欣向榮之氣象，飲水思源，追遠報本，於開山先賢之功，不可湮沒。……附應入祀本縣開山先賢名錄。

細考這些先賢，又只是由沈葆楨領銜的清代諸位將領及官員，如：袁聞柝、羅大春、吳光亮、張其光、胡鐵花、劉德杓、張兆連等人。我們找不到其他先民活生生的紀錄。如果官方挾現有豐富的資料、充足的經費，光復至今數十年來仍只有這樣寥寥可數的資料，我們眞不知有何面目對死去的先民。是主事者的失職，還是後山子弟的冷漠？（《台東縣志》〈卷首〉曾解釋爲：本省光復後，日人台東廳長于移交前，把典籍檔案——包括清代遺留案內典籍，放火燒了三天三夜，本縣文獻史上，可說是遭遇「秦火」，不免鉅創深痛，這是無可彌補的損失。）（十一頁）

在這幾乎空白的歷史中，胡鐵花先生的《台東州採訪修志冊》與《台東日記》可說是最具有價値的資料了，它就黑夜裡的燈火，散放出耀眼的光芒。前者是對台東的建置沿革、疆域、山川、職官、水利……等做了一番詳細的報導。其中忠義篇簡介了周維先、時榮貴、楊飛高等二十九人，略補些許缺憾。而《台東日記》則自光緒十九年五月至光緒二十一年五月二十八日止。所記載的事蹟，多與台東有關。這本日記，不僅是他公私事務的紀錄，也是極爲珍貴的史料，成爲研究台東的瑰寶。

知本溪、卑南大溪、新武呂溪的水，千百年來仍然幽幽的流著。在遙遠的歲月裡，它蘊育了無數的生命，先民的血，先民的汗，也在這兒靜靜的流淌著。土地沒有開發，是上一代的責任；而歷史沒有紀錄，應該是這一代無可旁貸的責任。回顧這一段還是空白的歷史，我們應該在塵封的史料中，和先民親切的做一番對話吧！

伍、後山子弟的覺醒

民國七十九年，台東縣政府舉辦了「山胞民俗文化才藝活動」。內容有各族的歌唱、舞蹈及編織、雕刻……吸引了全省無數的來賓。由於這一個活動，促進了原住民對本身歌舞等藝術的整理。去年，卑南族舞蹈應國家音樂廳之邀，前往表演。對本地藝術的發展，有極大的鼓舞作用。後山藝術如能有更多發展的空間，如能得到更多的鼓勵，相信會有更爲優越的成績。

民國八十一年十二月底，台東縣立文化中心在知本舉行了一場名爲「後山文化」的座談會。與會的藝文界人士近八十位。在知本秀麗的山水中檢視自己土地的文化，反省自己曾經爲這塊土地付出多少的力量，是一場極爲熱烈而且頗有收穫的會議。會後不久，在文化中心駱組長國明及蔡裕員的召集下，林建成、藍國揚、林崑成、詹朝立、林勝賢、吳當等人成立了「後山文化工作羣」，開始爲這塊土地實際踏出關心的步伐。他們並且徵得了台灣時報副刊主編王家祥的慨允，決定每個月推出後山文化專輯。很快的，第一篇稿子寫出來了，有老畫家的介紹，有鄉土的巡禮，有民俗的歌詠，有創作……。後山子弟總算跨出了他們的腳步，爲斯土斯民展開了一番整理的工作。不久，林文寶、莊傑、林韻梅等人相繼加入了這一個行列，爲這條溪流，匯入了更多的活水。

教育，使後山子弟逐漸成長，懂得了珍惜自己的土地；珍惜土地的生產，珍惜土地上的生命，珍惜土地上散發的光芒，它們在歷史的長河中，是最踏實的、最可貴的資料。

陸、後山文化的整理與前瞻

早期的後山人文資料，還躺在莽莽蒼蒼的歷史林野，亟待後山子弟們的拓墾，才有繁花碩果，才有繽紛的光彩。在這省思的時刻，筆者願意提出幾個方向，和所有後山子弟，所有關心後山文化的朋友一起來努力。

一、加速整理早期的台東歷史：從光緒元年設置卑南廳以來，官方的史料既然已有專人負責，就應該在浩繁的資料中，汰蕪存菁，以史遷之筆，寫下這一段時間的脈動，讓台東人了解台東史。但是撰寫的方式，絕對不只是像大事記條列式的紀錄，應將重大事件詳細的報導，不但具有可讀性，而且有深度性。

二、整理台東地名的源流：台東的地名，大多富有極爲神祕的、紀念性的色彩。如鯉魚山、三仙台、石雨傘、八仙洞等的神話故事；初鹿、鹿野、鹿寮的傳說；追風橋、黑髮橋、八翁翁等饒富韻味的源由，以及不在海邊的海端、不一定有猴子的猴仔山。這些地名，如能細心的加以整理，編寫出它們的故事，必能使美麗的土地，更顯出它的芬芳；讀起來，會更有一份親切感，更令人喜愛。

三、蒐集各地的神話故事：台東雖然開發較遲，但是卻相對的具有更多的神祕性。各地都有不少的神話故事，尤其是原住民社會，每一個老人，都是說故事的高手。這些口傳的故事，如果任其湮滅，實在可惜，應該鼓勵大家紀錄下來，彙集成書，將是極有價值的文化資產。目前我們很高興的看到雅美族的夏曼・藍波安已出版了《八代灣的神話》，這是一個很好的開始。由各族的年輕一代繼續加以整理，不但能傳諸久遠，而且具有薪火相傳的意義，值得鼓勵。

四、撰寫台東先賢傳：截至目前爲止，台東尚沒有專書報導先賢奮鬥的歷程，以及智慧的結晶。在文化的發展中，是一件極爲危險的事，將會有斷層的現象。因此除了向故紙堆裡蒐尋埋藏的資料外，也應該擴大現有的耆老訪談，並對現有在各行各業如文學、音樂、美術，甚至政治、經濟、建築、農、漁……，有傑出成就的人物，均能加以採訪、報導，留下可資效法的史篇。

五、鼓勵傑出人物出版傳記：近年來，國人出版傳記的風氣頗盛，如孫運璿傳、吳大猶傳，對當代的人、事、地的記載，都有不可磨滅的貢獻。鄉土性的人物，如有能力，當然也可以鼓勵出版。如台東縣首任民選縣長吳金玉先生，就出版了九十自述。其中對其祖父、父親、叔祖父及其他童年和青少年時的敍述，尤其是光緒年間的事，更彌足珍貴。如果有更多此類的傳記，就不難一窺台東早期的全貌了。如果主管文化單位能編列經費予以出版，將更有鼓勵作用。

六、報導社會的變遷：各行各業的興衰與人民的生活有直接的影響。對它的發展，主管機關除了密切給予輔導之外，並應加以紀錄。如農業型態轉變，商業經營的方向，或者是重要商家的變化，像同心居的起落，早期快樂林、台東樓等膾炙人口的飯店的盛衰甚至消失，都是値得關心的話題。

七、重視文化的紮根，落實文化下鄉：台東的文化人口、文化活動一直偏低，需要更多的努力，更多的宣揚。但是推動文化工作，不是趕集、拜拜，熱鬧一陣子便煙消雲散，應該從根本的教育著手；尤其是社會教育，如寫作班、繪畫班、攝影、雕刻、讀書會等的研習，更應在各地長年性的舉辦，吸引更多人的參與，提升文化的水準。

八、鼓勵文化工作者：主管單位應該編列經費，獎勵作家出版書籍，典藏繪畫、雕刻、攝影等作品，讓文化工作者獲得實質性的鼓勵。

九、結合藝文人士，展現台東風華：目前是講求團體合作的時代，文化也是羣體精神的表現。個人單打獨鬥，不但孤獨，而且不易成功。如由文化中心或社教館出面組織，將藝文人士分成若干小組，如：人物、歷史、地理、繪畫、音樂、舞蹈……，擬訂計畫，定期發表、刊印成果，匯涓涓細流，終必能成為文化的汪洋。

十、辦理文化性刊物：目前台東沒有報紙，沒有大型雜誌，不但遠遜於西部各縣市，連鄰近的花蓮（有更生、聯統兩報）台東亦望塵莫及。為鼓勵本土文化的發展，促進文化紮根，文化中心或社教館應發行文化性的刊物，深度報導台東文化工作者們的努力，以及成果的介紹，有了刊物的穿針引線，文化工作者也易於聯繫。

十一、恢復文獻會編制及興建縣史館：文化資料的整理，是長期性的工作，台東縣文獻會現已併入禮俗文物課，並未有專職人員，對文化的整理，實力有未逮，如果能恢復舊制，聘請專才擔任，而不是政治的酬庸，擬訂計畫，逐步進行，必能收到極大的效果。至於縣史資料，則更須設置縣史館，有計畫的整理，定期出版台東概況，並且結合攝影藝術，每隔一段時間，記下台東的現況，必能給後代子孫更清晰的面貌。

十二、文化中心改隸中央：目前文化中心隸屬縣政府，台東縣政府財務短絀，所編預算有限，加上現在文建會、教育部等單位補助又極其有限，如能改隸中央，在經費上必將較為寬裕，文化工作的推動及各項獎勵，必然更為方便，效果自然也更為快速。

柒、尾聲／是歸人，不是過客

連橫在〈台灣通史序〉中曾經說：「國可滅，而史不可滅。」歷史是民族文化的根，文化更是民族文化的根。文化有極爲濃烈的地區性，在全世界都在發揚本土文化的今天，鼓勵及展現各地文化的特色，是我們無可旁貸的責任。台東，有人數衆多的六大族原住民，他們的歌，他們的舞，他們的雕刻，是沙礫中的黃金，我們欣見有人在積極的推廣以及整理；但，後山文化並不等於原住民文化，台東有更多的人，他們或是早年翻山越嶺的先民，或是隨政府播遷來台的大陸人，或是八七水災流離失所的西部人……。他們來自不同地區，展現不同的文化特質，由相斥相容而迸出燦爛的火花。我們相信：純樸的台東，是文化滋長的溫牀，斯土斯民是我們最珍貴的寶藏。我們對土地的耕耘，必會爲後世子孫創造更美好的生活；我們對文化的努力，將爲子孫留下豐碩的精神資產。

後山的的朋友！在整理並創造後山文化達達的馬蹄聲中，但願我們都是歸人，不是過客！

參考書目：

台灣通史　連橫著　衆文圖書公司
台灣史　台灣省文獻會編　衆文圖書公司
台灣開發史　程大學編著　衆文圖書公司
台東縣志（卷首・大事記・人民志・文教志）　台東縣文獻會　五二、三

台東採訪志　胡鐵花著　台東縣文縣會　五〇、一
台東州採訪修志冊　胡鐵花著　台東縣文獻會　四一、一二
台東誌　陳英著　台灣文獻
台東移住民史　陳季博編譯　台灣文獻
台東的史前文化　趙川明撰　台東青年第一三三期　八一、一〇
台東簡史　陳顯忠撰　文訊雜誌第六四期　八〇、二
台灣的原住民族　宮本延人著　魏桂邦譯　晨星出版社
後山探險　劉克襄譯　自立晚報出版部
九十自述　吳金玉口述　陳國政整理　自費出版　七四、一二

講評／何三本

關於這篇論文，我個人提供幾個思考的方式，第一，就是後山巡禮這個題目和後山文化的回顧與前瞻這個副題。命題的題目和今天的主題——花東文學會議，文化的範圍比文學大，主講人定的題目超越主辦單位所要討論的範圍。第二，「後山」，它不僅是指臺東、花蓮，從古以來的文獻，後山都包括有宜蘭，因此在歷史淵源和意義範疇也超越了臺東。因此，我覺得題目改成臺東巡禮會來得直接一點。

在此我想說幾點結論：第一，論文寫作題目儘量寫小一點，不要太大，例如以臺東文化發展或者臺東歷史文化發展，但定了以後，就要遵守著題目來寫。第二，臺灣文學在臺灣可能知道的人並不多，但在北京新華書店裡從事臺灣文學研究，臺灣文學發展過程這類書我看到的有三種版本。因此，今天文訊雜誌社主辦的這六場文學會議，若是能把藝文志編集起來的話，就是一部完整的臺灣文學發展史了。

〈引言①〉

有關鄉土文學的省思

◎林文寶

當我接到座談會的綱要，不禁驀然驚醒，外加惆悵幾許。不覺中，追逐文學的夢已有三十年之久，而在台東定居亦已超過二十年。

雖然，目前台灣地區的文學，似乎呈現百花齊放，千家爭鳴的景象；然而文學的迷思，卻是不可否認的事實。

戰後台灣地區的新文學運動，經歷許多不同的變貌：除了文學應和內在的律動，爲求新求變而動之外；台灣地區的文學發展始終無法和政治格局加以區隔，這是台灣地區文學所以呈現奇詭多變面貌的主因。七十年代是自我覺醒的時期，其關鍵是緣於政治性的衝擊：

一九七〇年十一月的釣魚台事件。

一九七一年十月，政府宣佈退出聯合國。十二月，台灣長老教會發表國是聲明，希望台灣變成「新而獨立」的國家。

一九七二年二月，尼克森和周恩來發表〈上海公報〉。

一九七二年九月，日本承認中共，同時廢除中日和平條約。

一九七五年四月五日，總統蔣公去世。

一九七八年，中美斷交。

一九七九年十二月發生高雄事件。

這些衝擊有的是足以動搖國本的毀滅性衝擊，使國人提高了反省的層次，也使得社會上層建築的文化掀起了壯大的覺醒運動。在這覺醒過程中，就文學而言有三件大事：

一、**唐文標事件**。時間是六十一年二月至六十二年。最初是（六十一年二月二十八日、二十九日）關傑明在中國時報發表了〈中國現代詩的困境〉，與〈中國現代詩的幻境〉（同年九月十日、十一日）兩篇文章，而後引發詩壇熱烈的反映；但震撼文壇的是唐文標連續發表的四篇文章：

〈什麼時代什麼地方什麼人〉　六十二年七月《龍族》九期評論專號，頁二一七—二二八。

〈僵斃的現代詩〉　六十二年八月《中外文學》二卷三期，頁十八—二十。

〈詩的沒落〉　六十二年八月《文季》一期，頁十二—四二。

〈日之夕矣——《平原極目》序〉　六十二年九月《中外文學》二卷四期，頁八六—九八。

這四篇文章像一顆炸彈，落在已經爭爭吵吵的詩壇；顏元叔稱之爲「唐文標事件」（見六十二年十月《中外文學》二卷五期）。這一回，與其說是一場現代詩的論戰，不如當它是對現代文學的本質與意義的考察。

二、**報導文學**。民國六十四年，高信疆在他主編的中國時報「人間」副刊推出「現實的邊緣」專欄之後，「報導文學」這個名詞才開始出現在台灣文壇；並且逐漸受到矚目。報導文學是從社會關懷出發的。

三、**鄉土文學論戰**。大約開始於一九七六年前半期，一直到一九七九年底王拓和楊青矗雙雙因高雄事件被捕繫獄爲止。其中，導火線的關鍵性文章是一九七七年五月，葉石濤在《夏潮》發表的〈台灣鄉土文學史導論〉一文（六十六年五月《夏潮》第十四期）。當時《大學雜誌》、《書評書目》、《中外文學》、《夏潮》等刊物，都先後展開有關台灣文學傳統與特質的座談和討論，終至引爆了一場規模巨大的鄉土文學大混戰。論戰所以淪爲一場混戰，最主要原因當然是雙方都離開了文學這個主題，陷入意識型態的決戰；尤其不可原諒的是動輒在「愛國」、「忠貞」這些與論旨無關的問題上大作文章，似乎存心再掀起白色恐怖的復甦。

事實上，如互射空炮彈遊戲的鄉土文學論戰，眞正的影響是在論戰之後。實際紮根於土地，具有現實使命感，無言默默的鄉土文學耕耘者，雖然只旁觀了這場火拚；但戰火不但未能傷及鄉土文學，更證明鄉土寫作的方向是正確的，給予本土作家經由迷惘摸索而萌芽再生的本土意識文學極大的鼓勵，而帶來眞正鄉土文學寫作風潮。

其實，鄉土的追求與認同並非僅始於七十年代。而所謂的唐文標事件、報導文學、鄉土文學論戰等事件，一言以概之，皆在於立足本土，落實現實。國民黨政府自一九七二年，蔣經國就任行政院長以後，較大幅度地起用本土人士出任閣員，舉辦定期改選的中央民意代表增額選舉，並著手十項工程建設；顯示官方也開始默認現實，使得台灣政權的本土化出現了轉機。是以文學的鄉土追求，亦只是當時從現實紮根的參與行動之一而已。

綜觀台灣近代的歷史，先後歷經荷蘭人佔據三十八年（一六二四——一六六二），西班牙局部佔領十六年（一六二六——一六四二），明鄭二十二年（一六六一——一六八三），清朝治理二百餘年（一六八三——一八九五），以及日本佔據五十年（一八九五——一九四五）。其中，相當長時間是處於殖民地的地位，因此，除了漢人的移民文化外，尚有殖民文化的滲入；尤以日據時期的殖民文化影響最爲顯著，荷蘭次之，西班牙最少。是以台灣的文化在光復前是以漢人文化爲主，殖民文化爲輔的文化型態。

光復後，大陸人來台，注入文化的熱血液。又一九四九年十二月七日國民黨政府遷都台北，更是湧進大量的大陸人口。特別是日本統治時代的五十年和光復後的四十年時間，在跟大陸完全隔離的狀態下吸收歐美文學和日本文學的精華，而後逐漸有了較鮮明的自主性格。尉天驄認爲台灣光復以後的新文學具有下列四種性格：

一、移民性格

二、殖民地性格

三、飄泊性格

四、工業化的消費性格

（見聯經版《海峽兩岸學術研究的發展》，頁一一二——一一三）

嚴格說來，八十年代以來台灣地區的文學，已從飄泊與尋根中走向多元化的文學時代；它已邁向更自由、寬容、多元化的途徑。鄉土文學的名稱已被揚棄，而所謂的台灣文學已然成立。

現代台灣文學的重要課題之一，便是如何在傳統民族風格的文學中，把西方文學的技巧熔入，建立具有台灣特質及世界性視野的文學。或許宋朝黃伯思〈翼騷序〉仍可借鏡，其序云：

屈宋諸騷，皆書楚語，作楚聲，紀楚地，名楚物，故可謂之楚辭。

（陳振孫《直齋書錄解題》卷十五引）

只有從自己最熟悉、最關心或最好奇的範圍入手，方能落實與關懷。所謂的台灣各地文學的發展，資料的收集、整理與研究，亦皆如此。如果地方主管與從業者，不能關懷與落實於立足處，要皆仰賴他人，不就地取才加以培養，則會事倍功半，甚且徒勞無功。

〈引言②〉

地方文學發展的語言難題

⊙林韻梅

一、前言

由於想將有關臺東先民活動的有限史料以小說的方式呈現，因此，必須和學校中的同事或學生請教原住民的生活習俗、語言、器物等。在訪談的過程中，有一位同事曾很感慨的說：「我們是沒有文字的民族，連自己祖先的很多故事傳說都沒聽過，反而要靠閱讀中研院民族語言研究所整理的資料才有機會了解。」傳說原本是最生動的史料，透過口耳相傳，留給後代，成為民族的共同記憶。一旦，這些民族的記憶若有中斷，則意謂著語言的傳遞產生問題。筆者曾讓學生用胡鐵花先生在光緒年間記錄的卑南族語言，和家中親長的語言相核對，發現在他的祖母輩還保存大部分原來語音，但他的父母已無法正確使用本族的語言。我們當然可以說，語言隨需要而生存或被淘汰，何必費心想加以保存？但是，如果語言的被遺忘可能造成一個種族沒有過去，甚至被強勢文化所同化而喪失未來；試問：對於其他共同生活在同一時空的種族而言，是否眞的一無所失？其實，在一個種族被同化的同時，我們也喪失了可貴的人類歷史文化資產，我們的文學資源變得相當狹隘，文學的發展也喪失了原可提供更多刺激的外緣因素。

希望各地文學的發展有其獨特性，語言的傳承顯然是關鍵所在；而語言的傳承又和語言能否文字化有關了。

二、語言的記錄問題

期待地方文學發展，勢必要面臨語言如何記錄的問題。每個民族運用自己的語言思索問題，所以才能顯其精華；有些語言的聲情是其他語文無法代替的，例如：布農族人用其母語來述說他們的主食——Haising，我們用「飯」字是無法傳神的。即使是源自中原的閩南語、臺灣話，在思想的記錄上也不是全數使用國字能傳神的。例如：在臺語中有一常用語「ㄢㄋㄧ」，語源是「焉爾」，「焉爾」在文言中的意義多爲「如此」，但由於「ㄢㄋㄧ」常用在疑問句中，用「焉爾」記錄人的心情，可能不如「安呢」傳神；「安」在文言、「呢」在語體中都作疑問語氣詞，或可減少達意的困難。但是，有些辭彙的表意就沒有這麼順利；例如：臺語的「隨便」一詞，聲音是ㄑㄧˋㄣㄘㄞˋ，語源是「請裁」，由「請人裁奪」引申爲「隨人意」，可是「你那會這請裁？」卻分明構成閱讀上的困難；我們需要加註讓不懂臺語的人了解，還要注音讓懂臺語卻不知語源的人明白。如此說來，還是用國字書寫較省事吧？可是，身爲一個創作者，如果不能把人物的思想、情感隨著語言摹繪，就無法達到生動傳神的目的；因此，個人一直以爲這是文學要表現地方性所遭遇的較大難題。

筆者曾嘗試要將國語、臺語這兩種語言的共通性找出來，也就是寫一句話時，同時用國臺語來思考，找出共通處來加以記錄，寫成後就發現必須犧牲兩者的某些重要質素。舉個例來說：「這後山的太陽總是下得早些，不像我們小琉球的落日，紅通通的，總是慢吞吞的沉入海裡。」用臺語來寫則是：「這後山的日頭攏是落了較早，沒親像阮小琉球的日頭，紅爍爍，攏嘛慢慢啊才沉落入去海裡。」我選擇的句子則是：「這後山的太陽總是落得較早，不像我們小琉球圓通通的紅日頭，總是慢吞吞才沈落海裡。」我描寫的人物是臺灣通史中提到的人物——王忠，他是朱一貴的餘黨，在康熙六十一年來到卑南。我假想這一介平民，在參加朱一貴起事的幾個月中，應該稍稍聽過官話，因此語言如果稍爲雅馴一些，應該還可接受。但是，後來寫鄭尙，寫他在道咸年間由水底寮到臺東來開墾的心情時，我遭遇到更大的挑戰，他可不可能是客家籍？我如何來詮釋一種沒有生活經驗的語言思考？於是，我想到翻譯小說，不同的語言可透過翻譯，我們一樣可掌握作者想傳遞的思想；不過，我們分明有共同的文字，爲什麼不讓它充分發揮記錄語言的功能呢？

三、用現有文字工具記錄語言

畢竟，我們在目前的生活空間中，我們最常用的文字是國字，如果它可以發揮記錄語言的功能，應當是最簡便的工具。不過，各地方語言的聲韻調值多異，絕對不是國音國字所能涵蓋；因此，我想到我們一直諱言的羅馬音標的教學。依我在臺東高中授課的經驗發現：原住民學生學習英文的能力往往比國文還強，因爲早期教會在此地傳教，就用羅馬拼音來記錄當地的語言，因此，孩子們若熟悉這種傳教方式，自然對羅馬拼音熟悉，也方便外語的學習。以閩語、臺語系統來說，有些發m尾音的文字，如：心、深、沈、熊等，若僅用國字國音記錄，難見原貌；有些助詞由於音變已找不到原字，例如：囡仔「兀ㄧㄣㄋㄚˋ」、雞子兒「ㄍㄟㄚ兀ㄧㄚ兀」，像這樣的記錄方式如果改用羅馬拼音，在人人能懂的原則下使用，是不是會使語言的保存與表達發揮更好呢？

羅馬拼音是世界性的語音記錄工具，如果在中學以上納入學習正軌，就實利而言，必有助於第二、第三外國語的學習；就長遠來看，在母語被要求重視的時代，和國字國音相輔爲用，對母語的保存應可發揮很大的功用。

四、結語

此文目的不在研究語音學的專門知識，只是在教學時有感觸、在寫作時遭遇困難，因此有這些想法。管窺之見，尚祈賜教。

文學創作與鄉土關懷

〈引言③〉

⊙林宜澐

如康德所稱，時空是一切知識的先天形式，因此，作爲書寫主體的作者在寫作過程中（包括經驗的取得、廣義的知識閱讀、思考等）就不可能是全然自律的。作者從一己的經驗出發，在寫作歷程裡持續地與「他物」辯證，檢視外在客觀情境，也檢視主體之內微細、不斷累積的變化，而後書寫成作品。至此，作品已不再是自律或他律單方面的產物，而是辯證統一後的文本。在這過程中，我們看見了主體與客觀情境之間持續的交互影響。就客觀情境而言，它以事件（每天發生的新聞、作者的日常生活）、經由歷史知識所造成的文化傳統、政經結構、被建制化的教育系統、民間風俗以及其中蘊涵的觀點、自然地理等面貌全面地「入侵」書寫主體。而在書寫主體方面則因著個人才具（性格、解讀能力、自由意志、趣向等）之差異而予上述素材以轉化、拆解、詮釋、重組。如是而形成了文學史上我們所見的各種風貌作品。

在這樣的描述中，我們發現了作者秉具被動與主動的特質。其作品除了被動地受到時空先天形式及由其衍伸出來的諸多因素所規範之外，也同時因爲作者的主動能力而擁有無限的可能。主客觀在這裡並非對立，而是處於「準融合」的狀態。因此，當我們論及「鄉土關懷」這一類的主題時，我們了解到那其實非僅是作者一種後天的情感，而是如同人的存在本質蘊涵了死亡一般，它先天必然地是寫作的一部份。

但就像我們可以有無數個面對死亡的可能思考觀點，作者對於存在於其內裡的這個先天命題（關懷你的鄉土），也會各有一己的回應方式。這其中的關係容或不是如寫實主義者所揭示的「反映論」論點那麼直接必然，它甚至是隱而不見的。也就是說，當作者對鄉土的「關懷」（如前所述，主客體之間持續地相互辯證）呈現在作品時，它可能已經經過數層意識或潛意識的轉化、變形，而致不易辨識。因此，如果我們將「鄉土關懷」此一主題，僅就其第一義而談，而視之爲一種素樸的感性作用（主體接觸客觀事物時，包括感官和心理層次的感應），則我們可能無法理解許多作者在此一主題上的諸種深刻經驗。

七等生在他的小說裡，經由特殊語法和詭異情境塑造了一個在氣質上專屬於其個人的世界（放生鼠、我愛黑眼珠、僵局、銀波翅膀……），驗諸台灣的日常生活，其小說裡出現的場景、人物、語言可能均非一般經驗所可捕捉。但這並不意味著如此作品便與土地無涉，更有可能的是，作者由於深刻的觀察，而在現象的核心裡挖掘出另種詮釋的可能，在搭配了個人獨特的才具之後，鋪陳出迴異於日常經驗的風貌。李渝筆下溫洲街所展露出來的緩慢步調，雷驤近期系列素描風景式的短幅散文，西西某些結合了古老中國傳說與異國風情的小說〈鎮咒〉，乃至於賈西亞・馬奎斯全力經營的馬康多小鎮，均可視之爲顯示出作者與土地之間存在著密不可分的辯證關係的良好例證。即以我們所熟悉的花蓮作家而言，小說家王禎和以誇大滑稽的語言，著力於凸顯小人物生活中自嘲式的悲哀與無奈《嫁粧一牛車・伊會唸咒》，其筆下跳躍突梯、流露著强韌生命力的花蓮社會，實大異於楊牧詩的世界裡溫柔敦厚、甚至微染古典風味的花蓮街路。而詩人陳黎對其童年迄今的花蓮經驗所做的機智詮釋，也與散文家陳列綿密細長的敍述有所不同。凡此種種都在提示我們，土地與作者之間有著豐富多樣的可能組合。

寫作可以是全然解放的，作者有足夠的權力與潛力顚覆、重組其經驗世界中的一切素材，進而超越約定成俗的語言和既定的思考方法。文學創作在面對土地上的人與事時，其所擺設出來的姿態正是這種蓄勢待發的模樣。基本上這是宿命的——我們爲什麼需要文學？當我們被拋置到這個世界後，我們有限卻可以全面活動的身體便自然而然地感應著外界，而又因著人類理性的本能，使我們得以盡最大的努力探討、創造世界的意義，人就這個側面而言是既唯物又唯心的，所謂「鄉土關懷」，廣義言之，正是這種宿命又不失積極的人文心境。

所有看得見的作品都是ARTIFICIAL，這個字指點出文學創作乃至一切藝術創作的有限性，但在漫長的ARTIFICIAL歷史中，我們卻又似乎不時瞥見已然突破了人類有限性的光芒，那光芒鼓舞了人類持續不停的創作活動。所以，當作者以物理意義的「鄉土」概念爲據點，經由關懷、理解、詮釋而得以全幅開展「鄉土」的可能意義時，自然也就是文學創作最動人的一刻。所有的作者都必須爲這一刻的來臨而努力。

〈活動側寫〉

語言・社群・文學與文化

「花東地區文學會議」側記

⊙周欣雅

1

四月十日，本社在行政院文建會及新聞局贊助下所舉辦的「台灣地區區域文學會議」首場，假台東縣立文化中心隆重展開，延請花東兩地文藝界人士約五十餘位，對當地文學所呈現的風貌與所蘊含的課題做一探討。

開幕式由本社社長許福明主持，執政黨中央文化工作委員會主任祝基瀅應邀發表專題演說，講題是「李總統的文化理念」，台東縣鄭烈縣長也簡單說明地方文化建設的重要。

研討會於上午十點展開三篇論文的發表及討論，主持人是花蓮師範學院語文教育系主任李殿魁教授。發表論文爲：王浩威〈地方文學與地方認同——以花蓮文學爲例〉、張芬齡〈山風海雨詩鄉——花蓮三詩人楊牧、陳黎、陳克華初論〉、吳當〈後山巡禮——後山文化的回顧與前瞻〉，各篇並安排特約討論，依序爲陳黎、陳義芝及何三本。

2

王浩威在論文中强調地方文學的自主性，在相對於「中央」時，其「邊陲」角色所呈現的差異性應該是更豐富整個文化環境的重要成因，兩者能夠並存且對話實爲文化完整性的決定性因素。特約討論人陳黎更加以强調：漢人與原住民歷史觀的相互辨證是地方文學認同的啓蒙。李殿魁教授也做了說明：文化必須慢慢融合，但務須注意個別不同的「人」的存在。

第二位講者是張芬齡，她就花蓮三詩人楊牧、陳黎、陳克華三人討論詩人與土地的互動關係，並以作品爲例加以印證。特約討論陳義芝指出，其中關於文學與鄉土的理論性課題：優秀的詩人是否要超越家園的寫實描繪，爲人間創造更美、更寬闊的世界？他以文中「在城中複製所有的城，在他的世界旅行全世界」（陳黎〈旅行者〉）指出，「花蓮」在此已不僅僅只是一個地理上的名詞，更是一文學名詞了。

吳當〈後山巡禮〉一文，以台東文化的文獻探求出發，分爲兩大部分，一爲台東歷史環境的觀察與反省，二爲台東文化前景的關注與期待。他表示，「會議的結束常常是活動的開始」，透過對台東文化的探討一文，希望能爲實際的反省工作揭開序幕。他並爲與會人士介紹了「後山文化工作羣」，目前他們在台東文藝界凝聚力量、定期發表文章，爲一付諸行動的文化部隊。其特約討論何三本也認同《台東藝文誌》完成之重要性。

3

針對此一中心與邊陲文化環境的相處之道，引發了漢民族對原住民的「文化侵略」之討論。一布農族原住民哈托嚕爾即表示，漢人以國語注音符號和漢文名字要原住民學習與更換，對他們來說，非但失去了語言的原始意義，更出現翻譯轉換上文意不足的窘迫。張迅成則提出因爲原住民並無專有的文字，使用漢文爲溝通管道便無可避免。這「文化橋樑」的選擇是否一定非爲文字不可？王浩威表示，其論文中出現的拼音文字沒有譯成漢字，目的即在試圖採行「異文化」且無中心文化與地方文化之主從關係的方式。

對於地區文學作家的觀察，究竟該關注其階段性視野的發展抑或追溯其家園背景的宿命性關連？李瑞騰以爲，就成長後或者讀書時代便離開花蓮的楊牧及陳克華來說，故鄉土地對他們來說很可能僅爲「遙遠的鄉愁」，作家與土地關係的探討或有明確定向的必要。對此，張芬齡一方面同意，另一方面也提出「機械性的連鎖對文學多樣性的風貌有妨礙之虞」，她表示，相信詩人將自然環境的自然本質轉換爲另一種自然的型式，是其表現心靈意象的個別方式。

4

下午的座談會討論由李瑞騰主持，分由林文寶、林韻梅、林宜澐擔任引言人，對該地區的文學問題展開全面性的座談。

林文寶〈有關鄉土與文學的省思〉提出，當後結構主義出現後，文學被發現淪爲文化的遊戲，文化又成為政治的手段。他以批判性的語氣指出政治對文學的干擾。林韻梅〈地方文學發展的語言難題〉由其學生在場宣讀，確切地點出地方文學在發展上所面臨的方言分歧，難以完全詮釋的問題。林宜澐〈文學創作與鄉土關懷〉更舉出康德「時空是一切知識的先天形式」認為自然地理、風俗民情……等均對文學表達的既定面貌有決定性影響力。

在場對文學中的語言問題承續上午「中心／邊陲文化的並存、對話問題」進行討論，哈托嚕爾諒解地表示鄉土文學的討論不應只在「語言難題」的論述中，李瑞騰也指出文學的永恆性可能更需要關懷。在此，台東高中的學生邱稚亘也提出了另一項命題，語言及文字其本身表達功能的完整性，其實早已受到質疑，所有訴諸語言的事實，其事實早已遭致戕害。關於「以辭害義」的討論，現場並有針對部分遷就聲音而新造文字的舉例，李殿魁表示，此確為異文化的表達方式之一，但著實帶來不少負擔。

對於邊陲地位的鄉土文學受到政治控制一論，詹澈以為台灣政治的改革走在文化改革之後，文化改革在文學之後，而文學改革又在詩的改革之後，詩與文學的努力成果很清楚，他另提出經濟因素取代政治因素為指引文化走向之重要性。張少東認為關於政治的討論已為意識形態之爭，如何全面地表現「生活」實為文藝界人士努力的目標。

與會者黃守誠、楊雨河等也都針對所謂的鄉土文學表示意見，會議在大家熱烈的討論中於五點正結束，留下了許許多多值得探討的問題有待大家更進一步的深思。

高屏澎地區

高屏澎地區文學會議議程表

時間	場次	主持人	內容	特約討論
9：30～10：00	開幕式	許福明	貴賓致詞	
10：00～12：30	論文發表	鮑國順	彭瑞金：台灣社會轉型時期出現的工人作家 張榮彥：恆春半島的落山風文化 賴瑩蓉：企待拓荒的有情天地 ——淺談澎湖的文學因緣	葉石濤 許　思 林文鎮
12：30～14：00			午餐休息	
14：00～17：00	綜合座談	李瑞騰	鄭春鴻：專案寫作——構想及高屏地區觀察 蔡文章：各地文學發展所面臨的問題 曾　寬：檳榔平原的呼喚 許勝文：文學創作與鄉土關懷	

〈論文①〉

⊙彭瑞金

台灣社會轉型時期出現的工人作家

一、前言：工人作家產生的社會背景

一九六〇年代以前，台灣社會的經濟結構，是以農業生產爲主的農業社會，直到一九六五年，紡織品、糖、香蕉、食品罐頭（包括鳳梨、蘆筍、洋菇、柑橘等罐頭）、米，仍是佔出口金額前五名的出口品，而且每項產品的出口額都在一、二千萬美元之譜（註①）。

一九五一年至一九六五年，台灣接受美國的經濟援助，總額在十四億六千萬元左右，平均每年約一億美元，這個數字佔國民生產毛額的百分之六左右，適可彌補貿易入超的百分之九十一（註②）。但美國自一九六〇年左右即逐步以貸款取代直接的經援，至一九六五年六月，美國終於終止對台灣的直接經濟援助。在這以前，台灣的經濟依賴美援貼補，美援的終止則促動了台灣產業結構變革的契機。

美援終止後，爲了彌補出口逆差，於是積極發展以出口導向的經濟發展策略，訂立各項獎勵投資的財經條例，諸如：減徵生產事業之營利事業所得稅額，免徵營利事業所得稅，加工輸出及國內企業在外國之分支機構免稅，進口生產機器稅捐延期繳納等租稅減免手段，以優渥的投資條件，改善投資環境，獎勵儲蓄等方法鼓勵投資，吸收僑外投資。其中，一九五六年起，提出的設置加工出口區的構想，是這項變革的指標。

一九六六年，高雄加工出口區落成，加工出口區是指由政府在港口都市附近興建標準廠房、提供電力、給水、通訊等各種公共設施以及港口倉儲設備，吸收僑外投資的，以出口爲導向的經濟策略下的重要產業形態變革。事實也證明這項變革，的確帶動了台灣經濟的起飛和社會繁榮的景象。加工出口區只是一項經濟策略的指標，但加工區開工後，台灣對外貿易即呈現持續成長的局面，並且自一九七一年開始，出現貿易首度出超的經濟新局面。而在一九七三年，即以紡織品、電器機械及工具、塑膠製品、合板及木製品，佔出口金額的前五位，其中紡織品金額更超過美金十二億元。

六〇年代中期這項有計劃誘導的產業結構改革，觸動了，至少是加速了台灣社會的轉型，是無庸置疑的，由於變革的速度太快，幅度夠大，因之引起經濟、社會、文化變革的風暴，也是可以預期的。一九六一年，農業與工業產品的出口值是五十九比四十一，到了一九七三年，農工產品出口值的比例則呈十五比八十五（註③）。就產業結構明顯地看出，將近十年的時間裡，台灣社會業已遞變完成。

高雄是台灣工業的重鎮，也是此一變革風暴的中心。除了擁有率先成立的前鎮加工出口區，其後因申請廠家過多，不敷分配，更於一九六九年與台中潭子加工區的開設同時增設了楠梓加工出口區，高雄的兩大加工區足足可以吸納八萬名左右的員工。更擁有中油、中船、中鋼等公營事業機構，鄰近尚有林園、仁武兩大工業專業區，以及散處各地的近三千家大小工廠，有鋼鐵、造船等重工業，紡織、電子、食品等加工工業，也不缺乏。這裡不但集工廠型態之大成，更是工業從業人口比例最高的都市。一九六〇年中期開始的十年間，至少有四十萬人湧向這個大都市，七〇年代結束時，高雄市以及其鄰近的衛星鄉鎮的工業從業、兼業人口，保守地估計，應不會少於一百萬人。明顯地，這是應工業生產需要而產生的由鄉村往都市集中的移民潮。而且在大量而快速的移民潮衝擊下，整個都市生態圈受到震撼、遞變，也是必然的。高雄以工業重鎮的都市性格，進入時代風暴的中心，也是無可避免的。

七〇年代初期，剛剛從現代主義的蒼白、虛無走出來的台灣文學，升起的是文學的環境論和條件論，强調文學的寫實主義精神。文學來自社會，反映社會現實的主張，被誇張地用來糾正現代主義留下的造作、虛浮。一時間，文學向現實生活游移的趨勢，應具備人道精神、人文觀懷的文學信仰出現了，它促動了文學本質的落實和位階的轉移。前者衍生出文學應在土地生根的主張，後者扭轉了文學不再理所當然地由知識份子專寵，理想的文學表達被矯正爲回到人羣中去，回到生活和土地上去。工人寫工人、農民寫農民、漁民寫漁民……的，把文學做爲向大衆發言的創作理念，被公開鼓吹。這種顯然是由社會弱勢族羣的生活悲情衍生的文學主張，具有正義性，是不能否認的，現實裡，有實踐的困難，也是不必諱言的。後來證明，除了工人文學，其他都交了白卷。不過，此一運動引發台灣文學的一場爭論風暴，並因此風暴調整、改變了台灣文學的定位和方向，則是不爭的事實。

就文學的地域性特質言，高雄具有發展工人文學所需要的天時、地利，但我不主張率爾地使用工人文學這個說法，也雅不願將工人文學等同高雄文學，倒不是因爲我能舉證的具有勞工身份的高雄作家不夠多，我的理由是以職業或階級設限的文學主張，足以妨礙文學價值寬廣的解釋，雖然在行文中，我也使用工人文學一詞，指的是勞工自己寫出來有關勞工這個生活層面事務的文學作品，可是我並不主張，工人只能寫工人文學，或是工人的世界只保留由勞工自己去寫作。就台灣社會轉型出現的現象言，勞動一詞的寬廣性，遠遠超過勞工人口數，或工業生產指數，它代表台灣社會的某種質變，我認爲，做爲文學工作者要了解、解釋台灣的文學，即使並非工人作家也都不應忽略此一現象，高雄不過是最具觀察價值的一個都市而已。

本文列舉的三位具有勞工身份的作家——楊青矗、李昌憲、陌上塵，他們的文學活動連接起來，從一九七〇到一九九〇，長達二十年，他們都不是高雄出生，都自外縣市移居高雄，他們分屬不同階段的文學活動，所寫的有關勞工題材的作品，恰好貫川台灣社會由農業到工業轉型的歷史階段，他們的文學議題也透露了社會遞變的訊息。以他們親身在轉型後社會第一線的體驗，寫下來的作品，足以塡充向現實移動的文學主張亟待塡補的經驗空白。

二、楊青矗的工廠人文學

楊青矗，一九四〇年出生於台南七股鄉，一九五〇年隨著家人遷居高雄，其父任職於中國石油公司高雄煉油廠消防隊，一九六一年因搶救高雄港失火油輪爆炸而殉職。楊青矗亦於是年進入煉油廠任職，迄一九七九年，因高雄美麗島事件被捕入獄去職，有十九年國營事業機構勞工經驗。

自六〇年代初期即開始寫作的楊青矗，於一九七〇年以〈工等五等〉開始寫工人小說。之前，楊青矗的小說，雖然生動地捕捉到所謂農、工勞動、低階層人物的生活面貌，但具有明顯地工人自覺意識的作品，則是從〈工等五等〉開端，其後迄高雄事件發生的大約十年間，他寫了二十多篇以勞工問題爲主題的小說，以及若干篇探討勞工問題的雜文，使他贏得工人作家的頭銜，工人文學在勞工界引起的《筆聲的迴響》（註④），則進一步激發他的「言責」，以及做勞工「代言人」的使命感。

楊青矗有十八篇工人小說，分別收集於《工廠人》及《工廠女兒圈》兩本短篇集子裡（註⑤）。《工廠人》是以他自己長期服務的中油煉油廠做爲寫作工人小說的主要背景，同時也是以這個國營事業工廠發生的勞工糾紛做爲詮釋勞工問題的主要依據。雖然楊青矗宣稱：特別是他的工人意識覺醒之後，他曾經利用休假或假日到各種類型的工廠打工，以瞭解不同類型的工人工作和生活情形，「跑遍各地看各種工廠，訪問工人同伴」（註⑥），不過，《工廠人》仍是接近百分之百的國營工廠經驗。

收集在《工廠人》裡的十篇小說，不外以「工作評價」、「臨時工」、「勞方資方矛盾」、「工會自主性」等四大主題，反映工廠人的勞動情況和連帶的家庭、經濟生活。〈工等五等〉描寫在實施工作評價新制度的工廠裡，存在四等至十二等差別極大的工資待遇，工作被評定爲五等的工人收入不及十二等的一半，工等五等，一家人只能吃個五分飽，工作評價太低或不滿意的人以怠工消極抵抗，或是以兼副業——上班時間溜出去做副業，塡補那只有半飽的肚皮。

問題出於工作評價是「人治」，技術高、手藝好或像憨牛一樣賣力工作的人不見得獲得合理的工作評價；反之，走後門、送紅包、拍馬屁、有背景的人，不必技術，上班混水摸魚，仍然可以得到高評價，工作評價制度被譏爲掛羊頭賣狗肉的人情評價、背景評價。結果宿命地接受不滿意評價的人會說：「評價隨他評，工作隨我做。我不偷東西，不破壞廠規，按時上下班，不怕你開除。你來查勤我就忙給你看，你去了，我不做了；你整天盯著我，我整天忙著做給你盯。蕭薯手內出，評多少在他手裡，做多少在我的手裡。」主管說：「別人一天做多少，你做多少，自己比比看。」他答：「別人評幾等，我評幾等，你當主管的比比看。我年資比人淺？我技術比別人差？」（註⑦），〈工等五等〉的主角感嘆做工吃個九分飽而不可得，辭職另創事業，可算是怠工之外，比較嚴厲的抗議。〈囿〉的主角「史堅松」，工作評價過低，申覆無效，自己打通門路調職也不准，甚至參加晋升職員考試也不獲同意，眼看人家不斷地升等，即使調薪了，低工等的人只有越調越不如人，甚至連房屋津貼、水電費也吃了虧，憤而打死阻住他命運的路障——主任，以求解脫。

〈龍蛇之交〉和〈掌權之時〉也都是在這種只有人情沒有制度的工廠世界裡譜出的亂世變奏曲。前者寫工人為了和位高權重的總經理攀關係，跟蹤總經理的行蹤，卻不幸被懷疑是謀殺。〈龍蛇之交〉雖然以諷刺的筆調調侃了工人不自量力地攀附權貴的可鄙可笑心態，但掌權人的作威作福、濫權，何嘗又不是眞正的罪魁禍首？〈掌權之時〉以掌有部屬的考評、升陞以及出國賺外快的大權，盡情索賄，甚至如〈上等人〉以權位逼誘女工、女職員就範，暴露的豈僅只是片面的、單向的工人放棄自己的尊嚴拍馬逢迎？〈掌權之時〉令人啼笑皆非的結局，狡猾的工人因所求未遂，逮著機會，連本帶利把送出去的賄款收回來，固然予人被壓迫者——工人——復仇的小小快感，但卻破壞了紅包人情世界的「道義」，一樣不得同僚的諒解、認可。這也正如〈梁上君子〉的情形，工廠苛薄員工的待遇，反而形成人性上永遠塡補不了的貪欲的藉口，從上到下，大家都有一套揩公家油的手段：有人溜班開小差，有人拿公家的衛生紙，有人偷交通車的汽油，有人虛報加班，有人和包商勾結浮報工程款……，隱隱透露出不合理、不公正、不平衡的勞務制度，實際上形成了百弊叢生、千瘡百孔的工廠文化。

〈低等人〉則反映了「臨時工」的問題，有人臨時工一幹三十年，臨時工薪資低，沒有房屋租金、水電費、宿舍分配、年終獎金、升等等津貼、福利，不能搭乘交通車，沒有保險、沒有退休金，做的往往卻是最辛苦最「低等」的工作，顯然「臨時工」是資方不顧工人死活而發明的剝削勞工工作報酬的惡手段。在公司裡當了三十年臨時工，也清了三十年垃圾的「粗樹伯」，因上有九十多歲的失明老父，在被公司通知解僱的前一個禮拜，故意撞向總工程師的座車，以換取五、六萬元的殉職撫卹金，養活年邁的父親。血淋淋的〈低等人〉故事，旨在强調臨時工制度存在的不合理。

臨時工制度與工作評價制度同樣都出現在「人治」的問題上，像「低等人——粗樹伯」一生的命運，完全繫於課長一個人的筆尖，只要課長輕輕一句，他就可以升正工，一生的命運便要完全改觀了。因此，這樣的「人治」自然出現許多人性弱點衍生的弊病。〈升〉描寫一個幹了十六年臨時工，幹得頭都抬不起來的「林天明」，好不容易搭上總管理師太太的線，利用工餘時間義務幫她搭花棚、做家事，總管理師答應幫他升正工，他從俗借了六千元做紅包酬謝總管理師。不料，新到任的總管理師拿他送的紅包做爲逮到「建務課」升正工需送紅包的證據，訓斥他的課長，課長一怒之下，到手的正工飛了，扶不起總管理師的「大𡳞脬」，急得暈死在地上。

升正工的誘惑，不僅是工廠人溫飽的保證，更涉及勞動者的尊嚴和社會地位。〈痲雀飛上鳳凰枝〉裡，那個自稱「可能是世間最醜的男人，左眼斜視，一層白翳蒙著黑瞳；身材矮小，黑茶色的皮膚有如牛皮的粗糙，臉孔就像無法耕種的荒埔，亂石嶙峋。」所以能娶到「振展紡織廠」全廠二千多個女工中姿色最美的一個——雖然她被董事長的兒子遺棄，爲他「拿過囝仔」，痲雀所以飛上鳳凰枝，憑的就是他服務的工廠待遇好的名聲，等他臨時工——待遇不及正工領班的四分之一——的身份被揭穿後，不但引得太太「猾」病再發作，拿菜刀追殺他，還把女兒淹死。

臨時工的存在，把轉型後社會出現的階級壓迫——資本家、公營工廠的有權有勢者片面訂立不合理的勞務條件，職員掌控勞工命運……，工業化社會最不公平正義的一面，凸顯了出來。正如楊青矗在〈魚丸與肉丸〉（註⑧）一文中所論述的，職員與勞工的世界壁壘分明，工人恥於當工人，對自己的身份自卑，看不起自己工作的價值，有機會，便要往上攀，往上爬，甚至往外逃。這種情形造成勞工世界的分崩離析，也留給資方廣闊的予取予求的空間。

《工廠人》的最後一篇〈工廠人〉，描寫工廠人透過工會自主、凸顯工會功能、保障會員權益、提高勞工地位之工運理想。雖然這是表明勞工可以聯名突破工會陋規、競選工會理事成功的小小案例，但從七〇年代尚存在工廠老闆兼任工會理事長的荒唐情況，工會被閹割，被資方收買，或淪爲資方的橡皮圖章的現象，一點都不值得驚怪。〈工廠人〉的七人聯名競選工會理事席位，意義不過是彰顯工會的法令地位被扭曲了。七人的共同政見，顯示工會理事可能做的不過是推舉福利委員，防杜會員的福利流失和分配不當而已，相對於轉型後社會工人運動的理想，還是遙遠得很。〈工廠人〉象徵工人自覺的意義遠勝過工運成長的實際。七人雖然聲稱依法聯名參選，卻仍然得冒丟掉飯碗的危險，競選時雖然强調不受威迫利誘，當選之後仍然爲權力和利益屈服。可見脆弱的工會功能與薄弱的勞工自覺，並沒有畫出理想的轉型後的社會藍圖來。不過，他們的行動卻宣示了全新的勞工理念；代表工人的工會是依法成立的組織，工會代表勞方和資方立於平等的地位，透過雙方議定的團契，依約推動工廠的運轉生產，享有應得的權益，不是一方聽命於另一方的支配與被支配的地位。

〈工廠人〉提出的勞資平等合作的理念，就當時而言，只是高懸的理想，未必就能解開《工廠人》的困境，畢竟工會的組織並不健全，能發揮的功能有限。〈工廠人〉裡，工人爭取工會主導權，從而建立的自信、自尊，工人要站出來、站起來的覺醒，激發了楊青矗做爲勞工代言人的使命感。一九七八年，楊青矗參加了因中美建交而中斷的那次選舉，出馬競選職業團體工人立委，選前他把自己要爲勞工請命的政見，整理出《大人啊！冤枉》一書出版，便主張健全工會，充實勞工法規，追求勞資平等，並且認爲工人唯有爭取罷工權，才能擁有講話、抗議的權利，也只有實施「工者有其廠」，將盈餘、紅利，以分紅入股的方式，讓勞工亦能分得生產利潤，工人同時也是股東，才能解決勞資對立的緊張關係。

楊青矗在寫過〈工廠人〉之後，「爲要更深入體驗各種工廠人的生活，假日或休假，他經常到各工廠打零工。」（註⑨），他選定女工做爲另一個階段的寫作主題，一共寫了八篇女工小說，集結成《工廠女兒圈》。八篇小說分別描寫了公營事業機構、電子工廠、電器公司、紡織工廠、化學工廠、食品廠，有數千人的大工廠，有外商公司、有小型的私人公司……等各種不同性質的工廠。反映了女性勞工受到的歧視、侵犯，請假、遣散的不合理，工作環境之惡劣，更是弱勢勞工中的弱者，女性勞工受到的不公平的待遇，不合理的迫害，遠超過男性的勞工。〈昭玉的青春〉裡的「昭玉」當了二十二年的臨時工，已經三十九歲了，連短僱工也升不上，總經理認爲女工都要結婚，結了婚大肚子，生小孩請產假，上班不專心，還溜回家買菜，乾脆不升女的。而且女性升了正工，薪水高、有保障，非幹到退休不走，臨時工一結婚，大多辭職幹家庭主婦，「昭玉」的青春便因此被犧牲了。

〈陞遷道上〉寫外商公司的本地人經理在郊遊時，強姦了急著想升遷的女工。〈秋霞的病假〉寫電子公司不守勞工法令，工人請病假不給全勤獎金，還不給工資。〈婉晴的失眠症〉是因爲擔任會計課長，幫公司逃稅，不但得替公司賄賂稅務人員，陪喝咖啡、跳舞、受刁難，還得提心弔膽被查到假帳。〈龜爬壁與水崩山〉分別形容作業工人賺取工資的艱辛和資方的暴利。剛離開國中校門的女工，離家來到工廠工作，時時得提防都市的罪惡陷阱和暴力侵犯，公司爲了省勞保費，並未替所有的勞工投保，一旦受了傷，微薄的工資，根本付不起醫藥費。化學工廠的危險性無處不在，〈自己的經理〉爲了文過飾非，竟然趁因公受傷的女工住院期間，將她解僱，使其失業又失去保險就醫，如是不顧勞工死活，連洋人老闆都大惑不解。員工同樂，開〈工廠的舞會〉，職員的座位有桌子、有椅子、有飲料、有糖果，吃不完的像佈施一樣丟向女工的座位……。

女工的處境，除了和男性勞工同樣面臨勞工法令的空疏、裸露在資方的剝削和予取予求的支配之下外，她們還得受性別的歧視。七〇年代，加工區女工往往被歪想成「落翅仔」，媒人提親時，加工區女工的職業，則被視爲不名譽而遭回絕。當然，〈工廠女兒圈〉反映的是轉型後社會更不人道、更不正義的一面。工廠老闆愛用女工，加工區女工佔絕對多數，是貪圖女工工資低廉，資方所持的理由卻是女工缺乏工作熱忱，流動性大。這是倒果爲因的不負責任的指陳，女工正因待遇低，升遷無門，又學不到技術，難以維生才不安於廠，罪魁禍首難道不是壓低工資的資方？

楊青矗的工人小說是建築在轉型社會工廠文化基礎上的工廠人文學。他的文學記錄了一九七〇年到一九七七年間，以高雄這座工業城爲模型的工廠文化現象，反映了勞工工作法令不周全、缺乏勞動條件保障下勞工的工作現象。他的文學把工人的定義設限於工廠人，可見他對迎接工業化時代的來臨是持正面、肯定的看法的。因此勞動條件的改善，勞務報酬的公平、公正，是他的工廠文化觀亟亟追求的目標，至於從勞動文化中去突示勞動價值的新社會勞動觀的建立，則是蜻蜓點水沾一下而已。若以楊青矗的工人小說做爲台灣工人文學的開端，可以清楚地看到，這和高雄所展示的台灣工業化指標進度是齊一的，雖然楊青矗的小說，從他服務的中油煉油廠出發，也明顯的受到經驗的一些侷限，但從六〇年起步到七〇年代粗具規模的台灣社會新興的工業社會現象，內部醞釀的一些胎動、翻攪，諸如：工人的社會定位，工作保障、工作安全、工作條件、工作尊嚴，衍生的勞動法令的渴求、工會的組成，七〇年代正是一個起跑點。從煉油廠這個工作條件、工作環境均屬上駟之選的老工廠出發，本來就比較難以凸顯勞工問題的核心，不過，從另一個角度看，連老大店都問題重重了，新店、小店豈不更不堪論？以這種互補的觀點看楊青矗的小說，大約也可以了解他的作品反映了怎樣的工人世界，和反映了多少的勞工心聲。

三、從加工區發言的李昌憲

李昌憲是從加工區發言，以詩表達勞工心聲的詩人。一九五四年出生於台南南化，畢業於工專電子科後，於一九七七年元月進入加工區工作，迄一九七九年二月暫離加工區止，把他進入加工區所受到的悸動寫下了《加工區詩抄》（註⑩），一九七九年九月，他再回到加工區的電子廠工作，現任加工區華泰電子公司資材部經理，仍斷斷續續寫了一些以「生產線上」爲主題的加工區詩。

《加工區詩抄》的二十九首詩，分成四輯，大致上可以包括：描寫加工區工人工作的辛勞、勤奮，女工讀夜校力求上進和受社會歧視，資本家的不仁，女工的命運四大類主題。在第一輯裡，李昌憲寫道：加工區的工人以〈追趕〉的速度上班，一小不心便有被「輪胎擊斃」的危險。生產線上有放下「閃亮的勛章」來回搜索「拾起廢棄紙箱」的老兵〈背影〉。也有「挺著圓圓的腹」，以「永遠堅強的意志」〈期待〉的孕婦。

第二輯寫女工微薄的薪資除了生活費、繳學費，還要寄回家，實在沒有多餘的錢買化妝品，去做〈花的聯想〉。加工區的圍牆，圈住女孩的青春，她們「是被貶謫的一羣」，〈牆裡牆外〉隔著難以翻越的藩籬，她們寧可忍受「放學以後，回宿舍的暗路／一次又一次的遭受偷襲」，讓第二天上工時路上隔夜的淚珠，像解剖刀般劃開心裡的痛楚（註⑪）。「在這競爭激烈的社會／我們這羣工廠的女作業員／除了白天沉重的工作，晚上還要／用辛苦賺得的微薄薪資繳昂貴的學費／用該休息的時間去爭去取／一張象徵性的文憑／能超越生活？能超渡婚姻？」（註⑫），這是描寫加工區女工不畏〈無聊少年〉的侵擾，不辭辛勞地讀夜校，向上泅泳努力掙脫女工命運的情形。

第三輯「女工心聲」則寫〈企業無情〉，藉裁員，使工人的年終獎金落空，資方無視於用「青春和鮮血」換取「薄薄的工資袋」的女工如何爲生活掙扎，一聲〈裁員〉，像「廢棄物一樣」把她們棄出門外。老闆們〈用調薪誘我們〉「逼出貨逼工作量」，〈油價從零時起全面調整〉「公教人員調薪的百分之二十……高速公路……通行費想漲一倍……煙酒大幅調整，也說要以價制量／物價迅速跟著暴漲／房地產越抬越高／房東也通知要漲房租／再不調薪三餐恐怕只得吃／陽春麵——一碗也漲了一倍多／我們的生活被物價追殺／裁員的風聲又開始威脅……」（註⑬），加工區工人受到裁員及工資趕不上物價的生活壓力。李昌憲也寫〈臨時工〉，不顧工人的嗷嗷待哺，「任無情的一紙契約／隨時僱用，也隨時／被解僱」。

最後一輯〈嫁給輸送帶的阿霜〉，是一首較長的詩，描寫女工在輸送帶前溜逝的青春，從孤單地來到電子公司，雙手拿著不同的零件，對準輸送帶帶來的零件孔插入、插入，分秒不停地插入，也曾裝著勤學的樣子，「殉身薄薄的一張／文憑」，當職員、當辦事員、當會計的夢，等了八年，還是落空，「公司一家換一家／一樣是輸送帶」、「剛訂婚又被退婚」，只因爲「說女工是落翅仔」。

李昌憲的《加工區詩抄》，與楊青矗的《工廠女兒圈》是同時期同背景的作品，選取的題材也都近似，諸如：臨時工、女工升遷、流動性大，被視爲落翅仔，婚姻戀愛的問題，基本看法並沒有出入；不同的是，楊青矗對工人的醒覺具有强烈的信心，他以代言人的角度，相信抗爭，也鼓勵抗爭，女工病假經由抗爭發了半薪，二十二年不升的臨時工直闖總經理室，終於升了短僱工，以斷然出走辭職擺脫夜夜失眠的會計課長職務……，幾乎每一篇小說裡都可以清楚地看到一九七八年前後的楊青矗身影在裡面。雖然現在已無從臆測「工者有其廠」、「代表勞工的工會與資方平等」……這些工運理想，能否得到勞工的附和，但以十五年後的今天加工區，仍遙遙無實現之期看來，當年一定不免曲高和寡。李昌憲沒有當代言人的企圖心，他只是站在勞工的立場發言，表達自己的心聲，平實的寫出勞工的生活體驗，勞工有辛酸、有委屈，也有怨、有淚，有苦悶、有哀愁，做爲詩人，他只是站到勞工羣裡去感受，表達這種感受，如此而已，李昌憲的詩裡沒有李昌憲的身影在穿梭，在詩想裡，他與勞工是化爲一體的。

四、拿鐵鎚的工人作家陌上塵

陌上塵，本名劉振權，一九五二年出生於苗栗，十八歲即進入台灣造船公司，一九七五年，奉派赴日本接受三個月的造船訓練後，調職高雄，成爲中國造船公司的建廠工人。早期寫詩、寫散文，一九八一年以後有工人小說發表。陌上塵與楊青矗同爲國營事業工廠工人，不同的是陌上塵一開始便是拿鐵鎚的技術工人，具有更眞切的勞工生活體驗，是眞正「黑手」出身的作家，他的作品取材、主題都不受工廠人所限。陌上塵主要的工人文學有短篇小說集《夢魘九十九》（註⑭）及散文《造船廠手記》（註⑮）。《夢魘九十九》裡有十一篇都是寫工人的小說，寬泛的主題包括了工資太低，被閹割收買的工會，外商公司的買辦幹部，工人間的相互傾軋，生產自動化趨勢帶給工人的衝擊，工業農業的比較，礦工……等議題，以更寬闊的角度檢討勞工的工作、家庭、生活，以及與時代的互動關係。

〈表決〉寫工會理事不願爲公司的「員工互助金」背書，拒受旅遊招待，車禍受傷仍從病牀上掙扎起來參加理事會表決投票。〈血蠅〉的外商公司班長，拒絕升職員的收買條件，堅持不顧自己的安危，不怕敲破飯碗，爲同伴爭取福利。〈火浴〉裡的資深領班指出：「現在勞資間的問題，並不如勞方自身的問題嚴重，資方只是爲了自身的利益……，而勞方自身的爭鬥，卻嚴重地損傷了勞工的地位……」，〈失去的城堡〉則預測生產自動化後，傳統勞工如何因應自處的問題。

和楊青矗比起來，陌上塵肯定的不是自己這個工人作家的代言地位，他肯定的是許多無名的勞工英雄和奉獻者——老師傅——經驗的傳承（〈失去的城堡〉），爲同伴犧牲的班長（〈血蠅〉）、勞工同伴相濡以沫的情誼（〈夢魘九十九〉），明顯地擺脫了勞工的宿命，所以抗爭的強度更高，方式也更激烈。陌上塵這些作品，完成於一九八一年至八三年間，表達了七〇年代勞工文學所沒有的勞工對自己職業的自信，他們仍對工資不滿意，也有人事的傾軋，也有裁員、失業的威脅，在慨嘆「工字不出頭」之餘，卻能「與有榮焉」地欣慰自己參與了社會建設的成果，或賣力地在工作崗位上展現自己的技術勞力而自豪，更試圖以不斷地自省以提升工人的自信，這也是七〇年代勞工文學的勞工所沒有的達觀，也從這種達觀建立了勞動價值觀，更從而爲勞動者豎立了自信自尊的新工人文化里程碑。

陌上塵把自己進入造船廠工作的經驗和心得，以日記體寫成《造船廠手記》一書，從一九六八年二月，寫到一九八八年二月，記下了他十七歲進入造船廠當學徒開始，二十年間的黑手工人成長實錄。清楚地記下了台灣的工人在勞動價值觀未確立、勞工制度不健全的環境裡，如何委屈隱忍地走過來，又如何從埋首工作裡找到自己對促使社會繁榮的自信。他說：「《造船廠手記》可以說是我……的工路歷程，這其中所見所聞我都一五一十的記錄下來，其中有一些是我對於台灣勞工朋友的看法，以及挖掘了一些默默在工作崗位犧牲奉獻的可愛勞動者們。沒有他們，台灣的工業絕不能起飛，沒有他們，我們的社會也不可能有如今的面目。」（註⑯）

相較於七〇年代將全副精力投注於勞務條件合理化的爭執的工人文學，誠然陌上塵是顯得過分樂觀了些，但相對於一個工業化轉型成熟的社會，勞工樂觀的自信卻是社會轉型期出現的最有意義的符號。陌上塵「相信，『黑手』、『黑臉』的名詞在日後一定是光采奪目的標誌。日後，也不會再有人殷殷訓誡著下一代：要他們無論如何不能夠踏上勞工的道路。」（註⑰），否則有一半人口都是勞工和勞工家庭的成員，而這個社會仍鄙夷著勞工時，豈不是一個充滿矛盾的怪異社會？

五、反映轉型後高雄生態的文學

楊青矗、李昌憲、陌上塵三個人的文學共同豎立了台灣文學裡工人文學的旗幟，由於他們皆具有實際的勞工生活體驗，都能眞實地反映出勞工的工作和生活，隱約間，他們還懷抱著嘗試以自己的筆勾勒工業化社會的前景，試著建立勞動者的尊嚴。基本上，他們都掌握到了七〇年代以後的台灣文學寫實主義文學的走向，善盡了文學對時代、社會的使命；另一方面，他們也正巧出現在台灣社會轉型的關鍵時刻，不但親自體驗時代遞變的陣痛，也承擔了參與新社會的建構行列，做爲工業化社會的工人，這使得他們的文學深具時代感。同時，也毫無疑問的，他們的文學也正反映了高雄工業城這個生態圈。

楊青矗在接受李昂訪問時曾說，他一度對文學表示灰心，懷疑文學在我們社會裡存在的價值，而「三島由紀夫在日本學潮的暴亂中光靠其演說能擺平學潮的暴亂」（註⑱）卻是他所相信的文學功能。從楊青矗到陌上塵，他們三個人都具有淑世的理想，但把整個社會轉型的陣痛加在文學身上，當然不是文學可以負載的。

台灣社會轉型期的前十年，工業都市急速吸納了大量的農村人口，造成都市人口膨脹，連帶地發生居住、交通、教育、衞生等問題，自然也刺激地價、房價、物價的上漲，這使得到都市來創造繁榮景象的功臣——勞工，手裡拿的工資袋成爲高物價社會裡嚴酷的嘲諷對象。工人文學發出的正是這種新貧階級的聲音。

六〇年代訂下的出口經濟策略，事實是以勞力密集爲主的生產設計，以高雄加工出口區爲例，一九七〇年初期，廠家僱用的七萬名工人中，有六萬多名是女工，而多數還是十六、七歲的國小、國中畢業的鄉村來的女工，一九七七年，全台灣有一八一萬女性就業，佔總就業人口的百分之三一．三七，其中小學程度以下不識字的有三十八萬人，小學程度者七十五萬人，初中程度者廿八萬人，高中程度者三十萬人（註⑲）。說明六〇年代的台灣工業化實際上是匆忙中吸收了低技術、甚至沒有任何技術的密集勞力爲動力發展起來的，這必然形成低工資與流動性大的惡性循環，這個社會結構性的脆弱就不必談了。

台灣的工人文學所暴露出來的層出不窮的勞資爭議，諸如：工資太低，未按規定爲勞工投保、苛扣獎金、臨時工制度、請病假不發工資，以全勤獎金制度控制工時，無故遣散、解僱，傷害賠償……，不外是法令的疏漏或資方被驕縱不守法。相對於工業化起步時，獎勵投資條例的優渥、周到，保障勞工的勞動法令的粗疏與缺漏，幾乎已確定勞資雙方的不公平和不友善的關係了；此外，相關於工人工作環境的安全，衛生保證，工作權的保障，工作尊嚴的保護，只好是天方夜譚了。

顯然，台灣社會在調整生產型態，估算生產結構工業化的效益時，似乎忘記將社會轉型所需的成本計算在內，以致出口經濟帶來的社會榮面卻難以掩蓋工業化帶來的諸多捉襟見肘的社會難題——廣大的新興工業就業人口因缺乏完善的勞動法令保障，使得他們在奉獻出勞力、青春、健康，甚至生命後，不但不能享有經濟繁榮的好處，反而淪爲新社會機能所壓迫歧視的浮游都市的新貧階級，更因爲資本家和勞動者分處於法令過分優寵和極端漠視的兩極，形成舊社會所沒有的、明顯的不公平、不正義。

這樣的社會背景，亦即社會正義的缺口，給予崇尚寫實、勞工本位的工人文學極大的施展空間，也正因爲他們準確地把握時代的脈動，站在公理、正義的一端發言，使得他們的文學不需要粉墨上場，便爲時代做了有力的見證。工人文學是時代的產物，也是社會的產物。

註釋：

①、②參見自立晚報出版，林鐘雄著《台灣經濟發展四〇年》。

③參見自立晚報出版，蕭國和著《台灣農業興衰四〇年》。

④楊青矗雜文集，一九七八年敦理出版社出版。

⑤楊青矗早期的工人小說，分散在《在室男》、《妻與妻》等作品集中，一九七五年將有關工人的作品抽出來，出版《工廠人》小說集，其後，更以「工廠女兒圈」爲主題寫女性勞工，都爲一集，題名《工廠女兒圈》。

⑥見《工廠女兒圈》跋——〈起飛的時代〉。

⑦引自楊青矗《工廠人》——〈工等五等〉。

⑧收入敦理出版社，一九七八年七月一日出版《筆聲的迴響》。

⑨《工廠女兒圈》封底介紹文字。

⑩一九八一年六月，德華出版社出版。

⑪引自李昌憲《加工區詩抄》——〈夜校生之二〉。

⑫引同前集——〈夜校生之一〉。

⑬引同前集——〈調薪風暴〉。

⑭一九八三年十月，前衛出版社出版。

⑮一九八八年六月，前衛出版社出版。

⑯、⑰引自《造船廠手記》——〈黑手·黑臉——造船廠餘記〉。

⑱見李昂〈喜悅的悲憫——楊青矗訪問記〉，原載一九七五年四月《書評書目》二十四期。
⑲參見柴松林〈眼淚、血汗、豐收——平心靜氣談女工問題〉，收入楊青矗著《工廠女兒圈》。

講評／葉石濤

彭先生論文中對工人作家產生的經濟背景之分析是足夠了，但忽略了經濟因素以外，農村社會瓦解的問題及農、工間轉型的關係。農村大家族威權領導的方式隨著年輕一輩的離開而瓦解，而這些年輕弟子因爲不具農村背景，故家鄉的倫理淡薄，造成勞工在都市中打拚時的各種問題，亦是八〇年代甚至九〇年代人際疏離的因素。

至於三位代表作家中，楊青矗的作品抗爭性較强，《工廠女兒圈》中，農村的臍帶尚未完全切斷，而《工廠人》多寫國營事業，屬於工人中的貴族之描寫。李昌憲的詩，站在加工區女工、工人的立場來寫，不只是觀察者、第三人，已深入女工、工人的心情來創作，很富有人道精神。至於陌上塵，明顯的具有夥伴意識，較沒有抗爭意識。

另外，楊青矗等三人雖是勞工出身，但以他們的知識程度而言，也等於是知識份子。其實，文學的創作並非什麼樣的身份才寫什麼樣的小說。自由、多元的創作，才是作家寫作時應秉持的理念。再者，現在的勞工人口比七〇年代更多；爲何反而沒有半個工人作家？這是很值得思考的問題。

〈論文②〉

⊙張榮彥

恆春半島的落山風文化

一、前言

就地理位置而言，恆春半島位於臺灣島的最南端，也是中央山脈的尾閭。中央山脈北起蘇澳，蜿蜒南下，崇山峻嶺，迤邐起伏，直到恆春半島，地勢才稍見和緩，不過，依然崎嶇不平，山丘錯置。就地質而言，恆春半島沿岸滿佈珊瑚礁，內陸泥土堅硬、多石礫而帶酸性，不適發展農業經濟。就地形而言，因受中央山脈縱走的影響，冬季的東北季風强勁（俗稱落山風）。當落山風颳起，頓時天昏地暗，飛砂走石。冠上「風雲爲之變色，草木爲之含悲」的形容詞，是再寫實也不過了。從中秋到初春，在落山風的肆虐下，貧脊的山坡上，十分困難的掙扎著成長的草木，頓時葉枯枝禿，硬是把四季如春的「恆春」的地表，塗上一層淡淡的黃褐寒色。

雖然，恆春半島開發很早，早在滿淸時代就有縣治（恆春半島的人習慣稱恆春爲縣城），恆春也保有全省最完整的城牆，但在農業掛帥的農業時代，恆春半島便在先天不足，後天失調的情況下，踽躅不前。在六〇年代以前，恆春半島的人文風貌，幾乎未脫「孤島」特色：閉塞、保守、純樸。居民幾乎是日出而作，日落而息，所有人文活動都在落山風的掌控下進行。

二、恆春半島的經濟作物

恆春半島的小溪流，如四重溪、二重溪、港口溪……等都有零星的小河谷平原，生產的水稻尚可自給自足，零星的旱田生產的蕃薯、花生、甘蔗，也能平衡供需，這些作物都不是恆春半島所獨有。屬於恆春半島特有的作物，茲簡述如下：

（甲）番仔青：恆春人把檳榔分成兩種，一種是生長在本地山區經落山風洗禮的番仔青，一種是頂頭（中、北部）來的人青。番仔青纖維硬而苦澀，人青纖維細而味淡。恆春人習慣咬食番仔青，除了缺貨，否則對人青是不屑一顧的。恆春檳榔人口衆多，幾乎家家戶戶都是紅唇族，檳榔可以提神，可以交誼，恆春人已到了不可一日無此君的地步。恆春人吃檳榔主要原料是：青仔、老葉、老花。老花白色，一般是石灰石燒製而成，最上品的老花則是由貝殼燒製的。恆春人吃的檳榔汁液鮮紅濃烈有勁，外地人吃了會醉而冒汗的。吃檳榔本是恆春人的專利，老一輩的，褲腰上總要繫著一個檳榔袋，人只要醒著，口裡總要放一口檳榔咬著，親朋好友見了面，總要先敬上一口。提親、訂親，更少不了它，所謂「有成無成，檳榔先呈」。近些年來，檳榔人口遽增。他們所吃檳榔，作料是有別於恆春人的。在恆春人的眼裡，他們是「山豬學吃飼料」。

（乙）烏豆：這是一種抗旱抗風的豆科作物，在二期稻作收割後下種。種在稻田裡的，是要當肥料用的。大約在豆子已結了豆子，豆莢、豆葉還是綠色的時候，用犁把豆子整棵翻埋到土裡，它是最好的有機肥料，能使土質鬆化、增加肥分。種在旱田的，則是準備要收成的，收成季節是在秋末。烏豆皮是全黑的。中醫的說法，黑皮的食物是健腎的。恆春人用烏豆做豆腐（做成的豆腐顏色灰黑）、豆豉、醬油，做出來的食品，比黃豆更美味可口。恆春人還用烏豆米酒當補酒來喝，用烏豆泡尿，給心愛的耕牛進補，這種尿烏豆老人家說，可以祛傷解暑。

（丙）瓊麻：在尼龍絲尚未問世時，瓊麻曾經風光一時，它是製繩的主要原料，外銷日本。當年，恆春人誰家瓊麻山多，誰就是富翁的代名詞。就像擁有檳榔山的人住著檳榔樓一樣。瓊麻，葉柄是綠色的，長有一公尺許，頭粗尾細，葉的尖端有刺，它最不挑土質，山坡上，河牀邊，什麼都種不成，就種瓊麻；連石頭上，珊瑚礁上，隨便弄把土，它都能欣欣向榮。它曾經是恆春的綠色革命，染綠過恆春的山邊海角，也滋潤過恆春人的腸胃。可惜，時過境遷，它被尼龍絲淘汰了，沒被人連根刨起的，也任由它自生自滅了。

（丁）港口茶：港口茶風味獨特，淸甘香醇而潤喉，它原產地在福建武夷山。淸朝，恆春縣城的老爺是福建人，只喝得慣武夷茶，於是派人從武夷山帶來茶種，委由一個朱姓人家闢地種植，供他飲用。這種武夷茶就種在滿州鄉的港口村，大概是土質和落山風的關係，茶香別俱一格，贏得縣老爺的歡心。朱姓人家便擴大種植面積，產量除了供應縣老爺之外，頗有餘裕，於是「外」銷來養家活口，港口茶便不脛而走，名聞遐邇。港口茶製作方式本來全用人工揉製烘焙，近年來由於供不應求，已改由機器製造，茶葉的種植，也不再囿限茶山一帶，品質也略遜一籌。

（戊）洋葱：日本人喜歡喝味噌湯（みそしる），它的配料以洋葱、丁香魚加味噌爲絕配。不過在日本人治台期間，恆春尚未種植洋葱，洋葱被恆春人當作貴族菜。大約也在六〇年代左右，恆春試植洋葱成功，便大量種植。可惜，外銷日本滯銷，改爲內銷，但國人對這洋人視爲壯陽聖品，開胃良方的「舶來品」，興趣缺缺。雖然，種植面積已一再縮小，過剩的洋葱還是難逃棄置水溝的命運。

（己）粉薑與山藥：粉薑其實不是薑，只因葉形酷似薑葉，高矮也相近而得名。人們食用它的地下莖，它的地下莖富澱粉和纖維，煮熟了就食用，是恆春人的零嘴。過去多數人家，屋前屋後，總會種個三五十叢的，想吃時，就煮一鍋來吃。山藥則是野生的，藤蔓攀附在樹幹上，它的地下莖，有些長達一、兩台尺。生吃時，黏黏的，煮熟了有些像芋頭，恆春人挖山藥，不是煮來吃的，多半賣給中藥房當藥，賺些外快。

（庚）銀合歡：恆春半島的每一條小溪邊，都長滿銀合歡，它細細瘦瘦的，成長速度非常快，它是最霸道的植物羣落，非我族類，一律毒殺無赦，嫩枝被折了後，不到半個月就又長出一、兩尺長的新枝。恆春半島人家，在六〇年代以前，幾乎每戶農家都養有三、五頭豬，豬除了餵豬菜（煮熟了的甘藷藤葉），就是餵牠吃銀合歡，吃了銀合歡，毛都脫落了，皮膚變得紅潤光澤，長得又快又肥，銀合歡成了養豬人家的恩物。

（辛）相思樹：恆春半島的山，長得最多的就是相思樹，它們幾乎是以佔領者的姿態來霸佔山頭的。相思樹是恆春人的主要柴火的來源。過去，鄉下人家，每家屋旁都有柴堆，多半堆的是相思樹枝。相思樹又是燒木炭的最好木料，它燒成木炭，供應城裡人的燃料。相思樹的樹幹，質硬而韌性高，曾經是鐵路的枕木的上品。它木質紋路古樸，可以做高級的木質地板。只是有了瓦斯之後，木炭的地位已大不如前了。

三、恆春半島的觀光資源

恆春半島有本省最獨特的景觀資源，不論是森林之美、巖岩之奇、湖泊之幽、草原之豐、飛羽之盛、鱗片之繁……都獨樹一格。設能暫釋羈絆，悠遊恆春的山水之間，俗慮可以滌除，筋骨可以舒展，說不定還可收「窺谷忘返，望峯息心」之功呢！

（甲）墾丁公園（本文所述範圍囿限於舊日的墾丁公園）：主要景觀由珊瑚礁和熱帶植物林構成。墾丁公園外圍一帶，部份地質屬於墾丁層泥岩，在上古地震變動時，泥岩中夾有遠較泥岩堅硬的外來岩塊，經長期沖刷，岩塊露出地面變成孤立山峯，其中最著名的是海拔三一七公尺的大石尖山和大石尖山北面，另一形如石牛的孤立山峯，名小石尖山，以及海邊附近孤立石塊，無法成峯的「船帆石」、「青蛙石」等，都給人「橫看成嶺側成峯」的讚嘆。公園內，無一處不是由上昇珊瑚礁所形成的奇景，石筍竇穴中的石筍，需費時幾百萬年始能成長幾十公分，彌足珍貴；此外，仙洞、銀龍洞、雨傘亭、棲猿崖、垂榕谷、第一峽、一線天等，形勢天成，各俱雄姿。墾丁公園既名熱帶植物園，自然以熱帶植物羣著稱，不論以葉取勝的菠羅、芭蕉；或以樹幹挺拔聞名的棕梠科；或以樹材名貴的毛柿；或以根鬚出奇的銀根板樹、垂榕；或可做成盆栽的九芎、七里香、白雞油、黑皮石苓……等等，莫不枝展葉密，濃蔭蔽天，徜徉其中，花香陣陣，涼風習習，如置身世外桃源。

（乙）佳樂水：本名佳落水，乃水落下來的直譯。佳樂水是懸掛石崖，直落下海的瀑布，高不到十公尺，雨水充沛的夏天比較壯觀；冬季，一帶如絹，靜如處子。離停車場有四十分鐘的路程。沿途都是砂岩海蝕平台混合少量珊瑚礁的複合景觀。海岸的砂岩層，被海蝕作用切成了狹窄的平台，層狀的砂岩，因各層間的抗蝕力不同，在平台上面形成了參差不齊的階梯。部份砂岩在沉積岩成岩作用進行時，水分移動將岩中鈣質集中形成結核，風化後結核外露，形成石球或球石。砂石的破裂面，被風化物質染上顏色，形成突起如同棋盤的方格花紋。近海水岩石又經海水鹽粒與石粒長時間的侵蝕而形成小壺穴和蜂窩岩。一路瀏覽，直到看到那彎銀色的匹練，又是造物者另一番傑作，它寫意自適，灑灑脫脫，濺起些許綠珠，孤芳自賞，從不刻意妝扮自己，招徠青睞。它自歌自唱，和著浪濤的節奏，怡然自得，那管它天地悠悠，潮來汐往？瀑布前，那塊崢嶸的巨岩，其形如鼎，俗稱仙人鼎，傳說是仙人煮茶溫酒的地方，沉思曠古幽情或仰觀閒雲出岫，油然而生與世無爭的閒宕逸情。瀑布右側那塊草坪，綠草如茵，可坐可臥，南望蘭嶼，淒迷如幻；西眺鵝鑾鼻，岬壁兀立，引人遐思；巴士海峽，漁舟帆影，鼓浪迎風，在海天相連處，載浮載沉；海面上，海鷗矯翼，任意東西，別俱一番逸趣。向東望去，溪仔口海灣，一灣如袋，再過去，岬角伸人大海處，已如煙如霧，分不出哪是山，哪是海，哪是天啦。

（丙）風吹沙：半島中，比較著名的風吹沙段是從鵝鑾鼻到佳樂水的公路旁。冬天，强烈的東北季風（落山風）將海底的白沙吹到陸地，並跳躍過一處七十公尺的台地崖，一直向內陸延伸五百餘公尺（已被沿海公路一截爲二），形成白色小沙漠，在黃昏時分，一片金黃，景色十分迷人。類似這樣的小沙漠還有四處：一處是車城鄉境的海口沙漠（白沙灣）；一處在恆春鎮轄區的南灣（即南灣海水浴場）；另兩處在滿州鄉境，一在港口溪的出海口，一在中山科學院所在地的港仔溪的出海口。

（丁）關山巖：關山巖距恆春城約五公里，由上昇的珊瑚岩所構成。關山巖頂有裂開的珊瑚礁岩溝，巖頂有被稱之爲「飛來石」（殞石）的獨立岩塊。關山是觀日落最佳的地點。在一般地區，我們看到的都是「日頭落山」，唯有這裡可以看到「日頭落海」，渾圓而紅如大蘋果的太陽，先把大海染得上下通紅，然後讓你睁著大大的眼睛，看它莫名其妙的掉入大海，在你的腦海中留下數不清的驚嘆號。

（戊）鵝鑾鼻燈塔：它聳立在台灣省的最南端，通體渾白，它指引著繞道巴士海峽的船隻的方向。鵝鑾鼻南五、六公里處，有南北延綿一公里的七顆岩礁羅列，名爲「七星石」，漲潮時，幾乎岩影杳然，不少船隻因此而撞沉海底。燈塔上面兩個大白圓球，是空軍單位的雷達。向西望去，那龐大的圓形建築，便是被恆春人稱爲毒瘤的核三廠。燈塔的東方海岸，爲裙狀珊瑚礁環繞，隔著一狹窄的陡坡及懸崖，連接隆起的珊瑚礁台地，由於長久海浪的襲擊及自然重力作用的拖曳，台地崖的珊瑚礁石灰岩逐步破裂，向海崩落而構成「龍坑」的獨特景色。

（己）四重溪：一個十分不起眼的小山村，遠遠配不上它的名氣，它好像不理會文明的洗禮，幾十年來，仍然固執的保持著它原來的風貌，屋矮街窄，樸實無華。它屬車城鄉的轄區，在屏鵝公路的車城站往山的方向走。四重溪之所以名聞遐邇，乃因它的高品質溫泉，它水質澄澈，可以放心的「溫泉水滑洗凝脂」，洗塵忘憂之餘，還可自由自在的走在鄉材的小路間。到四重溪洗溫泉之後，可以沿路繼續深入，憑弔抗日聖地的石門。石門是形狀如門的隘口，兩邊是峭壁，中間是狹谷，形勢天成頗有一夫擋關萬夫莫敵的架勢。這裡曾是原住民爲保衛家園，抵抗日軍浴血死戰的戰場。日軍死傷無數，是日本人治台，付出慘痛代價的地方，山上有個紀念碑。過石門再往裡走，就到牡丹，牡丹村是牡丹鄉的鄉公所所在地，一個樸實無華的山村。再進去就是旭海，是恆春半島最豐美的草原，可惜是禁區，因臨界中山科學院，不開放觀光。

（庚）南仁湖與龍鑾潭：這是老年期的湖泊，南仁湖在滿州鄉的南仁山內。目前已屬管制區，不開放觀光，因深怕遊客破壞了此一熱帶林的原始生態。南仁湖面積很小，湖邊有一戶人家，遺世獨立。水牛、鷺鷥悠遊徜徉，偶有狸、羌、松鼠一縱即逝，南仁湖，依舊保住了它遺世獨立的原始風貌。而龍鑾潭在恆春鎮的西南，面積大於南仁湖，被一畦畦農田包圍。潭內魚、蝦、蚌、螺都還豐富，它成爲候鳥的中途補給站，西伯利亞來避冬的雁屬候鳥，數量常達數百隻，悠遊其上，蔚爲奇觀，目前龍鑾潭已成愛鳥者的觀鳥據點之一。

（辛）伯勞鳥與灰面鷲：恆春人被冠上捕殺野生動物者的惡名，實在是拜這兩種候鳥之賜。伯勞約在烏豆綴滿紫花的九月初，也就是落山風乍起的時節悄悄蒞臨恆春半島，這種比麻雀大一丁點的蕞爾小鳥，竟也是遠渡重洋的西伯利亞遠客，眞是匪夷所思。牠們成羣而來，結隊而去，以昆蟲爲主食，說得上是値得保護的益鳥，在白露節令前後，恆春半島遠、近的矮樹上，電線桿上都有伯勞的蹤影，傍晚，這兒那兒到處都是「嘎嘎嘎」的鴂舌聲。除了恆春，到那兒去找比這裡更豐富，更熱鬧的黃昏？嘎！嘎！嘎！因爲伯勞，肉肥味美，自從先人拓墾恆春以來，牠就是恆春人入秋之後，潤胃滋腸的上帝惠賜的美食。恆春人用竹子削成一種俗稱「鳥仔踏」的圈套捕伯鳥。現在，它已成爲衆人咒罵的凶器。

灰面鷲，亦稱國慶鳥，牠在國慶後三、四天到恆春避冬。牠是鷹屬猛禽，尖喙利爪，雄姿英發，顧盼之間，頗有君臨天下的氣概。白天，牠們羣翙藍天，馭風駕雲，遨遊霄漢，捕食浮游。傍晚，滑落滿州鄉境的羣山棲宿。在晚霞殘照的黃昏，灰面鷲一隻隻閃著銀翼，以最優美的滑姿，畫著半弧，將力學和美學融合得天衣無縫，叫人嘆爲觀止。「羽化的天空」是難得一見的自然奇觀，把恆春的秋天，點染得絢麗而迷人。牠們停留半個月左右，而這半個月，早期的恆春人以木槍竹箭待客，現在則饗以「獵槍」。誰叫牠們體豐肉美那麼誘人食指？不過，政府近年來嚴禁獵捕，多數灰面鷲已能劫後餘生，繼續南征。

（壬）其他：恆春半島海底還蘊藏無價的海資源，如熱帶魚、龍蝦、九孔及珊瑚，可以開發海底公園。陸地相思樹林內白榕樹下，異禽走獸如帝雉、鹿、白鼻心及獼猴羣等等都待積極規劃保護。

四、恆春半島的禁區：

（甲）核三廠：它一直被恆春人視爲恆春半島的毒瘤。儘管在蘇俄車比諾核電廠出事前，前台電董事長陳蘭臯先生一再保證擁抱核電比擁抱女人還安全；儘管在車比諾電廠出事後，行政院前院長郝伯村先生也一再保證核電廠有百分之二百的安全率，恆春人對核三廠的疑懼並沒有因此而消除。恆春人親眼目睹核三廠排口水的大量魚屍，珊瑚礁的大量白化，外海飄浮的大量低硫油污。核三建廠八年，開始商業運轉不及一月就葉片斷裂，修了一年多，又花了上百億元。修復後，又和核一、核二比賽跳機。前年，核三失火，恆春人惶惶恐恐，有居民準備「離家出走」，核三廠居然老大的嚴禁全縣趕來支援的消防車入內。直到今日，恆春人還不曾接受過萬一核三出事時的任何應變訓練和常識。恆春人一直把核三當作他們給子孫最不負責的遺禍。

（乙）中山科學院：它被港仔人、牡丹人當成惡鄰。溪水被中山科學院截去了，就無水灌田。方圓幾十平方里地，被中科佔去了，旭海草原可望而不可及，他們便出入無門。有時，海面還會被限制，不能出海捕魚。中科交通車進出鄰近村落，常常惡形惡狀，叫人難以忍受。恆春人說，這種鄰居不要也罷。

（丙）五里亭機場：這一塊恆春半島最大的一塊平地，它成了軍用機場後，恆春人的耕地就被生吞活剝去了。但是直到今日，機場幾乎成了半廢置狀態，既無戰略飛機停過，也沒什麼擴展計劃。在恆春人的心中，它是一塊閒置而不能進出的禁地而已。

（丁）國立墾丁國家公園：公園被冠上「國立」兩字之後，它就變得老大了。瀕海區，成了禁建區，從祖先時代起，生於斯，長於斯長達數百年的居民，他們的住屋莫名其妙的變成違建，大海本來就是恆春人的「魚池」，現在進出自家的「魚池」要受限制，恆春人好像越受不了國立墾丁公園管理處的鳥氣了。

於是，不平則鳴的怨氣，見報率增加了，出現電視媒體的次數也增多了。

五、恆春半島的藝文活動

（甲）恆春半島的說唱藝術——唱曲和恆春民謠：在台灣，恆春民謠（思想起）和宜蘭民謠（唭銅）是一樣膾炙人口的。恆春人的喜愛說唱藝術活動，大約從拓民時代開始。拓荒者的共同特徵是勇於向大自然挑戰，勇於「無中生有」的創作。披荊斬棘，華路藍縷，一副樂天知命的天性。工作之餘，不忘苦中作樂，哼哼唧唧的，時日一久，居然也哼出了個調來，這就是恆春人的唱曲。賦閒無事，幾個人聚在一起，就唱唱曲，歌唱者在說唱時可以在主曲上自由的加上一些飾音或更改節拍，歌詞則由說唱者因事、因時、因人而自行編詞。早期的恆春人，幾乎是天生的作詞家，在婚喪喜慶時，男女老幼，都能隨時來那麼一手，歌詞不一定很雅正，卻能切中時宜，達到同憂同愁、同歡同樂的目的。像以月琴唱曲知名的民間歌者陳達老先生，不過是其中的代表。至於恆春民謠，一般人比較熟的「思想起」，在老恆春聽來，則成了不加辣椒的川菜，有失原味。其他如耕農歌——一年容易又春天／翻土播種忙田邊／田裡秧苗油綠綠／家家戶戶卜豐年。牧童晚歸把歌唱／閃爍星星半隱藏／今天做完今天事／且看織女對女郎。恆春四景——滿州出名佳樂水／發角石頭眞正美／朋友啊／來迌迌／遊山玩水眞趣味／哎喲／哎喲／哎喲喔啊／……。五孔小調——第一好鳥是斑鳩／樹頂不歇歇土腳／阿娘及君情意合／抽籤卜卦無沖犯。二隻斑鳩歇同枝／一隻嚇翅兩隻飛／阿娘一行君一隨／就像星星雲伴月。楓港小調、牛母伴……等等說唱者已日漸式微。因此，近年來，滿州鄉親已成立滿州民謠協進會，由熱愛鄉音的台南師院教授鍾明昆先生，屏中音樂教師曾次朗先生……等主其事，每年利用春節舉辦一次演唱會，免得恆春民謠成爲絕響。

（乙）文學創作：六〇年初，滿州鄉有了電燈，恆春半島結束了「日出而作，日落而息」的人與天爭時期，接著墾丁公園的開放（前身是林業試驗所），佳樂水……等風景區的次第開發，恆春半島侵入了外來文化。閉塞保守、純樸、無爭的古風受到空前的衝擊，恆春半島開始有了商業氣息。六〇年代是個分水嶺，恆春半島已進入了「人與人爭」的階段。到六〇年代止，台灣的日本殖民地文化已結束近二十年，但恆春半島的文風遲遲尙未譜序曲。六〇年代中期之後，筆者開始以落山風的筆名，發表零星的散文。筆者這支禿筆短小而粗劣。卻似乎也是恆春半島以半島文化爲寫作背景的唯一的一支筆。倒也是一種悲哀。文學在文明開發中眞是一隻晚啼的公雞。

在沙漠中的拓墾活動，很難有豐碩的成果，一直到八〇年代初，筆者以〈外曾祖母的故事〉獲得聯合報中篇小說獎爲止。恆春半島的文學活動依然在半醒半睡中。

拙作〈外曾祖母的故事〉寫一個稚齡母親（二十三歲時已生了四個子女）從小琉球渡海到台灣，在現在的滿州鄉海墘的地方落戶，獨立墾荒，養活自己子女的故事。這是「人與天」爭的典型故事。華路藍縷、披荊斬棘，充分表現了中華民族，樂天知命，堅忍不拔的韌性。由於筆者的身上，也流著拓荒者「無中生有」的血液，幼年，筆者也跟著父母在泥土中打滾，不但熟稔，還親歷先祖刻苦自勵的點點滴滴，所以，信筆拈來，十分順暢。文筆儘管不夠雅正和璀璨，至少十分「眞實」。原來「眞實」也可以成爲文學創作的另一種價值。

在拙作〈外曾祖母的故事〉中也反映了小琉球人，早期在海裡求生存的艱辛，和在貧瘠的窄小的陸地中掙扎的苦狀。小琉球人早期可以三十歲就當公公，乃因出海捕魚海難頻仍，如果不及早結婚生子，說不定就會斷了香火，蒙上「無後」的最大不孝的罪行。

三十年來筆者的習作中，便誠誠懇懇的反映了恆春半島居民生活眞實的一面。在即將由屏東縣政府出版的散文集《星星落下的那晚》的文集中，親情、子女情、師友情、鄉情、物情等也都是爲「時代的脈搏」留下一些見證的文字。如果乏善可陳，也只因筆者樸實天性，識字無多，欠缺功力而已。

筆耕三十年，筆者以恆春半島文化爲背景，所從事的長篇創作——〈船過水留痕〉都二十四萬字。尚未找到婆家，只好讓它「待字閨中」了。

六、恆春半島藝文活動的延伸

由於屏東是個農業縣，曾被人譏爲文化沙漠，台灣的「衰尾」，因此，文風開發較慢，在文學創作上，和恆春半島也只是程度的差異罷了。筆者的摯友中創作的背景，也都離不開農業及農村，文字也都樸實無華，不失農家子弟的本色。曾寬比較擅長小說，已出版《天一方》、《陽光灑在荖濃溪》、《落霧》、《南柯非夢》、《富庶海岸》、《變色月亮》……等書。許思擅長散文、雜文，已出版《鄉野拾趣》、《幽幽玉蘭香》、《今年樹頭當運》……等書，林清泉詩如汩汩清泉，已出版《寂寞的邂逅》、《心帆集》、《孤兒努力記》、《遨遊童詩國度》……等書，葉菲擅長散文、報導文學，已出版《茈濃溪的嗚咽》、《黑板下的獨白》、《枯萎的班花》、《那身佝僂的背影》、《與桌爲伴》……等書，此外，筆者六弟張瑞麟的《簡單過去式所有格》，也不出這個範疇。

七、結論

總之，恆春半島在時代巨輪不斷的滾動下，已逐漸改變中，單純的受制於落山風的「孤島」文化，在觀光活動及科技設施入侵後，整個半島居民的生活風貌，已逐漸變調而日趨於多元化，所有藝文活動的取材，也將因素材的多元化而與落山風文化大異其趣。不過，不論文明的腳步如何前進，恆春半島還是恆春半島，它那特異的骨架，依然崢嶸嶙峋。

講評／許思

這篇論文對於土地、作物的著墨很多，這些無非都是文學的養分。其實，屏東的人民、歷史也都是很文學、很值得探討的，他們所面臨的矛盾、衝突、困境……都是很可以表現的。再者，本土教育的缺乏，使得台灣這一代的「新新人類」們，簡直是「五穀不分、六親不認」。因此我鄭重地呼籲政府有關單位應重視本土教育，至少讓孩子們了解自己成長的土地。即使面對新一代教育，令人有無奈與感慨的情緒，個人對這片土地的熱愛仍不稍減。

〈論文③〉

企待拓荒的有情天地

——淺談澎湖的文學因緣

⊙賴瑩蓉

雖然澎湖羣島遍地盡是燦爛的天人菊，可是，繁花中所透露出的文學氣息實在太少了。猶如無人拓荒的文學原野，能找出與澎湖略有因緣的文學作品相當困難。

並非欠缺寫作題材，以澎湖孤立的地理位置及特殊的自然景觀所孕育出來的人文特質和風俗習性，加上歷史演變中所扮演的重要地位，就足以提供創作人士書寫不盡的題材內容，所以，就文學的因子而言，將澎湖羣島視爲「有情天地」一點都不過份，並且足以發展出屬於地方本土性的文化特色，成爲臺灣地區區域文學中重要的一環。

首先，就地理位置的特殊性來說，澎湖四面環海，與臺灣本島完全分隔，因此，澎湖人總習慣將「你們臺灣人」和「我們澎湖人」做清楚的分際，而在「我們的」土地上以保守又封閉的心態排斥臺灣本島「外來的」文化，長久以來，執著於傳統的生活型態與民情風俗，形成屬於澎湖人的文化。

澎湖地理位置除了與臺灣本島有所分離式的關聯外，和中國大陸之間的關聯性也是不可忽視的，澎湖成了中國大陸移民至臺灣本島之間的中間站，不論是「唐山過臺灣」時短暫的停留或就此居留，隨著中國歷史的演進，在澎湖羣島形成幾個特殊的文化階段。包括不可考據但是代代相傳的「神話文化」，史書中有所記載且繁華一時的「移民文化」；日據時代的「殖民地文化」等。；約在民國五十年至六十五年前後，澎湖的地方文化呈現出極度的平淡與蕭條，那也是一種原居民已然習慣且接受當時型態的「格式文化」；很令人遺憾的是，在每一個階段的文化接替當中，以文學來闡述文化的作品還沒有爲澎湖島嶼的人文生命留下保存與紀錄，近十年來的澎湖文化已經面臨極大的外來衝擊，澎湖人已經逐漸的不再認同屬於本土的文化，而一昧的追逐來自臺灣本島的流行風尚，令許多有心整理並維護澎湖文化的人士感嘆，現今要找「澎湖的東西」已經很難了。

其實，綜合各層次接替的澎湖文化史當中，很顯然的，不穩定的島民文化特質已然出現，可是，在不穩定當中卻飽含豐沛的島民情感，加上寒、暑分明的自然景觀所孕育成强烈的島民性格，已經足夠爲澎湖的本土文學醞釀出深沈的內涵。較諸目前臺灣地區其他受矚目的族羣性文化（例客家文化、原住民文化等），及區域性文化（例蘭陽文化、彰化鹿港文化、台南鹽份地帶文化等），澎湖羣島本身所擁有的文化，兼具島民族羣性及離島區域性的雙重特色，更值得受到重視及推崇。

可是，正當臺灣地區本土文學蓬勃發展，大家都在鼓吹故鄉的母文化，並且積極的以文學來突顯自己故鄉文化特色的同時，卻未見到澎湖的本土文學有任何的起色，沒有人關心，沒有作品的呈現，甚至於要從市面上的書籍中或報章上找出略微與「澎湖」相關的文章，亦是少之又少，更不必提有代表性的文學創作了。眼見其他族羣性或地域性的本土文學及地方文化均已有大量的本土作家或關懷其文化的外來作家投入，不斷的有記錄性或敍述性的文章發表，並且大聲疾呼特有文化的保存及復興工作，那怕只有些微的代表與異質性均不願錯過，唯有澎湖地區的本土文化及區域文學，已出現了流失的危機了。

其實，澎湖不是沒有寫作的人口，只是，嚴格的說起來，幾乎均已經「外流」了。而且那些寫作人口，外流的年齡大多是在最能感受到文學創作的衝動之前，約在高中畢業後即離開故鄉，因爲澎湖沒有高中以上的學府，所以在眞正能夠接受文字訓練和創作思考的時期，所體驗到的和感受到的已是客居地的文化，因此，文學創作中所能涉及到關於澎湖的部份，可能只限於成長記憶和懷念故鄉的情感而已。

以近年來出自澎湖籍作家的筆下，且稍能代表澎湖本土的文學爲例，大家較爲熟悉的恐怕只有電影的劇本〈風櫃來的人〉和中篇小說〈海煙〉，而他們作品中所記錄描述的，也正是五十年代澎湖本土鄉土青年的成長經驗和生活情感。除此之外，沒有令人感覺到具澎湖「土」味的作品，而令人遺憾的是，以上的兩位作家，也並沒有再發表類似深刻描述島民文化的作品了。可見創作的題材依賴成長的經歷，而在澎湖成長經歷受限在高中畢業之前，因此，寫出關於澎湖鄉土的作品有限，是可以理解的。

另外，受制於作品被發表及推崇的「現實性」，也是澎湖鄉土文學較少發表的原因，那些屬於懷鄉、念舊的題材，能引起「共鳴」的程度取決於有多少人和作者一樣具有類似的成長經驗，相形之下，澎湖的情懷必定是較少數的一羣，所以，「賣座」有限、「讀者」有限，寫成而發表的作品也就有限了。

除了缺乏本地籍作家的文學創作之外，更難以預期「外地人」能深刻的寫澎湖的文章，雖然在各報章雜誌偶有談到澎湖的文章發表，但也只限於一些印象或感性的短文，例如席慕蓉一趟澎湖之行後寫成的〈紋石先生〉；劉克襄爲其在澎湖的軍旅生涯寫下〈在測天島〉；呂政達到過澎湖的一場演講之後寫成的澎湖印象及侯文詠在他文章中略有提到他在澎湖軍中生活的點滴等。類似文章中和澎湖文化的因緣僅止於蜻蜓點水般，與其說「寫澎湖」不如說是紀錄作者本身的生活片段，當然沒有滲入太多對澎湖鄉土文化的情感，只能以藝文的方式做爲同一種語言的處理罷了。

缺乏文學環境及文學刺激亦是造成澎湖的文學作品無法「反芻」的原因，澎湖羣島雖然有傲人的歷史文化背景及傳誦在街頭巷尾的情義故事，可是整個大環境相當缺乏文學氣息。沒有象徵文化導航的大專院校；沒有推動文學創作的機構及社團；沒有提供它文學訊息的大型書店或書香場所；沒有導讀及引導文學創作的師長或前輩；沒有同輩之間討論文學作品及認識作家的風氣；加上與外界隔離，沒有文學的刺激和比較，整個文學創作的環境，對於許多澎湖人來說，在澎湖成長的部份是貧乏的，因此，他們作品的呈現已經是另一個地方所薰陶出來的，逐漸的對「子文化」認同並列爲創作生涯的起始，而且不願意再回歸「母文化」，也是造成許多地方的鄉土文化都已覺醒而且訴諸文學創作，唯獨澎湖的地方文化仍處於企待開拓的階段。

探討不利於澎湖文學發展的主要原因，除了以「人」爲主體的人才外流和母文化認同問題之外，交通上的不便利更是造成整個環境與文學腳步脫離的最大原因。因爲交通的不便利缺乏有利的升學管道，造成人才及寫作人口的流失；因爲交通的不便利，無法引進刺激文學創作的有利因子；因爲交通不便利，使得關懷澎湖這一塊土地的作家無法來去自如，作更深刻的了解與熟悉。並且，也造成了資訊的缺乏，包括視覺及聽覺上，不論是出版品或者傳播媒體均忽視澎湖人，同時也被澎湖人所忽視。

新的文化訊息無法在時效性內傳達，所以澎湖經常接收到的「新」資訊，已經算是台灣本島的「舊」訊息了，而且，創新的事物與理念很少在澎湖「原意」出現，頂多是經過「改良」之後，這也造成澎湖人忽略資訊，而一再惡性循環，使得澎湖予外界的印象僅在不上道的觀光層次，沒有根深蒂固的文化；澎湖人也無法接受媒體教育，離開澎湖與臺灣本島的居民相較之下，觀念落後並保守，遂產生對母文化自卑的心態，不願再回歸認同，而以追求子文化爲主體。

交通的不便利雖然造成文學環境的不利影響，意外地卻促成一種「短暫性的過渡文學」在澎湖蔚爲風潮，這就是近年來被澎湖地方人士喻爲受到外在文化衝擊的特色之一，這一類文學創作的靈感並非緣自對本土文化的認同或覺醒，而是由於澎湖島的地理隔絕及交通不便使然。

一種是筆記式的散文，創作者包括一些來自外地的大專兵及公教人員，還有少數以自營商店爲舞台的本土文藝青年，他們受教育的地點在台灣本島，人際關係及成長經驗在台灣本島，面對這個陌生而單調的島嶼，感到很沉悶、很寂寞，因此，透過筆記本記錄新詩體的文學，書寫的對象很自我，以抒解當時被壓抑的心情爲主，而創作的背景及地點是澎湖。這一種文學創作，有部份也被作者印製成書出售，配合澎湖的觀光業務，將「心情」賣給觀光客，很特別的一種文學呈現方式及創作目的。

另一種則以抒情式的短文型態創作，描述的主題儘是畸型的情愛故事，短暫卻不深刻，其蔚然成風潮的背景卻具有季節性。每年夏季，就會有許多非觀光性質的「遊客」到澎湖，他們帶著「逃避」一段回憶的心態，選擇了「澎湖」這一個離島做爲暫時遠離現實的地方，不但有離鄉的感覺，並且能接受陽光的治療。在澎湖時的心情很可能再遇到一份感情，而在夏末秋初假期結束之後拋下在澎湖的一切又回到台灣本島了，留下的是稍縱即逝的愛情回憶。不論是兩地相思或是一方情怨，均藉由短文的方式抒發，而這些作品有自行發表，也有集結成冊自行發售，且蔚為風潮。有人戲謔稱這種不正常的情感糾葛激發出來的文學創作為「畸形的感情文學」。

上述的文學創作的確在當前的澎湖扮演著相當重的角色，並且形成一個特殊的文化階段，只是，無法再拓展到本土性的文學，因為具創作力的文學工作者均只是一些外來的「過客」。

可是，澎湖的本土文化也不見得對外地人全然沒有吸引力，以被地方人士喻為「第一份喚起鄉土意識」的小型區域性刊物為例，便是由來自港都的大學生李詠莉憑著對澎湖特殊的情感和一股傻勁，結合少數具有鄉土意識的青年共同創刊發行，名為《吼門》的季刊計劃先以西嶼鄉為範圍，再逐漸拓展到整個澎湖。內容為澎湖區域之空間，兼具文化保存、本土特質和環保意識，並且以贈閱的方式推行刊物的理想，是一本突顯時代意義的區域刊物。很可惜的是，由於澎湖島民保守心態，近年來已習慣於規格式的「中華民國」文化，視新崛起的區域意識型態，具批判與反省的言論為「反叛」性雜誌，所以《吼門》獲得的支持度很低，甚至面臨絕迹的命運，由此也可看出澎湖人本身對鄉土文化覺醒的落後。

也有一位到澎湖服役的大專兵，對澎湖的特殊生活型態和民情風俗感到興趣，以本身的戲劇專長結合本地的年輕人成立「方壺劇團」（「方壺」取與「澎湖」閩南語的諧音）；劇本的呈現均以反映本土文化為主，以肢體語言方式表達出對澎湖鄉土的熱愛，對於鄉土意識具有相當大的啓迪作用。令人遺憾的是，在缺乏支持的情況下，團長退役返臺之後，劇團亦已曲終人散了。

還有一位來自台北的澎湖女婿，他到澎湖七、八年之後，與在台北熟悉的都市文化做了比較，深深爲澎湖特有的鄉土文化所感動，積極的以文字型態將居民生活做一番整理與紀錄，計劃推出「澎湖大事年表」，整理出自明代以來的本土史料；和一本《澎湖歲暑令》，詳載澎湖人一年當中的四季節令是如何生活，有何特殊的風俗習慣。

陸續的有外來的知識份子重視屬於澎湖本土的東西，可見澎湖區域性的文化，確實有值得保存的意義和發展的價值。可是在本地人尚無法積極發展地方文化的時候，借助外來而有認同感的知識份子帶動風氣，也是提倡地方文化的途徑之一。透過這些外來人士的鼓吹，加上配合觀光資源開發澎湖的歷史文物逐漸受到闡揚，本土文化日益可貴，已經有不少當地的教師投入區域文學的行列，整理出屬於澎湖的史料，並做保存的工作，希望一方面以文學搜集史料，保存文化；一方面以文學發展觀光，認同本土，雖然尚未有大量的作品具體呈現，但是已經播下了文學的種子。

可是，不管是外來的創作者或者本土的有心人士，均認爲澎湖的區域文化資產留下的文字資料太少了，因此，他們急於「搶救」及「保存」，避免再度流失。另外，缺乏穩定且常設性的指導機構，也是令他們感到「後繼乏力」的原因。有人建議澎湖縣立文化中心不妨採取主動的態度，爭取在澎湖服役的知識青年當中，具文學素養者爲澎湖的區域文學作一番採集與拓荒的工程，加快澎湖人認同及接納本土文化的腳步。並且成立文學性的社團，及早網羅地方上有興趣從事文學工作的人，給予經常性的鼓勵與指導，就地培養文學作家和發掘優秀作品。

澎湖現在雖然存在一個歷史悠久的文學性社團——西瀛吟詩社，以吟詠故鄉景物及節慶爲創作宗旨，並且出刊了《西瀛詩叢》。很可惜的是西瀛吟詩社的成員已屬「退休」的年齡，缺乏活動力；且社團以吟詩重於創作，加上常年活動的地點均在馬公市「一新社」廟內，予人「老人會」的感覺，在地方上並沒有扮演出文學社團的角色。如果西瀛吟詩社能夠招收更多新人進入社團內共同推展古意盎然的詩風，不但能夠培育出新人類對古文學的涵養，並且能增加地方上的文學氣息，相信對於區域文學的教化具有不可忽視的功能。創立新的文學性社團和保有舊的文學性社團，以原有的特色再改良體質，雙管齊下的效果將更顯著。

以澎湖現有的最高學府省立馬公高中和省立澎湖水產職業學校的在學青年而言，不乏有文學天份的新血輪，並且將文章作品發表在校刊上，很可惜的是，他們的作品僅止於習作性質，內容僅限於對所處環境的感受和青澀情感的抒發，無法提昇至對鄉土文化的關懷面。並且高中一畢業之後，就面臨到台灣本島繼續升學或是就業的命運。升學者重新認同子文化；就業者在無人繼續引導創作、發表的窘況下，很可能從此就與文學創作絕緣了。

所以，整個文學環境的改善對澎湖區域文學的發展相當重要，不但希望及早成立文學性社團，更希望設立大專院校。大專院校的師資及學生素質，有助於文化品質的提昇；校園內外的氣息足以帶動澎湖地方的文化氣候，校內經常性的舉辦藝文活動及成立藝文社團，影響到澎湖的文化風氣；而來自各地的學生文學素養的比較，也會刺激澎湖地方上對文學教育的加强；並且，也有可能留住一些本土人才。

以目前交通問題無法立即改善，大專院校沒有計劃成立的情況來看，更無法寄望澎湖籍的外出青年回流。雖然曾經出外過有所歷練的創作者，再回頭看這個地方時，觸角會伸得更廣，看法也會更深入，可是，現實上澎湖這一個離島無法提供給他們生活的條件、吸取養份的空間和創作的慾望。如果呼籲「老人回流」，或許可能性會大增，較切實際並且對於整個區域性的文學氣息會有濃厚的影響。

猶如地方政府「禮遇」趙二呆先生一般，對於具有文學造詣或文藝成就的長者，或許已經厭倦了都會生活，沒有世俗牽掛，有隱居創作念頭的，提供他們生活的環境，不一定要求有立即的創作呈現，只希望他們人來了，也將文化氣息帶來。文學界人士一多，處於台灣邊陲的澎湖文學就有甦醒的可能。以這種方式「留住人才」，相信會比一再强調及呼籲年輕人回流還有成效。

目前，澎湖區域的發展以規劃成觀光休閒區爲主，在積極開發觀光資源和加强硬體設施的同時，如果僅是以推銷性質的文藝活動爲主，不顧整個島嶼特殊的區域文化特質，並且任由觀光資源的開發而毀壞原始的文物風貌，吸收外來的資訊而捨棄傳統文化的保留，那麼，對澎湖的未來將是捨本逐末的傷害，留給後代也只是徒具外貌而缺乏文化生命的島嶼。

希望在發展區域建設的同時，也發展區域文學，將本土文化的點滴精華均以文字呈現、紀錄，賦予每一個時代所留下的文化遺產鮮活的生命，也透過文學的筆觸，追溯每一個階段的文化交替。

本土文化的紮根工作，需要熱愛鄉土的人士共同來參與，以當前澎湖區域文學發展的現況，實在是很難對時代做一番交代，並且枉費隨手可得的豐沛題材，猶如一片充滿感情的文學天地，卻不見有人肯來播種拓荒，所以，沒有代表性文學作品的危機，也正是發展區域性文學的契機，希望熱愛鄉土的藝文人士扛起筆桿到澎湖來「拓荒」。

講評／林文鎮

澎湖的文學雖然不多，但，始終保有中國溫柔敦厚的詩風，即使環境再惡劣，也少有抗爭之風格，這可說是它最值得驕傲的特色之一。澎湖文學發展不良的原因主要是地理的環境與文學的環境皆先天不足。在地理上，澎湖一直扮演著中繼角色的島嶼，而小小的土地無法生育所有的子民，自然也使人口外流。澎湖的文學，因此便像縣花天人菊的種籽一樣，處處飄散、處處落根。在文化的知識環境上，古時候澎湖是遠離中原文化的邊陲地位；今日，澎湖仍走不進歷史舞臺的中心位置。另一方面，澎湖文學的養份不夠，這是教育內涵的問題，本土教育的缺乏可謂其一大病根。基於以上不良的因素，有幾點建議提出來供大家參考：編印有深度的鄉土文化教材；從報導文學、傳記文學著手發展澎湖特色的文學；開闢更多發表藝文作品的園地；結合經費與人力的培養，鼓勵更多熱愛文學者投入創作。

〈引言①〉

專案寫作

構想及高屏地區觀察

◎鄭春鴻

作家除了可以成爲一種志業之外，是不是也能成爲一種職業呢？這個問題因客觀環境的差異而有不同的答案。在理想與敬業同理同心之下，志業與職業之差別顯然在於後者必須要有穩定的收入，足以仰事俯恤，而目前在台灣可以養家活口的職業作家，可以說微乎其微；換句話說，我們的社會是不鼓勵人立志去當職業作家的，是養不活職業作家的。在各行各業都在講求專業的市場裡，這種現象無疑是獨樹一幟的。

其實，如果一個文字工作者不挑精撿瘦，不在乎立場，潛心研究如何迎合編輯及讀者的口味，每個月想比照公教人員賺個三、五萬元稿費，也非眞困難。但，這樣的文字工作者顯然就不是本文討論的「作家」了。寫作市場暫且不論。作家收入不穩，在產品的製作過程就問題複雜。作家不是機器，不是給飯吃就跑得出業績來，沒寫沒錢，有寫才有錢，而且錢通常是在文章發表後才收到，倘若作家在稿費寄到之前，耐不住飢寒，學習鍾理和先生「倒在血泊之中」，這年頭人們只會嘲笑作家不自量力，而不會有任何尊敬甚或憐憫的。

跟作家很接近的一種行業——學者，運氣就好多了。他們一般都在學校的保護傘下，得以衣食溫飽，許多學者還都身兼作家，並在有限的投稿市場裡跟職業作家搶地盤。

學者在學校領餉是不能挑剔的，因為他花了時間講課。除了講課之外，他還可以提出研究計劃，透過各種管道取得研究獎助金。但是一個作家可不可以向某個單位提出一個寫作計劃，先申請到一筆旅費、一筆生活費、一筆安家費和一筆買參考書的費用，走出寫字間，做他的冥思玄想，約定好半年交一本書呢？

本文極有興趣的提出「專業寫作」的構想，並從高屏地區找出幾位文壇素有聲望，在寫作計劃上又具有旺盛企圖的作家為例，有介紹的意思，也有推荐的意思。

所謂「專案寫作」簡單講就是委託單位根據作家提出的寫作計劃，提供經費，使作家能在依食無虞之下，專心創作，重點在於先支稿酬。學者提研究計劃申請補助，或是公家單位個案委託學者進行研究，都是錢到才辦事。這些專案研究固然不乏具價值之作，但其中假借學術唬人、卑之無甚高論者恐怕也不少。一個活動力稍強的學者，一年要同時包攬數項研究並非難事。補助單位為了消化經費，對於學者要求也都闊綽大方，一個國立大學的教授，擁有三、五名助理，抄寫兼打雜，可說是常見之事。

相形之下，作家的待遇就顯得格外乖蹇了。在一個像台灣這樣對寫作者毫不尊重的社會裡，作家的寫作計劃往往只是夢境裡的樓閣，既虛幻又無從攀爬。嚴肅作家都有一生的寫作計劃，這些夢想由於實現不易，一般極少向人透露，通常只有在文學刊物編輯人的鼓勵與催促下，如春蠶吐絲一般，默默奉獻。由於職業的方便，使筆者對於高屏地區部分作家的寫作計劃有粗淺的了解，很希望在此次區域文學會議上稍作透露，也希望引起與會前輩一起來發掘。

首先，我想談談林曙光先生。

林曙光先生，早年遊學日本專攻歷史，光復後返台再入台北師範學院（今師範大學）史地系。他是新生報前身國聲報的記者，與日據時期台籍文人及光復前後台灣的名人均有私誼，對高雄地區的歷史、地理、人文、掌故、民俗之熟稔，幾無人出其右。他的代表作《高雄人物評述》兩輯、《打狗滄桑》（春暉出版社）更是高雄地區跑新聞的記者必讀之書。近幾年他陸續連載的《打狗諺語》、《打狗采風錄》、《打狗瑣譚》內容涵蓋高雄政經農漁牧人事掌故，既博且深，堪稱鄉土學典範之作。

如此耆宿，四十多年來高雄縣市文獻會、台灣省文獻會竟視若無睹，不但未羅致擔任文獻委員，連一般邀稿均未曾有過。

林老先生創作力旺盛，現除繼續發表《高雄人物評述》第三輯各篇，另有「郭國基傳」、「余登發傳」、「高雄四時農諺」等重要寫作計劃。林老先生雖妻賢子孝。生活無虞，但老人家收入目前僅西副微薄稿費，文友的推崇不過口惠而已。若有「專案寫作」辦法，林老先生無疑是極適當的委託人選。

其次，我想談陳冠學先生。

冠學先生早年專攻老莊哲學，代表作《莊子新解》（三民版）指莊周與楊朱爲一人，被認爲極具創見。他的一本文字學小書《象形文字》（三民版）精緻可愛，不少中文系學生受此書啓發。而另一文字學專書《台灣之古老與古典》（第一出版社）則是一本備受推崇，專門討論台灣話文的著作。冠學先生不僅是一位哲學家，更是一位藝術家，他在隱居潮州後所陸續問世的《田園之秋》（前衞版）譽滿文壇，被認爲是當今台灣田園散文的第一作品。其他重要作品如《老台灣》（三民版）已成爲關心台灣歷史的朋友必讀之書，小說及散文集《第三者》（圓神版）、《訪草》（前衛版）均質樸可愛。

冠學先生作品極少，各報副刊主編經常求之而不可得。尤其最近身體違和，在我印象裡，至少有半年沒有新作出爐（爲西副年度最佳作家選拔所撰評審報告除外）。他堅信台灣文學最值得開發的兩大題材是拓荒文學與海洋文學，認爲截至目前尚未出現典範作品，並希望將來能完成一部以父親在潮州拓荒的歷程爲藍本的作品。

冠學先生長時間對於台灣話文的研究，已使他在這個領域獲得尊敬。其間除了以〈台語常用句〉小專欄方式在西副連載一段時日，及由學生協助錄製《三字經》等台語教材錄音帶之外，完全沒有任何外援，後續計劃也無法再推動。教育部長郭爲藩近來宣布各級中小學校將實施母語教學，並指目前最大的困難在於師資缺乏、教材闕如。此時若能禮賢下士委託如冠學先生，許成章教授等人繼續編製教材，定能解決問題。

其次，我想談葉石濤先生。

葉石濤先生可以說是台灣文學發皇以來全程參與的文學家及文學評論家。他的代表作《台灣文學史綱》（春暉出版社）書中的觀點，在兩岸探討台灣文學論文中必被引用。葉老自國小教職退休之後，創作力愈加旺盛，他在奔波忙於各地文學與評審及講演之外，無論譯作、小說創作，一日兩千字，寫完休息，非常有紀律。在我看，葉老的簡阿淘的故事還有很多未寫，他特別熱愛的西拉雅族的故事也未竟篇。他一直想撥出時間與精神來寫「日據時期台灣文學史」尚未開筆。此外，他也極想動手翻譯日本著名的長篇小說《黑雨》。從他的寫作計劃，我們可以看出許多題材作者都是無法取代的，這牽涉到語文能力（日文）與生命經驗。如果我們的社會只能讓老一輩在小學教學，在摩托車行樓上寫作，那還有什麼可以期待的？

其次，我想談劉春城先生。

劉春城先生，小說家及文學評論家。代表作《黃春明前傳》、《王禎和的文學生涯》及最近剛獲西副年度最佳作家評論獎的《八十年代台灣民主文學》均具份量，不少論文經大陸中國社科院刊物轉載討論，在文學評論人口寥寥無幾的台灣文壇中，劉春城先生走過了寂寞與困苦的道路。

春城先生最近喬遷至高雄縣大樹鄉，過著半隱居的專業作家生活，但卻經常因要維持一定的收入而不能專心創作。他的才華洋溢，不止評論一端，計劃中的創作包括：四〇年代、五〇年代故鄉花蓮的移民史（部分篇章已在西副以〈蓮花韻事〉系列刊出），也計劃以小說的方式寫出台灣中小企業奮鬥、創造富財富的歷程。由於經常替候選人做文宣，春城先生也想以「候選人」爲題，寫台灣地方選舉的形形色色。他對於台灣人的「不安定感」有特別的觀察，希望以「父母昆弟」四個人物來做這項報告。

春城先生可以說是國內一流的傳記作家，我們國家每年頒薪傳獎，實該爲這些民族藝師作傳，使其典範長存。春城先生無疑是這項工程適當的委託人選。

由於篇幅所限，高屏地區在寫作上具有相當聲望，並有恢弘企圖心者，無法一一詳述。比如吳錦發先生對原住民文化的權威研究與熱心投入；汪笨湖先生對海峽兩岸互動的關心（繼《廈門新娘》之後，將推出探討第二代的《海峽孤兒》）；美國加州大學洛杉磯分校戲劇博士石光生先生對台灣早期戲劇發展的興趣（最近正以皮影戲大師張德成爲主人翁，寫一本報導文學）；洪田浚先生對高雄柴山的地理、人文、歷史的田野調查；曾心儀小姐計劃寫一本與李昂《施明德前傳》觀點完全對立的辨正，提供給社會「另一個施明德」，以及徹底反省台灣反對運動的發展；許振江先生計劃寫高雄日據時期名婦李菊的傳記等等，若有專案寫作的委託，一定能更有效率的呈現在大家的眼前。

專案寫作，預付稿酬的構想是否可行，端在我們的社會對作家、對文學作品的看待，如果我們的社會只要天天開心，歡樂急轉彎，什麼寫作計劃在文化官僚看來也不過書生之見，空中樓閣，如此也就無「案」可「專」。如果您問，在無案可專、無錢可領之下，寫作計劃是不是還要照常演出呢？對於一個眞正的作家而言，答案絕對是肯定的。作家之於寫作，其眞誠是與手捧的那碗白米飯等量齊觀的。

〈引言②〉

各地文學發展所面臨的問題

⊙蔡文章

政府六年國建以後，台灣將邁入現代化國家，但是國人的文學素養是否能與經濟、建設齊頭並進、促使生活品質提升，文化得以發展，值得令人關心，若我們仍是一等經濟，二等甚至三等國民，如是政府一切的努力，只是虛有其表，缺乏實質內涵，也屬枉然。

論及文化建設，文學的推動與發展有其必然性，今天在台灣談文學，許多人都認爲是「文學人」的事，推動有障礙，發展有瓶頸，若要蔚成風氣，這段必須克服的路仍很漫長，觀其徵結，我們不難發現其困難處在作家、讀者與主管機關三者的互動關係，如何在這三者找到平衡點，是關鍵所在，而對文學的推動，文化的發展才有希望。

作家生活無保障，文學品質打折扣

首先，我要談的是作者本身的問題。目前台灣現實環境無法養成專業作家。從沒有稿費的刊物到千字一、二千元的所謂「稿酬從優」，而稿酬從優只能偶而得之。無法千篇一律，千字六、七百元是最平常的稿費，試想每個月要寫多少字才能養家糊口，萬一有了病痛，在沒有醫療保障下，這個煮字療飢的行業能夠走得下去嗎？因此目前的作業大抵都是業餘性的，這種活有餘力才寫以文，難免無法盡全力去從事文學工作，文學的品質就要打折扣，間接影響了文學的推動與發展。

作家缺少園地發表，打擊寫作興趣

我們都知道，從事文學創作的人，興趣是他（她）創作的原動力，有志寫作的人相當多，但有多少園地能提供他們發表，有多少刊物能讓他們有話可說、有志可伸呢？目前國內各報副刊是提供文學創作的主要場所，但園地不完全開放，有所謂「設計編輯」，而且需求的稿件，或因文體的受限（如詩）或因意識形態的不同，有時因廣告的激增而縮短副刊的版面，凡此種種，都剝奪了作家發表的機會，但可欣慰的是，有一羣出錢出力、對文學有共同理想的人，他們創辦文學雜誌，如《笠》詩刊、《文學台灣》等，雖然在經費的籌措，推廣的普及，偶遭困難，但仍堅持出書，勇往直前，對文學的薪傳與貢獻不待贅言。

作家出書困難，阻礙文學傳承

話在說回來，倘若是較知名的作家，發表的園地沒問題，但作品集到相當分量，想找一間出版社出書時，恐怕又要遭到困難，目前坊間以純出版文學書的出版社寥寥無幾，南部只剩一家，但已面臨風雨飄搖。有一句話說：「要害一個人請他去辦文學雜誌。」把「雜誌」改為「出版社」，也很恰當。國內暢銷作家屈指可數，一版作家，比比皆是。一版二千本，定價一〇〇元，依正常抽版稅百分之十五，作者可得新台幣三萬元。這時，通常作者都得抽出一些佣金買個五十、一百本贈送親朋好友，以示完成一件「大事」，而書的銷路不得可知，出版社送給總經銷再分銷至較大的書店，擺個一、二個月沒人要，即刻退回出版社，然後出版社積壓一陣子再賣給舊書攤，就這樣作家辛苦的爬格子，二年三年甚至更久，好不容易集個十萬字，又好不容易的出書，但只曇花一現的結束了這本書的生命。而上述能夠出書、抽版稅的作家算是幸運的，許多作家都自籌經費，印個五百本分送文友親朋以示紀念而已。

其實，我無意也不必怪出版社，他們也是為生活，當然以利為優先考慮，市場的取向與需求，是他們出書的原則，怪只怪在國人讀書風氣未蔚成，文學書少人看沒人買如此罷了！

作家須由主管機關鼎力資助，財團作後盾

關於作家出書，去年文建會委託各縣市文化中心辦理徵集，這是個好消息，但在了解之後，也不免失望，只徵求小說二本、散文一本（高縣為例），而且無稿酬，書成贈一百本，一些欣然欲試的文友，在知道僧多粥少的情況下，不免又要灰心了。

我常想，無特定出版社出書，是作家發表舞台受限，文建會（該是主管機關）應籌措一筆較大的

經費，分年分批去完成作家出書的心願。再則大財團爲文化的建設，是否該全力支持。職棒能持續四年，又擁有大批觀衆、球迷，就是有大財團作後盾，而作家爲文化傳承，幫他們出一些有意義的書，何樂不爲？

記得二年前高雄縣政府爲了推動本土文化建設，曾請作家編《高雄縣——我的家鄉》（目前第三册將推出），這本書當也是文學著作，免費提供給縣內國小三年級至國中三年級人手一册，這個大工程，二年後的今天已得到肯定。記得多年前，曾有一位老師問我：「鍾理和何許人也？」，今天這個問題，只要問國小三年級的小朋友就能知道答案了。作家的書若能像這本書的印行、傳達，文學不發展也難啊！

尋回讀者羣，創造文學春天

我一直不能理解的是，近年來通俗歌曲只要開演唱會，場場爆滿，甚至有因擁擠而受傷甚至死亡的聽聞，一些中小學生，甚至年輕朋友對稍具知名度的歌手瘋狂，盲目的崇拜，已到不可思議的地步，他們不論詞曲的格調、內容，一昧照學照唱，而洋洋得意，蔚爲風尚，此種次級文化，令人疑慮深思，反觀，一場文學演講，往往小貓三二隻，爲了不使講者難堪，主辦單位苦費周章，函請縣政府教育局通令各學校派一、二人充數去撐場面，如此讀者羣難尋，是對文學發展的阻礙，所以，如何尋回讀者羣，創造文學的春天亦是重要課題。

重視文學教育，從國中小紮根

今日教育以升學爲導向，所謂文學教育，當指「國語」或「國文」科目而已，學生也只是從背誦去塡詞、造句、注音、解釋等片面、零碎的知識，爲了文學發展，主管機關、校長、老師對文學應通盤檢討，重新去認知、體會，如何教育孩子喜歡文學（提供好書、辦演講、活動等），將生活與文學融合，變化學生氣質，才能陶冶學生健全的人格。

〈引言③〉

檳榔平原的呼喚

◎曾　寬

近年來，政府大力提倡文化建設，看似文化事業欣欣向榮，無限光明，可是，屏東的文學作家，卻跟政府施政的方針背道而馳，寫作的人越來越少，在台灣文壇幾達消聲匿迹的地步。

屏東縣雖位居台灣之尾，往昔文風卻不落人之後，作家輩出，有朱煥文、李春生、林玲、路衞、周錫侯、鍾孝上、陳冠學、林清泉、張榮彥、葉菲、張瑞麟、林剪雲、張月環、許思及黃基博等，他們不但作品源源不斷，有些還得過各大報徵文大獎，可是，現在呢？一個個息筆半休，有的還向文壇拜拜，再也不提文章事了。

作家是文化之靈魂，作家若不寫作，文化建設推動必然千難萬難，所以，屏東作家不努力筆耕，是應該深入研究，且鼓舞他們繼續爲文學而寫作。

作家生涯原是夢

屏東縣內的作家，大都胸懷大志，把寫作當作終身事業。他們把零碎時間統統奉獻給文學，不斷地閱讀，不斷地充實生活經驗，不停地創作。結果，現實距理想太遙遠了。

近些年來，台灣文化事業越來越不景氣，電影院紛紛關門，出版社也越來越少，報禁雖解除，報社增加卻不多，更糟糕的，報紙副刊不是縮水，便是改登賺錢的廣告，如此一來，作家的生路越來越窄，有稿卻少有園地發表，而且，即使能獲刊登，稿費與勞力的付出不成比率，長此下來，作家只有面對現實，爲生活計祇好改行，再也不幹「勞而不獲」的事了。

葉石濤老師曾說，台灣文學作家若專事寫作，必然無法養家糊口。說的一點也不錯，屏東的作家不笨，職業都是教師，有鐵飯碗可靠，不然，早就以三級貧民身分領救濟金了。

作家沒有怨天尤人的權利

作家生路狹窄，全省皆然。

作家怨不得報社副刊，台灣的報社都背了很大的包袱——領導文學、養活作家。這在世界各國的報社是少有的現象，通常，外國報紙是不加文學副刊的，而咱們的報社在報禁解除後，自然要卸下這沉重的包袱，好多空下版面充實新聞的內容。

作家也怨不得出版社，搞出版社的商人都是腦殼壞了，替作家出個二千本書，回頭書是一千五百本，越是擺門面出版更多的書，越是提早關門大吉。

作家更怨不得讀者，年輕的一代眞可憐，從小學至大學，都跟課本爲伍，一大堆的考試，逼得喘不過氣來，又那有時間讀什麼小說呢？離開學校的社會人士，同樣爲生活忙得團團轉，若有剩餘時間寧可看電視解悶。

說坦白一點，人們不看文學作品，照樣活得好好的，且會活得更快樂，如此，作家又能怨誰呢？

保護作家生態

文學是千年事業，它能代表一國文化，文學沒落不全是作家的責任，政府應擔起重責大任，全力設法保護作家生態。

政府有文建會，也有意提昇爲文化部，各縣市都有文化中心，似可以文化中心作爲管理作家的機構。

政府每年可撥個幾億元作爲作家研究費，由各縣市文化中心負責辦理，每年每個作家研究費二、三十萬元，條件是每個作家每年必須有發表作品十篇以上，而不是坐領乾薪。

另外，政府也應補助各大報社副刊，方法是報社若發給作家稿費千字五百元，相對地，政府也加發五百元，藉以提高作家投稿的興趣，也可提昇作品的水準。

提倡鄉鎮文學

屏東不同於其他縣市，族羣不少，有閩南人、客家人、排灣族、魯凱族、平埔族等，每個族羣都有不同的文化面貌，然而，由於過去歧視母語教育，除了閩南語外，其他語系幾有被同化或消失之虞。

爲了保存族羣文化，也爲了提倡本土文學，屏東縣似應率先提倡鄉鎮文學。

所謂鄉鎮文學，不是以一鄉一鎮作爲單位，而是以同一語系作爲單位。

屏東同一語系的族民大半聚集在一起，有如六堆客家族民沿山麓而居，閩南人沿海邊居住，排灣族住山區，魯凱住深山，因此，同一族系推廣鄉鎮文學並不困難，困難的是地方政府願不願意推動而已。

鄉鎮文學，以發行季刊爲宜，讀者對象以學生爲主，如此，文學不但可以紮根，且可保留本地文化，更可使母語教育推展得淋漓盡致。

鄉土文學獎

南台灣文壇，以高雄市最爲幸運，每年都頒發文學獎，這對作家來講，是務實的精神、物資獎勵。

屏東縣庫拮据，年年頒發文學獎似乎力不從心，文建會爲全力推動文化建設，應可支援各縣市政府，舉辦鄉土文學獎。

獎金不多，六十萬元就夠了，分小說、散文、詩三類，每類二十萬元。

此獎，以作品送審，內容以取材於本縣爲宜。

贊助出版書刊

出書千難萬難，作家都有同感。

出版書是作家最大的心願，爲此，文建會已開始贊助作者出版書籍。

本縣今年已著手此項工作，且贊助出版的書籍多達十本。

很希望，再接再勵，不可中斷，惟應寧缺勿濫。

另外，此類書不以營利爲目的，祇供各鄉鎭圖書館藏書之用，很希望供應範圍能予擴大至全省各地圖書館。

文學作家館

屏東海岸綿長而秀麗，尤其是墾丁，充滿南國色彩，不亞於夏威夷、邁阿米，政府若能在墾丁蓋建文學作家館，將是屏東作家一大福音，也是全省作家一大福音，面向柔細的海灘及湛藍的大海，不但是作家寫作的好地方，且是作家聚會座談的最佳場所。

結語

台灣的文化一向重北輕南，屏東是台灣尾，也是文化的邊陲之地。

在此，很希望政府能聽到屏東作家們的呼聲——不要讓檳榔覆蓋整個屏東平原，讓鄉鎮文學能在屏東發芽、生根，也讓墾丁成爲作家之鄉。

〈引言④〉

文學創作與鄉土關懷

⊙許勝文

不論文學的形式、內容或目的，創作的心靈本來就是應該無拘無束，不受任何羈絆，當它們被冠上任何符號，在大時代的衝擊下，或喜或憂全然無法由文人自己控制，因此談到「鄉土」，我們不禁緬懷起台灣早期與「中國結」情懷相拮抗的時代。

那是個轟轟烈烈的年代：文化、社會、經濟、政治都用血汗化成音樂或美術、或雕塑或文藝……，來關懷這片土地，然而或許草莽性情中的那份叛逆，使悲劇一再發生。所以我們由衷地期盼，在繁華落盡、洗淨鉛華後的「鄉土文學」，它們只是純「文藝」，更是一種「關懷」，也只是一種「鄉土」的面貌。

了解文學創作與鄉土關懷的因果後，我想，我們不妨回來我們今天討論的主題：「鄉土關懷」。

一、「鄉土」不是政治的附屬品：所謂「附屬品」是它一直與政治情結無法脫離，台灣七十多年來的文學，無不在政治環境中流露出反體制、反壓迫的情緒。

二、「鄉土」也患有城鄉差異症：幾乎「後現代」文學的作品都集中火力描寫都市新人類的生活，這或許有人會稱爲台灣工業化「轉型」期的現象，或是人口集中於都市的社會必然性。但我們仍須記得，土地最自然的一部份，可能才是人類最珍貴的資源；土地、農漁、海洋、勞力都是人類最原始的愛。

三、語言文化的困境：文藝創作需要文字、語言的大量橋樑，它第一個面臨的問題會是文字應用的「本土化」時，都影響到文學創作的過程。當然它未必構成判定「台灣文學」的必要條件，但卻無疑地造成作家創作上諸多的不便。

四、「鄉土」意識需要教育的推展：「本土文學」的瓶頸，其實就在鄉土意識的教育上無法落實，使「本土文學」在文化認同，或人文素養上，多了份仇恨而少一份寬恕，多了份叛逆而少一份關懷。

慢慢地，台灣社會進入九〇年代後，受歐美影響，從各種不同的文學技巧、文學理論、文學批評，都容易反映出更多社會「原型」的基因，這些潛在於民族間的現象（或宿命），因人種與地理環境的差異而各不相同，一個多元開放的社會融爐，唯有透過高度解析的管道，從不同的「區域」，來整合或關懷「鄉土」的眞正內涵。它不必有「本土文學」、「鄉土文學」或「台灣文學」或「地方文學」的爭論，它化成只是簡單地對自己四週「區域」的關心。

澎湖，就只是澎湖「區域」的鄉土關懷。

澎湖是個文化貧脊的地方。

澎湖縣圖書館的著作資料中，作家登記不出四十位。而其中大部份著作都是賞鳥、歷史資料或岩石地形、或寺廟或升官用「跳板著作」、或繪畫，純粹本土區域文學的著作比例幾近於零。

澎湖縣除了官報「建國日報」外，無其他報社。小朋友要投稿，他上面寫著：常徜徉於廣大的竹林間，呼吸山林氲氤的霧氣……。或是：河水濺濺、溪流潺潺等之類的詞藻，我不禁掩面慨歎：澎湖是個沒有山、沒有竹林、沒有河也沒有溪流的地方啊！

「區域文學」無法生根的結果便是如此。

澎湖是我的家鄉，它的創作背景與中原文化或都市文化有著迥異的性格。但是它文藝發展不完全，它需要被關懷或更需要被保護著。「二二八」始末，官方或非官方資料顯示，澎湖的「肇事」或死亡是零。但奇怪的是，澎湖從元朝設治至今七百年來，它抗倭寇、抗海盜、抗荷軍、抗法軍、抗清軍，幾乎成了「無不抗」，「二二八」這事件卻平寂無聲。我想，或許這值得慶幸，它的「鄉土」或許會走得平穩些?!

〈活動側寫〉

政治、鄉土、作家與文學

「高屏澎地區文學會議」側記

⊙高惠琳

1

由本社主辦的「臺灣地區區域文學會議」第二場「高屏澎地區文學會議」，五月一日，假高雄縣立文化中心舉行。除了高屏澎三地四十多位文藝界人士與會，新聞局趙義宏副處長、文建會黃武忠科長、高雄市政府新聞處何文雄處長，以及澎湖縣立文化中心劉丁乾主任也都蒞臨與會。

首先由本社編輯總監李瑞騰主持開幕式，除了介紹與會貴賓，他並說明舉辦此場會議的目的。其後，執政黨中央文化工作委員會主任祝基瀅應邀發表「李總統的文化理念」專題演講。

十點鐘研討會正式展開，由國立中山大學文學院院長鮑國順擔任主持人。共計發表三篇論文：彭瑞金〈臺灣社會轉型時期出現的工人作家〉、張榮彥〈恆春半島的落山風文化〉、賴瑩蓉〈企待拓荒的有情天地——淺談澎湖的文學因緣〉，各篇的特約討論分別是葉石濤、許思、林文鎮。

2

彭瑞金在論文中指出，由於高雄地區幅員遼闊，衆多的作家不僅寫作風格差異極大，其創作背景、文學觀等，都無法藉地域性來概括出特性來。但是從臺灣社會的轉型過程來看，工人作家卻可視爲是高雄地區的文學特質之一。同時他並介紹楊青矗、李昌憲、陌上塵等人的家世背景及作品，以爲佐證。特約討論葉石濤指出，在探討工人文學時，除了經濟因素的影響外，對於農村社會的瓦解，農、工之間的關係也應有所探討。楊青矗等三人雖是勞工出身，但以他們所受的教育，也算是知識份子。因此，文學的創作並非什麼樣的身份才寫什麼樣的小說。自由、多元的寫作空間才是作家寫作時所應秉持的理念。

張榮彥在〈恆春半島的落山風文化〉中描述了六〇年代以前的恆春半島在農業掛帥的時代，未脫「孤島」的特色，以及在落山風影響下的一切人文風貌。特約討論人許思認爲該文著墨在土地、作物上太多，事實上，屏東的地質、人文、歷史都有許多可以探討的。此外，他强調，一般人都將本土文學視爲狹隘的通俗文學，實際上，本土文學應是具特色、多元化的文學，有許多層面值得開採。

第三篇論文發表人賴瑩蓉表示，以澎湖的地理位置和特殊的自然景觀，都足以發展出屬於地方本土性的文化特色。但是，由於寫作人口的嚴重外流、交通上的不便利等，使得澎湖的整個環境與文學腳步脫離。因此，她呼籲：熱愛鄉土的藝文人士應扛起筆桿到澎湖來「拓荒」。特約討論人林文鎮也表示，人才的外流使得澎湖的文學種籽像縣花天人菊的種籽一樣，處處飄散，處處落根。他並針對改善澎湖的文學土壤提出三項建議：編印有深度的鄉土文化教材，從報導文學、傳記文學發展澎湖文學，開闢發表藝文作品的園地。

對於「工人作家」的定位問題，李瑞騰提出了疑問，而涂秀田則表示，工人作品並不一定是由工人來寫，黃漢龍也認爲工人作家與工人作品應有所區分。彭瑞金表示，文學作品的產生當然不拘限於身分、背景，而他將楊青矗等人的作品概稱爲「工人作品」，主要是求解說上的方便，並且藉以陳述三個年代的同類型作品發展風貌。

對於賴瑩蓉論文中有關澎湖文學發展的三個轉型階段，薛國忠表示，無論文化有過什麼樣的變化，不同的歷練能孕育出各具風格的作品，至於涉及政治與否，並非十分重要。萬可經則指出，澎湖的藝文發展雖非十分蓬勃，但是熱愛藝文且致力其中的仍大有人在。

3

下午的座談討論於兩點鐘展開，由李瑞騰主持，鄭春鴻、蔡文章、曾寬、許勝文擔任引言人，分別就高屏澎地區文學發展提出見解。

鄭春鴻提出「專業寫作」的構想，並以林曙光、陳冠學、葉石濤、劉春城等幾位在文壇上素有聲望，在寫作計畫上具有旺盛企圖的作家爲例。蔡文章談到作家生活無保障、缺少發表園地、出書困難等文學發展所面臨的問題，同時剴切地表示，要解決此問題，須在作家、讀者與主管機關三者的互動關係上找到平衡點，才能使文學的推動、文化的發展更有希望。曾寬在〈檳榔平原的呼喚〉中提出五點呼籲：保護作家生態、提倡鄉鎮文學、舉辦鄉土文學獎、贊助出版書刊、設立文學作家館。他並强調，屏東最大的特色是融匯了許多族羣，而爲了保存族羣文化、也爲了提倡本土文學，尤應先倡導鄉鎮文學。許勝文的〈文學創作與鄉土關懷〉指出，「文學創作」應不拘泥形式、內容和目的，而「鄉土文學」則只是純「文藝」，是一種「關懷」，也是一種「鄉土」的面貌。

對於文學創作與文學發展所面臨的問題，許多人都提出了看法。韓秀認爲文學創作是將生命中的一部分以文學形式呈現出來，至於有否市場行情、政府給不給予支助都不是十分重要。而涂秀田則表示，文學發展所面臨最大的問題是出版方面，並且亟須政府經費的贊助。鍾順文也指出，文學資料的收集、整理，應由文化機構主動負責。李瑞騰提出了兩點意見：文學創作有絕對的自由性，不受政治、國籍等的影響。當文化成爲公衆事務時，要促成更好的文學環境，政府應擔負起相當的責任。鍾玲贊成文學具有地域性的觀點，同時也建議，在文學讀者日益萎縮之際，「文學媒體化」值得被重視。高業榮强調應重視原住民文化，他認爲要閱讀原住民文學，須先了解其文化背景，甚至賦予關懷，才能掌握其文學的精髓。此外，林曙光、高金鏘、李冰、黃樹根等人也針對文學發展與文化傳承等提出建言。

雲嘉南地區

雲嘉南地區文學會議議程表

時間	場次	主持人	內容	特約討論
9:30～10:00	開幕式	許福明	貴賓致詞	
10:00～12:30	論文發表	莊雅州	楊子潤：沒有文化的泥土，那有文學的花樹——雲林區域文學的過去、現在與未來 賴萬鎮：傳承諸羅古文風，創造嘉義新文化 羊子喬：從鹽分地帶文學看台灣農村的變遷	古蒙仁 李豐楙 陳萬益
12:30～14:00	午餐休息			
14:00～17:00	綜合座談	李瑞騰	沈文台：滄桑憑誰問——雲林縣地方文學的今昔 蔡尚志：文化沙漠的再出發 渡　也：談嘉義文學資料之蒐集與研究 林瑞明：文學從土地與人民出發 黃勁連：略述「鹽分地帶」的文學傳統	

〈論文①〉

沒有文化的泥土，那有文學的花樹？

——雲林區域文學的過去、現在與未來

⊙楊子澗

一、前言

民國七十七年夏天，在我完成六千字的散文〈等待黎明〉和二百餘行的長詩〈最後的夢土〉之後，對「文學創作」而言，可說已完全停筆了。面對如此紛擾的社會和目睹如此敗壞的家園——北港，寫作對我已不再是「經國之大業，不朽之盛事」；而是「雕蟲小技，丈夫不為也」的慨歎了！七八年初秋，我投入「文化改造工程」的行列，糾合故鄉中的青年志士創立了「笨港媽姐文教基金會」，試圖自文化的重建中，去喚醒沉睡已久的人心；透過文化活動的手段和民主的組織方式去達成理想；尤其是「社區報」——《笨港雜誌》的發行，更是寄以厚望！八〇年初夏，文訊雜誌社學辦「各縣市藝文環境調查」座談會，本人亦忝列末座，發表〈花雖美，無根隨謝——從鄉鎮文教基金會談文化重建

）論文乙篇，並聯合縣內作家羊牧、李亞南及政大中文系畢業的縣議員王麗萍議員等人，欲乘時成立縣內五大鄉鎮文教基金會，藉此一舉改觀雲林縣境之文化生態。……前途似乎一片光明！

八〇年初秋，成立雲林縣五大鄉鎮文教基金會的構想在有關單位操控下全盤崩解；八一年初夏，笨港媽祖文教基金會亦在外力介入中，原前董事長陳家湖先生離職，我在盡力之後，不願眼見當初寄以厚望之基金會被接管，亦堅拒董事職位並提前宣佈退出一手創立之團體！經此重挫，「文學實用論」於我心中已幾近是槁木死灰；「文化重建」更趨冰消瓦解了！一年多來，我仍然不斷在思考，反省……。

今年三月中旬，文訊雜誌副總總編輯封德屏小姐來電，囑咐我撰寫論文乙篇，以便在「雲嘉南區域文學會議」中發表。對於雲林文學生態並不十分熟悉、加上不再從事文學創作已五、六年的我，先是一陣驚愕，繼之以惶恐；最後我允應了這件工作。因爲，寫作畢竟是我的最愛；文化工作曾是對自我的承諾！

二、雲林作家知多少？

雲林（尤以今北港鎮溪南北兩岸，古稱笨港）是先人拓台最早的根據地；因之，文風亦頗爲昌盛。根據清光緒二十年倪贊元所撰之《雲林采訪册》記載，境內計有：斗六堡之「龍門書院」，並有張覲光爲光緒庚辰科進士、許國材擧人，拔貢、副貢、歲貢多人；大槺榔東堡北港街（今北港）之「聚奎社」，並有黃登瀛榮登光緒丁丑科進士及恩貢、拔貢、歲貢等多人；他里霧堡（今斗南）之「奎文書院」，並有光緒丙戌科進士徐德欽；西螺堡之「振文書院」、「脩文社」；沙連堡林圯埔（今屬南投縣竹山鎮）之郁郁社、謙謙社等六大社學，並有林鳳池舉人及恩貢、歲貢生多人；布嶼西堡褒忠街（今褒忠）「萃英祠」，並有張植發、張植華、蔡廷懋、蔡廷炯榮登乾隆舉人，蔡廷槐嘉慶舉人及恩貢、歲項等近十人。延至日據，雖在異族統治之下，文學命脈並未隨之中斷，各地均有漢塾、詩社藉以延續民族文化。僅北港一地，漢文詩社最多時計有汾津、笨津等六大詩社，其中老詩人洪大川先生尤爲日據末漢詩之楚翹！而北港名醫林麗明先生因參加林獻堂先生創辦之「台灣文化協會」曾遭日警拘捕，更是雲林文人風骨的最佳見證！

三十八年國民政府遷台以來，雲林縣籍之作家人數，在全台各縣市中，雖不能謂之獨佔鰲頭，亦可謂人材輩出。茲以「行政院文化建設委員會」於七十三年六月出版之《中華民國作家作品目錄》登錄作家爲例，統計分析列表如左：

登錄總人數：五百七十七人（不含已去世者四十六人）

未塡省籍：五人

其他省籍：三九四人

台灣省籍：一百七十八人

　台北市籍：十五人

　台北縣籍：十一人（含基隆市籍四人）

　桃園縣市籍：八人

　新竹縣市籍：七人

苗栗縣市籍：十人
台中縣市籍：十一人
彰化縣市籍：二十二人
南投縣籍：七人
雲林縣籍：十二人
嘉義縣市籍：十三人
台南縣市籍：二十人
高雄縣籍：五人
高雄市籍：八人
宜蘭縣籍：六人
台東縣籍：二人
花蓮縣籍：四人
屏東縣籍：五人
台灣省未塡縣市籍：八人
高雄人未塡縣市籍：三人
台北人未塡縣市籍：一人

在台籍「土產」作家中，雲林縣籍共十二人，排名在彰化縣市（二十二人）、台南縣市（二十人）、台北市籍（十五人）、嘉義縣市籍（十三人）之後位居第五；若合計雲、嘉、南三縣市則高達四十五人，佔台籍作家全數之四分之一强，足見雲嘉南一帶確是人文薈萃之地。

若純以雲林一地爲例，根據七十三年出版之《青溪雲林文萃》第一期彭徐先生之後記中記載，本縣中屬「文學」之會員計有二十八位；八十年六月由雲林縣立文化中心出版之《雲林作家采風錄》則收錄了四十位縣內作家的資料（以上兩書不分省籍），依此而言，雲林一地文風之盛，不但有其歷史淵源；也足見在物質貧瘠、經濟匱乏的雲林縣，文學的花樹依然曾經盛開在這片土地上！

三、由「官方出版作品」看「雲林區域文學」的風貌

雲林縣籍的作家，至今乃活躍於文壇並爲大家所熟知的如：王邦雄、李弦（李豐楙）、林雙不（黃燕德）、宋澤萊（廖偉竣）、季季（李瑞月）、鄭寶娟、古蒙仁（林日揚）、履彊（蘇進强）、鍾麗慧、沈花末、羊牧（廖枝春）……等人，或從事學術理論、或詩歌小說散文，或報導戲劇等等，不一而足，可謂百家爭鳴，各揮其采！然由於個人工作因素，或客居他鄉、或落籍異地；因此，雲林籍作家百分之八、九十之爲「楚材晉用」、「人材外流」也就不足爲奇了！

餘留縣內之縣籍作家，雖有「台灣省文藝作家協會雲林分會」、「中國青年寫作協會雲林分會」及「中華民國青溪新文藝學會雲林分會」等相關寫作之文學性團體；然因這些團體大多「名存實亡」或充滿戒嚴時期之制式思想，極少能合縱連橫縣內之作家、相互激盪裨益創作；而滯留他鄉之縣籍作家，也因時空間隔或其他因素，不能或不願與縣內文學團體聯絡，因而「雲林區域文學」依「官方」出版書籍所呈現出來的精神與風貌也就模糊不清了！

以民國七十三年五月二十日「中華民國青溪新文藝學會雲林縣分會」編印之《青溪雲林文萃》爲例，開宗明義第一篇即是〈恭賀　蔣總統經國先生連任中華民國第七任大總統就職致敬電文〉，續接〈以實際行動慶祝總統副總統就職〉、〈青溪以行動作獻禮〉等八股文；接著又是縣長、縣黨部主委、團管區司令、縣議會議長及團委會主委等人之「墨寶」；尤其〈朝陽的禮讚〉這一首「朗誦詩」更點出了本書的「主旨」！試看其中一段句子：

第一個朝陽，開創了中華民國！
第二個朝陽，打敗了日本強梁！
如今啊！您，第三個朝陽，
一定！
一定！
一定！
光復大陸，
消滅匪黨。
我們跟您走，
我們學您樣。

在如此抹煞文學獨立思考、抹煞文學寫作技巧的制式思惟和歌功頌德方式下，難怪全書中充斥了類似以下的「散文」：

「陽光，一如三民主義的光輝，普照整個大地，整個世界。」──〈陽光下〉

「嘔我心血，塗我肝腦，盼能做好『自強年』結結實實的紮根之作。讓五七五個活潑快樂的好兒童，長成五七五個三民主義的青年軍！」──〈五七五面亮麗的標幟〉

或像〈懸在罪惡上的腳〉、〈藍藍〉、〈心旅〉一類自酖於幻想式愛情、平舖直敍說故事式的「小說」，實是令人不忍卒讀！所幸書中尚存部份李亞南的清新小品，落蒂精煉的方塊雜文和意境深遠的詩以及戴宗艮凝鍊而寓意人生哲理的詩；否則這本「文萃」眞可丟進垃圾筒了！

爲「奉行政院文化建設委員會指示，展開縣籍作家作品選集及專集的出版之作。」（見該書雲林縣長序）雲林縣文化中心於八一年六月出版了一套包括散文集《春雨》、小說集《黑馬》及羊牧的評論《不再寂寞》、張清海的散文集《春風桃李》，如萍的散文集《這一家》等共五冊本縣籍作家作品，一舉涵括了散文、小說、評論之個人或選集等各大文學版圖，粗看之下眞是花團錦簇，一片璀璨奪目！

然而細續之後，羊牧的「不再寂寞」「評論」集，由附錄〈談『和中學生談書』〉一文中可見，本書源自於中央日報「中學生」專刊中「和中學生談書」的專欄（由於書中文末只附發表園地未書寫作日期，故純屬筆者臆測。）立意本佳；然囿於「專欄」的二千字限制之下（書中不乏千字左右之介紹文章）。自然無法深入所評介之書、文；就如該書〈關心──讀莊金國的『石頭記』〉文末羊牧自書：

「零零碎碎寫出這些『讀後感』不免蔽於私見，希望不要太離譜才好。」本書若冠以嚴謹的「評論」之名，未免有傷羊牧先生文名。如萍女士的散文集《這一家》，初見該書江音代序文，不免令人大大吃了一驚：

「『得獎專家校長』，這個綽號，是圈內朋友們閒聊時創造出來的。」

「——自民國六十八年獲得孔孟學會論文特獎以後，她才開始調適文藝徵文應徵路線，曾榮獲六十九年全國『青年自強愛國心聲』散文第一名，十五屆中國語文獎章，洪建全兒童文學第八屆、第九屆、第十屆創作獎，並連續四年得到教育部頒贈的各年度各項文藝創作獎，七十二年中國視聽教育學會也致贈製作紅帶獎的最高榮譽。」

「……曾兼任台灣省婦女寫作協會理事、雲林青年寫作協會理事、青溪文藝學會分會監事、雲林書法學會監事、黨團（筆者按：國民黨）文宣委員、訓練委員、又是童子軍服務員……如《雲林國教》及《雲林綠芽》期刊編輯、《雲林鄉土教材》編輯、『窗外有藍天——法律劇場』廣播劇寫作……」

筆者之所以不厭其煩引述江音先生代序文中所記作者之得獎事蹟及各項頭銜，正欲指證出「區域性小鄉土文學」已爲僵化思想及官僚體系所制控。《這一家》除前半部〈親情組曲〉回憶童年文字稍堪可讀之外，下半部〈媽媽的話〉和〈點亮春天〉彷彿是「反共、愛國、團結、自强」（見該書《豈能迷糊》頁九七）官方發言人的口胎。

《雲林作家小說集——黑馬》果眞是一匹「黑馬」——「黑暗中奔馳而過的黑色的馬」，是如此此突兀、如此令人不知身處何地！十六篇「小說」（其實大多滯留在「說故事」的階段和散文化的「小說」技法）除廖光賢〈黑馬〉〈名師〉寫出「升學主義」掛帥下被扭曲的教育制度、廖素芳〈髮結〉點出現代相夫教子「煮婦」徬徨的心態和陳嘉欣〈招夫〉寫出小鎮早期鄉土人物故事外，餘文中「時空」彷彿都敲開了這塊土地，不是殺鬼子的戰役，就是「被解放」後「杏花村的冤魂」，令人錯愕於時空之交疊錯亂！

《雲林作家散文選集——春雨》編得更是令人莞爾！這本「散文選集」，其實是本雜文選，書中有評論、有論說、有報導文學，有「小說式的散文」；記敍居多，抒情者少，加上〈我們只有一面旗〉〈懸國旗、唱國歌、愛國花〉、〈春雨，在金門〉此類「主題正確」的政令宣導式文章，編者强名之曰「散文選集」，是編委諸公人在屋簷下不得不低頭抑或巧婦難爲無米之炊只好濫竽充數？

張淸海先生的散文集《春風桃李》是五本書中較具有「區域性小鄉土文學」特質的一本。在這本集子裡，我們可以看到歷經日據末、光復初期殘破貧窮年代的人、事、物，一草、一花、一木等鄉土的擁抱；也看到了在以往困乏的物質生活或現今困乏的精神生活中，人性光輝的一面和對社會的關懷；可惜的是這本散文選集血統並不十分純正，書中夾雜了類似〈穿衣與買衣〉、〈吃的藝術〉、〈穿的藝術〉等論說文和〈力爭上游我雲林〉等「比賽型歌德式」報導文字，令人不禁扼腕！

四、沒有文化的泥土，那有文學的花樹？

文學的可貴與價值，在於透過駕馭文字的技巧，忠實地描述了某一特定時空中所發生的某一些人、事、物；因之，偉大的文學作品，莫不以該特定時空爲經緯，深入直指人心的內裡。台灣是個島嶼，自有其文化歷史的淵源；也因台灣歷經了不同政權的統治，不同文化的衝擊，因此，台灣文化的風貌也呈現多樣的變化。六○年代中期的「鄉土文學」論戰，即是大中國與台灣、自慰式懷鄉文學與斯土斯民活生生文學的論戰，經此一段，以台灣爲大鄉土的本土文化，躍昇爲文學的主流。

如果說以現今台灣文化爲主幹的文學是「大鄉土文學」；那麼，以某一區域爲特定的作品即是「小鄉土」文學；換言之，大鄉土是由諸多區域小鄉土組合而成，小鄉土之間必然有其共通性與差異性，相互交疊，相互融合。試以台北市都會文明爲描繪主軸的作品，自然會跟台東、花蓮縣較多先住民區域的作品有所差異；也跟雲、嘉一帶以農業爲主的區域文學有所不同。因此，區域文學的特質，在於能描述該區域小鄉土人物的風貌、呈現該區域小鄉土人文的精神。

雲林在台灣開拓史上自有其值得驕傲的一面；光復四十年來，經濟上雖已逐漸脫離了那個貧困艱苦的日子，廣大的土地上仍保留著農民原有的純樸與無知；而都市化的鄉鎮卻也充滿了市儈商賈的狡詐與慧黠；加上一般思想保守，仍存戒嚴時期心態的知識份子；因此，雲林縣民中有敢衝敢殺的街頭運動份子；有畏首畏尾、文化陽痿的讀册人；有興好燈紅酒綠的市民、也有在路邊設攤討生活的小鎮民。諷刺的是：雲林曾是政治上反對運動的先趨；但鄉鎮縣的民意代表和公職人員如今卻是「大哥」當道！雲林的鄉村與都會風貌也截然不同，有一望無垠的平疇綠野、紅磚黑瓦的古舊房舍；也有霓虹招展、五光十彩的大廈；當然，更有不時排放黑煙和廢水的工廠與沿海不斷遭受陸沉之害的莊落。「這是個墮落的年代；卻也是個最有希望的年代！」面對人文蛻變中的雲林、文明糾葛下的小鄉土，其實區域性作家應有更廣闊的體裁、更豐富的內容去呈現這個墮落卻最有希望年代的種種風貌與精神！

可惜雲林本土區域性的作家錯失了這個機會!

從本文第三節「由『官方出版作品』看『雲林區域文學』的風貌中」我們得知,雲林區域性小鄉土文學至今乃充斥著大中國自慰式懷鄉的特質與制式思惟下的八股作品,不但混淆了雲林斯土的風貌、也模糊了雲林斯民的精神。文學創作貴在思想的自由與獨立;何以現今雲林區域性文學淪於如此八股、僵化和官僚體系下的制式思惟?深究其原因,我們不難發現:四十年來教育一元化政策和升學主義掛帥制度已大大戕害了文學創作獨立思考的心靈;其次,七十年代之前,台灣文化被視爲大中國文化圈外之邊陲文化,使得鄉野民間不自覺地被矮化、醜化,因而喪失了鄉土文化的自尊與自信;其三,數十年來經濟的發展並未提昇文化的品質;反使人心不斷物化,人們流於逐利、貪於安逸。其四、各文學團體幾乎爲官僚或某些特定人士所操控,在一元化的思想體制下,當然不爲縣內具有文學獨立、思想自由的作家所認同,甚至爲寓居他鄉的本縣籍作家所排斥;而這些文學團體在長期操控下也大多「名存實亡」了!更重要的是,四十年來台灣一直著重於經濟的發展而忽略了文化的建設,一般民衆除了追求物質生活外,幾乎已毫無文化生活可言。近十年來,執政當局雖已開始重視文化建設,各縣市也都成立了文化中心和縣市文化基金會;但是文化中心和文化基金會都在官僚體制之內和縣政府所在地運作,缺少民間文化和活水源頭;尤其縣內各鄉鎮,四十年來幾乎可說從未編列「文化建設」的經費,多數鄉鎮民除了智商永遠低於十三歲的電視,極盡聲色犬馬的KTV、粗鄙不堪的電子琴花車之外,恐怕再也沒有其他的文化活動了!因此,縣內文學創作者後繼無人,已然產生嚴重的斷層現象了!試問:沒有文化的泥土;那有文學的花樹?

伍、發展「區域性文學」的芻議

文學之價值繫於創作者心靈，思想的自主與獨立；「鄉土文學」的根本在於創作者本土意識的覺醒；而「區域性小鄉土文學」則是文學創作的活水源頭，當然更需要區域性文學作家的自覺、自信與自立了！因此，重建區域性小鄉土文學的風貌與精神、拓展區域性小鄉土文學的根柢與視野，吾人不能寄望於官僚體系的施惠，尤應拒於政治政令的强姦與干涉，保存創作者自由、自主的心靈；如此則有賴於本土作家的參與，同時也是旅居他縣文學工作者責無旁貸的責任！對於如何發展區域文學，試以擬出下列幾項方法應對：

一、區域性小鄉土文學工作者聯誼會：由居住縣市內之作家籌組聯誼會；並擴及邀請旅居他縣之本縣籍作家參與加入，定期或不定期聚會，交換寫作心得，建立彼此鄉誼。

二、籌組縣市文化協會：在區域性小鄉土文學工作者聯誼會會務穩定之後，以縣市爲單位，籌組「縣市文化協會」；定期對外舉辦各種文化、文學演講座談會，聯合籌資出版刊物，將演講內容記錄刊載其中，並開闢版面容納各類文學作品，藉以相互觀摩、提攜文壇後進；此外，每一年度則可選錄其中若干篇章，交由坊間出版公司出版。

三、成立「台灣文化協會」：俟各縣市文化協會成立達全台半數縣市以上時，正式成立「台灣文化協會」，訂定台灣文化、文學之基本原則與最高目標。各縣市文化協會仍擁有絕對獨立權，依「台灣文化協會」之原則目標，自由發展各縣市之特殊文化與文學工作。

這是一項由下而上的草根性文化運動，她的出發點源自於該縣市文化、文學工作者良心的覺醒與無我的投入；為了保存文學工作者思想的自由與獨立，因之，我們必需有以下的認知與體悟：

一、經費由會員自行籌湊：為維繫民間籌組文化協會的純度，經費方面千萬不可寄望於「有關單位」之補助，會員應有最大的決心，自行籌湊資金；如此，方有能力保持協會的獨立與自主性。

二、避免政治勢力的介入與官僚體系的干涉：政治與官僚原本對文化建設可以扮演催生與輔導的角色；但於今天，往往卻是鉗制文學獨立思想自由的兩大黑手，因此，對此一自發性的文化工作，切莫招致政治的介入與官僚的干涉。

如果說教育是百年樹人的工作；那麼，從事文化、文學工作可說是個人終生的志業了！雲林縣籍出身的名作家林雙不先生，以百年樹人的精神、終生志業的態度，不問名利、不求聞達，創立了「台灣教師聯盟」；一年多來在全台展開了二百餘場，吸引了三萬人以上的演講會，奔走忙碌，一如「傳教師」的無私無我；這種精神正是我們從事文學工作者最高的典範，也是雲林籍作家、鄉親的光榮！

六、結論語

「……鄉土文化意識並非是狹隘的、地域性的、排他性的意識型態；而是透過反觀、省思，去瞭解鄉土文化本質中的優劣所在，進而建立對鄉土文化的自信與自尊；基於自信和自尊，我們才能透過理性、自覺，去篩選、接受外來移植的文化；如此，才能兼融本土、外來文化的優點，為文化命脈的延續注入一股生生不息的『台灣生命力』！因此，一個健康的鄉土文化觀，絕非是狹隘、地域山頭主義的復辟；也非只是邊陲文化、次文化的自憐與自傷；而是涵育整個族羣、社會、國家甚至與世界共通時空的寬容性的文化意識！……」這是我在「花雖美，無根隨謝——從鄉鎮文教基金會談文化重建」一文中截錄出來的一段話；也是我對文學創作秉持的理念。文學是文化諸多型態中的一環；沒有文化的未來，哪會有文學的明天呢？而文學可有明天、文化可有未來？就端在於從事文化、文學工作者本身之能否覺醒與實踐了！

《參考書目》

- 《雲林采訪册》，倪贊元著（清光緒二十年）／台灣文獻叢刊，台灣銀行經濟研究室編印，四十八年四月出版。
- 《青溪雲林文萃》／中華民國青溪新文藝學會雲林分會。七十三年五月二十日初版。
- 《中華民國作家作品目錄》／行政院文化建設委員會，七十三年六月初版。
- 《不再寂寞》，羊牧著
- 《這一家》，如萍著
- 《黑馬——雲林作家小說選集》
- 《春雨——雲林作家散文選集》
- 《春風桃李》，張清海著

以上五書均由雲林縣立文化中心出版，八十一年六月初版。

- 文訊雜誌——雲林的藝文環境專題：〈沈文台／走過歲月長廊〉、〈羊牧／不信東風喚不回〉、〈楊子澗／花雖美，無根隨謝〉等文。文訊六十七期八十年五月出版。

講評／古蒙仁

楊子潤先生雖然對台灣文學抱持悲觀態度，但是對未來我們沒有權利放棄希望。我試著從「陽光、空氣、水」三方面來回應「沒有文化的泥土，那有文學的花樹」。即使泥土再貧瘠，有了此三要素，仍然會有希望。

「陽光」是指整個大環境的改變。政治方面已經解嚴、農民運動、國會改選等民主思想已深植民心，人民可出頭天，不同於過去；經濟方面，雲林過去雖落後，但近年有六輕、石化等工業設施，雲林將從農業型態變成工業型態，生計獲得改善，人民有餘力從事藝文活動。教育的普及、社會的多元化，學子更爲活潑開放，民智也大開，民衆參與藝文活動的能力因而大增。這是雲林縣的工商政治大環境，與以前截然不同之處。

「空氣」是指藝文環境的改善。各縣市文化中心的成立，可開拓文化資源，顯示政府已更重視文藝活動。民間有各種文教基金會成立，此種民間力量可彌補政府從事文藝活動的不足。另外因政府與民間的倡導，文化氣候已漸形成，縣民也有文化方面的需求，供需二者相互配合。

「水」是指作家動態的成長及鄉土關懷層面。五〇年代出生的作家，現已是社會中堅，文學創作已邁入成熟期，也掌握了社會上相當的資源，可發揮更大的影響力。這些作家不只是創作，也參與社會活動，可對鄉土做出更大貢獻。而他們創作的題材不再侷限鄉土方面，因社會轉型，創作題材更遼闊。另外旅外作家有回饋鄉土的心理，具創作經驗可與縣內作家相互交流，使縣內文風更盛。

另外提出一些待改進之處。文化中心仍屬官僚體系，對藝文活動認識稍嫌不足，且擺脫不了權威時代的意識型態，所以將來規畫活動或出版刊物應聘請專家協助。當然文化中心應積極爭取經費，多舉辦文藝活動，使年輕學子能與知名作家學者多接觸。在民間方面，可鼓勵工商士紳多捐獻，以補政府經費的不足。在與旅外作家方面也可加强連繫，相互交流。

最後再提出幾個問題和楊先生溝通。楊先生以官方立場看文學，但文學實際上是從民間生長起來的，相信民間的作家將來會在文學史上有所表現。旅外作家的定位不應以居住地來定，而應從他的作品內容與背景來定位。以上是我個人的一些觀點。

〈論文②〉

⊙賴萬鎮

傳承諸羅古文風，創造嘉義新文化

——諸羅文學的過去與未來

一、前言

嘉義市舊名諸羅山，一稱桃城，原是人文薈萃，名家輩出之地。後因台灣整個發展趨勢逐漸北移，位處中南部的嘉義市，日感人才凋零；尤其市立文化中心落後別縣市十年成立，期間缺乏專責機構的規劃、推動，對地方文風的傳承與發皇，自然不利。

千呼萬喚，千眄萬睞，嘉義市立文化中心終於在八十一年七月一日正式成立，並展開運作，二十六萬市民以及更多的鄉親終於擁有文化的殿堂，創造新文風的搖籃。雖然成立初期，人才不足，經費困窘，經驗缺乏，但我們不敢妄自菲薄，我們竭智盡力，以「兩年內迎頭趕上，第三年起後來居上」的「超級文化人」自許，急起直追，全力衝刺；並標舉「傳承諸羅古文風，創造嘉義新文化」做為市立文化中心努力的方向，自我期許的使命。

文化中心的整個業務自然不僅文學一端，音樂、繪畫、書法、雕塑、攝影、戲劇、民俗、文獻等等攸關藝術創作、文物維護、社會風氣、生活品質者，都是文化中心責無旁貸的工作；然而，嘉義市立文化中心願意在普及讀書風氣，提昇文藝創作上，扮演更重要的角色，從地方文學到區域文學，使小傳統匯入大傳統，在嘉義的泥土上開出更燦爛的文藝花朵。

個人擔負首任市立文化中心主任的重責大任，在「傳承諸羅古文風，創造嘉義新文化」的使命感熱烈驅使下，已有全盤規劃，並逐步實踐。個人於五十九年畢業於嘉義高中，師大教育學系六三級，教育行政高考及格，轉任公務員後，曾任嘉義市政府督學、體健課長，對地方史實有深切了解，四方人脈能充分掌握；民國七十年間出任嘉義青年寫作協會會長兩年，嘉義青年編輯四年，恭逢嘉義文壇最熱鬧的時刻；任教民雄國中十五年，始終主編《今日民中》校刊，指導國語文社團，創辦「民青文學獎」、「民青文藝營」，培養衆多文藝健將，年年榮獲全縣國中組總冠軍，個人並曾入選台灣區國語文競賽社會組作文第三名、中教組演說第四名。

二十多年來，我從嘉義文壇的觀察者到耕耘者，對地方文藝的脈動有深切的體認。這次文訊雜誌社的年度大計劃「區域文學會議」的論文，在探詢幾位舊友均因事忙無暇落筆，我自然是最有資格提筆的人了，責無旁貸。

在文藝的大花園，我願終生做個小園丁。

二、傳統

嘉義市舊名諸羅山，其由來公認者有二：一係山胞洪雅族「番語」社名之音譯（Tirosen）；一係取其東方諸山羅列之意。荷蘭人據台時期，開始有行政區之建置；西元一六六二年，鄭成功驅荷，設一府二縣，嘉義隸屬於北路天興縣；康熙二十三年改天興爲諸羅，四十三年縣治遷到諸羅山，才建木柵爲城。乾隆五十一年（一八七六年），天地會林爽文反淸之役，圍攻諸羅城十個月，城內人民協助淸軍有功，淸廷乃本「嘉其死守城池之忠義」，翌年十一月初三日，下詔易稱「諸羅」爲「嘉義」。

日據前後，嘉義詩社林立，吟詩塡詞，騷人墨客雲集，蔚爲可貴的文學傳統，茲就留名者按先後略加陳述：

1.茗香吟會：光緒二十二年，即割台後一年，賴雨若、蘇櫻村、林臥雲、張秀星、沈瑞辰等五人，每於月夕花晨，煮茗敲詩，以洩其抑塞不平之氣。

2.羅山吟社：宣統三年，由白玉簪、周掄魁、林維朝、陳家駒、賴雨若、賴惠川、林玉書等六十餘人組成，月恆數次雅集，以詩會友。

3.玉峯吟社：民國四年，王殿沅、賴惠川、許黎堂、賴文淸、賴深淵、王國材、方輝龍、朱榮貴、王甘棠等所組，海國風騷，一時稱盛。

4.青年吟社：民國五年由賴文淸網羅向學青年組成，鼓勵詩教，一時風行草偃。

5.無名吟社：民國九年由賴柏舟、蔡明憲、陳崑山、林玉女等組成，聘林玉書為顧問。

6.鷗社：民國八年由方輝龍、王甘棠、賴柏舟、蔡明憲、黃水文等十五名組成，初名「尋鷗」，十二年正名為鷗社，陸續有林玉書、賴惠川、李德和、黃文陶、林玉山、黃鷗波、盧雲生加入，並發刊「鷗社擊鉢錄」、「鷗社藝苑」，並設台北分社。於衆詩社中，堪稱人才最鼎盛，組織最健全。

7.連玉詩鐘社：民國十九年由李德和、蘇孝德、陳景初等十餘人組成，有暇即聚首於李德和之「琳瑯山閣」吟詩唱和。後又增設書道會、墨洋會，由林玉山、陳澄波、李德和指導書畫。

8.淡交吟社：民國二十年由何木火、李詩全等倡設，在「中央福客寓」每周日雅集，必作擊鉢吟及課題。

9.麗澤吟社：民國二十五年由蔡如笙、黃南動、詹鎮卿組成，聘蘇櫻村、林玉書指導，每星期夜，小集擊鉢。

10.小題吟會：民國三十二年由賴惠川、賴柏舟、譚瑞貞發起，邀林緝熙、李德和、許藜堂、吳百樓、蔡水震參加，詩詞並行。光復翌年，重整旗鼓，再聚於李德和之「題襟亭」，繼續塡詞集會，改名為「題襟亭塡詞會」。

以嘉義一地，短短三十年間，竟有如此多的詩人投入前仆後繼的詩社雅集，共同構建可貴的文學傳統，維繫文學命脈，是後代子孫所不能或忘的。其中最活躍的領導人物當推蘇櫻村、林玉書、賴雨若、賴惠川、方輝龍、李德和、林玉山等人。

三、中興

台灣光復後，政治、經濟、文化重心逐漸北移，嘉義地區的文學活動，也乏善可陳，直到民國六十年代，以救國團青年刊物《嘉義青年》爲核心，主編曾清淡、陳登旺、陳慶彩爲靈魂，結合大批愛好文藝創作的青年，或比賽，或講座，或專訪，製作專輯，栽培許多文藝新血輪，留下可觀的成績，加上詩人渡也，從事出版的許長仁從中牽線，推波助瀾，是爲嘉義文學中興時期。

那時的救國團位於市中心區中山堂，是文藝青年聚會的場所，那裡的籃球場幾乎天天有比賽，生龍活虎，往事令人回味。在曾清淡、陳登旺擔任《嘉青》主編時，嘉中的張俊祥、郭明福、許長仁，嘉工的渡也，輔仁的蔡尚志、陳慶彩，或擔任通訊員，撰寫「校園鱗爪」，或投稿新詩、散文、小說，可謂集一時之盛。

光陰流轉，到了民國七十年，陳慶彩已從國立藝專廣告設計科畢業，並在剛創刊的《時報周刊》和林清玄、古蒙仁、李利國等報導文學生力軍同事一年，返回嘉義縣昇平國中任教，隨即接掌《嘉青》主編，採「計畫編輯」，短短一年六期，即躍居全國青年期刊比賽第二名（僅次於北市青年），那時詩人渡也亦任教嘉義農專，經常邀請名家蒞嘉演講，文風鼎盛，有邁往昔。

從七十年十月號到七十一年六月號，或專訪，或報導，出現在《嘉青》的作家已有一籮筐：余光中、杏林子、朱西寧、李赫、季季、司馬中原、劉其偉、吳靜吉、琦君、唐震寰、羅宗濤、呂凱、李威熊、蕭蕭、洛夫；製作過的專題有：嘉義八景（70、12）、關心嘉義（71、1）、嘉義文武青年（

71、3）、母親節特輯（71、5），足見當年的編輯理念是多麼的「諸羅風情」！

屬於指導老師級，也經常在《嘉青》發表作品的有：渡也、尹凡、陳仁泰、陳進順、蔡尚志、林江流、許正宗、林水茂、賴萬鎭等；所栽培的文藝青年，其較活躍者有：周昭翡、王耀煌、黃能珍、陸兆佑、盧景商、蔣美燕、陳文政、林宜螢、何郡、耿曙等。

有感於《嘉青》之不足，這羣人又聚集在「嘉義青年寫作協會」旗下，定期研討、聯誼，相激相盪，一顆顆文藝心靈逐漸成熟，志趣相投者於是組成新詩社，拜燈、八掌溪、掌握、山城，各自集結一批人，從事出版的許長仁兩度落腳的維新街「故鄉出版社」、民生北路「書與茶」書店，則是文人雅集、清談之處。

四、沉寂

民國七十二年以後，由於陳慶夥辭去嘉青主編，許長仁、渡也也陸續遠走高飛，失去了文壇的靈魂，嘉義的天地遂黯淡下來了，不但詩社風流雲散，校刊多半稿源不繼，連《嘉中青年》都關門大吉；一直到八十一年七月市立文化中心成立，這十年中間竟然沒有一位作家來過嘉義做一場文學性的演講，八十一年「作家資料檔案巡迴展」共彙集國內五百四十位現代文學作家的小傳、手稿、生活照、作品目錄、著作年表、評論文獻，其中只有一位勉强可算嘉義人，即十年前自民族國小退休，設籍吳鳳北路的陸白烈女士，此外嘉義人就全部繳了白卷，二十六萬人口在四十年間竟然在台灣現代文學發展過程不能佔有「一席」之地，這是十分令人汗顏的。

好在這種窘境並非無人關心，就在八十年五月二十五日，由「文訊雜誌社」在救國團嘉義學苑召開「嘉義藝文環境的發展」座談會，由社長蔣震主持，出席並發表意見的嘉義藝文界人士包括劉桂枏、何沛雲、蕭家惠、江春標、蔡梅香、陳信茂、陳哲、臧汀生、張麗昀、李國俊、蕭啓專、蔡尙志、林水茂、劉豐榮、李清文、潘江東。

會中討論題綱包括一、本地的藝文傳統，二、現階段藝文活動之檢討，三、如何開創一個寬廣活潑的藝文環境，四、如何形成具有特色的嘉義文化。而嘉義人同聲怨嘆的是沒有文化中心，沒有社教館，沒有藝文活動，沒有藝文刊物，社會普遍不夠關心藝文發展，沒有人沒有錢，少數資源又不免「重藝輕文」，只看到音樂、美術、舞蹈，文學依舊是「一隻鳥仔哮救救」，門前冷落車馬稀，只賴「傳統詩會」「青溪新文藝學會」的一些老將搖旗一下，聲音是那麼薄弱，很迅速就被車水馬龍的時代浪潮淹沒於無形。

五、創造

到了八十年代，嘉義文風略見轉機，首先是大型的書店陸續開張，「讀書人文化廣場」雄踞中山路，「大人物書店」獨霸東南方，全國連鎖專業性大書店「金石堂」「新學友」也紛紛在火車站前立足，不只賣書，也策劃一系列的藝文活動，久爲世人詬病的嘉義讀書風氣、買書習慣終於復甦，連帶使諸羅文學燃起一線生機。

八十一年七月一日，市立文化中心在全體市民期盼十年之後，終於先在世賢圖書館成立，八十二年二月二十七日，文化中心本館亦落成啓用。如大旱之望雲霓，平地的一聲雷，文化中心迅速成了市民最佳休閒場所。全民參與文化建設，人人欣賞展演活動，我們期許兩年內迎頭趕上，第三年後來居上，使「文化沙漠」變爲「藝文重鎮」。

在「傳承諸羅古文風，創造嘉義新文化」的總目標下，我們按部就班，循序漸進，第一步策劃「文藝歸鄉」系列講座，於八十一年十至十二月巡迴高中職，由渡也、呂正惠、賴萬鎮、黃瀞誼等主講，培養聽講的藝文人口。第二步即將全面辦理「周末文藝營」，讓喜愛文藝的青年有「以文會友，以友輔藝」的機會；第三步舉辦「諸羅山文學獎」，以重賞徵求散文、新詩、小說創作；第四步出版《桃城藝文誌》季刊，發表市籍作家作品；第五步編印「嘉義市作家作品集」，三年有成，獻給市民。

這中間，我們也著手「口述歷史」，訪談耆宿，留下歷史見證，已完成「洪東發」卷。我們也有意廣泛成立各種「讀書會」，先由一五〇位「文化義工」示範，再推廣到社會，蔚爲風氣。

我們有大格局、大氣魄，傳承加創新；我們有周詳的計劃、明確的目標，共創嘉義新文化。目前最爲困擾的倒不是人力不足（只有他縣市的二分之一），而是經費的匱乏（只有他縣市的三分之一），除非獲得上級政府的補助或民間團體的贊助，否則巧婦難爲無米之炊，計劃再好，無非空中樓閣。

我們最大的依靠是嘉義有悠久的藝文傳統，有期盼殷切的人心，還有一羣年輕、熱情，充滿幹勁的工作夥件，大家攜手同心，一起動腦，尋求財源，實現理想，化沙漠爲綠洲。

我們念念不忘——

傳承諸羅古文風，創造嘉義新文化。

參考資料

一、《文訊雜誌》，民國八十年七月號（總號第六九期）〈諸羅風情——嘉義的藝文環境〉。
二、《嘉義青年》，民國七〇年十月號至七一年六月號。
三、《嘉義市文獻》，第一期至第六期。
四、《嘉市藝文》，第一期至第十期。
五、《嘉義人應知嘉義事》，洪東發編印。

講評／李豐楙

賴先生在文中以外整理諸羅（嘉義）地區的史科、研究其發展脈絡爲己任，是一件值得欣慰的事！基本上作者以過來人、參與者的立場，已爲嘉義文壇的過去、現在，勾勒出一個輪廓，奠定了搜集、研究的基礎，其特色有：

㈠分期：對於文學發展先作階段，這是研究的開端，文中所分的四期：傳統、中興、沈寂與創造，是按照歷史文化的脈絡所作的區劃，大體是符合一般文學史研究的邏例的。

㈡基本史料的呈現：由於作者是「嘉義」人，又有實際參與的經驗，進而能提供自身的心得，它本身就有史料價值。

㈢對於分期，作家與作品的關係；作者能綱要式地提出解釋，有助於解說文學史的衍變大勢；對於文壇的興衰、起落可以提出因果關係的說明。

不過對於這篇論文將來的發展性，在此也提出一些展望：

㈠、史料的繼續搜集：近人的史料不管是文獻或口述的，由於以往錯綜複雜的時代文化環境，形格勢禁，有些研究未能及時展開，以致史料流失的情況較爲嚴重，此以一些作家的停筆或過逝，讓口述的珍貴史料不及採錄。這一情況渡也（陳啓佑）就曾撰文呼籲及期望能及時搶救。

㈡、研究理論與方法的建構：對於區域性文學的研究是未來的趨向，因此亟宜建立一套詮釋的理論、方法，一方面要從弘觀的立場考察：如中國文學，尤其是臺灣地區的文學發展，以此爲嘉義文學找到一個定位。另一方面要就嘉義地區的自然、人文環境，將作家活動（如結社）、作家創作放置在歷史脈絡中解讀，諸如結社的諸般因素、個人創作是否反映地區特色。

㈢、研究領域的擴大：將文學與其他文化，諸如音樂、美術的關係合併而論，在文中的有些詩人常也兼擅其他藝術，甚至是頗有成就的，如陳澄波、李德和。因此一保族文化、地區文化加以論述，一定更能展望出文化的成就與特色。

針對這些展望提出一些建議，期望多方配合能及將著手：

㈠、由上級或地方有財力者提供經費，儘速在文化中心或相關大學，展開史料的搜集，這是所有研究工作的奠基，只有人力、財力的滙聚，才能陸續展開：諸如成立嘉義文學史料室。

㈡、催促或鼓勵相關文學的研究者，向國科會或文建會提出研究計劃，（如臺中縣文化中心之例）展開地方傳統、歌謠等的搜集、記錄，有計劃出版民間文學集成。因爲田野資料的著手最易在社會變遷中變易、流失，需要趁著老成尚未凋謝前趕快完成。

㈢、掌握時代變化重新出發：無可諱言在以往的時代格局中，確對臺灣文化、文學的研究（或創作）有所限制。而目前走向多元化、民主化、本土化之路，應可較開放地進行，擺脫泛政治化、意識型態的弊病。

㈣、積極推動文學、藝術的活動：以文化中心或兩間文學的資源，走出校園，舉辦活動、推進風尚。目前文化中心的成立，以及大學相關科系的設置，期望教授及學生能回饋地方、自創地方文化、闡揚地區特色，以較嚴謹而客觀的態度作研究。

㈤、文學的薪傳：對於新、舊文學要傳承，有賴有心人的用心用意，目前社會的活動力，老中青三代各有特色，使經驗要傳承，期望年輕一代的創作、研究能熱烈展開。

㈥、縮短城鄉差距，落實地方的財力資源，集結人才，開拓新局，以此縮短城鄉的差距。由於目前交通較便捷、人才也在凝聚中，如何突破經費的再分配，活動的普及化，使得文藝能夠紮根、結果。

在這一期望之下，如能具體地落實下來，只要繼續耕耘，將來一定會有可觀的成果。

〈論文③〉

從鹽分地帶文學看台灣農村的變遷

⊙羊子喬

一、「鹽分地帶文學」概況

「鹽分地帶」爲台灣文學的重鎮之一，在日據時期一九三〇年，即有詩人郭水潭、王登山在《南溟藝園》發表作品，一九三一年，吳新榮於東京《里門會誌》發表了詩作〈故鄉的輓歌〉；而在一九三二年，吳新榮自東京返鄉之後，組織了「佳里青風會」，成員計有吳新榮、郭水潭、徐清吉、王登山、陳培初、鄭國津、葉向榮、黃清澤、林精鏐（林芳年）、莊培初、黃炎、曾對、黃平堅、郭維鐘、陳桃琴等十五位，這些成員在日據時期，或多或少皆有作品發表，包括小說、詩、隨筆、評論作品，光復後還持續創作的，有吳新榮、郭水潭、林芳年、林清文等人。

從一九三一年至今，這六十餘年的「鹽分地帶」，除了一九四九年至一九五九年，這段白色恐怖時期之外，文學作品源源不絕，尤其光復初期，蘇新更是活躍台灣文化界的健將之一，曾用丘平田爲筆名，以光復初期台灣農村爲背景，寫下了小說「農村自衞隊」。

五〇年代的白色恐怖時期，雖有吳新榮，郭水潭在《南瀛文獻》、《台北文物》、《旁觀雜誌》發表民俗採擷及民俗研究報導之外，可說鹽分地帶「純文學」的荒年，同樣地也是「台灣文學」的歉收期。直到一九五七年，林佛兒以「鬱人」爲筆名，在《南縣青年》、《野風》發表作品，接著楊青矗、黃勁連、鄭炯明、羊子喬、林仙龍、周梅春、謝武彰、小赫、黃武忠、陳艷秋、張白伶、蘇菲、莊柏林……等，先後出發，創作了不少文學作品。

「鹽分地帶文學」可說是台灣鄉土文學的一支，由於它根植於「鹽分地帶」這塊貧瘠的土地上，反映了鹽分地帶農村眞實面貌。

二、日據時期的殖民地農村

從吳新榮的詩作〈故鄉的輓歌〉（註①），我們可以發現作者以强烈的對比，抗議日本殖民政策下農村生活未見改善，反而每下愈況，從前（日本人未來以前）：在明月亮亮的前庭裡／有著兄嫂小嬸舂米／聽那原始時代的古詩／現在呢！／各地各莊都有舂米機器／日日夜夜鳴聲哀悲／啊啊，你看有幾人快餓死／你看有幾人白呑蕃籤枝／從前蕃薯收成萬斤米千袋／前季自用後季賣／年冬祭季樂天地／現在呢！／登記濟證已屬別人的／稅金不納不准你動筆／生死病痛不管你東西／又嚇又罵說這是時世。此詩反映了整個日據時期台灣農村，遭受殖民政策的蹂躪，淒慘情況歷歷呈現眼前。

同樣地，郭水潭在小說〈某個男人的手記〉（註②）中，呈現了殖民政策的鷹犬那醜陋嘴臉：「

聽說農場的女工越漂亮，領班就給她越高的工錢。怪不得我的妻子要上班的時期，不會忘記撲撲化妝粉。當我知道，原來她這樣子勤於打扮，並不是爲了我這個丈夫，而是爲了另外一個男子的時候，就有冷不防給她一個耳光的衝動呢！」「每次領了更高的工錢回來，妻便笑容滿面，可是不到幾天，便哭著臉告訴我的話，綜合起來是這樣的：在農場做工的女工之中，有人暗中把貞操賣給領班，那是每天下班時，領班發給女工的傳票被揭穿的，所以領高額工錢的女工，必定會給別的女工講閒話。」針對糖業株式會社的農場領班醜陋面的刻劃，還有詩人曾對（筆名：曾曉菁）在一九三五年八月《台灣新聞》發表了一首〈女工們要化妝〉的詩作。

另外，在周梅春的小說《轉燭》（註③）裡，作者大約以一九三六年至一九七一年，幾近六十年的鹽分地帶爲背景，描寫了一個女人的一生，其中也刻劃了日據時期，女主角在丈夫外出流浪，拖女帶子到遠方的農場充作苦力，而兒女在草寮中發高燒，這種面對飢餓和死亡威脅的苦況，作者以流利且傳神的妙筆，一一狀寫，反映了日本統治下台灣農村的眞實寫照。

三、光復初期的農村

近年來二二八資料的出土，以及有關事件的研究報告出爐，讓我們得以較明晰地了解當時的社會背景；同樣地丘平田（蘇新）的〈農村自衞隊〉（註④），眞實地描寫了台灣在光復初期的農村，使我們得以窺見陳儀主政下的台灣社會，是到了何種境界。作者以第一人稱敍述小說中的主角我，在返鄉看到天花霍亂橫行，堂侄女的死亡，了解農村醫生的缺乏，醫療設備的不足以及漢醫（赤腳醫生）

的橫行，造成天災人禍的難以避免，同時，農村充滿了强盜賊兒，造成村民團結起來，組織了「自衛隊」來對付盜賊。最具諷刺性的是，當小說主角返回都市時，在他不在家時也遭偸竊，父子衣物被盜，妻子的戒指當然也不見，這時小說中的主人翁深切地體會到農村籌組「自衛隊」的必要，而都市的「自衛隊」？引發讀者深思。

四、轉型期的台灣農村

台灣在經濟方面，從一九五三年到一九六五年，接受美援、日援之後，進入外人投資時期，高雄加工出口區的設立，造成台灣農村人口，從鄉村湧入都市，尤其「鹽分地帶」外出人口到高雄市最多，造成農村人力的不足，整個台灣農村逐漸沒落；然而，另方面，湧入都市的人，因出賣勞力所賺取的金錢流回故鄉，又讓農村生活獲得改善，這種非耕種所得而改善農村生活的情形，卻又成爲統治者自誇的飾辭。

在這轉型期的台灣農村情景，我們可從楊青矗的〈在室女〉一窺究竟，在小說中，他描寫一對堂姊妹分開多年後見面的情形：「妳我的命可從兩隻手看出來。讀小學時我們還沒有分家，我們兩個天天背書包一起上學，一起回家。祖母常說我早生妳半年，比妳懂事，處處要我照顧妳。小學五年級那年，我們分了家，大伯父、三叔、四叔各分各人的市內經營的工廠，我爸分家裡的田地。一分了家我們的命就不同了。三叔把妳轉學到市內去，妳變成市內人的千金，我是鄉下種田人家的女孩；妳能讀到大學畢業，我必須在家幫忙。這幾年工商業發達，你們都大賺錢；種田不賺錢沒有人要種，我們須自己爲十甲多的地拖磨。當初如三叔分家裡的田，我爸分你們的工廠，現在手指頭粗的是妳，不是我了。」（註⑤）另外，楊青矗在〈綠園的黃昏〉（可算是〈在室女〉的續篇），也反映了台灣農村的人口外流以及台灣農村的入不敷出。

同樣地，羊子喬的散文集《走過人生街頭》（註⑥）也有多篇作品，反映了台灣轉型期的農村人口外流，以及農村經濟破產的情形。

五、當前台灣農村的變貌

台灣農村從轉型期開始，就不再以農產品爲主要收入，除了開始尋求種植經濟作物之外，也開始兼營魚牧業或初級食品加工。

羊子喬的報導作品〈青青茎葉晚風斜〉敍述了佳里鎮農村的變貌，從這篇報導可發現台灣農村的都市化，帶來了繁華的外衣，相對地，它也喪失了那內在純樸自然的原貌，人際關係也日趨複雜，從未曾發生的，如今也隨著經濟變化而產生，例如轟動一時的數十億倒會案，以及經濟犯罪和社會問題，民風從保守變成開放，這對佳里鎮的居民是幸抑是不幸呢？

由於台灣農村的都市化，也帶來了河水污染問題，包括畜牧業養豬場以及初級加工業的廢水，皆造成了河水污染，從莊柏林的詩作〈將軍溪〉我們看到「大喊工業口號／豬寮林立／白沫一大堆／水草只有抹黑／而看輕自己／父親　走近溪邊／您要掩嘴摀鼻／溪水已分不出鹹淡／是千層的黑漆／魚蝦的地獄」（註⑦）這種嚴重的溪水污染，讓我們無法不擔心未來台灣農村的生活環境。

另外，有關農藥造成環境汚染，影響農村生態的情形，羊子喬的詩作〈蛙鳴〉、〈急水溪的嗚咽〉也反映了這個主題。

六、結論

鹽分地帶文學是台灣鄉土文學的一環，在文學中反映了台灣農村的變遷，是鄉土文學中的主題之一；因此，鹽分地帶文學揭發鹽分地帶農村的困境，反映當地農民的生活情景，便成為作家使命感的誘因，是難以推卸的責任。

從鹽分地帶文學中，看到作家表達了對鄉土的可親，刻劃了人與土地不可分的關係，讓我們深深體會到文學必須札根於泥土，才能產生感人的篇章；相對的，鹽分地帶文學反映了鹽分地帶農村的變遷，這些變遷也是整個台灣農村共同情景，是我們必須共同深思的社會問題。

註釋：

①《鹽分地帶文學選》七五頁／林白出版／一九七九年
②同①一四六頁
③《轉燭》／爾雅出版／一九八五年
④《二二八小說選》卅一頁／自立出版／一九九二年
⑤《工廠人》廿四頁／遠景出版／一九八二年

⑥《走過人生街頭》一三二頁／鴻蒙出版／一九八六年
⑦《西北雨》九七頁／台笠出版／一九九一年

講評／陳萬益

羊先生在論文中指出，鹽分地帶的文學作品反映出臺灣地區農村的演變。從地區性觀點來看，雲嘉南三地區以鹽分地帶的文學傳統最明顯，地區性最突出。其中作家的代表性也很明顯，吳新榮領導鹽分地帶作家，戰後初期雖有中斷，但之後鹽分地帶作家持續性地在各方面有相當傑出、積極的表現。而鹽分地帶的文藝營也持續在每年暑期中舉辦，受到普遍的重視，不僅文藝前輩參與，地區性的年輕人及各地關心文藝的人也參加，可見鹽分地帶是一個有優良傳統和延續性的文學地區。

從鹽分地帶文學不僅可看出臺灣農村的變遷，也可從中做區域性社會探討。農村變遷的問題需有專業背景，站在文學的立場來看農村變遷，能提供的只是農村變遷的文學具體面貌，這是文學工作者所能做到的。但仍有幾點尚未能在論文中具體提供：如日據時代農村社會的貧困，相對的，日本的資本進入臺灣，糖業極力地發展使臺灣農村產生極大變化，日據時期小說常寫及糖業對人民生活與價值觀的影響。龍瑛宗《植有木瓜樹的小鎮》描寫製糖社會「高聳著煙囪的工廠的巨體，閃閃映著白色。」相對於圍牆外頭人民居住環境的低矮黑暗，這是很明顯的對比，是具象的社會現實的呈顯。

〈引言①〉

滄桑憑誰問

——雲林縣地方文學的今昔

◎沈文台

在台灣開發史上，雲林縣是渡海來台先民們最早落腳墾殖的地方。

根據文獻資料記載，自明朝天啓二年（西元一六二二年）起，福建漳州顏思齊與南安鄭芝龍等人，相繼率領當地民衆由笨港（今北港一帶）登陸，開始從事開墾的工作，歷經明淸兩代移民胼手胝足，不斷努力後，逐漸從笨港沿著北港溪支流的內河交通向內地移屯開墾，先後建立了柴里社（今斗六市郊附近）、他里霧社（今斗南鎭）、林杞埔社（今南投縣竹山鎭）等村落。

早期先民的移屯開墾生活，不僅爲平疇沃野的雲林縣，拓展出純樸農業縣份的雛型，同時也爲本省初期社會組織結構，建立了「聚衆結社」的羣居型態。尤其後者，由於隨著渡台開墾定居民衆的大量激增，使得先民們承襲唐山文化特色的生活習俗及敎化，能夠維繫於中華民族固有文化傳統，並且薪火世代相傳，源遠流長。

雲林縣過去得能以「靈氣獨秀，人文薈萃」美譽馳名於全省，先民們「聚衆結社」的羣居型態，的確功不可沒。同樣的，在探討雲林縣藝文環境及文學發展演變的過程時，也是不可忽視的一個大前提。

● 自清代中葉起，大陸名宦及文人學士，紛紛來台治事、講學或授業。雲林縣由於拜「開發最早」之賜，成為本省文風鼎盛的先驅重鎮。

以渡海來台先民最早落腳墾殖的笨港地區為例，清朝年間，有不少飽學之士如貢生蔡慶宗、秀才李海亭、蔡然標、蔡萱培、陳子溥等人，有感於台灣全島是個蠻荒未啓的僻僵，移屯開墾、安家立業固然是當務之急，但「導進人才，廣學校所不及」的教育工作，卻也不能輕忽荒廢，於是共同創設「聚奎閣」，除供作諸生會文外，同時也作為給地方子弟傳道、授業、解惑的場所。

清代雲林地方的教育，端賴書院及社學的倡設。笨港地區的「聚奎閣」，在當時確實擔負起地方文運與普通教育的雙重責任，成為中華文化由大陸移植台灣過程中的一座「橋樑」。

再以自古以來一直是本省郵傳和軍事要地的雲林縣西螺鎮為例，由於昔時南來北往的行商客旅，多半以「西螺堡」為打尖歇腳的地方，加上所有公書文件，也以設立在此的驛站駁接傳遞，不僅從荷蘭、明鄭乃至於清初，均派兵輪防戍守，同時也使得西螺地區在首開家族聯防，共同守望相助的自保方式之餘，族人更利用祠堂來作為學堂，教育宗親子弟。創建於嘉慶十九年（西元一八一四年）的振文書院，對振興西螺文風居功厥偉。

● 雲林縣承襲唐山文化特色的生活習俗及教化，除相繼倡設的書院與社學外，在藝文書畫方面尤為顯著；昔日到處可見的居家門聯、門神、廳堂繪畫（如神像、祖先或聖賢遺像），以及寺廟楹聯、匾額、壁畫……等，幾乎都是大陸文人學士的字畫作品，而這一「特色」，適足以印證雲林縣（乃至於全省各縣市）藝文書畫的歷史淵源。

不過，雲林縣是一個典型的農業縣份，日據期間，由於生活環境欠佳，教育尚未普及，民間一般家庭在謀求生計已非易事，人人爲五斗米而折腰的情況下，泰半與藝文書畫絕緣，即使是文人或書畫匠，能夠心織筆耕創作不輟的，確實寥寥無幾。

也正由於雲林縣長期以來一直處於保守封閉的農業社會環境下，一般人對藝文活動疏離冷漠，文人學士以藝文書畫創作養家餬口不易，加上有關單位主其事者從未輔導重視，在「先天不良，後天失調」諸多因素的影響下，創作環境貧瘠的雲林縣，幾乎長期處於「文化沙漠」狀態。

任何人只要冷靜加以探究思索，幾乎都不難發現一件相當「殘酷」的事實，雲林縣從明朝天啓年間，先民開始渡海來台最早落腳墾殖，到二十世紀九十年代的今天，漫長三百餘年歲月裡，縣境內的藝文發展歷程，除了早期已無從考究的所謂「靈氣獨秀，人文薈萃」、「文風如雲，文人如林」美譽外，始終不曾出現過「馳名遐邇」的大作家，或者是「萬古流芳」的曠世傑作。

對長年以典型農業縣份自居的雲林縣來說，這種「由盛轉衰」、「今非昔比」的滄桑演變，令人在始料未及之餘，又如何能不感慨系之？

●

然而，將雲林縣形容爲「文化沙漠」，寸草不長的貧瘠土地，事實上是一件相當不公平的事情。殊不知在國內文壇上，有許多揚名立萬的作家，是土生土長的「雲林人」，譬如季季、古蒙仁、林雙不、鄭寶娟、傅孟麗、羊牧、彭竹予、廖素芳、沈花末、鍾麗慧、張雪映、林文欽、沈萌華、履彊、陳篤弘、宋澤萊、江兒、詹瑞麟、李謀審……等人，雖不能以「車載斗量」來形容，卻也不在少數。

可是，這些相繼自五、六〇年代崛起的知名作家，目前除少數幾位仍留在地方上默默耕耘外，絕大多數均已作客他鄉或落籍外地，形成「楚材晉用」的現象。

這些由雲林縣這塊磽薄貧瘠土地孕育出來的作家，作品雖然較少臍帶相連的濃厚地方鄉土特性，但是各人在不同生活環境層面的薰陶與激盪下，反而使得作品素材更趨向多元化，這也是不爭的事實。

不過，由於受到當前社會環境逐漸繁複變遷，工作與娛樂方式多樣式的影響，雲林縣的文學創作不僅日漸沒落，同時也面臨斷層的危機。如何彌補斷層，使文學創作能夠薪火相傳，無疑將是大家在共同爲雲林縣地方文學「把脈」，撫今追昔之餘，必須共謀良策的當務之急！

〈引言②〉

「文化沙漠」的再出發

◉蔡尚志

「嘉義是文化沙漠！」每次聽人這麼說，我的心裡就莫名的隱隱作痛。曾幾何時，嘉義竟淪爲一座「文化沙漠城」？嘉義又何以會變成一片「文化沙漠」？

前不久上台北，一個計程車司機知道我是嘉義來的，竟興奮地翹起大姆指說：「我知道嘉義，學校最多的地方，雖然我沒有去過！」他得意地向我敍述往日的舊印象，表明他對嘉義的認同和肯定。我想，他的用意是要告訴我：「嘉義市有很多學校，嘉義是個重視教育的城市，嘉義的人文水準很高！」但是，這是以前的情況。

三十年前，我從台南縣的鄉下到嘉義來讀初中，年少的心理一直納悶著：父親爲什麼想法跟別人不同，喜歡我到嘉義升學，卻不鼓勵我到台南？就這樣，三十年一晃，嘉義已成決定我一生的「第二故鄉」。

三十年前初來嘉義，雖不見嘉義有什麼宏偉壯麗的大建築物，卻覺得很迷人。首先查覺出來的是，嘉義的同學都很熱情，很親切；每天上下學，發現市區裡有很多書店，陳列著各式各樣的書刊；更令人佇足不忍離去的是，嘉義有許多電影院，上映著中西名片，一齣換過一齣，絕不冷場。在這樣的環境下，我迷上閱讀書刊雜誌，更迷上看電影，書刊與電影，急速地豐富我的知識，擴大我的視野，陶冶我的氣質，使我覺得我已變成一個前進的知識份子，我是個趕得上時代潮流的都市人，我已經不再是一個土裡土氣的鄉下人。直到後來我上台北唸大學，我更深深地覺得，在藝文修養及人文氣質方面，嘉義出身的同學，並不比其他大城市的同學差。年事漸長，每次想起少年時代在嘉義讀中學時的經過，我就有一股無限幸運與溫馨的情意湧上心頭。

以上是我的一些回顧。事實上，今天我正要以這樣深刻的感激情懷爲基礎，來探討當前嘉義地區文學發展所面臨的問題。

一、這些年來，嘉義地區幾乎沒有出現過具有分量的文藝作家，比起鄰近的台南縣市、雲林縣，簡直落後太多。表面上看來，這是由於人才外流與人才斷層，但是，最基本的關鍵，我認爲是由於嘉義市地理的沒落。嘉義原本是一個人才濟濟的地方，今天落到這個地步，這跟嘉義市民特立獨行的選舉行爲有關，也因此導致上級政府刻意漠視嘉義市的人文建設及推動。嘉義市是雲嘉地區的核心，嘉義市人文精神的沒落，當然也連帶影響了雲嘉地區人文水準的下降。尤其在降爲縣轄市的時代，中央及省政府當然不會直接重視嘉義的人文環境，而出身各鄉鎮的公職人員，更忙於回饋他們的家鄉，根本就無心於嘉義市的建設，因此，嘉義市百業蕭條，人才留不住，以致任令人文發展的資源流失、品質急速滑落。例如：嘉義市沒有大學，無法培養高層次而具有前瞻性、開拓性的文藝人才，三十多年前，如果私立輔仁大學能夠在嘉義市復校，今天的情況一定大大改觀。如今，中正大學設在偏僻的民雄鄉下，離嘉義市區又遠，實在不可能對嘉義市產生什麼有效的互補功能，即使有一些幫助，時機也已經錯過了。

二、嘉義地區目前也沒有可以讓青年磨鍊展現文藝才能的舞台和媒體。早期嘉義地區有《商工日報》，市區各高中、職校也有水準不俗的校刊，一般喜愛文學的青年，有發表作品的園地。現在，報社歇業了，各級學校的校刊，發行目標極端短視及狹隘，內容貧乏，文學創作失去了鼓勵和支持，青少年朋友及一般社會人士，從事文學創作的意願、熱情和機會，遠不如往日，自然而然就冷淡並消失了。以前，青年救國團，挾著絕對的優勢，指揮各級學校，積極招攬文藝創作人才，均衡發展並支配各地區青年的文藝活動。現在，救國團的定位轉變，自顧不暇，遑論分心去支持？嘉義市素來具有優良而持續的人文傳統，地方政府首長，實在有必要鼓勵各界有心、有財力、有影響力的人士，籌辦一份多功能的地方報紙，重振嘉義市的人文傳統及風氣，以鼓勵及支持嘉義地區有志從事文藝創作的人士。

三、文藝活動缺乏主動、密集的規劃和推動。延宕多年的嘉義市文化中心，今年總算正式完工啓用。多年來，嘉義市一直缺乏良好的推動文藝活動的機關和場所，偶有藝文活動的舉辦，都因場地的限制，宣傳的不普及，成效因而大打折扣。盼望在張市長的大力支持及賴主任的積極策劃及推動下，能扭轉頹勢，急起直追各縣市。事實上，近年來已有許多學成回鄉的青年朋友，文化中心應把握時機，主動尋訪，加强聯繫與整合，共同盡力爲嘉義地區人文傳統的再出發而努力。

總而言之，嘉義人文事業的再出發，必須克服並突破上述三個障礙，否則，仍然是一籌莫展。

今天，非常歡迎雲林縣、臺南縣各位關心地方文藝活動的朋友來到嘉義，希望這是一個重要的開始，能爲嘉義帶來一些刺激及鼓勵。今天，對嘉義市二十五萬市民來說，眞是一日意義非常重要的日子。

〈引言③〉

⊙渡 也

談嘉義文學資料之收集與研究

一六八五年，即清康熙二十四年，台灣第一個詩社在嘉義成立。

此詩社名曰「東吟社」，由沈光文、季麒光等人所創設，對日後嘉義文風具有深遠的影響。

三百多年來，嘉義文風鼎盛，人文薈萃，文學社團陸續成立，如文齋社、茗香吟社、羅山吟社、玉峯吟社、青年吟社、鷗社、竹音吟社、笑園吟社、揖子吟社、連玉詩鐘社、小題吟會、嘉社等。二十幾年前，筆者曾與一羣志同道合的青年文友合辦《拜燈》文學刊物，頗受文壇矚目。這十餘年來，先後有八掌溪、掌握、山城詩訊、詩域等現代詩刊問世。以作家、社團之數量及作品之水準來看嘉義地區，顯然今不如昔，現代文學遠遜古典文學，但總體而言，較其他地區實有過之而無不及。

文訊雜誌社有鑑於地方文學、區域文學之重要，迺在台灣各縣市舉辦「台灣區域文學會議」，目前已完成花東、高屏澎地區之會議，嘉雲南地區之文學當然更不可忽略，更值得探究。對區或文學之蒐集、整理、研究，大陸學者在早已起步，而且成績斐然可觀。一九八七年開始，大陸河北省學者在耿村此一小村落進行民間文學蒐集工作，計得文字資料四三三二篇，四八〇萬字，這只是隨意舉一小例而已。大約民國八十年，台灣台中縣立文化中心受大陸影響也著手從事區域文學的調查、探討，清華大學胡萬川教授近兩、三年在台中縣採集民間歌謠，在他領導之下，一羣有志之士積極展開工作，目前已有兩册成果問世，列爲《台中縣民間文學集》。此外由中正大學施懿琳教授策劃之《台中縣文學發展史》，工作時間預計兩年，第一年從事田野調查，先建立文學資料檔案，第二年進而撰寫文學史，共分日據前、日據時代、日據後三段，分別由三位學者撰寫。第一年的工作大概將要完工了，據參與其事的鍾美芳教授稱該檔案名爲「台中縣文學發展（田野調查總報告書）」。本省各文化中心，以台中縣立文化中心對區域文學的調查、蒐羅最爲賣力，且成績最佳。彰化縣立文化中心則建立作家文學史料檔案，也很可觀。

上述兩個文化中心均高瞻遠矚，筆者希望有關單位能夠爭相仿效。無論是建檔或撰寫文學史，搜求作品是最基本的工作。嘉義地區文學之搜求，亦不宜遲，此一工作可朝幾個方向來做：一、選樣。台灣詩醇、台灣詩錄、台灣詩錄拾遺、廣台灣詩乘等選集收錄各縣市文人之作品，自這些選集挑選嘉義籍文人作品，加以整理，此乃嘉義籍的文學研究者宜早日進行的工作。此外，早期聯吟擊鉢的詩稿，也是不可忽略的文學史料。二、刊物。如南音、鷗社藝苑、詩報、中華詩苑、詩文之友、中華藝苑昔日出版之雜誌、詩刊，數十年來的救國團刊物——嘉義青年，以及近十年在嘉義小有名氣的掌握詩刊，凡此刊物若載有嘉義籍作家之作品，均應收錄。三、專集。嘉義籍之舊文人與現代作家曾經出版詩文集者必不在少數，或手抄，或油印，或鉛字排印，皆極珍貴。筆者庋藏東石吳愁的詩集——莫卿詩集，乃吳氏孫兒所贈，亦屬難得之史料也。上述三方向之進行時，不宜厚古薄今，或輕古典而重現代，換言之，新舊文學須兼顧。

田野調查也是相當重要的工作。幾年前，筆者得悉嘉義賴子清爲舊學根柢十分深厚的文人，編過舊詩選，發表過許多精彩之論文，迺準備有計劃性地訪問賴氏，經打聽之下始知賴氏剛過世，聞之扼腕不已。公、私機構或學者專家倘不立刻從事嘉義老文人之訪問，待老成日漸凋零，寶貴資料日漸消失，後代甚至這一代之研究者將困難重重。據筆者所知，林玉山、黃水文、林文龍、邱奕松等老一輩文人仍健在，這是田野調查、作家普查的最佳對象。而徐德欽、林維朝、余塘、朱芾亭、林玉書、徐杰夫、李德和、賴子清、賴雨若、朱榮貴、許炳成等文人均已作古，只要肯費工夫打聽，當可找到他們的後代來進行訪問。譬如賴惠川之子賴景鴻、賴景溶在東市場開大東齒科、大東兒科，此乃筆者從林子龍文中得知。又如羅山吟社的林維朝之後代爲前考試院副院長林金生，而進士徐德欽的孫輩似乎居住於國華街，朱榮貴後代任職於大同商事。老文人及其後代如能提供文學資料，則是求之不得的事。

除了以詩文爲對象外，其他如歌謠亦可作爲調查的對象。台中縣立文化中心田野調查成果之一即是歌謠，這種民間文學向爲人所忽略，吾人實應迅速調查、整理之。蓋今日不做，明日就後悔！

搜求作品也好，田野調查也好，無論是作品本身還是作家環境、背景、身世的記錄，這些成果得來匪易，彌足珍貴，宜進一步整理、分類，建立檔案。七十九年，彰化縣立文化中心開始建立作家普查所獲得的檔案，分兩期進行，共有數十位作家之生活照、手稿、小傳、作品目錄、作品、寫作年表、評論引得、評論文獻，這種方式足爲榜樣，這種表現值得敬佩。檔案之建立及收藏，不一定是文化中心的業務，圖書館、縣市政府文獻委員會等單位均有責任。希望相關單位能自告奮勇地挑起這項大任，切勿避之唯恐不及。

更進一步言，檔案如能出版，最好不過。上述台中縣文學田野調查報告、民間歌謠的出版，以及目前許多縣市文化中心所推出的「文學家作品集」，均頗具意義。這些史料、作品的出版不但可廣爲流傳，亦正面肯定作家之成就；再者，如無這些資料，則文學史、文學批評、文學研究等工作不會順利。筆者懇請嘉義文教單位奮起急追，盼有朝一日能超邁台中、彰化兩地之文化中心

上面提到文學研究、批評，令筆者聯想及：鮮有人投入嘉義地區文學之研究工作。據筆者所知，賴子清、潘亦江、黃水文、邱奕松等人於此貢獻良多。學者專家甚至文史研究生可以林玉書、李德和、賴子清、許炳成等人爲對象，專題研究。七十九年政大研究生徐慧鈺以新竹早期文人林占梅爲對象，撰成碩士論文。神戶外國語大學研究所也有人以彰化賴和爲對象，撰成賴和研究。嘉義人請加油。

不僅專題研究可行，甚至不妨步台中縣文化中心之後塵，撰寫嘉義文學史。此大工程必須有一前提，即上述搜求作品、田野調查、建檔等工作均告完成。

各縣市之區域文學整理、研究，應將縣市文學史的撰述列入主要目標之一。沒有區域文學史，哪有台灣文學史？國人所撰寫之台灣文學史迄今只有數種，均有厚今薄古的傾向，且遺珠之憾多多。究其因，實爲缺乏各縣市之文學史以供參考所致。

嘉義地區之文學已有數百年歷史，然而研究工作至今尚未展開，如何有系統、有計畫、有恆地推展此一工程？實在是值得大家思考的問題，尤其是嘉義人不要忘記台灣第一個詩社創立於諸羅，嘉義人，請勿愧對祖先！

〈引言④〉

文學從土地與人民出發

◎林瑞明

文學常是時代的反映，在創作的過程中也自然帶出了風土民情。土地與人民是作家生命力的重要根源，世界文壇卓然成家的作家，在其文字中都會或隱或現地表現出他孕育他成長的某一塊土地與人民，從而展現個人與時空的對話。人既無法脫離土地而生存，文學自然亦不能抽離土地與人民而存在。

台灣文學的基本性格之一是關懷現實，在歷經日本殖民統治及戰後的發展，台灣作家紮根於泥土，寫出了這塊土地上的人民之喜怒哀樂。反抗強權，保鄉衞土，批評舊社會的陰暗面，追求公義的社會，一直是文學表現的重大主題。台灣前輩作家賴和、楊逵、吳濁流，以迄鍾肇政、李喬、東方白、宋澤萊……不勝枚舉的無數作家，建構了台灣文學的歷程。可以明白的指出這一條文學的軸線，表現了文學從人民與土地出發的基本精神。台灣作家「身土不二」的信念，只要稍稍翻閱台灣文學史，即可觀察得十分清楚。

台灣新文學從一九二〇年代發軔以來，迄今已有七十多年歷史。若加以細分，其間各期自然都有可資辨別的一些時代風格，但其間共通且一直存在的一個問題是與現實政治的扞格、不諧和感，這與台灣曾是日本殖民地的歷史構造有關，從而文學也表現出抵抗與屈從的兩面。台灣作家絕少以寫作爲謀生的工具，也不僅僅是一吐胸中塊壘而已，重要的文學傳統精神之一是含有積極的文化、政治抵抗，這只要從作家和社會、政治運動關係密切，甚至身分重疊的現象即可證明。戰爭期間產生的呼應日本文藝政策的皇民文學，則表現出屈從的面向，然而終究敵不過時代的嚴酷考驗。總結日據時代的文學體驗，作家的抵抗與屈從，恰是一面反映台灣現實的明鏡，每一位日據時代的作家，都避免不了被評價與定位。

無可諱言，戰後台灣文學的頭頂仍然有著陰影存在，國語的改變（日文VS．中文），台灣老一輩的作家被迫長期沉默，再次現身已是七〇年代末期了。文學的傳承斷裂，使得台灣文學再一次曲折的發展，然而即使在戒嚴體制下，七〇年代仍然摸索出鄉土文學來，再一次說明了文學是從土地與人民出發，凡是架空的理念，終必無法得到認同。台灣文學這種關懷本鄉本土的取向，也爲它招來了許多爭議，認爲過分强調了地方性，可能會阻礙其作品的深度與廣度，並且缺乏藝術性的追求。持此論者恐怕忽略了台灣歷史糾紛纏結的時空背景，長期以來發生在台灣這塊土地，這些人民身上的種種苦難，使得作家必然要注意現實，從而展開對理想世界的追求。台灣的幾部大河小說產生的年代不一，從鍾肇政的《濁流三部曲》、《台灣人三部曲》、李喬的《寒夜三部曲》、東方白的《浪淘沙》，雄辯地說明了取材於本鄉本土的史詩作品，放在世界文學之林亦不多讓的！今天之所以未得到應有的評價，不是作品本身不行，而是台灣在世界政治舞台上沒有地位，該負起責任的是決定台灣未來的政治家，而不是作家，台灣作家已盡到了爲土地與人民發出聲音的責任，繼起的作家更是方興未艾。

向來台灣文學被認爲過於强調台灣鄉土性，似乎挑戰或排斥了中國文學的正統，然而從中國文學的源流《詩經》、《楚辭》看來，不是明顯地具有北方或南方的特性嗎？文學家怎麼可能脫離時空而存在呢？架空的理念產生不了眞正的文學，文藝政策也無法產生文學，口號更不是文學。作家應當忠實地記下他所看到的周圍的一切事務，眞誠地傳達出人民的心聲，這是日據時代以來台灣文學寶貴的傳統。

七〇年代鄉土文學論戰以來，一方面隔代承繼了三〇年代已經發生過一次的鄉土文學論爭（在別的國家，凡是討論過的論題，順理成章的被承續下來，然而在台灣，還需經過一番清理日據時代的文學資料，才恍然大悟曾經發生過；起碼在論戰當時，沒有一個人引證過日據時代台灣作家的觀點與看法，其斷裂由此可見一斑），從而深厚了台灣文學的本土精神；一方面經過熱烈的辯駁，也使得鄉土文學的概念更爲清晰（至少不再那麼必然地與工農兵文學劃上等號），從此使得文學的現實關懷更爲具體。從另一方面來觀察，鄉土文學的面貌也似乎隨之固定，一時之間，文學作品之中阿土伯、阿狗嬸不絕於耳，彷彿非寫鄉間的小人物，就不是眞正的文學，其實文學的表現範圍極廣，鄉土文學著重的是本鄉本土，鄉間的小人物當然是表現的題材之一，寫得深刻動人即是好作品，但如果徒具形式而排斥其它的文學表現，這是末流之道。殭化的形式不足於負載變遷劇烈的社會內容與變化多端的人心，如何取其文學的本土精神，而描寫多樣性的時代，從而表現九〇年代的時代精神與文學風貌，將是重要的課題。

日本民俗學者柳宗悅曾經說過：

一國的文化力量係來自該國內部的地域文化之力。地域文化薄弱，國民全體的文化也會失去性格。

這是一生致力於民俗學研究的智者之言，今天同樣值得我們深思。以漢文化爲主體的台灣社會，在三、四百年來的移墾、定住過程中，事實上漸漸融合了海島原住民多樣的文化風采；地處亞洲大陸與太平洋之間，東北亞與東南亞交界之處，其文化具有複雜的樣貌，正是文學表現上寶貴的資源。以台灣全島而言，南、北、東、西或多或少有其差異性，文學家如多挖掘本鄉本土的特性，從而加以深刻表現，寫出人民集體的生命經驗，自然可以豐富各地域的文化。

自從一九六五年十月鍾肇政主編《本省籍作家作品選集》十册、《台灣青年文學叢書》十册以來，歷經張良澤主編《鍾理和全集》八册、《吳濁流作品集》六册、《王詩琅全集》十一册、《吳新榮全集》八册、李南衡主編《日據下台灣新文學》五册、葉石濤、鍾肇政主編《光復前台灣文學全集》小說卷八册、陳千武、羊子喬主編新詩卷四册，其間又有各式各樣的選集、年度選，以迄最近陸續出書的前衞版《台灣作家全集》，基本上台灣文學資料的蒐輯、整理已初具規模，足以展現一九二〇年代台灣新文學運動以來的一些成果。比較遺憾的是研究方面尚未提出相對的成績，以台灣文學做爲學術研究的對象，也才起步不久，適足以反映出長期以來，對台灣文學的偏見（比方說小地方產生不了大文學，原住民沒有文學……等等），只要大家願意挺立在這塊大地之上，傾聽人民的心聲，虔誠地面對多元化的台灣文化，就可以發現台灣文學的研究，一點也不偏窄，反而是片豐饒的天地。最近晨星版的台灣原住民系列已出版各族作家作品集十二册，呈現了不同民族的文化內涵，對於一族獨大的漢族，透過閱讀少數民族作家的作品，也可以聽到原住民的吶喊吧，從而有所反省。懷有「身土不二」信念的人，雙腳踏在土地上，心靈必不虛空徬徨。請再記斯言：

文學從土地與人民出發！

〈引言⑤〉

略述「鹽分地帶」的文學傳統

⊙黃勁連

「鹽分地帶」的文學傳統，是由幾個具有才具，具有強烈的人道精神的個人，流他們的汗，在邁向鹽分的旅程，讓一滴一滴的汗連接起來。

土地本來是暴露在風中，在陽光的曝曬中，那樣地貧乏，一滴一滴的汗，讓它豐碩起來；文學本來也是非常的空乏，而無數前輩的勤於筆耕，在揮汗中，我們的文學慢慢豐繁起來，我們慢慢也有屬於自己的文學傳統。

「鹽分地帶」本是指臺南縣北門區六個濱海的鄉鎮——佳里、學甲、北門、將軍、七股、西港，由於這六個鄉鎮，帶有與衆不同的鹽味，因此在地理上被加上這樣的封號；在文學上講，所謂「鹽分地帶」，則是指日據時代，由生於斯，長於斯的鄉土詩人郭水潭、吳新榮、林芳年、王登山、莊培初、徐清吉、林清文等前輩所發起，所締造的文學團體。地理上，由於三面濱海，長期在海水的沖擊下，磽薄的土地，帶有濃厚的鹽味，生於斯，種於斯的先民，引水灌溉，與鹽分對抗，終於在汗滴禾下的土地，搖盪出萬頃碧浪，爆出紅蘿蔔的芳香；而在文學上，由十幾個不甘寂寞，不甘於平淡的心靈，組織而成的天眞的靈魂，卻能自我作古，勇於創造，篳路藍縷，以啓山林，點醒火把，搖響臺灣詩文的大旗；由於吳新榮、郭水潭、林芳年等前輩的努力，「鹽分地帶」的文學，在短短時間，有了驚人的成績表現。在當時那麼荒蕪的現代詩壇，鹽分地帶卻擁有幾位出色的現代詩人，實在是一種「異數」！我們今天，一談到「鹽分地帶」，它似乎是要告訴您——這是詩人的土地，這是詩人的故鄉。

在鹽分地帶出現的「鹽分地帶文學」，當然不免是煥發著一種鄉土味、一種青青的草原氣息、一種誘人的牧歌情調；以及一種鹹鹹的鹽味，（這種鹽味不免是要有陽光、泥土、汗滴的情味）由於早期的土質磽薄，收成不豐，由於地瘠民貧，於是在作品中流露出一種「苦味」，也是可以理解的。整體地觀察，「鹽分地帶」作品的風格是健康的，樸素、生動的，而寫作的技巧是寫實的，文字的用語是鄉土性的口語。在這兒，還必須指出的——是「鹽分地帶」由於濱海，眼睛看到的是滔天白浪，耳朵聽到是咆哮的潮音，由於大海的作用，因此鼓舞、激發詩人的幻想，以及遠征的浪漫情懷；職是之故，在寫實的基礎上，又疊上浪漫的色彩。——這個狀況，我們可以在最具有詩人味的郭水潭先生的作品上看到。

郭水潭先生，是「文藝聯盟」的南部代表，也是「文藝聯盟、佳里支部」的重要角色。他的詩作，是寫實與浪漫的兩極的融合，那種才氣型語言併發的抒情芳馨，實在叫人心儀，他的傑出作品，如〈空曠的大海〉、〈向棺木痛哭〉　三等病房　〈斑鳩與廟祝〉，在臺灣詩壇上，享有不可逼視的地位。小說家龍瑛宗，把他的詩〈向棺木痛哭〉評爲一九三九年，臺灣詩壇最使人感動、最具震撼力的作品，可見其受人推崇之一斑。

吳新榮先生，是「鹽分地帶」的靈魂人物，他職業上是一位醫生，而本質上則是一位詩人，他常自稱：「醫生是我的太太，而文學是我的情婦」，可說是最好的自白。我們今天吟讀他的作品〈故鄉的輓歌〉，還會感受他那迷人的音韻，那明朗的意象組成的和樂景象，那怡人的農家的安祥自足所放射的鄉村情調，他那快速正確的寫實技巧，他那高明的對比手法，前後的跌宕，在在表現出他是一位健康、寫實的，具有悲憫心懷、願歌生民病，與痛苦的老百姓站在一起的社會派詩人。他的小說《亡妻記》，不以情節取勝，而以一往情深的詩情折人，作品中的詩味，可與沈三白的《浮生六記》別別苗頭。臺大教授黃得時先生把《亡妻記》評爲「臺灣文壇的浮生六記」，是很對的。

晚一點出發的王登山、莊培初先生，昂頭挺進，在技巧上推陳翻新。在語言上戛戛獨造；在超現實詩味的捕捉上有驚人的表現，於是一種「新感覺型」的詩，慢慢在「鹽分地帶」出現了，王登山、莊培初，遠遠的走在臺灣詩壇的前端，我們臺灣詩壇的現代化，可以說已經在這個時候開始了。有人說臺灣的現代詩人的火種，是詩人紀弦從大陸上帶來的，我認爲有待商榷，王登山、莊培初一些具有時代感、現代感的詩作可以封住他的嘴巴。至於幾乎可以說是同時出發，作品產量最爲恐怖的林芳年先生（原名林精鏐），則以粗獷剛性的詩風見長，一種奔放猛健的旋律，在他的自然詩行中湧現，細細讀來，則有一種「大江東去」的況味；他的詩技巧是寫實的，作風是鄉土的，他的一些寫實的詩行免不了咆哮似的吶喊，免不了比較會直接挖痛社會的瘡疤，替一些破陋的現實打抱不平。小說家呂赫若先生對於林先生的詩情有獨鍾，在臺灣新民報的〈三月創作〉一文中有如是的評語：「林君的『在原野上可以看見煙囪』是一種動態美，單刀直入的寫法，讀起來讓人情緒澎湃，感情迴蕩，誇張的詩句極其自然地撥動人們心靈深處的心絃。當我第一次讀到這首詩，我認爲是自臺灣有新詩以來，空前最好的傑作，現在再讀一遍，也作如是觀」，——在閱讀範圍中，就我所知，這是臺灣詩中所得到的

「最好」的批評。

徐清吉先生的詩作比較少，可能跟他的嚴謹寫作態度有關，我們今天所能讀到的詩作，都是短小精悍，描述濃濃鄉愁，一種無法壓抑的悲感在字裡行間迴蕩。他是一位清風亮節的雅士，自古文人少不了雅士，因此「鹽分地帶」的詩人羣少不了他，他那高雅詼諧的談吐，常是朋友交談中少不了的調味品；由於他無比的黏結力，「鹽分地帶派」才能緊緊的黏結在一起。

光復前「鹽分地帶」的殿軍是林清文先生，是所謂文明戲（新劇）的作家，也是名導演、名演員。他所編寫的新劇「廖添丁」「胡劍明」雅俗共賞，最受歡迎，他領導的劇團靠他編的戲而竄紅起來，在各個都會鄉鎮演出，名聞遐邇。我們早年都看過這樣的新劇，「廖添丁」的形象刻在我們心版上揮之不去。林清文先生以新劇見長，而平常也從事小說、散文、詩的創作，他的日文小說，最近由詩人月中泉先生譯出，在《自立晚報》刊載時，很受大家的好評。

大致上講，光復前的鹽分地帶文學，以「詩」爲主，也以「詩」的成就爲最高。作品的基調是寫實，在寫實的基礎上創造一種美麗健康的詩情，風格上比較樸素（間也有浪漫的抒情出現。）語言口語化，表現鄉土的色彩，作品充滿人道主義的精神。

「鹽分地帶」有其輝煌的過去，也持有輝煌的現在，勢必有其輝煌的將來，由於林佛兒、楊青矗、鄭炯明、羊子喬、林仙龍、賴慶雄、楊澤、小赫、黃武忠、周梅春、謝武彰、高琇嬅、月中泉、簡簡、蔡清波、蕭郎、陳艷秋、洪笛葦的接踵崛起，相繼出現，我們相信未來的風騷是屬於他們的；「鹽分地帶文學」的明天，一定非常燦爛的。

〈活動側寫〉

鄉村、土地、人民與文學

「雲嘉南地區文學會議」側記

⊙封德屏

1

五月八日，由文訊雜誌社主辦、行政院文建會、行政院新聞局贊助的「臺灣地區區域文學會議」第三場「雲嘉南地區」，在新落成的嘉義市立文化中心舉行，計有雲南地區作家、學者、藝文工作者，以及關心地方文藝發展的年輕朋友七十餘人參加。

九點三十分，開幕式由文訊雜誌社社長許福明主持。他簡單扼要地說明學辦「區域文學會議」的宗旨與用意。隨後，請新聞局國內處高祕書致詞。高祕書向主辦單位致意。接著，協辦的嘉義市立文化中心主任賴萬鎮，以地主的身分向各位與會者介紹場地，並表示歡迎之意。

十點半，研討會正式開始。會議主持人是國立中正大學中研所所長莊雅州教授。發表論文為：楊子潤〈沒有文化的泥土，那有文學的花樹——雲林區域文學的過去、現在與未來〉、賴萬鎮〈傳承諸羅古文風，創造嘉義新文化〉、羊子喬〈從鹽分地帶文學看臺灣農村的變遷〉，各篇的特約討論依序爲古蒙仁、李豐楙、陳萬益。

2

楊子潤首先陳述他寫這篇論文的心情與希望。他認爲「區域文學」的概念在經濟過度發展、價值混淆的情況下，早已模糊不清了。對未來區域文學的發展，他是抱持著悲觀的態度。他認爲，雲林縣籍的作家大部分都遠離故鄉，往外地發展，而縣內作家又分散各地，極少能相互激盪、寫出足以呈現區域及鄉土人文精神的作品。但他仍然在「愛之深、責之切」的論文中，提出發展「區域文學」幾項積極性的建議，沈痛地呼籲從事文化、文學工作者的覺醒與實踐。特約討論古蒙仁以〈陽光、空氣、水——期待雲林文學長得綠又高〉對應楊子潤論文中所呈現悲觀論調。他認爲近年來大環境已改變，無論從政治、經濟、教育、社會方面來看，已和傳統農業時代大大不同。此外他認爲藝文環境無論政府與民間都在改變，文化氣候已逐漸形成。作家不單注重寫作，對參與社會亦有相當熱忱，旅外作家亦多有回饋鄉土的心意，他們的創作經驗可與縣內作家充分交流，期使縣內文風更盛。古蒙仁並提出幾項積極性建議，例如對文化中心的建議，有關基金會的成立，旅外作家的聯繫等。此外，他也針對論文提出幾點看法，希望能與楊子潤再作觀念的溝通。

第二位主講者是賴萬鎮，也是這次協辦單位嘉義市立文化中心的主任。他除了在文章中將嘉義的文學傳統、文學歷史追溯得十分清楚外，更藉此說明他個人在主掌文化中心的理想及抱負。特約講評爲中研院文哲所的李豐楙教授，首先他肯定賴主任以過來人、參與者的立場，爲嘉義文壇的過去與現在，勾勒出一個輪廓，奠定了搜集、研究的基礎。同時也針對這篇論文將來的發展性，提出一些展望。第一是史料的繼續搜集，第二是研究理論與方法的建構，第三是研究領域的擴大。李豐楙的建議是：㈠由上級或地方有財力者提供經費，成立嘉義文學史料室，㈡鼓勵相關大學的研究者，向國科會或文建會提出研究計畫，展開民間文學的搜集、記錄及出版。㈢掌握時代變化重新出發，㈣積極推動文學、藝術的活動。㈤文學的薪傳，㈥縮短城鄉差距。他同時期望具體落實下來，繼續耕耘，一定有可觀的成果。

第三篇論文發表人羊子喬，他首先敍述「鹽分地帶文學概況」，以及日據時期以降臺灣的農村之變貌。特約討論爲清華大學中語系陳萬益教授。他以自己對臺灣農村、臺灣文學的認識，提供了論文中許多可以闡述、舉例之處。並對「鹽分地帶文學」地理的區域性、作家代表性、時間的持續性、題材的共通性提出看法。

3

三篇論文發表完畢，三位特約討論也依序表達了他們對論文的看法和意見。主席將剩下的時間開放給與會者。首先臺灣作家協會嘉義分會總幹事鄧茂貴發表意見，補充賴萬鎮文中遺漏的文學活動，接著嘉義的前輩作家林子候也補充了許多嘉義地區五、六十年代的文學人及文學作品。雲林的前輩作家及文藝活動推動者彭竹予先生，針對楊子澗的論文提出了不同的看法及回應，希望多肯定當地文學工作者爲地方文學所做的一切。嘉義人現任彰化師大國文系的臧汀生希望區域文學研討會不應只是文獻的呈現，而應展望未來，對現階段文學作品的解析。接著中正大學江寶釵小姐、嘉義師院的陳金木先生都提出他們對這個會議主題及宣傳的看法。北回國小江春標老師則向提論文的諸位先生表示敬意。

4

下午的座談會由文訊雜誌社副社長李瑞騰先生主持，分別由沈文台、蔡尚志、渡也、林瑞明、黃勁連擔任引言人。

沈文台的〈滄桑憑誰問——雲林縣地方文學的今昔〉，在撫今追昔抒發感慨的同時，誠懇呼籲大家共謀良策才是當務之急。在嘉師任教的蔡尚志，除了以〈文化沙漠的再出發〉爲嘉義地區文學發展所面臨問題把脈外，並親自帶領近二十位嘉師的學生在現場旁聽。渡也的〈談嘉義文學資料之蒐集與研究〉，强調搜求作品、田野調查、建檔等工作的重要，文中對嘉義人有激勵有期盼。林瑞明〈文學從土地與人民出發〉，他以日本民俗學者柳宗悅的「一國的文化力量係來自國家內部的地域文化之力。地域文化薄弱，國民全體的文化也會失去性格。」提供與會者深思，並堅信雙腳踏在土地上的人，心靈必不虛空。黃勁連〈略述鹽分地帶的文學傳統〉，介紹了幾個鹽分地帶的文藝前輩的經歷及作品。

5

所有的引言人發表完畢後，主席將時間開放給與會的每一位來賓。林子候先生搶先發言，接續上午討論會未完的意見，補充了許多嘉義地區的文學掌故。嘉義的任學時先生也補充了一些嘉義地區活動資料。羊子喬以臺南人的身分，回顧六〇年代嘉義的文風，認爲嘉義有優良的文學傳統，他並提出臺灣文學應如何定位的問題。垂楊國小的蔡梅香老師認爲文學式微的原因與家長功利主義取向有極大的關係，成大中文系的楊文雄教授再次提出「臺灣文學」範圍及定義問題，並肯定救國團在培養青年文學人口上有其一定的成果。嘉義師院語教系主任高美華教授提出她所看到文學人通力合作、共襄盛舉的一面，她認爲文學傳統的源頭應該不只溯源至日據時代，而應該更早。接著李豐楙就如何定位「區域文學作家」提出較寬廣的看法。

接著，江春標老師充滿感性的期待，林子候急切補充史料的再次發言，以及陳萬益教授爲「臺灣文學」未來的發展請命。幾乎在場的大部分與會者都踴躍發言。

將近五點，現場的氣氛及情緒尚十分高昂，座談會主持人李瑞騰將最後一棒交給文建會科長黃武忠。黃科長感性地表達身爲鹽分地帶子民的驕傲，以及身爲文建會執行文藝工作者的立場及心聲，誠懇地告訴每一位與會者。一整天熱烈的討論，也在黃武忠的談話結束時，劃下了圓滿的句點。

中彰投地區

中彰投地區文學會議議程表

時間	場次	主持人	內容	特約討論
9：30～10：00	開幕式	許福明	貴賓致詞	
10：00～12：30	論文發表	鄭靖時	趙天儀：白萩論——試論白萩的詩與詩論 呂興忠：從賴和到洪醒夫——台灣新文學的原鄉 曾仕良：後農業時代邊緣地帶文學效應探討——南投地區文學環境總檢	陳明台 鄭邦鎮 向　陽
12：30～14：00	午餐休息			
14：00～17：00	綜合座談	李瑞騰	陳篤弘：區域文學的研究與創作 洪富連：台中縣文藝發展的途徑 康　原：文學作品的地方特色與精神傳承 李玉屏：地方文學發展所面臨的問題	

〈論文①〉

白萩論

——試論白萩的詩與詩論

⊙趙天儀

一、白萩及其作品目錄

白萩，本名何錦榮，一九三七年生，台中市人。省立台中高商畢業（今改爲國立台中商專）。從事美術設計工作，目前主持立派美術設計有限公司。白萩出版的詩集及詩評論集的目錄如下：

一、蛾之死	藍星詩社	一九五八
二、風的薔薇	笠詩社	一九六五
三、天空象徵	笠詩社	一九六九
四、白萩詩選	三民書局	一九七一
五、香頌	笠詩社	一九七二

六、詩廣場	熱點文化公司	一九八四
七、風吹才感到樹的存在	光復書局	一九八九
八、自愛	笠詩社	一九九〇
九、香頌	石頭出版社	一九九一
十、觀測意象	台中市立文化中心	一九九一
十一、現代詩散論	三民書局	一九七二
十二、孤岩的存在	熱點文化公司	一九八四

何聃生編：白萩作品評論集

十三、台灣之火　白萩詩集德譯本

梁景峯，Karlhans Frank 合譯

西德 Pforzheim Harlekin Press

以上白萩作品的目錄中，有一部份是詩集，有一部份是詩自選集，也有一部分是詩與評論的合集。白萩的詩集，主要的有《蛾之死》、《風的薔薇》、《天空象徵》、《香頌》、《詩廣場》。詩自選集，則有《白萩詩選》、《風吹才感到樹的存在》、《自愛》。而《觀測意象》則是詩與評論的合集。白萩的詩論集，除了《現代詩散論》以外，散在各詩集、詩自選集的前言、後記與附錄中。《孤岩的存在》則爲收集各家對白萩詩的評論文章，以及有關他的詩的作品合評、座談會或訪問的記錄。

二、白萩詩論

白萩做爲一個詩人，是相當突出而銳利的；而做爲一個評論家，也是非常特殊而耐人尋味的。白萩的詩論，即不是亞里士多德那樣嚴謹的「詩學」，也不是西脇順三郎那樣現代的超現實主義的「詩論」。但是，做爲一個詩的創作者，他有他獨特的看法，銳利的詩觀，因此，顯現了他在詩論上的深度與辯證的發展。

㈠白萩的創作觀

白萩的創作觀，分散在他的詩論文章及談話中，我們嘗試抽樣地選擇來評介與討論：

①白萩在〈南北笛書簡——致江萍〉一文中說：「我以爲詩人之首要在從書上從宇宙間的萬象，培養出一套人生觀，而用其有思想有感情的心來觀察物象，像陽光伸探每一個角落，光線所及，萬物鮮麗。『心』，詩人要隨時隨地的用『心』，我感嘆目前詩壇上許多詩人都丟掉了『心』，因爲只有懂得用『心』的詩人，才會寫出眞正的新詩，才會寫出『新意』。」（註①）這表示詩人用「心」來創作詩，才能創造出「新意」。

②白萩在〈或大或小——田村隆一詩集讀後〉一文中，批評了日本現代詩人田村隆一的詩作中說：「詩人與存在環境的感應之間，是不容有先存的語言或形象的存在，那是一個『沒有語言的世界』，純然一張白紙狀態，如此，我們方能面對著同一物象發現各樣不同角度的眞實。那意味著：爲了產生

一首詩，我們需要殺死全世界的詩人，殺死昨日那個我的詩人，那是純然絕對孤獨的世界。」（註②）換句話說，為了一首詩的產生，唯有「殺死全世界的詩人，殺死昨日那個我的詩人」；才能創作出有新意的詩。

③白萩在〈《蛾之死》後記〉一文中說：「做為忠實於現代生活中的自我感受，並盡可能的嘗試、改革、實驗、以及鍛鍊以往諸種技巧，用以完全表達此種感受的一個藝術工作者。已存在的美與他創造美時的理念是一種牴觸，他勢必欲打破此種傷殘創造精神的已存在而又近於典型的完美所規範下的束縛，凡有眞正創作經驗與野心的人，必能與我同感。已存在的美，對於尚未出現的美是一種絕大的壓力與考驗，如果，不能超越與打破此種束縛；則新的美將無以出現。」（註③）既然已出現的美，對未出現的美會造成壓力，因此，唯有創造精神才能產生新的美，新的詩。

(二)白萩的人生觀

白萩的人生觀，也是分散在他的詩論文章及談話中，尤其是詩與人生的關係，他有他自己的體驗與看法。

①白萩母親的生病與逝世，給一個少年時代的白萩很大的刺激與影響。他說：「我讀初三時，常常早上只喝一杯白開水就到學校去上課，中午向同學說要回家吃飯，其實是父親還在忙，沒空煮飯，只好再猛灌開水，再回到學校。一直到傍晚下課，在台中家職就讀的大妹早點回家，才能煮晚飯吃。我常說，我個人的家庭遭遇和時代環境的變化，造成我今日寫作的基調。」（註④）對於白萩這種人生的體驗，反映在他詩中的表現，苦苓說得好，他說：「基本上，白萩作品動人的地方，在詩中

的感情很重，他的詩多半很苦，人生的苦，而且苦得非常深刻，不像有些詩是用華麗的語言來掩飾內容的空洞，白萩的詩不會如此。」（註⑤）苦苓點出了白萩作品之所以動人的地方，乃是因爲他表現了「人生的苦，而且苦得非常深刻。」

②白萩曾經把詩與人生的歷程加以扣緊，而分爲童年的詩、青年的詩、中年的詩及老年的詩。白萩說：「一個生命從呱呱落地，而成長，而壯大，然後衰老，走向死亡，這是永遠無法改變的宿命過程。有時候會想到，既然要死爲什麼要生，要生就不要死。我曾說過，童年的詩表現生之歡樂，青年的詩表現愛的企求，中年的詩以良知批判生存的社會，老年的詩感嘆生之無奈，對死亡勇敢的擁抱。生與死之間，生命因愛的接觸，兩性結合，使生命顯得更豐潤。人活著，便負有對家庭、社會、國家的責任，以及創造新生命延續生命的義務。當新生命誕生後，人必需負責加以妥善照顧，使其成長。人的存在也許虛妄，但要勇敢活下去，對自己、家庭，甚至擴大至社會、國家、民族，都有做爲一個人不可逃避的責任。」（註⑥）以上可以顯示出白萩的人生觀，以及跟詩的關係。

㈢白萩的語言觀

白萩詩論的重心是在他的語言觀，他自認爲研讀了不少語言學、語意學的著作。因此，他非常注意詩與語言的關係。試例舉代表性的例子如下：

①白萩在〈詩的語言〉一文中說：「詩人是由於操作了語言與語言之間的新關聯才能找出新鮮的詩。」又說：「語言雖然陳腐在日常合理性的使用中，但尋找語言新關聯的操作，卻也是一種合理性的知性活動，那是全然清醒的精神操作。在一首詩的全盤結構中瞭解語言的秩序，或是從語言的秩序

中建造一首詩的結構。」（註⑦）以上說明了詩是在語言與語言之間尋找新的關係。

②白萩在〈語言的斷與連〉一文中說：

(1)「語言既存在著斷與連兩種特性，對以語言爲其唯一之存在的詩，將產生何種影響，實在有深入探究的必要。」（註⑧）

(2)「我們瞭解詩是存在於飛躍性，飛躍性是由於語言的斷所產生。」（註⑨）

(3)「爲了思考的完整，需要連；爲了思考的飛躍，需要斷。」（註⑩）

(4)「但要把語言操作到既斷又連的情況，卻不是一件簡單的事。詩人終其一生都在做這種語言上的搏鬥吧！詩不在連，而在斷，但斷後不能再連即無法達成任務。」（註⑪）以上都說明了詩是在語言的斷與連之間。

③白萩在鄭炯明、李敏勇訪問〈白萩，久違了！〉中說：「以語言的本質來論詩是我的詩論的基礎，也許有人會說，語言之外還有經驗存在，如此討論又會陷入二分法的危險。以語言論詩，我個人有屬於自己的整套看法，我剛才說過，我的藝術觀是一元論，是同時兼具本質與表相。」（註⑫）

④白萩說：「談到創作的過程，也許你會說沒有經驗怎麼可以創作，事實上，在創作時，你沒有辦法把整首詩的經驗先存在腦裡，才開始寫詩。詩的開始是語言的開始，由一點而逐漸擴大、延長、而結束。創作的產生是情緒觸發的結果，然後用語言去捕捉，就我而言，下筆之前是沒有詩的存在，即使有也只是一點點感觸，它是零亂的片段的，只有把整首詩完成之後，我才瞭解整個大概，而不是先有整首詩的經驗在那邊，而後用語言記錄下來。」（註⑬）

⑤「我想成爲詩的本質，其語言最大的特色是：詩的語言有切斷、飛躍性之故，它必會留下思想

的空間，而不是說明性的，一句一直往下連接不斷。詩語言的本質，我認爲是存在於語言的斷與連。散文的語言是連接性的，一直往後敍述下去。至於所謂詩的現實性、批判性，這只是詩人因生活態度所採取的立場，和詩的本質無關。」（註⑭）

⑥「我認爲以日常性的語言來思考我們的詩，將輕易的得到東方的芬芳與現代體驗。只要瞭解到語言是人類對外界認知的結果，現代日常性語言，將也是現在環境的符號化的結論，傳統與現代實在輕易就可以融合。」（註⑮）

⑦綜合以上所錄，白萩的語言觀雖然是片斷的，但是卻是一貫的，我們試舉白萩選詩的五個標準來看他的語言觀在詩論上的特色：

⑴、文學態度的眞摯。

⑵、準確而淸晰的言語。

⑶、全體的有機性秩序高於個別的歧異。

⑷、方法論的重視。

⑸、能擴大人類已有的詩經驗。（註⑯）

從以上白萩的創作觀、人生觀及語言觀，我們可以了解到他對詩的看法是頗爲一致的，從語言的斷與連中，可以看出古典詩與現代詩的特色，並且點出了詩的本質乃是透過詩的語言來飛躍與演出的。

從白萩的詩論及其實踐，我們來看看他的創作。

三、白萩作品賞析

茲例舉下例四首詩來印證白萩詩論在創作上的實踐，事實上，詩的創作，並非只是依詩的理論來進行，反而詩的理論，卻是創作體驗的一種歸納。

㈠「飛蛾」賞析

飛蛾

我來了，一個光耀的靈魂
飛馳于這世界之上
播散我孵育的新奇的詩的卵子

但世界是一盞高燃的油燈
雖光明，卻是無情

啊啊，我竟在毒刻的燃燒中死去……

——選自《蛾之死》

賞析：白萩雖然說很早就從事詩的創作，少年得志，然而，他的童年卻是不幸的，非常辛苦的。他沒有寫下童年的詩，但是他早期四百多首詩作，雖然只選出了《蛾之死》這一部詩集，卻可以一窺他少年時代的那種英姿煥發，有一種詩的語言的銳氣。〈飛蛾〉這首詩，抒情濃厚，意象新鮮，也許可以代表他少年的詩。白萩說：「少年的詩表現生之歡樂。」誠然。

(二)「讓我永遠望著妳」賞析

讓我永遠望著妳

——給洛利之六

讓我永遠望著妳，當我們相聚
時光不會太長，黃昏就要轉過去
為著愛，請莫畏懼，時間
就要使相會的花朵凋零

請展開蠱惑的光輝，將我收容
因我就要離去，像漸淡的晚霞
自妳的眼瞳裡逐漸消隱
那時，千百次的呼喚

禱告或淚點，都已太晚

讓我永遠望著妳，當我們相聚
我將熟悉那光輝，那夢
在匆促的一生，留下記憶
即使安息，夜色在墳上伸延
我亦會在眾多的星顆間，找出那兩點……

——選自《蛾之死》

賞析：白萩早期也寫了不少所謂的情詩，「給洛利」這組十首情詩，充份表現了他對愛情的執著，他的情詩除了愛的傾訴以外，有閃爍的意象加以烘托。白萩說：「青年的詩表現愛的企求。」這首詩，可以看到在愛的兩者之間，有一種脈脈含情的默契。

(三)「樹」賞析

樹

我們站著站著站著如一支入土的
椿釘，固執而不動搖
噢，老天，這是我們的土地，我們的墓穴

即使把我們踢成一個旋錘
無止境的軀迫
這是我們的土地，我們的墓穴
把我處刑成為一柄火把
燒爛每一個呼喊的毛細孔
仍以頑抗的爪，緊緊地攫住
這立身之點
這是我們的土地，我們的墓穴

——選自《風的薔薇》

賞析：詩人桓夫曾經以這首詩代表白萩的一種政治詩，誠然，正如白萩所說：「中年的詩以良知批判生存的社會。」這首詩，對於土地的堅持與關懷，可以看出白萩對生存的社會的一種批判。

㈣「水窪」賞析

水窪
——給台灣

必是這塊土地的潰痕吧？

在我們通行的道路中
竟然凹陷盛了一灘夏日的雨水

分明記得抗議的行列，曾經
走過這裡；也記得威嚇的
拒馬蹲伏過這裡

留下了一些人的鞋印、熱淚、血滴
拌和著塵埃潛留在水中
成為土地的蓄膿

在水窪的邊緣
看看倒立的天空和雲影
倒立的我和大廈

已有的是虛幻
將有的是潰爛
未來是：

烈日的曝曬以及
一次又一次的雨沖和
烈陽的曝曬

——選自《觀測意象》

賞析：這首詩，可以看到白萩對台灣的過去、現在與未來的一些看法，有現實的不滿與遺憾，有未來的渴望與無奈。白萩說：「老年的詩感嘆生之無奈，對死亡勇敢的擁抱」。白萩現在是在中年與老年之間，對現實的觀照愈深，對生命的無奈也愈强烈吧！

四、結語：再論白萩

題目定爲「白萩論」；大則可以寫成一部書，小則寫成這樣一篇文章，美之名爲論文。白萩是台灣中部詩壇戰後一代重要詩人，也是台灣現代詩壇戰後代表性的現代詩人，值得再加以評論。

白萩的詩，早期作品，只集成《蛾之死》一集，他大約發表了四百首以上的作品，雖然非篇篇珠玉，但其詩風，意象奇特，語言新鮮，值得再追蹤研究。

本文所例舉的四首作品，只是一個抽樣，以呈獻其「少年的詩」、「青年的詩」、「中年的詩」及「老年的詩」的不同風貌，可以略窺其詩風的發展。

白萩嘗謂他是溶合了表現主義、新即物主義及象徵主義的方法論，他將繼續在現代詩的創作上來加以實驗。

白萩的詩論，以其創作觀、人生觀為其出發，並以其語言觀為中心，雖然說其詩論分散在他的論文、談話、作品合評、座談會及訪問中，但是前後卻頗為一致，均以語言為其討論的中心課題，可說是白萩詩的創作方法論，也是他的詩的創作精神論，因為他是藝術的一元論者，實值得我們品賞玩味。

註釋：

①參閱白萩著《現代詩散論》第三九頁，三民書局，一九七二年。

②參閱白萩著《現代詩散論》第一一九頁，三民書局，一九七二年。

③參閱白萩著《現代詩散論》第六六頁，三民書局，一九七二年。

④參閱白萩著《觀測意象》，第一三一頁，台中市立文化中心，一九九一年。

⑤參閱白萩著《觀測意象》，第一七八頁，台中市立文化中心，一九九一年。

⑥參閱白萩著《觀測意象》，第一四二頁、一四三頁，台中市立文化中心，一九九一年。

⑦參閱白萩著《觀測意象》，第八九、九〇頁，台中市立文化中心，一九九一年。

⑧參閱白萩著《觀測意象》，第九五頁到一一三頁，台中市立文化中心，一九九一年。

⑨參閱白萩著《觀測意象》，第九五頁到一一三頁，台中市立文化中心，一九九一年。

⑩參閱白萩著《觀測意象》，第九五頁到一一三頁，台中市立文化中心，一九九一年。

⑪參閱白萩著《觀測意象》，第九五頁到一一三頁，台中市立文化中心，一九九一年。

⑫參閱白萩著《觀測意象》，第一三五頁，台中市立文化中心，一九九一年。

⑬參閱白萩著《觀測意象》，第一三九頁，台中市立文化中心，一九九一年。

⑭參閱白萩著《觀測意象》，第一四三頁，台中市立文化中心，一九九一年。

⑮參閱白萩著《觀測意象》，第一五四頁，台中市立文化中心，一九九一年。

⑯參閱白萩著《觀測意象》，第二一九頁，台中市立文化中心，一九九一年。

講評／陳明台

趙教授的這篇論文，以白萩這位具爭議性而風貌複雜的詩人爲對象作研究。其實放眼當前詩壇，趙教授是對白萩最能理解的評論家。從剛才他的點滴敍述及感性的報告內容，詩朗誦都可以深深體會。這篇論文在這樣的背景下，首先，我們可以說具備有行家出手，游刃有餘的面貌，簡潔而十分明晰。

在構成方面，趙教授採用多個主題，並都分割成一個獨立的段落來敍述的方式，但並沒有零碎片斷的缺失，這是由於他的內容具有前後一貫，秩序井然的緣故。而在問題意識上，他也頗能把握白萩的若干特質。透過白萩本身的詩或詩論，由白萩本人作自我的詮釋，也顯得十分有說服力。白萩的詩以成長的過程，各舉出一篇，並能列舉其特色，詩論則對其獨特思考的一些特點如語言的斷與速，原初的追求，重視「心」（詩心），語言的創新等文，都很精確地提示了白萩的詩與詩論的特有質素。這篇論文在這樣的佈局安排下，可以說是相當好的一篇白萩導讀。

但是，以我個人淺見，也有一些可以提出作爲討論的地方，底下區分爲幾點就教於趙教授與在座的各位。

其一，論文純粹以白萩個人的線索來追究，沒有涉及文學（詩）史的脈絡，似乎是美中不足，因爲白萩曾參與現代派以降的臺灣現代詩運動，從「現代派」，「藍星」、「創世紀」到「笠」，他具有敏銳的時代感覺，也具有不斷實驗創新的精神，比如現代派時期的立體詩實驗創作，創世紀時期的意象主義，超現實主義風格，笠時期的現實主義，前衛手法（如報導、記錄詩法）均有其重大的意味。如能以詩作，詩論納入詩史演進的脈絡，應當更能突顯其特質。

其二，本文對於白萩的文學活動所述較少，如最近數年，白萩在中部地區扮演的文學家角色及影響，主編笠詩刊，提攜後進，均有其發揮個人特色與領導區域文學活動（現象）的重要意義。

總之，正如趙教授在結論所期許的「再論白萩」，白萩的詩、詩論，文學活動仍然值得再作深入而各個方位的探討與研究。

〈論文②〉

從賴和到洪醒夫

——談台灣新文學的原鄉

⊙呂興忠

前言

根據葉石濤先生的《台灣文學史綱》；台灣新文學運動發軔於日據中期（一九二〇）而結束於戰后（一九四五）。歷經「搖籃期」、「成熟期」、「戰爭期」三個階段，有二十五年的歷史。（註①）

而彭瑞金先生的《台灣新文學運動四十年》，從鄉土意識的角度，將戰后以來的台灣文學，視爲是日據時期台灣新文學運動不可分割的一段後「成長史」。彭氏因此將台灣戰后以迄今的文學活動，也納入台灣新文學運動，一共有五個階段，四十多年的歷史。（註②）

綜合以上兩位學者的看法，台灣新文學已有七十多年的歷史。以一個文學運動而言，七十年的時間，實在不是可以期待其有非常豐碩成果的合理長度，何況，台灣新文學的發展，歷經前期日據時代的異族殖民統治，做爲抗日文化啓蒙的新文學運動，其過程豈只是艱難崎嶇可以言喩。

雖然如此，日據時代的台灣新文學，「就一般的理論和欣賞能力，是高於當時的中國的」（註③）、「賴和的二三篇作品，比起中國新文學運動當時的作品是毫無遜色的。」（註④），至於台灣新文學作品日據時期即已登上國際舞台（註⑤），光復後，也頗受世界注目（註⑥），台灣新文學的諸多成就，確實也不容忽視。

這段影響全台的新文學運動史，不論在理論的建立或是作品的表現，中部彰化地區的作家都佔有非常重要的地位。本文將分從「日據時代的彰化作家與台灣新文學運動」以及「戰后彰化作家與台灣新文學精神」兩個階段，初步探討彰化地區與整個台灣新文學運動的特殊關係。

一、日據時代的彰化作家與台灣新文學運動

日據時代的彰化新文學運動，幾乎可以說是整個台灣新文學運動的縮影，在當時，彰化產生了許多重要而有代表性的作家。例如：

爲台灣新文學「打下第一鋤、撒下第一粒種籽」的賴和。（註⑦）

台灣新文學「黎明期的喇叭手」陳虛谷。（註⑧）

發表台灣新文學史上第一首新詩與小說的謝春木。（註⑨）

鼓吹普及白話文的黃呈聰。（註⑩）

「台灣新詩草創期最傑出的革命詩人」王白淵。（註⑪）

日據時期中文作家創作最豐的楊守愚。（註⑫）

新文學作家創作劇本的吳慶堂。（註⑬）

新感覺主義小說家翁鬧（註⑭）

周定山。（註⑮）

葉榮鐘。（註⑯）

賴賢穎。等等（註⑰）

日據時期的彰化新文學作家，具有台灣新文學運動的三種典型。1.新文學作家參與並推動抗日啓蒙運動。2.新文學作家參加新舊文學論戰。3.新文學作家的作品奠定台灣文學寫實主義的傳統。

1.新文學作家參與並推動抗日啓蒙運動

日據時代的台灣新文學運動，其實就是，台灣知識份子非武裝的文化抗日的一支，而這終始於整個日本統治台灣後二十五年裡的反抗活動，以彰化最激烈。

這也許是因爲彰化自古以來，就有特殊的歷史遭遇使然。滿清時的林爽文起事（一七八六），曾在彰化城自立「明王」，建元「順天」，並與清軍決戰於此，以後的「戴潮春起事（一八六二）、施九緞起事（一八八六）、都是有清一代，彰化反異族統治屢屢發生的革命事件。而乙未割台，使日軍受重創的「八卦山之役」（一八九五）武力抗日以及政治反抗的「王字事件」（一九二二）、農民運動的「二林事件」（一九二五），都使彰化地區，成爲日本殖民統治者的難治之地。

日本的《警察沿革誌》，曾有如下的記載：

中部的台灣人上流社會，眾所皆知，在傳統上，其思想的進步是要比台灣北部以及南部地區的人還要領先、優秀的。而在那些人之中，有不少的人抱持著不可侮的見識與抱負。他們的思想可看成是代表著一般台灣人知識階級的思想。因此，無可懷疑的，他們的一言一行也會帶給本島三百萬民心很大的暗示與共鳴。（註⑱）

在中部的抗日運動，彰化是極具反抗意識的地區，日本曾稱這難治之地為「惡化市」。（註⑲）在台灣非武裝文化抗日的運動史裡，最重要的首推「台灣文化協會」（一九二一—一九二七），彰化的新文學作家如賴和、陳虛谷及謝春木都是該協會的健將。賴和、陳虛谷都曾是台灣文化協會的理事，謝春木則是文協最年輕的重要份子，且是後來「台灣民衆黨」（一九二七）的核心人物。

賴和曾因「治警事件」（一九二三）及「日本憲兵警務局共同調查事件」（一九四一）兩次入獄。陳虛谷是文化協會有名的演講家，常於文協的街頭演講，吸引羣衆，啓蒙台灣人的現代思想，反抗日本的殖民統治。其重要的講題有「個人與社會」、「讀書之急務」（一九二四）。「台灣議會請願與帝國之立憲精神」、「迷信之打破」、「文化運動之意義」、「立憲政治」（一九二五）。「結婚問題」（一九二六）等等。（註⑳）

其他的彰化新文學作家，楊守愚於一九二五年因「黑色青年聯盟」被捕。葉榮鐘於一九三〇任「台灣地方自治聯盟」書記長。王白淵一九三二年因「反帝遊行」受累入獄。吳慶堂亦曾被日本帝國主義者捕捉入獄一年多。

新文學作家以筆代劍與日本統治做思想鬥爭，除了透過演講會，政治請願，社團組織的方式外，當時報刊雜誌也是重要的抗日利器。新文學的主張，透過當時雜誌報刊，如《台灣青年》、《台灣》、《台灣民報》、《南音》、《伍人報》、《三六九》報等等中文書刊，極力鼓吹。彰化作家的賴和曾主編台灣民報文藝欄，積極培育新文學作家。後來陳虛谷、楊守愚都受其影響，在台灣民報從事編輯工作與新文學創作。台灣民報成爲培育台灣新文學的搖籃。而彰化作家又是推動這搖籃的巨手。

新文學運動的理論和作品，經由以上的重要雜誌報刊傳播，卻也遭受一般封建落伍的舊式文人的抵制，尤具新文學運動者的反日思想，更使附日的仕紳文人惶惶不安。因而在新文學運動之初，發生了新舊文學論戰。

2.新文學作家參加新舊文學論戰

彰化的新文學作家，最早提倡白話文的黃呈聰於一九二三年《台灣民報》發表〈論普及白話文的使命〉，認爲白話文是「文化普及的急先鋒」，可防止國家（日本）做出「愚弄民衆」的許多事情。他的主張掀起了討論白話文的熱潮。

後來，從北京回來的張我軍，將中國五四白話文運動的主張，陸續於台灣民報發表，引起了一場新舊文學的論戰。當時的台灣大儒，「文壇祭酒」連雅堂就曾對新文學有如下的抨擊。

> 今之學子，口未讀六藝之書，目未接百家之論，耳未聽離騷樂府之音，而囂囂然曰：漢文可廢，漢文可廢，甚而提倡新文學，鼓吹新體詩，粃糠故籍，自命時髦，吾不知其所謂新者何在！其所謂新者，持西人小說戲劇之餘焉，其一滴沾沾自喜，是誠陷穽之蛙，不足以語汪洋之海也噫。（註㉑）

連氏的意見可視爲反對新文學的代表，台灣新舊文學的論爭和當時中國五四時代，非常相似。只是，台灣新文學的阻力，除了來自舊式文人的封建思想外，統治台灣的日本帝國更視之如毒蛇猛獸，因爲新思想有礙他的殖民統治地位。因此，除了對發表新文學作品的雜誌報刊，强制檢查取締外，又以籠絡的方式，在全台廣設漢詩社，並經常舉辦比賽，鼓勵做古詩，接受日本總督的獎賞。當時的一段舊式文人仕紳趨之若鶩，到處大倡擊鉢吟，只是，他們的詩作，不是徒講表面僵化的格律平仄，就是內容充斥歌功頌德的奴樣諂態。彰化新文學作家陳虛谷曾發表〈駁北報的無腔笛〉（一九二六、台灣民報），痛予抨擊。

詩人不是像那遊蕩兒，只在歌台舞榭，品柳評花，就算能事已足。也不是像那名利客，專向貴人家，抖腿折腰，就算軒冕的。詩人要做個民眾的先驅者，指示時代精神在那裡，及民心的趨向在那邊，所以詩人，一面要有哲學家、思想家的本領。（註㉒）

陳虛谷引證了毛詩，書經以及英國十九世紀浪漫主義詩人華滋渥斯（Wordsworth）的理論，在那篇文章裡對失去性靈與誠實感情的舊文人，大力抨擊。並且給那些無天無地、對日本統治者歌功頌德的御用舊詩人，好好「上了一課」。

參與這次新舊文學論戰的彰化新文學作家尚有葉榮鐘於一九二八年的《台灣民報》發表的〈墮落的詩人〉，他指責那些「爲巴結權勢、好出風頭」的舊式御用詩人，詩文沒有「眞靈感（Inspiration）」、不是「生命純然的表現」。

在新舊文學的論戰歷史，彰化新文學作家無疑爲新文學的理論，做了奠基與宣揚的重要工作。

值得一提的是，新舊文學論戰不久，又掀起日據時代台灣的第一次「鄉土文學論戰」，其影響亦相當深遠。

一九三〇年，黃石輝於伍人報、陸續發表了〈怎樣不提倡鄉土文學〉，文中說：

> 你是台灣人，你頭戴台灣天，腳踏台灣地，眼睛所看的是台灣的狀況，耳孔所聽見的是台灣的消息，時間所歷的亦是台灣的經驗，嘴裡所說的亦是台灣的語言，所以你的那枝如椽健筆，生蕊的彩筆，亦應該去寫台灣的文學了。（註㉓）

根據這項論旨，他力倡「用台灣語做文、用台灣話做詩、用台灣話做小說、用台灣話做歌謠，描寫台灣的事物」。

鄉土文學的主張，在語言文字的實踐上，除了賴和一九三五年發表的台語小說《一個同志的批信》外，似乎並沒有多少成績，這其中的因素，與日本於一九三七年全面廢止漢文，或有密切的關係。但是鄉土文學論爭後，卻掀起了蒐集台灣民間文學的熱潮，許多新文學作家都加入收集整理的工作，到了一九三六年，有李獻璋的《台灣民間文學集》的出版，賴和並於書中做序鼓吹；民間文學對民族文化的重要貢獻，而早一年《第一線》雜誌也推出了「台灣民間故事」特輯。彰化的新文學作家周定山有〈鹿港憨光義〉一篇收錄其中。

賴和爲蒐集民間歌謠，常於民俗節日，招請乞丐至其府第飲酒唱歌，他也常是現址彰化市中山國

小附近「乞丐寮」的常客，以一名流醫生，他的行徑在當時頗受一般不知內情者側目。（註㉔）

台灣新文學從新舊文學的論爭到鄉土文學的提倡，漸漸塑造了文學的鄉土風格，加深了庶民色彩，並建立了影響至今的台灣文學的寫實主義傳統。

3.新文學作家的作品奠定台灣文學寫實主義的傳統

「寫實主義」出現於十九世紀中葉的西方國家，它尤其專指當時的一種小說思想與技巧，强調「題材忠實的處理」（the truthful treatment of materials），是一種反對虛僞與濫情，關注中低階層百姓的「載道文學觀」。（註㉕）。台灣新文學發軔成長並成熟於日本殖民統治台灣的後二十五年，投入此一文學創作活動的台灣知識份子，身負揭發統治者不公不義、喚起民衆現代思想的責任，因此，寫實主義的文學手法勿寧是最直接最有力的。

賴和的小說，篇篇都是寫實的佳作，他以鄉土語言和中下階層的人物，做爲小說的血肉，而主題則圍繞在進步思想的啓蒙，控訴日本帝國對台灣人民的壓迫、期求一個有民族尊嚴的現代國家。

賴和的〈鬥鬧熱〉（一九二六）諷刺台灣舊社會的愚昧，盡「浪費巨大金錢在面子上」而無視於現代生活的追求，而日本統治者卻是鼓勵這種愚民政策的幫凶：

「聽說市長和郡長都很贊成。」

「昨晚曾賜過觀覽，在市政廳和羣衙前，放不少鞭炮表示歡迎。」（註㉖）

在〈一桿稱仔〉（一九二六）、〈不如意的過年〉（一九二七）則描述日本警察的橫暴。〈惹事

〉（一九三二）、〈豐作〉（一九三二）描寫台灣舊士紳的腐敗。

除了以小說揭穿日本帝國對台灣人民的迫害，賴和於一九三一年，爲紀念前一年發生的「霧社事件」，以史詩的長度和磅礴，寫下了〈南國哀歌〉。這首詩的結尾六行是：

兄弟們來！來！
捨此一身和他一拼！
我們處在這樣環境，
只是偷生有什麼路用，
眼前的幸福雖享不到，
也須為著子孫鬥爭。（註㉗）

做爲一個先驅者，賴和文學作品中一貫的批判，反抗精神，以及大無畏，大慈悲，勇猛奮戰，永不懈怠的意志，在在都爲台灣作家樹立典範。賴和同時也是擁抱土地，站在弱勢人民立場抵抗強權的人道主義作家。而一個雖受殘害苦楚的人道鬥士，並沒有悲觀，在他的小說中，仍然處處閃現他從土地家園尋到的慰藉與希望。

他打開車窗，向車外瞭望，他看見田疇中青青的禾稻，竹圍裡翻翻的芭蕉，蒼翠的山光，漣漪的水色，什麼都覺得生意飽滿，生機活潑，他便感到他自己的生活很豐富，前途很受祝福，不覺滿意地獨自發出微笑

來……（阿四）

賴和的寫作生涯共二十多年，留下〈一桿稱仔〉、〈不如意的過年〉、〈蛇先生〉、〈彫古董〉、〈棋盤邊〉、〈辱〉、〈浪漫外紀〉、〈可憐她死了〉、〈歸家〉、〈惹事〉、〈豐作〉、〈善訟的人的故事〉、〈一個同志的批信〉、〈赴了春宴回來〉等經典之作。此外，尚有新詩、雜文無數。他的作品大量使用台灣諺語及台灣話文，一生堅持以漢文創作，獎掖後人，不但是彰化最重要的新文學作家，也被世人稱爲「台灣新文學之父」。

陳虛谷的四篇小說，〈榮歸〉（一九三〇）反映新舊仕紳迂腐，投機的性格，嘲諷他們一心想攀附統治者，挾洋自重的劣根性。另三篇〈他發財了〉（一九二八）、〈無處伸冤〉（一九二八）、〈放炮〉（一九三〇），則尖銳的抨擊代表日本帝國主義的打手幫凶——警察的貪得無厭，欺壓台灣農民的暴行。虛谷有新詩十五首，除了舒展胸臆的小品之作，也有如〈敵人〉（一九三一）以寫實介入詩題，强調在敵人面前不必流淚乞憐，要「擺脫苦難／全靠我們自己的本領。」

楊守愚是中文創作最豐的作家，他重要的作品有小說〈凶年不免於死亡〉（一九二九）、〈醉〉（一九三〇）、〈元宵〉（一九三一）、〈一羣失業的人〉（一九三一）、〈移溪〉（一九三六），楊守愚作品的風格受賴和影響極深。他以犀利的寫實技法，活生生地描繪出日本警察的殘暴，日本會社的經濟剝削，以及在此黑天暗日下，農民的悲慘，女性的悲苦情形。

翁鬧的重要作品有小說〈音樂〉（一九三五）、〈殘雪〉（一九三五）、〈羅漢腳〉（一九三五）、〈戇伯仔〉（一九三五），他的小說表現現代主義，注重心理剖析和象徵手法的特異風格，是台灣新文學成熟期的重要作家。

賴賢穎的小說有　女鬼〉、〈姐妹〉、〈稻熱病〉（一九三六）等。作品深受賴和先生影響。賴賢穎的小說反映了佃農受地主高租剝削的苦境，社會底層卑微人物的貧窮痛苦，以及人與土地依戀的情結等主題。

吳慶堂的小說有〈秋兒〉、〈像我秋華一個女郎〉、〈早衰〉、〈童心〉等，新詩有〈回憶〉、〈初冬〉等。另有劇本多種，唯多散佚。作品以貧富問題，劇團的生活寫照，以及女性心理細膩的描敍爲主。

王白淵的新詩集《荊棘之道》，也在新文學的史頁裡有一定的評價。

日據時代彰化新文學作家的作品，不但在量和質都有非常可觀的成績。尤於整個台灣新文學的歷史，佔有相當重要的關鍵地位。彰化作家鼓吹反日文化啓蒙運動，組織文化社團，深入台灣民間，爲爭取台灣人民的政治、經濟自由，與日本帝國統治者周旋到底，爲日據時代的台灣知識份子，立下了令人肅然的可敬典範。而他們以筆代劍，以現代化的進步思想，從事文學創作，以爲數可觀的作品，爲那個時代的苦難與狂飆，留下了珍貴的記錄，也開啓了接續世界文學的門窗，爲台灣文學奠定寫實主義的優良傳統。

從台灣新文學的運動史看，日據時代的彰化地區，無論在時空的特殊意義，新文學作家的密度，以及作品整體的成績，無疑地，堪稱是哺育生養台灣新文學發展的原鄉。而這新文學的原鄉，又在戰后的台灣文學表現上，延續並發揚了新文學的寫實精神。

二、戰后的彰化作家與台灣新文學精神

彰化作家在戰后的台灣特殊歷史時空，繼承台灣新文學精神，從事寫作的作家，有「跨越語言一代」的林亨泰、李篤恭、陳金連等，而中生代的吳晟、宋澤萊、林雙不、洪醒夫、李昂等，更是成就輝煌。

這時期的彰化作家，林亨泰是「走過現代，定位鄉土」的台灣重要現代詩人與文學理論家，作品有《靈魂的產聲》、《長的咽喉》、《爪痕集》、《跨不過的歷史》等五本詩集。

林亨泰雖然是台灣新詩現代派的重要創始人之一，現代派的新詩或有「晦澀」難懂的責難。但是四十年代的〈群衆〉一詩，對那個時代所發生的「不幸事件」的心理控訴，明顯地，是新文學日據時代以來的精神投射：

青苔　看透一切地
坐在石頭上　久矣
從雨滴
吸吮營養之糧　久矣
在陽光不到的陰影裡

綠色的圖案
從闇祕的生活中　偷偷地製造著
成千上萬　無盡無窮
把護城河著色
把城門包圍　把城牆攀登
把兵營甍瓦覆沒
青苔　終於燃燒了起來（註㉘）

李篤恭的小說集《跋涉幾星霜》、詩集《再徬徨》，陳金連的《新詩自選集》等，都是以一種誠實無欺的態度，忠實地記錄他們生活的泥土，生命的風景。「跨越語言一代」的詩人並沒有隨著當時的「戰鬥文藝」爭寵起舞，雖然寂寞卻誠實而自信地記錄了「靈魂高貴的聲音」。

中生代的吳晟、宗澤萊、林雙不、李昂、洪醒夫等，則更熱切地擁抱台灣的土地與人民。他們的文學成就是台灣新文學七十年來的重要新里程。

吳晟在八〇年代，文壇一片「給我長江水」和「噠噠馬啼」的「鄉愁」氛圍中，以「農婦」、「店仔頭」、「吾鄉印象」等擁抱「粗野」、「低俗」的台灣鄉土作品，記錄他對鄉土的眞情熱愛，在當時，未免不合時宜而需要勇氣。但是，國際版的《讀者文摘》以二十三頁巨大篇幅轉載他的作品，無疑是對懷抱台灣新文學精神的作家最大的鼓舞與肯定。（註㉙）

宋澤萊的小說集《打牛湳村》、《廢墟台灣》、《變遷的牛眺灣》以及評論散文，是台灣七〇年代第二次鄉土文學論戰後，以作品抵擋無謂的喧擾，不但將鄉土文學恢復詩樣的生機與豐富性，更創作了台灣農村文學的新里程碑。

林雙不擺開早期文學青年的散文天地，於八〇年代重新出發，他的小說集：《筍農林金樹》、《大學女生莊南安》、《小喇叭手》、《決戰星期五》及《大佛無戀》，都是知識份子面對社會、政治、農村、教育問題直接而赤裸裸的思考記錄。

李昂的小說著作頗豐，短中篇小說集有《混聲合唱》、《人間世》、《殺夫》、《暗夜》等，長篇小說有《迷園》等。這位新文學原鄉的女作家，雖然作品大都是男女關係的探討，但是深厚的寫實精神，使她的作品有著深遠的社會意義，是台灣現代化過程一些社會面相的珍貴記錄與反思。

不幸早逝的洪醒夫，是以文學爲宗教的農民作家。他「不惜一切犧牲，去擁抱他所關愛的土地與人民」。作品已獲相當肯定。已出版有《黑面慶仔》、《市井傳奇》、《田莊人》及《懷念那聲鑼》等小說集。

洪醒夫身經台灣農業社會到工業社會的轉型期，他的寫作題材主要是他所關懷的農村的人、物、事。做爲一個寫實的農民鄉土作家，洪醒夫非常忠實地記錄了農業轉型期，土地與人民的關係，鄉人的思想掙扎與他們的喜怒哀樂。如同賴和對台灣鄉土的熱愛，洪醒夫在寫盡農村各種不幸與悲哀的同時，也散發出一股人道寫實主義者的樂觀與期待，這樣的樂觀與期待也是台灣新文學精神的特質。

黑面慶仔站起，彎腰偎近搖籃，摒住呼吸，小心翼翼地用他那粗厚的手掌把嬰兒的小手放進薄被單裡。大功告成。嬰兒依然安安穩穩的睡著。他的天庭飽滿，眉清目秀，看著惹人疼愛……。（註㉚）

結語

台灣新文學從日據時期的草創、奠基、到戰后的全面昂揚。彰化地區的新文學作家，不論日據時期的苦心護持，或戰后的精神繼承，其成績是有目共睹的。

從賴和、陳虛谷、謝春木（追風）、黃呈聰、王白淵、楊守愚、吳慶堂（繪聲）、周定山（一吼）、葉榮鐘、翁鬧、賴賢穎，諸多日據時代的先輩作家到「跨越語言一代」的林亨泰、李篤恭、陳金連（錦連）以至於吳晟、宋澤萊、林雙不、李昂、洪醒夫等中生代作家。他們的文學志業，不論是新詩、散文、小說，都秉持著台灣新文學愛護鄉土、反抗不義、提倡進步思想的傳統精神，爲整個台灣文學寫出了豐實的成績，也使得彰化地區在台灣新文學的七十年發展中，扮演著奠基、成長以及發揚的原鄉重要地位。

註釋：

①葉石濤《台灣文學史綱》一九八五年十二月文學界雜誌出版社，第二十八——二十九頁。
②參考彭瑞金《台灣新文學運動四十年》一九九一年三月自立晚報出版社。
③陳少廷《台灣新文學運動簡史》一九七七年五月聯經出版社，第一六一——一六二頁。
④同上註，頁一六二。
⑤指胡風譯楊逵的〈送報伕〉和呂赫若的〈牛車〉，楊華的〈薄命〉選入《山靈》（《朝鮮台灣短篇小說集》）

⑥宋澤萊作品受德國學者研究，李昂的中篇小說《殺夫》先後被譯成英、德、法文等在各國出版。吳晟作品曾在《讀者文摘》大篇幅轉載。

⑦楊守愚語。賴和（一八九四——一九四二），原名賴河，字懶雲，台灣彰化市人，常用筆名甫三、安都生、走街先等，一九二五年開始以白話文寫作，作品包括新詩，小說，散文，隨筆和評論，有「台灣新文學之父」的尊銜。

⑧陳虛谷（一八九一——一九六五），本名陳滿盈，彰化和美塗厝厝人。一九二七年開始於台灣民報發表新詩、小說等，是新文學萌芽期的主要作家之一。張恆豪先生尊稱他是「台灣近代文明的黎明期喇叭手」見《陳虛谷選集》（自立晚報出版社）第二八頁。

⑨見《台灣紀事》下册一九八九年十月，時報文化出版社，第九六四——九六五頁。謝春木，筆名追風，一九〇二年出生於彰化北斗郡。筆名追風，一九二四年於《台灣》雜誌發表四首短詩：〈詩的模仿〉，是台灣第一首發表於雜誌上的新詩。另發表在《台灣》雜誌（一九二二）的〈她要往何處去〉是台灣新文學史上的第一篇小說。

⑩同上註，第八二九頁。巫永福說「王白淵是台灣新詩草創期最傑出的革命詩人，也是這時期最優秀的美術評論家。」王白淵（一九〇二——一九六五），彰化二水人。著有《荊棘之道》新詩集及《台灣美術運動史》。

⑪黃呈聰（一八八六——一九六三），彰化線西人。曾任日據時代「台灣人唯一的喉舌——台灣民報」發行，對台灣現代文化的建立，卓有貢獻，有「磺溪的文化先鋒」之譽。

⑫楊守愚（一九〇五——一九五九），彰化縣人，本名楊茂松，曾加入「台灣文藝聯盟」，作品有小說、新詩及隨筆，是日據時代中文創作最豐的作家。

⑬吳慶堂（一九一一——？）彰化市人，筆名繪聲。有小說、新詩及劇本創作。目前仍健在。

⑭翁鬧（一九〇八——一九三九）彰化縣社頭人。作品有詩、小說等，曾創辦《福爾摩沙》（一九三一）鼓舞台灣文

學與西洋藝術的研究。

⑮周定山（一八九八——?）彰化鹿港人，筆名一吼。日據時代的作品除詩、小說外，尚有民間文學的創作。

⑯葉榮鐘（一九〇〇——一九七八）彰化鹿港人。除散文作品，最重要的著作有《台灣民族運動史》。

⑰賴賢穎（一九一〇——?），彰化市人，是賴和的五弟。其文學深受賴和影響，有小說〈女鬼〉、〈姐妹〉、〈稻熱病〉等。

⑱見施懿琳〈從《應社詩薈》看日據中晚期彰化詩人的時代關懷〉磺溪文藝營論文集、第四七頁。

⑲見李篤恭《磺溪精神》彰化人雜誌。

⑳見《陳虛谷選集》第五一四——五一七頁，一九八五年十月自立晚報出版。

㉑見林少眉《台灣詠史》（一九二四）連雅堂跋。

㉒見《台灣民報》（一九二六）一三二號。

㉓見《伍人報》（一九三〇）第九——十一期。

㉔根據呂興忠「彰化地區日據時代文學家口述歷史錄音」編號一五六。以上內容爲賴和哲嗣賴洝先生於一九九二年，在賴和醫院舊宅所述。

㉕參考 A Handbook to Literature（一九七七年十一月 The Bobbs-Merrill Company. Inc. Publishers Indianapolis. New York.）

㉖見《台灣作家全集》《賴和集》一九九一年二月，前衛出版社出版，第五十二頁。

㉗見《賴和全集》

㉘見呂興昌〈林亨泰四〇年代詩研究〉

㉙讀者文摘於一九八三年六月號，轉載吳晟農婦等作品。

㉚見《台灣作家全集》《洪醒夫集》第九二頁。其他作品亦請參考全集。

講評／鄭邦鎮

對這篇論文我拜讀再三，論文中有許多的優點，同時也引起了我許多感想，當然還有一些疑問，希望能請教呂老師。這篇論文的體例有很好的一面，它的論述層次非常清楚，銜接得也很好；特別是它的題目很醒目，是一個令人感覺踏實而振奮的文學架構。此外，我有幾個疑問，希望能請教一下呂先生。第一點是：呂先生在論文題目中點出彰化地區爲臺灣新文學的原鄉，可見您認爲彰化地區的文學是臺灣新文學的一個縮影，關於這一點，是否有所依據？或是您的創見？倘若是創見，也許應該提出一些統計上的數據，若是有所依據，是否也應把引據的部分說出來？您的論文中並未提到。第二點是：您在論文中提到賴和，以及賴和以下的許多作家，我感覺您似乎很强調賴和以後的作家都受到了賴和的影響。我們知道：科學是替代的，而文學是累積的，因此賴和以後的作家未必只受到賴和的影響；您在此是否有些過度强調的現象，而使得論文的客觀性相對減低了？第三個問題是：從論文的題目來看，「從賴和到洪醒夫」，之間就引起了我一些疑惑。首先我想「賴和」與「洪醒夫」可能是因爲他們作品特色具有一致性，但若從其他方面，如他們的生平機遇來看，就有很不同的表現，拿他們二位來做題目，是否有一定理由呢？譬如說：洪醒夫之後的彰化作家就明顯減少了？彰化的領先地位就落後了？希望您在這能做一個說明。其次，彰化縣是一個農業縣，農業縣中的本土作家去描寫本土生活，自然會偏向於農業生活；用呂先生的術語來說，就是所謂的「庶民文學」。若就其他地區而言，譬如工業化較早的地區，而作家描寫工業化的情形，那也可以說是「鄉土文學」？所以「鄉土」的定義在這裡發生了歧異，我們在界定「鄉土」、「原野」上是否該更審愼？此外，建議呂先生能將參考的資料與書目附列於後，您的論文會顯得更完整。最後，再提出二個冒昧的問題：一是，不知您在作家的取捨上是否有何標準？爲何某些作家例如蕭蕭、劉靜娟、姚嘉文……等人您未列進來？另外，我發現到您所談到的作家中性別差異的懸殊，女性作家只有李昂一位，而且感覺對她的著墨特別多？其次我想提的是，所謂「鄉土」並不等於就是農業或寫實，應該以其時空的座標來決定。論文中註解的部分不夠詳細，可以再加以補充；至於論文中第十～十一頁談到三位作家的部分，好像林亨泰先生篇幅較多，李篤恭先生只有半行，陳金連先生一行半……，這是很有趣的，請您也加以說明一下。

〈論文③〉

後農業時代邊緣地帶文學效應探討

——南投地區文學環境總檢

⊙曾仕良

壹、緒言

後農業時代介於純農業時代與純工商時代之間，沒有精準明確的時間區隔，卻有相當大的延伸彈性，因爲純農業社會轉型爲純工商社會是以緩和、漸進的方式，而不是以突變的翻覆手段，所以過去的五年、十年算是後農業時代，未來的五年、十年也還可以算是後農業時代。

南投縣具有典型的台灣農村風貌，也維持著很長時間的台灣農村民情。境內出產的孟宗竹、凍頂烏龍、水蕹菜、茭白筍、紅蕃薯等，一直深受絕大部分民衆的喜愛，享譽寶島。由於農民是大多數，各鄉鎮農會組織健全而造就地方强勢，再加上儲蓄部存款數額驚人，理事長、總幹事常左右地方選舉，形成較爲特殊的農村政治生態環境。

但是工業的逐漸興起，連帶使得商業活動急遽頻繁，工商界人士以積極的介入心態，藉著名目不同的各種社團運作，一方面改變了社會大衆的許多生活型態，另一方面則取代了部分的政治權勢，純農業時代社會型態相對式微，南投縣於是步入後農業時代。

再以全島的地理而言，南投縣的埔里鎮郊樹立著一塊「台灣省地理中心碑」，明顯告知全體國民，南投正處於寶島的中心位置，但是，如果撇開地理位置或其他（如農產、名勝等）不談，僅止從文學的角度來觀察與比較，南投地區的貧瘠荒蕪，乏善可陳，暴露了極端的窮酸相，尤其與人文薈萃的台北、高雄兩大都會相對照，其間的差距又豈能以道里計？以全島的文學活動而言，包括團體的、個人的，包括動態的、靜態的，台北、高雄堪稱台灣文學的兩大中心，那麼，衡諸台北、高雄，南投地區的「邊緣地帶文學」，當然是很難引人注目的。

至於文學效應，乃是文學工作者在政府主管單位的策劃下，導引與推展文學的風氣，營造良好的文學環境，大者提昇社會大衆的道德良心，小者培育傑出的文學作家，揚名寰宇而光耀故里。

本文旨在探討後農業時代邊緣地帶文學效應的概況，亦即總檢南投地區的文學環境，並提出對未來改善之道的期許。

貳、文學環境的指標

檢視南投地區的文學工作者，以近十年而論，並無任何一位可稱爲「全職作家」。

首先必需說明的是，文學工作者應該包括：一、寫文學作品的人，或已具相當知名度的作家。二、縣立文化中心的行政人員與一些寫作協會的領導者或行政人員。三、各級學校的國文科教師，或本身有興趣、有熱誠推動文學發展的學校行政人員。

所謂近十年，主要是以時間來規範空間，因爲有許多生在南投的文學工作者，離開家鄉的時間已然太久，於情，永遠都算是南投人，於理，卻與南投的文學工作完全脫節，難稱爲南投的文學工作者了。所以，本文界定的南投地區文學工作者，概以近十年定居於南投地區者爲限，另外則包括少數居住外縣市，但近十年主要職業的工作地點在南投地區者。

既然稱爲「全職作家」，便是除寫作之外，沒有其他任何工作與收入者，也可以說是靠稿費與出書的版稅維持生計的人。衆所皆知，歐美國家與日本等先進地區，「全職作家」都各自擁有風光的一面，除了收入高之外，還經常受到多數民衆的注目與尊重，而在台灣，「全職作業」的存活已經十分困難，勉强居住在都會區裡，借助知名度開創一些寫作之外的文學週邊活動財源，沒有很好的社會地位，只偶爾在一、兩個特別的日子裡，在某些特別的場合裡，應景式的受到無恆常性的客套禮貌。

那麼，「全職作家」無法在後農業時代的南投地區產生與存活，似乎是理所當然了。南投地區沒有「全職作家」所代表的又是什麼？實際上，「全職作家」應可列爲一個地區文學環境優劣的指標。換句話說，一個地區如果能夠造就「全職作家」，正顯示這個地區有較優的文學環境，而南投地區目前既處於後農業時代，略具商業社會的雛型，工商活動的頻繁導引著絕大部份的社會風氣，沒有「全職作家」透露了南投地區文學環境較差或甚差的訊息。

參、文學作家的流動

南投地區的文學環境固然差，卻有好幾位作家曾經在這裡孕育了頗具知名度的作品，楊念慈先生便是其中一位。楊念慈先生當時因緣際會，來到南投的中興中學任教職，一面教國文，一面負責部份行政工作，更一面從事文學創作，成為五〇年代台灣最具代表性的作家之一，著作《廢園舊事》、《黑牛與白蛇》膾炙人口，幾乎家喻戶曉。楊念慈先生遷離南投甚早，現在確實不能算是南投地區的文學工作者。

現代小說家李永平先生籍貫既不屬南投，從來跟南投也扯不上什麼關係，卻為了完成他的鉅著《海東青》，特地跑來南投市住了一段時間，並不是因為南投地區的文學環境有利創作，只因他有位好友在南投正巧有棟房子，可以讓他閉門謝客，專心寫稿。

眞正籍屬南投，在南投出生的作家有好幾位：歐陽子、岩上、向陽、林彧、胡坤仲、王灝、桓夫、白慈飄等。

歐陽子遠居美國多年，恐怕早已與南投絕緣了，向陽、林彧兄弟雖然心在故里——溪頭，實則高中時期開始便長年在外，成了標準的異鄉人。桓夫名氣夠大，曾任台中文化中心主任，近年卻以台中人自居，列名台中縣作家羣，由台中縣文化中心出版的《台中縣文學家作品選集》第一册即為《陳千武作品選集》；白慈飄原住埔里，近年則定居台中市，雖寫作不輟，似乎以台中市作家為歸屬的成份較高；另外，明道文藝陳憲仁社長生於埔里，曾就讀草屯國小，文工會《文訊》雜誌副社長李瑞騰是土生土長的草屯人，兩位都離鄉背井多年，提起南投，容或有幾分親切感，實則文學活動已在他鄉。

岩上、胡坤仲與王灝三位應該算名實相符的南投作家了！但是岩上自草屯國中教職退休後，以較多的時間與精神投入他的個人事業，詩作難免受到某種程度的侷限，不過《台灣瓦》一書甚受日本文壇重視，有日文譯本行銷東瀛，原本也值得大書特書；王灝也抽出大半時間從事繪畫方面的努力，日益精進，聲譽鵲起，對於爬格子的辛勤工作自是稍有忽疏；胡坤仲任教國中，曾兼部份編者於台灣日報，近年辭去編務，專心傳道與寫作，成績可觀，前程最爲美好。

至於身兼中華民國青溪新文藝學會南投縣分會暨南投縣文藝寫作協會理事長的寧可先生、曾編《藍星詩週刊》的蜀弓、奉獻兒童文學的郁化清先生、任教國中的柴扉先生、短篇小說《白手絹》經中華民國筆會譯成英文發行國外的李崇科先生、也任教職的伯牙先生、現主編《南投青年》的李皇，這些人雖然都不在南投出生，卻都在南投奉獻了大半生精力於文學工作，絕對值得敬佩！

肆、文學書籍的行銷

包括晨星出版社陳銘民社長、圓神出版社簡志忠老闆、派色文化出版公司許振江在內，許多出版文學書籍的文化工作者經常是無限感慨：文學書籍的市場愈來愈小，經營也愈來愈困難。

南投地區的書店經營者，一方面是自己本身文學素養不夠，再方面是經營管理的層次較差，每家書店的進書竟然完全受制於扮演中盤商角色的書報社——書報社的車上堆滿經過篩選與認可的一綑綑書籍，其中以畫刊爲最大多數，然後書報社人員沿途發放這些他們一廂情願認爲「這本應該在草屯會有人問津」的書，他們以爲掌握了市場，實際上他們終究是外行。所以，在南投有一個可笑的現象，被稱爲作家的人，有朋友眞心誠意要到南投的書店捧個場買本南投作家的書，卻在南投境內的書店遍尋不著！

草屯某一家生鮮超市，爲了配合公司的促銷活動，在騎樓部份辦書展，前後共十天，每天的營業額都在新台幣參萬元左右，小有可觀，似乎證明草屯還是有人在買書、看書，但是卻立刻引起鎮上兩家較大型書店的强烈抗議。這件事至少突顯了下列現象：

一、南投地區一直欠缺著足以刺激文化成長的元素。一家生鮮超市的特價促銷活動，能使得許多消費者產生購書的動機，營業額還引起長年經營的傳統書店抗議，可見如果刺激文化成長的元素愈多、愈强，南投地區的文學環境必定可以獲得改善。

二、南投地區的消費大衆文化水平偏低，眞正的文學書依然沒能打開市場。文化的商業化病徵之一，便是完全著重「市場取向」，以流行代表一切，多即是好，實際上卻汚染了人的心智與靈魂，這次書展當然是商業掛帥，也十足迎合了草屯八萬民衆的口味。

晨星出版社每年都以郵購的方式在各校推廣直銷，據說南投的中興高中竟在好幾年的銷售量排行榜上掄元，似乎又說明了：

一、青少年讀書態度受父母、師長的影響頗大。中興高中的學生多爲省府員工子弟，環境較爲特殊，風氣所及，潛移默化的結果，多少沾染些文學氣息，班級數與人數雖少而有强勁的購書力正是明顯的印證。

二、讀書風氣的形式如果倚賴書商恐怕後果堪虞。當文化寄望於書商的直銷而企求眞正推展，那誠然令人擔憂，畢竟書商的著眼點是追求量的龐大，往往會因爲「量」而犧牲了「質」，對青少年學生而言，這種誤導常使得色情、暴力、怪異等庸俗趣味假借文藝的外衣而大行其道。

伍、演講活動的意義

邀請文學作家蒞臨講演，原本也是刺激南投地區文化成長的一項極爲可行的方案，但是面臨的問題有三：

一、路途遙遠，文學作家覺得到南投諸多不便，耗時也多，乾脆就回絕了南投地區的邀請。

二、擔心前來聽講的人太少，一方面對不起演講者，再方面充滿挫折感，三方面還得向主管負所有責任。

三、唯一比較理想的演講場地就是南投文化中心的演講廳，除此之外，其他十二個鄉鎮每次幾乎都爲了場所難覓而作罷。

通常南投文化中心正式邀請文學作家來南投講演的條件，礙於政府規定，無法另給較優厚的待遇，自然使居住於台北的大文學家不願千里迢迢跑這一趟路（來回坐車、等車的時間近十小時），這也充分暴露了「邊緣地帶」文學環境的窘況。

南投文化中心成立十年來，屢屢爲了招徠文學講座的聽眾而傷透腦筋，畢竟要請來既叫好又叫座、極具知名度的文學作家誠屬不易，而草屯、埔里兩大鎮的文學人口趕來文化中心所在地南投也夠麻煩的（其實文化中心在演講日可以考慮開駛埔里直達文化中心的往返專車），嚴格說起來，一場演講會的聽衆人數如果低於一百人，實在是夠嘔氣了，而文化中心的演講甚且常有聽衆僅僅一、二十人的慘象，眞是南投文化環境的低效應了。

四月廿八日，草屯鎭公所得某青年企業家的熱忱贊助，舉辦了第一場的文學講座，許多人原本都相當悲觀，認爲聽衆可能寥寥無幾，結果卻因爲該企業公司突出的宣傳手法而獲致驚人的成功，眞可謂車水馬龍、盛況空前，整個青少年活動中心座無虛席，足足擠進了一千多人，當然，演講者林淸玄的號召力又一次得到絕對的肯定，也使得草屯地區的文學工作者燃起希望的火花，正熱烈策劃下一次的文學講座。

南投的三餘讀書會一直在奉獻著心力，經常舉辦一些文學活動，可惜邀請的常常不是文學作家，偏離了文學主題，如果能夠在充分財力支持下，由比較專業的人才負責企畫，相信必定可以發揮更大功能，成爲南投地區的文學主流。

陸、文藝社團的功能

南投地區有「中華民國青溪新文藝學會南投縣分會」、「南投縣文藝寫作協會」、「中國青年寫作協會南投縣分會」、「詩脈社」與「三餘讀書會」等文學社團。其中「中國青年寫作協會南投縣分會」名存實亡，既無羣龍亦無首，早被遺忘了。「詩脈社」由岩上鳩集縣內喜愛新詩創作的同好合組而成，社員有李瑞騰、向陽、李默默等人，李瑞騰、向陽遠走台北，李默默以經營服裝業爲主，原就不是組織嚴密的專業化社團，現在當然更是無法正常運作了。

近幾年一直由寧可擔任理事長職務的「中華民國青溪新文藝學會南投縣分會」與「南投縣文藝寫作協會」，是縣內比較具官方色彩的文學社團，寧理事長用心良苦，事必躬親，可惜礙於種種的限囿，集結文友，發行會訊的工作尚能令人稱道，往下紮根、倡導文風的努力則乏善可陳。特別值得一提的是，「南投縣文藝寫作協會」是寧可與岩上共同發起，正式登記有案的文學社團，創設之初積極運作，建樹頗多，成效亦彰，將來在南投文學環境的改造、文學風氣的倡導與文學水準的提昇三方面，勢必扮演極其重要的角色，任重道遠。

如前所述，「三餘讀書會」是不具任何政治色彩、純由一羣喜好讀書的人組合而成，既然如此，在演講方面，理應邀請學有專精、著作等身的文學工作者，在其他活動方面，也當然必須看重實際效應才是。

正統的儒家文學觀，不僅在反映人性觀照人性，同時也要使文學的理想和人生的理想趨於一致，文學社團的主要目標，即在透過團體組織的力量，從溫柔敦厚的文學中，達到敷施教化的境界，文學社團如果淪爲個人作秀或圖謀名利的工具，固然可悲，眞正受害者恐怕還是下一代，試想在一個全然缺乏文學氣息的環境中成長的青少年，儘接觸一些非文化、反文化的低俗、惡劣的物質，是一件多麼可怕的事，所以，文學社團的功能絕不容忽視。

柒、國文教師的指引

南投地區內省中、國中、小的國語教師不知凡幾，還有一所專科學校（含二專、五專工、商科）

，擁有高學歷的教授、副教授與講師不少人，再加上好幾位科班出身、雅好文學的校長，照理說，南投地區應該可以培育出一些眞正的作家才是。

事實卻不然，絕大多數的國語文教師，好像都犯了「文學冷感症候羣」，指導學生的重點完全偏重升學考試的實用路線，而漠視眞正文學方面的啓發與導引。小學裡教國語的老師，給予一般的感覺只是國語很標準，中學裡的國文老師，教補習的機會微乎其微，較之於數學、英語教師，甚無地位可言，充其量讓人有：一、文筆較通順，應該很會寫文章；二、古文讀得多，字認得多的粗淺印象，而這唯一的專科學校的國文教員，絕大多數並不居住南投地區，上課來人，下課走人，匆忙之間，根本缺乏與南投的關連性、歸屬感，自不可能對南投文學工作奉獻心力。

倒是半退休的岩上、郁化清先生與胡坤仲三位國文老師（當然還有其他幾位）藉著才藝班的模式指導兒童作文，算得上從事往下紮根的工作；至於成人寫作研習班的開辦，近年來南投救國團嘗試過兩次，其結果總是門可羅雀、潰不成軍。

國語文教師限於教材的僵化與本身的雜務繁重，對份內直接影響升學成績的教學可能還勉力而爲，對自己不一定很有把握（大學四年中文系課程中，眞正與現代文學有關的課程委實太少）的文學方面，不論是興趣的培養、基礎的訓練、鑑賞的方法，恐怕都有力不從心的感覺。南投地區三大鎭的國語文教師吸收現代文學的訊息還算便利，如果有心，應該能夠找尋出較好的途徑，至於偏遠地區的小鄉鎭，實在也令人不敢對國語文教師有所苛求了。

捌、文學大獎的激勵

目前國內設有幾項文學大獎，因爲獎額多、獎金高，常常吸引了許多老、中、青不同代的同場競爭，但是得獎者有不少是難免引人非議的老面孔，逐漸令某些有心逐鹿者喪志。不過，設立文學大獎的用意已經受到相當的肯定，也確實擢拔了一些寫作專才，還是值得喝采的。

對南投地區而言，由於風氣不盛，水準不高，始終沒有新秀在上述文學大獎中嶄頭露角，當然無法對南投地區的文學工作者產生鼓舞作用，筆者於數年前，向霧峯長佑醫院募得廿萬元，捉襟見肘辦了第一屆「長佑文學獎」，限制在南投出生與在南投求學者才得以參加，費盡九牛二虎之力猛爲宣傳，也訂出在南投地區空前絕後的高額獎金以廣招徠，終究杯水車薪，只不過出版了一本得獎作品專輯，並未能造成轟動，也沒有產生長遠的效應，第二年便無疾而終了。

縣內各國中、高中與專科，都一窩蜂舉辦文學獎競賽，但是由於：

一、如前所述，校內國語文教師並未在平日灌輸學生較豐盛的文學概念，學生甚且有不會使用稿紙者，能完成作品參賽者已不多。

二、許多學校承辦人員並非攻讀文學者，無甚素養也欠缺對文學的尊重，常有公式化的應景心態，有學生參賽，有國文科教師評審，有結果公佈便交差了事，因循苟且，自然績效不彰。

三、得獎作品之所以能獲得評審教師青睞，泰半超越一般作品極多，但評審教師卻很難去確認該作品是否抄襲？尤其新詩類，常有學生檢舉得獎作品係抄自某書某人，令評審教師異常尷尬。

所以爲了倡導南投地區的寫作風氣，發掘値得栽培的寫作人才，長遠之計，必得在南投地區設立文學大獎，以收激勵之效。

玖、結論

總檢後農業時代南投地區的「邊緣地帶文學」，論體質，的確欠缺太多的營養成份，論生命力，眼前有不少令人擔憂的憾恨，論面相，則又有一些可爲之處，總企盼有心人更多的投入，及早目睹南投文壇的欣欣向榮，也讓南投地區的下一代接收最好的文學效應。

講評／向陽

一、

文學，作爲作家心靈的產物，而以語言、文字及美學來加以具現，並通過被稱爲「作品」的媒介，與其讀者所構成的社會發生關聯——此一過程，可以說就是一個文學的活動。在作家、作品、讀者（或者大衆）三者之間，鏈鎖著的其實是一種十分複雜而且繁瑣的傳播運作：誰（作家）將什麼訊息（作品）透過何種管道（出版品或書店或……）傳佈給誰（讀者）又產生了什麼效果（影響），這是第一個層次的文學傳播活動；誰（作家）在什麼時候（時代）什麼地方（社會）以什麼樣的觀點（意識型態）對什麼問題（政治、社會、經濟、文化等內容）發表什麼意見（作品）對誰（由讀者到社會羣體）產生了什麼效果（影響），這是第二層次的文學傳播活動；誰（作家）與誰（作家）以何種出身（地域、年齡、學歷、背景……等）透過何種作品（文學派別）何種管道（由文學社團到傳播媒介、政經領域），對誰（由當代社會到歷史時空）發生何種效果（影響），則是第三層次的文學傳播活動。

這三個層次都屬於文學傳播活動的界域，由第一層次的作家—作品—讀者，而第二層次的作家—時空—文化—羣體，到第三層次的作家羣體—文學派別—當代歷史，其中的關連，固然複雜，但簡而化之，則不外乎文學、社會與時代三者。文學是時代與社會交迸的產物，透過作家來加以完成；作家無可避免地會受到他所身處的時代時點及社會地點之影響，而在作品中表現出來，有些一無影響，有些則進而影響到整個社會與時代。

文學社會學主要就在研究以文學作爲核心的特定社會羣體心理結構。我們透過文學傳播的運作試圖解讀社會羣體心理及其現象，又透過歷史淵源、政治因素、社會情境乃至經濟發展所涵蓋的特定時空來評定文學的影響及其存在價值。因此，探討文學活動，不能只侷限於傳統的「作家與作品」的格局中，而必須將文學置入時代與社會的複雜情勢中來衡平其效應。

根據以上的認知，〈後農業時代邊緣地帶文學效應探討〉（以下簡稱〈後〉文），基本上是一篇試圖透過文學社會學的向度來觀察南投地區文學環境的論作，因此本文也必須基於同一個向度予以評析。

二、

根據作者「緒言」部份而言，作者對南投縣地區文學作爲「後農業時代」、「邊緣地帶文學」及

「文學效應」的界定仍嫌不夠清晰，甚且頗有淆濁之處。所謂「後農業時代」定義不明，以南投的農村、農會及相關政治情勢而論，乃是臺灣各農業縣市所共通的現象。非南投所獨有，亦無法解釋「後農業『時代』」；所謂「邊緣地帶文學」，以臺北、高雄之文學活動爲衡準，即據以判定，亦屬牽强。更何況「邊緣地帶」其作爲術語，有其一定涵義，不必定「貧瘠荒蕪、乏善可陳」；在「文學效應」之定義上，作者界定其爲「乃是文學工作者在政府主管單位的策劃下，導引與推展文學的風氣，營造良好的文學環境……」云云，恐或亦欠思考。

以「諸言」而論，作者此一文論的整體架構，實不副名，這是十分遺憾的。而這種缺失，連帶也使得其後各節頓失所據，顯得鬆散，並使得作者對南投地區文學環境「總檢」的結果有失眞之虞。

以第二節「文學環境的指標」來看，作者所提的指標，只有「全職作家」一項。事實上，作爲文學環境的指標，最少應涵括歷史傳統、文學社團、作家結構、作品數量、出版職能、發行管道、讀者反應、閱讀風氣、社教系統等項目，且這些項目下尙應細分，舉例如作家結構項最少即應觀察或統計其出身、年齡、性別、學歷、專業，乃至其政治意識，社會位階等。因此，作者僅以「全職作家」爲唯一指標，顯然難免偏失，而無以窺文學環境之全貌。但即使以「全職作家」作爲指標，其適當性也是值得懷疑的，特別是在「地區文學」的範疇上，因爲所謂「全職作家」，他所依賴的乃是大量讀者及消費羣，而此一生產及行銷本來就非任何一個「地區」所能負荷，以其求之於地區並不切實際。作家的居住地區與其作品行銷並無必然關聯，南投縣內迄今尙無「全職作家」與南投縣之文學環境優劣也無必然關聯。這應是作者的盲點所在。這個盲點，使得作者忽略了南投地區作家在整個臺灣文學發展過程中的傳統因素、作家養成、作家世代及班底等更重要的文學環境指標。

三、

事實上，探討地區文學的總體環境，通常必須先行追溯歷史根源及作家結構。法國文學社會學家埃斯卡皮（R. Escarpit）在其《文學社會學》一書中提供了兩個觀念，即「世代」與「班底」。「世代」指的是某一年齡層或某一年代出現的作家羣，及其集中或分散的狀況。集中，則總體環境佳，分散，則總體環境差。「班底」指的是包涵了所有年齡層的作家羣，他們在政治情勢改變或班底形成之際浮現，以社團或羣集的形式影響文學通路。班底與社團大而多，總體環境佳；小而少，總體環境差。作者將來如有意繼續探討地區文學，這是可以參酌的。

從而，在「作家」的探討上，作者在第三節「文學作家的流動」上也犯了同樣簡約化的毛病。作者忽視南投作家在臺灣文學史上的存在，如參與創立「臺灣藝術研究會」、「臺灣文藝聯盟」，出版在文學史上具有重大意義之《福爾摩沙》雜誌的巫永福、張深切、吳坤煌等南投之老作家，均未提及，文學環境營中重要的歷史源流隱而未見，這是十分嚴重的缺點。

作者或許以當前在南投之作家爲標準，而將已逝或外流縣籍作家與南投之文學環境加以割離，從文學社會學的角度來看，這也是十分危險的檢驗標準，文學社會學對作家之研究，一向重視其出身背景（含地緣），因爲出身背景往往決定一個作家及作品的向度，至於作家之外流固屬地區文學環境現實上的損失，但整體上對該作家出身地區之文學環境指標而言，則仍爲正數。作者在此一部份多有偏失。以居南投（非南投籍）之作家言，除了楊念慈等之外，日據時代之文學名家張文環晚年即在日月潭住達十三年之久，病逝南投縣；以籍貫屬南投作家言，作者亦漏列了現仍活躍的老作家巫永福，以及中青代表詹宏志、李瑞鄺、游喚、王浩威、曾淑美、林輝熊等。這些南投縣籍作家的出現及其出身背景，與南投的文學環境之關聯，恐怕不在於外流與否，而在於作家、作品被置放於臺灣文學總體環境時所彰顯的「出身」南投的意義。這個部份應屬〈後〉文重要核心。

相對地，就地區文學環境而言，文學社團扮演何種功能，也是非常重要的。〈後〉文將此一部份置於四、五節之後。結構上是一種倒置。就內容言，也只係就縣內現存社團之概述，無法反映（或探討）這些社團對南投地區文學環境起過何種作用，具有何種意義，誠屬可惜。最少，就《詩脈》，在臺灣新詩發展過程中，即佔有一席之地，如今雖已停刊，但仍為南投文學環境之重要標竿，作者略而未論，使得這篇探討「文學效應」的論文更顯單薄。

此外，就地區文學環境而言，閱讀文學人口、風氣以及論及教育體系的參與與否當然也是重要的指標。作者對此分別以「文學書籍的行銷」、「演講活動的意義」、「國文教師的指引」及「文學大獎的激勵」，等四個範圍分節敘述，老實說，這是贅節。這四節，就〈後〉文而言，以一節略述可也。

主要的原因，在於這四個項目，其實是全國性大範疇的問題，如係探討臺灣文學總體環境，則行銷系統與文學作品之間的關係如何，即有意義，但就一個大行銷體系下的小地區而言，這樣的探討並無作用；「文學大獎」同「教師指引」及「演講活動」等亦同此理由。

反而是南投縣閱讀文學人口如何，學校創作風氣如何，作家在各鄉鎮分佈之數量多少，才是〈後〉文應注意的焦點。

總結而言，〈後〉文的論述仍嫌欠周，掌證亦嫌不足，作者雖然以探討、總檢南投地區文學環境為題，不過除了概括性地、印象式地介紹近十年南投地區文學活動的「面相」以外，實質上的文學環境之來龍去脈，以及此一環境中的歷史、社會因素探討則付之闕如，十分可惜。

此外，作者的文論雖以文學效應爲探討目的，但統觀全文，則效應未彰，尙未澄淸南投文學作爲後農業時代邊緣地帶文學的定位爲何？它所發生的文學效應何在？對南投地區乃至整個臺灣文學又是產生何種效應？凡此都是〈後〉文的根據所在。

〈引言①〉

區域文學的研究與創作

⊙陳篤弘

文訊雜誌社在全省各地連續舉辦六場文學討論會，邀集當地的作家、學者，共同來探討臺灣各地區的文學特性，嘗試在深入研究與類比之下，瞭解不同地域的文學創作，是否具有相當特殊的風格；或者在「異中求同」，試圖整合臺灣地區所特有的文學傳統。這樣的研討活動，雖然不是創舉，但在今日多元價值取向的社會中，有正面而積極的意義。

在傳統的文學研究中，比較注重統合的歷史傳承，講究文體的流傳與演變，對於橫向的地域文學觀察，未能普遍化。因此，目前臺灣地區的文學研究，也一直處於相同的情況下，只有個別的、零散的討論，缺乏長期而有系統的整理。

《文訊》能以全盤思考而細部觀照的方式，將探討的地區再分爲花東、高屏澎、雲嘉南、中彰投、桃竹苗以及北基宜等六個區域。從歷史角度來審察，這六個區域處於相同的時代背景，有相近的社會發展模式，在文學創作的活動中，自然會有相當大的文集。但仔細考量，在六個區域裡，有不同的自然景觀與經濟作物，集結了許多不同的社羣，也建立了風格迥異的農鄉市鎮。從時間的因素上來看，各地方的開發，有先後遲速的差別。因此，各地方人文景觀，自然會有呈現不同的風貌。

以我們「中彰投」地區爲例，地處中部，氣候及地形適於居住，所以開發較早，文化風氣鼎盛。作家們來往於山林、海濱之間，或處於街里小巷，親身體會生活的種種苦辛，也分享了街坊鄉里的艱困生活。他們筆下自然出現相近的素材，蘊含著共通的鄉土情懷。然而處於行政中樞與交通要津的彰化市、臺中市，所流露的商業及文化氣習，顯得特殊極了，加上許多學府的設立，各種學術團體的聚集，展現了文化城市特有的景觀。在文學創作上，表現了多樣性。

城鄉間的差異，風俗民情的不同，通常是作家試圖記錄的材料。他們在作品中，盡力去表現時代特有的精神風貌，留存當代政治、經濟、社會、文化的各種事蹟，呈顯人們的喜怒哀樂與愛憎好惡，使傳誦於後世，成爲歷史的見證，文學創作的目的，顯而益彰。而作家創作的根源，則植基於對鄉土的强烈情懷，也是不辯自明。用一句淺白的話來說，「人與泥土」的關連，是與生俱來的，無法被割截。古人所以說：「生於斯，長於斯，歌於斯，哭於斯」；他們用最質樸的方式來表達對鄉土的情感。而我們本地的作家，早年使用傳統的詩詞歌賦形式，一直到今日各種文藝類型的創作，也是傳達了相同的鄉土情愛。

或許有人擔心在這極具變化的社會中，表達個人情感與思想的方式，已不限於文字的述說，舉凡音樂、美術、電影、戲劇，或者是多媒體，都有替代的可能。其實，藝術形式的多元，增富了創作的形式，對於文學的陶冶，未始不是開擴更大的視野。但值得我們憂慮的，反倒是教育制度的僵化，與工商社會的功利訴求，使「溫柔敦厚」的文學教育，蒙上了「緩不濟急」的罪名。聯考制度，留有「科學取士」的遺病，影響教學的正常發展，是衆所皆知的問題。除了培養學生解釋語詞的「正確」能力外，不敢去教導想像力奔放的文學思考。考生寧可沈溺於考試技巧的琢磨，也不肯去思索「標準答案」之外的可能性，以免「遺失」。這種情形，與急功近利的訴求，實相表裡。一般人放縱個人的情緒與慾望，試圖以非理性的態度，解決積弊已久的各種問題，對於文學中情感內斂與理性思維的訓練，都棄之不顧，如何加强文學薰陶，增多「文學人口」，免除一窩蜂「輕薄短小」的思考形態，應該是當前最重要的課題。

改善教育模式之外，擴大各區域文學的探討，以彰顯其特質，提倡具有地方色彩的文化藝術活動，也是不可忽視的工作。透過各地區的圖書館、文化中心，或者私人努力，成立文學研究室，來收集、保有，並闡揚具有地區特色的文學作品，使作家的創作心血，與當地居民的思想及生活模式，能有良性的結合，起了主導作用。而地方教育的工作者，如果懂得活用這些最直接、最有效的教材，對於地區文化的推動，相信有立竿見影的功效。至於文學作品的收藏工作、圖書與文物放置的場所、一般經營維持費用的籌措，還有許多極待克服的問題，須要更多的專業人士或行政主管來精心規畫。

本次討論會所擬定的議題，包含以下四個要項：

一、文學創作與鄉土關懷

二、地方特性與鄉土文學傳統

三、各地文學發展所面臨的問題

四、各地文學資料收輯與整理研究

爲使討論的內容能夠深入，特別邀請了與會的專家學者，發表論文。他們學有專精，透過仔細的觀察，綜理前賢的論述，也審愼的提出個人的批評意見。不僅幫助我們瞭解「區域文學」的研究現況，同時也提供未來闡述臺灣文學發展史的最佳史料。

除了學術性的探討之外，我們也期盼，「區域文學」的創作，可以超脫一切，表達眞摯可信的「鄉土情懷」，大聲說出愛鄉愛國的信念；而這種眞誠、悲憫而富於啓示性的作品，在自信與自覺的前題下，能爲臺灣文學走出一條嶄新的道路。

〈引言②〉

台中縣文藝發展的途徑

⊙洪富連

文學足以表現人生，更負民族文化承傳的重任，理應受到人們的重視，而賦予發展的生命。唯盱衡現代各地文學的發展，仍屬於弱勢地位；尤以台中縣的文學發展，仍有許多瓶頸之處，茲不揣鄙陋，略述如下。

一、台中縣文學發展的現況

文學發展的重鎮大都集中在台中縣立文化中心及部分民間的文藝社團，其中以成立六年多的台中縣文藝作家協會較為活躍。該協會結合文化中心每年舉辦各類文藝營，近二年來更推出「台灣中部文學獎」，頗獲好評；同時出版了六期《中縣文藝》、四輯二十六種《台中縣文學家作品集》，更是獨步全省。再者，台中縣立文化中心年來積極從事口述歷史、鄉土文學之搜集及編撰《台中縣文學發展史》，頗受矚目。

其他縣內文藝團體，偏重古典文學如傳統詩、謎學等社團，每年皆有定期活動，唯人口不多。最近即將在大肚鄉成立的「台中縣國學會」，則有待觀察。至於專業的現代文學如現代詩類的社團則闕如，有者大都在外縣市活動。

就年齡層而言，老輩的文學家逐漸老化及凋零，中生代的作家大部分擔任教職，年輕輩則分散各地，尚待整合及開發。

就筆者觀察所得，台中縣文學發展近三年來較為蓬勃，可是卻有欲振乏力的隱憂。

二、台中縣文學發展的瓶頸

隨著國家經濟的發展方針，各地建設仍以修築道路橋樑以利交通為最佳的政績，忽略了影響國民素質最鉅的文化建設。尤其台中縣受地形所限，山線海線有形及無形的建設數十年來嚴重失衡。海線地區的民衆無法浸淫較高層次的文化活動。雖然台中縣政府已決定要在台中港區興建一座藝術館，仍無法彌補文學發展的失落感。

坦白說文學家不如藝術家之風光，台中縣為縣籍藝術家舉辦接力美展及出版畫册，所耗費的經費至少三倍於為文學家出版的文集；畫家展售的價值少則也有數十萬元，文學家出版的文集，只能贈送，那有收入？政府為畫家畫展所提供的服務，豈是文人所敢想像的？去年台中縣有一文化團體辦理文學與藝術結合的活動競賽，即有互相排斥的現象，看來文學家要提高社會地位還要加把勁兒了！

舉辦文學活動，沒有固定經費，向上級申請補助，還得靠主辦者的人際關係，即使同意補助，亦得打折甚至分期撥付。政府根本沒有制度化的補助辦法，文學發展怎能正常化？

再者，作家平素缺乏連繫，流落他縣市的縣籍作家，也沒有完整的建檔資料；文學社團彼此間少有聯誼活動，不似藝術家社團每年都有定期聯展等活動。

三、台中縣文學發展的途徑

為創造台中縣文學的環境與發展的契機，筆者認為宜從下面數端努力之。

1. 山海線藝文活動要平衡，有關單位勿因派系關係而影響某區的建設補助，以致引發文藝工作者態度的偏差。
2. 文藝活動應訂定年度計畫，前後計畫要連貫，執行要貫徹，勿因單位主管異動而生變。
3. 各級文化機構要有固定的文藝活動預算，不可任意挪用，最好設立文學發展基金。
4. 文化中心宜有專人從事文學家資料建檔、追蹤訪問，並定期舉辦文學家聯誼活動。
5. 定期舉辦台中縣文學獎活動，以表彰地方文學家的努力與貢獻，並鼓勵後進的文學創作。
6. 扶植地方文藝刊物的生存，予以補助及獎勵。
7. 有關單位宜出面整合各文藝團體，舉辦聯誼活動，以強化文壇的力量。
8. 文化機構要善用社會資源，主動委託績優社團舉辦活動。

文學家是較為孤獨的，文藝創作者也是較為寂寞的，他們一直呼籲從政者要注意地方建設的均衡性，不要忽略文學的發展。當然文藝工作者也要堅強團結，發揮潛在力量，為地方文化發展奉獻心力，所謂人必自重而後人重之，如此台中縣文學發展始得以有成。

〈引言③〉

文學作品的地方特色與精神傳承

◎康　原

今天，以「文學作品中的鄉土情懷」為討論議題；我以「文學作品的地方特色」與「文學精神的傳承」為鵠來探討。選擇「彰化地區的文學作家與作品」來說明，詮釋彰化地區文化的「批判性格」與「抗議精神」，同時透過作家的「創作動機」與「鄉土關懷」來看文學作品中鄉土情懷的形成，透過文學作品去了解一個地區的民間生活情況。

什麼是「鄉土情懷」呢?所謂「鄉土」的形成，該包含「自然環境」與「人文精神」；而作家的「鄉土情懷」來自對生存環境孕育所產生的情感，以及對泥土的愛念情懷；另一方面來自「族羣共同生活」所產生的「文化精神」；換句話說——就是居住在同一地區生活的人，因生活習慣、語言、宗教信仰結合而成的「文化性格」；所以說：「鄉土情懷」該是一種「羣族的命運共同體的感情依歸」。他們有共同的理想，類似的生活方式，形成一個族羣的生活規範，互相依存，共同約束，養成生死與共的意識。從這種「地域」性形成的「聚落」就是「鄉土」，只要「認同」這居住的地方與其生活方式，這塊賴以生存的地方，不管是「鄉村」或「城市」；也不管是「出生地」或「居住地」，只要

「愛它」、「關心它」、「認同它」，就是一種珍貴的「鄉土情懷」。

我們知道中國的文學，以「人」爲本，是「仁」的一種表現，講人際間的和諧之道，將生活周遭眞切的感受，自然的表達出來，都以「鄉土情懷」爲表現依歸。作家創作所表達的是人的思想與情感，描寫民衆的生活，記錄社會的變遷，抒寫民衆的心聲與情懷，所以說：「文學是生活的反映，社會的記錄。」若從此觀點來看，作家在創作時，只要關心自己的土地，關心周遭生活，並爲卑微人物代言，其作品自然是實際生活經驗的流露，也代表其居住地方民衆的心聲，當然具有「地方色彩」。文學家透過對「鄉土的關懷」，提出社會問題，引導人民對土地的關懷與省思，激發生死與共的鄉土認同，培養血濃於水的生命情懷。

在傳統的中國文學作品裡，若從「地方特性」與「精神傳承」去考察；《詩經》反映周代人民的生活情況，是典型的鄉土文學作品；有寫農家生活的詩，如七月、十畝之間；有寫賦稅徭役的詩，如碩鼠、君子于役；有寫征戰的詩，如擊鼓、載馳；寫民生艱苦、遭遇禍害離亂的詩，如北風、杕杜；有寫田獵的詩，如大叔于田；寫思家懷人之詩，如伯兮、蒹葭；屬民俗的詩，如溱洧、黃鳥；寫男女情歌，如關雎、子衿……等，這些作品分佈的區域，以北方的黃河流域爲主，以寫實爲主要特性，表達出中國北方人的民族性格與生活方式。代表南方文學的《楚辭》是屬於楚地的歌謠，運用楚地的語言，配合楚地的南音和巫歌，記述楚地的地名和文物以入歌謠，成爲南方文學中特有之文體，具有濃厚的楚地色彩，又以描寫個人的情懷和幻想，構成了詞藻華麗，對稱工巧，具有象徵、神祕、浪漫等特色的南方文學，用《詩經》與《楚辭》說明文學作品的「地方特性」、「精神傳承」與土地、人民是息息相關的，可見有怎樣的「人民與土地」，就產生怎樣的「文學作品」。

「彰化」位於臺灣西部海岸的中段地帶，南臨濁水溪與雲林相隔，北依大肚溪與臺中縣爲界；若從先民開拓之歷史沿革來觀察，可謂披荊斬棘、歷盡滄桑，從抗清運動中來看，彰化有林爽文、陳周全、戴潮春、施九緞之戰役，均爲反强權、反異族之侵略與統治，表現出彰化先民强而有力的反抗精神。在咸豐年間，彰化學人陳肇興，其文學作品具高度社會寫實風格，反映農民食、衣、住、行的困境，對社會流露出濃厚的關懷，有一部分詩作品描述戴潮春革命時期的社會情況，其詩作品流暢易懂，因此影響彰化地區文風頗多，彰化詩文有一派沿續其風格，與本土社會緊密結合，成爲良好文學風格。一八九五年臺灣割讓給日本，日人以高壓之手段統治臺灣，日人統治五十年中，素有「臺灣魯迅」之稱的臺灣鄉土文學之父賴和，其文學作品表達臺灣人强烈的反抗精神，深刻揭露在日本殖民體制下，臺灣所受的政治、經濟的雙重壓迫，透過文學形式來批判社會的陰暗面，譴責統治者的不公不義，形成日據時代抗議文學的局面，賴和强調「文學就是社會的縮影，必須反映時代的精神」，從其小說作品「鬥鬧熱」中，表達知識份子的觀點，批評舊社會迎神賽會所引起的鋪張，無意義的競爭；小說「一桿稱仔」揭發日本警察執行法律予取予求的不法行爲，深刻揭露在法制、平等、人權等口號中的欺罔性，透視帝國主義壓迫的掠奪行爲。同爲日據時代的抗議作家楊守愚，其小說作品，透過寫實手法，活生生描繪小市民、農人、工人等卑微人物的生活，毫無隱瞞的暴露日警的殘暴，製糖會社剝削農民，貧農與地主間糾葛，表現受屈辱的悲哀與無奈，爲悲苦民衆請命，與賴和的作品相互輝映，來抗議不公不義的日本帝國，奠定彰化地區，甚至臺灣文學的抗議精神與批判性格。

臺灣終戰之後，彰化地區作家，仍然延續其批判精神，表達對時代、對社會的關懷，林亨泰發起以「笠」爲名的詩社，表達其本土化的象徵，致力於「時代性」與「本土化」的創作，同爲彰化地區的詩人陳金連，也表達「批判性」與「諷刺性」的詩，寫出詩人的自覺。在二二八事件之後，林亨泰以無畏精神，委婉地表達對政治的嘲諷，以一首「哲學家」的詩，表達一種低迷、肅殺的社會氣氛，利用寫雞的縮腳與思索，流露出被屠殺之後的臺灣民衆疑懼與退縮；另外，再透過一首「羣衆」的詩，用具象的白描手法，站在人民的立場來觀察這場慘絕人寰的屠殺事件，以藉物詠懷來傳達對時代災難的看法，這就是一種「鄉土情懷」的表達。另外，比林亨泰稍晚一世代的溪州詩人吳晟，以堅實而富於感情的作品，表達對土地的認同與鄉村的關懷，並以大自然和現實社會爲依歸，寫出對人民的同情，以一本散文集「農婦」來刻劃臺灣農民的生活形態，以刻繪母親形象寫出臺灣婦女「日出而作，日落而息」而毫無怨言的工作態度。並以「無悔」系列散文，說明了「只要認同臺灣，臺灣就是鄉土」、「眞誠就是道德」、「抗議必無私」來詮釋「愛鄉土」的觀念。生長在二林的小說家洪醒夫透過他的小說人物「黑面慶仔」、「清水伯仔」、「豬高旺仔」……等來刻劃臺灣農民共同的宿命，以及隱忍、悲苦的性格，也寫出西海岸貧窮人的骨氣，洪醒夫曾說：「我在農村長大，以後到都市生活一段日子，這些生活經驗是我題材來源。我本身生活在農業社會與工業社會的轉型期，我願意忠實紀錄一些事，做這階段的見證人。」因此，他所描寫的人或事，就是彰化地區沿海農村的生長環境，仍然是「鄉土情懷」的表現。

由出生地雲林因教學工作遷居彰化的作家林雙不與宋澤萊，仍以「鄉土」爲創作原點，林雙不有系列小說批判臺灣現階段的教育，其小說集《大學女生莊南安》（描寫中興大學）、《大佛無戀》（描寫彰化高商）、《小喇叭手》（描寫彰化高工）、《決戰星期五》（描寫員林高中）……等作品，可算是校園寫實作品，他批判臺灣教育缺失：「教育經費不足」、「教材本土化、生活化不足」、「

軍訓教育之不當」、「政治介入教育太深」，他抗議執政當局對教育的扭曲，其文學精神也延續彰化地區文學的「抗議精神」與「批判性格」，爲了維護基本人權與尊嚴而抗議，他主張：「抗議不公不義是作家的天職。」所以「誓爲永遠的反對者，爲卑微的人民請命」。宋澤萊的小說《打牛湳村》是關懷農村問題的小說，毫不保留呈現出瓜農被中間商人剝奪的苦難形象，用小說暴露醜陋的面貌，用嘲諷的手法，戲謔貪婪之人性，宋澤萊的小說是鄉土關懷，展現社會面貌，拆穿人世間的騙局，是批判性很强的作家，作品流露出濃厚鄉土情懷。

透過彰化地區的作家陳肇興、賴和、楊守愚、林亨泰、陳金連、吳晟、洪醒夫、林雙不、宋澤萊等人的作品來說明，肯定證明「彰化地區」的文學精神，具備「批判性格」與「抗議精神」，而且是一脈相承，流露出濃厚的鄉土情懷。同時，透過這些作品，我們可以看出「彰化地區」的人民生活環境是貧窮的。雖然貧困卻是刻苦耐勞、勤儉奮進，認命的工作，秉持隱忍的精神，開拓自己的家園，活在自尊自主之中，永遠不向命運低頭。同時，這些作家之作品都傾向寫實風格，自然貼切的流露出鄉土情懷，此地區的人民不屈不撓的精神，永遠守住自己的家園耕讀，以「生於斯，死於斯」的精神，爲開闢一片屬於自己的天空而努力。

⊙本文參考資料

《彰化縣誌稿》（卷九）文化篇　彰化縣政府出版

《文學的彰化》（康原著）　彰化縣立文化中心出版

《彰化歷史」》宋澤萊撰）　關懷雜誌107、108、109、110期

《作家的故鄉》（康原著）　前衛出版社出版

《臺灣文學史綱》（葉石濤著）　文學界雜誌社出版

〈林亨泰四〇年代新詩研究〉（呂興昌撰）　高雄縣政府出版／《鍾理和逝世32週年文集》

〈引言④〉

地方文學發展所面臨的問題

⊙李玉屏

前言

五年前，我的好友小英準備出國深造，爲了學好美語，我們請來一位美國人艾爾弗，爲我們每週上課一次。

艾爾弗是柏克萊大學的教育碩士，他曾到過印度和中國大陸，對東方文學，尤其是古詩古歌的詞韻，以及詩歌中所表達的時代背景和民俗風物，頗覺神祕而有趣。他到台灣來，一則是遊歷，同時亦是收集這方面的資料。

知道他的目的後，我們的課程調整爲中西合璧式的文化交流。我們讀時代雜誌上的文章，討論國際大事，亦漫談中國最早的一本民俗歌謠——詩經。一個只有五個人組合的小小讀書會，就這麼成立了。

我們這個讀書會還附帶了許多參觀訪問：到鹿港看古街，到基隆看七月普渡，到淡水看龍舟賽，到松柏坑看廟會，到……。美語學得流利，書讀得愉快。

然後，艾爾弗回美國，小英到英國修博物館學博士。她臨走時，再三交代，讀書會一定要讀下去。

爲了配合參與者的不同需求，我把英語和詩經分開。英文方面，我請來一位美國小姐納塔沙，她是學兒童文學的，她爲我們選讀美國長篇小說——梅崗城的故事。另外，我又請到對古典文學有深入研究的齊賢主任教我們讀詩經。

「關關雎鳩，在河之洲，窈窕淑女，君子好逑……」在朗朗的讀書聲裡，享受到讀書樂，樂無窮的意境。

「蒹葭蒼蒼，白露爲霜，所謂伊人，在水一方……」優美的辭韻，流暢著如歌的節拍，引來了更多的人，參加我們的詩經讀書會。

人數增多，意見亦多，最迷人而又最難做的是希望我們在每週的讀書外，每個月再辦一次大型的演講，把讀書和聽演講當作休閒活動，以實際的行動來推廣書香社會。

其實，我們所住的中興新村，因爲是台灣省政府的所在地，村子裡有網球場、游泳池、羽球館、高爾夫球場，中興會堂裡也有演講。不過，在中興會堂裡的演講是由省政府辦的，演講時間排在上班時間，聽講者以現職的公務員爲對象。一般人不一定能聽得到。所以說，中興新村的村民可享受到各項完善的休閒設施，獨缺演講會。

事情總會有個開頭吧！我們幾個勇敢地做了先鋒。原則上以每個月的某個星期六下午辦演講活動，聽衆則以中興新村的省府員工、眷屬、退休員工，以及南投草屯地區有興趣的朋友，均歡迎參加。

過程

辦大型演講會，要有周詳的計劃，至少要有場地、有經費、有演講者出場。

場地方面，中興新村裡能辦演講會的地方有中興會堂、省府圖書館、省政資料館，和省立中興高中。而這幾個單位的負責人，公管處張麟處長、省府圖書館謝金菊前館長（現爲台北市立圖書館館長）、資料館鄭美華主任，都經常參加我們讀書會的活動。而我本人在中興高中教英文，我們的校長郭春航先生，和她的夫人中廣公司孫蘭導播，是讀書會的固定會員，學校裡的圖書館主任李保金，又是早期五人讀書小組的成員之一。所以，場地問題容易解決。

經費從何而來呢？我把這個難題請教我的好友，彰化社教館的詹悟館長。詹館長說，教育部有一筆專門用在社區演講的費用。只是費用很低——三千元的演講費而已。三千元總比沒有的好，經費暫且有了眉目。

只是，三千元的演講費能請到誰呢？我們只能動用人情的攻勢，以私人關係，請來演講者。第一位上場的是當時聯合報的副總編輯，現任國大代表的高惠宇小姐。以後又有前連戰主席台北辦事處主任朱婉淸小姐、海基會法務處許惠佑處長、小說家司馬中原、電視名嘴高信譚、台大文學院院長朱炎教授、台大哲學研究所所長傅佩榮教授、專欄作家亮軒、命與運專家王邦雄教授，還有文壇名流尹雪曼教授、陸委會文敎處處長龔鵬程教授、紅學專家康來新教授……等。

每個月演講會的前幾天，是最忙的。做海報、寫文宣、打電話給自己的每位朋友，向他們介紹演講者的學經歷，以及演講大綱，也請他們轉告他們的朋友，並邀請來參加。努力，是不會白費的。每次活動，總有百來人參加，演講廳裡總是擁擁擠擠的。

因爲辦演講，交了不少朋友。見了面，有的謝謝我們，有的要借錄音帶拿回家多聽幾遍，有的甚至建議我們，在演講會的會場，展出當月份最好的書籍，讓他們有機會買到好書。朋友的建議，是我們最大的鼓勵。我們知道兩年的努力在中興新村裡，讀書聽演講的風氣已經帶動起來了。

兩年來，實在忙得精疲力竭。但是，因爲朋友的期待，我們不能停止。朋友建議我們，希望能成立一個永久性的社團，爲地方的文化活動盡份心力。爲此，我們向台灣省社會處申請民間社團法人的組織，民國八十一年十月，台灣省三餘藝文學會正式成立。並推舉齊賢爲理事長，本人爲總幹事。

三餘藝文學會的「三餘」兩字，是來自於三國時代魏國的董遇。他曾說：讀書當以三餘：夜者，日之餘；冬者，歲之餘；陰雨者，晴之餘也。蘇軾也爲詩曰：人生有味在三餘。想我們這批朋友，都是利用工作之餘、家務之餘、休閒之餘，來參與讀書、聽演講，故名「三餘」。

三餘藝文學會的宗旨是以提高讀書興趣，培養研究精神，充實藝文學養，進而推動社會文教服務，期能蔚爲社會風氣，重建社會倫理、增進社會福址。

三餘藝文學會的活動項目有：

一、文學名著研讀討論

已讀過詩經、唐詩，宋詞、紅樓夢、老子、左傳。

二、學辦學術性演講會

從民國八十年元月份高惠宇的「媒體與生活」，至八十二年四月曾昭旭教授的「中國文化中的感情資源問題」。共舉辦二十六場大型演講會，除了前面已介紹過的幾位外，尚有國大代表林澄枝女士、高錦勇教授、丁庭宇教授、李適中教授、簡春安教授、作家邱七七女士、作家韓濤先生、林政弘教授、徐漢昌教授、龐建國教授、余玉照處長、高美丁教授、蕭文教授等共襄盛舉。

三、舉辦座談會

八十二年元月份，曾小英回國渡假，特爲本會主講博物館的功能。三月份，戲劇博士吳新發教授講舞台與電影的轉換——暗戀桃花源。

四、讀書指導

曾聘請鄭羽書、曾仕良、林本等介紹好書的研讀與欣賞。

五、舉辦有關藝文活動與展覽

已舉辦兩次藝文活動，一次是硯台與書院之旅，參觀螺溪硯與藍田書院。另一次是鹿港民俗之旅。

展覽將在今年六月份，有名家書畫，以及會友的作品，還有紅樓夢版本展出。

問題

從上面的宗旨，和一份成績單，就可了解到我們能夠從一個五人的小小讀書會發展到百多人的大社團，憑著的只是一股熱忱，再努力下去，未來更是一片美景，但是我們需要辦活動的經費。

因爲我們不能永遠靠「人情」來辦事。再說，兩年來，可以因人情而請來演講的朋友，都已經請了。像高信譚先生，從台北坐飛機到台中，從台中坐計程車到中興新村，講完兩個多小時後，演講費捐出來，然後連水也沒喝，又坐計程車去台中趕飛機回台北。這份情意叫我們如何奉還！我們希望爲演講者爭取到合理的演講費和車馬費。至於我們這些辦活動的人，亦有辦事的費用。一場演講，文宣用的紙張和印刷費、場地的水電費、服務人員的加班費，這都是非付不可的錢。至於接洽的電話費，以及迎送進出的交際費，都是我們自掏腰包。有朋友告訴我們。只要有了正式的社團後，可以申請到經費。我們不知道向什麼單位申請，朋友，您能告訴我們嗎！

兩年來，我們憑著熱忱，出錢出力，只是爲了推廣讀書風氣，爲建立祥和社會，盡一己之力。希望有關單位，能重視我們，並給予鼓勵和協勵。

〈活動側寫〉

不確定的年代，不安定的靈魂

⊙郁馥馨

「中彰投地區文學會議」側記

初夏時節，仍顯得春意盎然。臺中的天空碧藍如洗，暖洋洋的氣氛使人也跟著輕鬆下來。所有來自周遭以及遠道而來的人，都帶著幾許期待，走進文化中心，想到要會晤那些久未謀面的朋友，心情和腳步又忍不住焦急起來。

不同於立法院別有用心的爭執，也不同於任何商業團體的利害攸關，這一場由文訊主辦的中彰投文學會議，更像是一場老朋友的聚會。

不算小的簡報室擠滿了人，認識的、不認識的，有一種萬頭鑽動的熱鬧和喜氣。一直到會議開始，開幕式主持人，也是文訊的社長許福明，以沈穩而誠懇的聲音，爲這次的活動揭開了序幕。「一個月後，文訊即將滿十周歲。」這份文學刊物始終在風雨飄搖中成長，人力、物力都不足，卻憑著一股對文學的熱誠和理想，致力於文學史料的整理，以及地方文化的維護和發展，不遺餘力，就像在貧瘠的土地上努力要開出璀璨的花朵，從今天衆人的參與和回應，文訊已經得到文藝界的認同與肯定。

此次的貴賓文工會主任祝基瀅，首先帶來李總統對這次會議的關切與祝福。他以一個文學的愛好者，也是創作者表示，文學的成就與效應雖非指日可待，卻是長期可期。勉勵每一個文學工作者以此爲己任，共同爲文學的前景而努力。

另一貴賓新聞局國內處顧問丘秀芷，本身即是知名作家，她以感性的口吻表示，社會由貧窮到富裕，城鄉之間的差別最爲明顯，在座的人都經歷過那段艱苦歲月，而窮苦則豐富了文學生命，值得深思。

接下來的論文發表由國立彰化師範大學國文系鄭靖時教授主持，他認爲一個文學生命的成長，與他所處的環境息息相關，包括天與地的孕育。文學命脈與發展空間，更是淵源深長。而這次中彰投地區文學會議，將就這三地區「本土文學」，作深入而簡要的探討。

臺中地區由靜宜大學中文系趙天儀教授率先發表論文，他以老朋友的心情試論白萩的詩與詩論。十八歲就在臺灣詩壇頭角崢嶸的白萩，過多的讚譽似乎對早過不惑年齡的他，再也驚擾不起任何情緒。此刻的他就坐在我身旁，不動容的臉嚴肅而沈靜。一直到趙天儀朗誦他的一首〈給洛利的情詩〉，他才靦腆的笑了。可見一個人不管被現實生活鍛鍊的多麼堅强，感情永遠是他心靈深處最柔軟的部分。

對詩人也是文學評論者的陳明台而言，白萩既是老師也是老友。白萩的詩、白萩的感情、白萩的生命，充滿對人性血淋淋的鞭打，對命運不屈服的抗拒，對存在赤裸裸的批判。他並不震懾於白萩赫赫的詩歷或者衆人給予的掌聲，卻感到白萩的威脅日漸增加。即使這幾年白萩已少有創作，仍保持著「年輕」的感覺。不只對年長一輩，對年輕一輩，仍有不可忽視的潛在力量。

彰化地區一直予人强悍的民族個性，服務彰中的呂興忠，年輕而充滿抱負，認爲臺灣文學應從一九四九年追溯至一九二〇年的萌芽期。出自彰化的賴和，以至後來的洪醒夫，便是這一階段的重要人物。基於對父執輩的推崇，以及濃烈的地域情感，他視彰化爲臺灣新文學的原鄉，如今許多致力於臺灣文學的先驅與後生，都深受影響。

靜宜大學中文系系主任鄭邦鎭教授則以謙遜的口吻表示他是個外行人，只能隨便說說而已。對於呂興忠〈從賴和到洪醒夫——臺灣新文學的原鄉〉這篇論文，同是彰化人的他，感覺振奮而踏實。不過科學是取代，文學是累積的，它的發展與呈現，應更豐富多面。而且這篇論文傾向於農村社會，也就是所謂的庶民文學，容易牽扯出階級意識的對立。文學家的感情大抵是豐富的，因此特別懷舊，難免造成一種原鄉情結。何況鄉土不等於農業，也不等於寫實，太强調與講究，反而限制了發展。

南投地區則由南開工專的曾仕良老師發言，他開玩笑說寫這篇文章時，因爲心不在焉出了車禍，在醫院觀察了幾天，感受到非常强烈的「白色恐怖」。這篇文章的不足，實在是無能爲力。果然向陽對這篇〈後農業時代邊緣地帶文學效應探討——南投地區文學環境總檢〉立即發出不平之鳴，認爲這篇論文，歷史的部份付之闕如，也忽略了中青代重要作家的貢獻，而且學證也稍嫌不足。

接下來會場上的作家都本著自己的原鄉情懷，紛紛發表自己的意見，場面一度非常激烈。還好即使各有所執，也都能夠相忍爲文學前景，在勇於表達自己的同時，也體會到文學其實需要更多的包容。

下午的綜合座談由李瑞騰主持，他的鐵面無私，使一整天的會議時間控制的恰到好處。此時他端坐在桌前，仍以打鈴者的身份，鼓勵大家在自由的環境中交流對談，但在暢所欲言的同時，也不忘給別人機會。

首先第一位引言人是臺灣日報總經理陳篤弘，他以區域文學的研究與討論，表示城鄉間的差異，風俗民情的不同，是作家試圖記錄的材料。作家創作的根源，則植基於對鄉土的熱烈情懷。但他期盼區域文學的創作，可以超脫一切，表達更眞摯可信的情感，在自信與自覺的前提下，能爲臺灣文學走出嶄新的道路。

接下來的臺中縣文藝作家協會幹事洪富連則以臺中縣文藝發展的途徑，說明此地文學發展的瓶頸之處。在經濟利益掛帥的社會，文學家與創作者都是較爲寂寞的一羣人。即使臺中縣文學發展近三年較爲蓬勃，仍有欲振乏力的隱憂。

目前任教彰化高工的康原給予人的地域特性原本就相當濃厚，他以文學作品中的鄉土情懷爲討論議題，選擇彰化地區文學家與作品，詮釋彰化地區文化的批判性格與抗議精神。同時透過作家的創作動機與鄉土關懷，看文學作品鄉土情懷的形成，以及透過文學作品去了解一個地區的民間生活情況。

最引人矚目的是南投的女作家李玉屏談論地方文學發展所面臨的問題。她以自身在社區學辦小型讀書會的經驗，述說兩年來慘澹經營的過程。不激憤、不抱怨，以實際的努力成果，像一朵路邊自力生長的小花，反而更加打動人心。

嚴肅的議題讓人有一種責無旁貸的沈悶與壓力。主持人李瑞騰適時搖鈴，展現文藝界彼此之間的相知相惜。他宣布，爲了舒緩大家的心情，下午茶時間開始。

其實會場外輕鬆氣氛下的交談，反而讓人覺得有更多的感悟。我倒了一杯咖啡，問在旁邊的康原要不要來一杯？他搖搖頭說：「我不喝，那是外國人的玩意兒。」我說：「不要太排外，現在是地球人的時代，偶爾喝喝咖啡也不錯。」他仍然堅持喝茶，而且語重心長的對我說：「妳太年輕了，妳不懂。」

後來我跟石德華談起彼此的寫作計畫。我們都是那種疏懶成性的人，對鄉土文學的感受並不是那麼深刻，甚至有些模糊不清。但我們都擁有濃烈的地域情感，今天的座談會都給我們某種程度的衝擊，我們相約要在自己成長的地方，盡一己之力。隨著時代的腳步，隨著故鄉的脈動，讓自己不斷進步。

結束，是為了將來更多的相聚。

我走出文化中心，該是正午的烈日仍然當空籠罩。我眼看著這個熱鬧的城市，想起鄭邦鎮說他是員林人，從彰化回員林這條路，他一直都很熟。但每次回去，每次都迷路。我也想起丘秀芷說她今天來臺中時，在市區裡幾乎迷了路，卻意外的發現自己小時候住過的地方。就在這一瞬間，我突然覺得自己像是一個鄉下人，置身於五光十色的都市，而顯得不知所措。我很想回去，但這裡不就是我原來來的地方嗎?我努力要去尋找那種熟悉的感覺，卻發現恐怕再也無法適應它原來的風貌了。

桃竹苗地區

桃竹苗地區文學會議議程表

時間	場次	主持人	內容	特約討論
9:30～10:00	開幕式	許福明	貴賓致詞	
10:00～12:30	論文發表	王安祈	黃秋芳：解讀鍾肇政《怒濤》 林柏燕：吳濁流的大陸經驗 黃子堯：台灣客家文學及其客籍作家「身份」特質	康來新 呂正惠 羅肇錦
12:30～14:00	午餐休息			
14:00～17:00	綜合座談	李瑞騰	曾信雄：文學創作的檢討與再出發 李青霖：花果飄零話滄桑——談新竹地區的文學困境 黃鼎松：苗栗文學發展的回顧與展望	

〈論文①〉

解讀鍾肇政的《怒濤》

⊙黃秋芳

鍾肇政一直住在桃園，可是，極具「通俗閱讀文化」的代表性、並且以托拉斯姿態侵入流行造景裡的金石文化廣場，始終不曾在任何一家桃園店的「作家專櫃」中，陳列這位幾乎可算是標本級台灣作家的任何作品。

和鍾肇政龐大豐腴的作品羣比起來，眞正有機會認眞閱讀過他的作品的讀者，相對地顯得讓人不滿意也不能接受。我們在形成閱讀文化的「消費管道」和「消費者」的表現裡，長期冷落了這樣眞誠的一位文化「生產者」，顯然是不公平的，尤其他得了很多獎，擁有這樣一張華美的履歷：

鍾肇政，一九二五年生，桃園縣龍潭鄉人。日據時彰化青年師範學校畢業。曾任國小教師、東吳大學東語系講師、民衆日報副刊主編、《台灣文藝》社長兼主編。一九七九年獲頒吳三連文藝獎，八六年獲台美基金會人才成就獎，九三年以「偶有不合時宜」的附註，獲國家文藝獎。

一生中筆耕不輟。重要著作有六〇年代的《濁流三部曲》、七〇年代的《台灣人三部曲》，到八〇年代的《高山組曲》，呈現台灣人在各個不同的歷史階段中的生活現實。

《怒濤》一書，沿續這種記實傳統，在政治解嚴、二二八禁忌開放後，從慣常處理的開拓、抗日，延伸到戰後台灣面臨的歷史變局。循著三個年輕人的愛情與志業，速寫二二八前後的巨大變動，主軸清楚、背景强烈，在「客家人文色彩」、「桃園地域特性」、「二二八史事」和「文學的企圖與完成」各層面，脈絡分明，出版社刻意定位爲「台灣文學經典名著」的促銷包裝，倒也不算離題。

可以說，這是一本了解鍾肇政、認識鍾肇政作品精神的鑰匙書。本文將從作品內的人物章節分析，探討到作品外的客家、桃園、歷史、文學等問題，這樣的討論方式，其實只是閱讀《怒濤》的其中一種讀法；至於其餘，當然還有更多的人，可以從不同的方向和可能，讀到更多不同的意見。

壹、怒濤掀浪

(一)章節大要

〈序章〉

- 唐山渡海的船，載著甲板上的軍夫、看護婦、學生、農業挺身隊……，以及船艙裡的生意人、接收大員小員等不同背景的人，在登陸台灣以前，飄盪在多風浪的海上。
- 船艙裡的姜匀，在陸維禎的協調下，用豐富的餅乾汽水，招待甲板上兩百幾十個因爲「三腳仔」這個罪名準備抓他投海洩怨的飢餓難民。三腳仔的投海威脅暫時解除，憤怒的飢餓同時也得到滿足，他們相互退讓著挨過這段最後的流浪旅程。

• 陸志鈞（維禎侄）將屬於自己的那份餅乾，忿然擲向海中。

〈第一章〉**陸家的晚宴**

1. 陸家的家族譜系，各房身世背景來歷交代。
2. 公廳晚宴中，從上桌中透露出老一輩的互動和心事。
3. 下桌不同，年輕人的活力糾纏著過往情勢的討論、當下的惶惑，以及從語言變動裡預知到未來的殖民悲哀。

〈第二章〉**平安戲**

1. 參加過姜勻邀約的平安戲晚宴後，志麟隨志騏回去過夜，見證著戰後農家的各種窘迫。
2. 從志麟和志騏的夜話中，特寫志鈞拒絕姜勻夜宴的氣節崢嶸以及志麟和東京孤女間的精神愛。
3. 回顧姜勻夜宴中呈現出來的兩岸差異。遲到現象、名實差異，以及長山韓萍的肆無忌憚對照龍潭秀雲的無所依據。

〈第三章〉**哭泣的山林**

1. 從志騏的林務工作中對照出兩個世界。平民物資匱乏，特權卻益形醉生夢死，即連正常的薪資發放，亦納入「揩油」與「酬庸」的新鮮軌道中。
2. 志騏在熱血的山地青年林俊雄（托西）領路下，入山勘驗，意外發現盜採情形嚴重。長山人的表面文章和日本人的嚴格軍紀，形成强烈對比。

〈第四章〉大稻埕戀曲

1.從龍潭遷到大稻埕的維林醫師，育有二子。台大醫院的志麒、留日的志麟，一門精英。

2.東京回來的志麟，見證著台灣戰後一般平民生活的動盪。

3.維林生日宴客，志鈞來，壯志勃發；韓萍亦來，主動示好的熱情，不免讓志麟神思迷惑。

〈第五章〉純潔的影像

1.志騠在工作酬酢中强烈感受到特權階級放縱墮落，從而對照著市井小民的窮困失措。

2.志騠和由美一段短短的散步，醞釀著志騠精神愛的世界。

3.志騠以童貞交換一個俗世的紅包。具現了高蹈的精神愛在現實渾沌中的糾纏拉鋸。

〈第六章〉迸發的火花

1.韓萍主動攻進志麟的情感圍城。

2.志鈞要求志麟抗拒。

3.志麟淪陷。從肉體進而精神，不能抗拒地陷落。

〈第七章〉醉生夢死的人

1.志麟和韓萍相戀，成爲轟動小鎮的大事。大陸來台的中隊長和當婊子定居在橫街仔風化區；秀雲卻拒絕長山中尉的耐性追求。

2.志騵和由美通信，得到精神愛的滿足。

3.志麟在韓萍懷孕後倉促準備結婚前的不安心事。

〈第八章〉怒濤巨浪

1.從維林醫師眼中看到的亂世低壓。

2.志麟和韓萍間不得不迸現的爭執，突顯了兩岸差異。

3.在退無可退的衝突中，二二八民變迸生。

〈第九章〉燃燒的火燄

1.志騵跳開平民窘困和特權放縱間的煎熬矛盾，帶著忠實的托西（とし），投入二二八民變中。

2.志騵和由美道別，她送他一塊馨芬的「花王石鹼」。

3.志騵加入龍潭臨時組成的民軍後，才發現領軍隊長，居然是志鈞。

〈第十章〉死城的故事

1. 志麒在自認不會有事的渾沌狀態中被捕；在不斷擴散的分歧、死亡中，韓萍和志麟衝突日劇，韓怡勸妹妹韓萍，要慢慢認同台灣這塊土地。

2. 志麟茫然地回家參加志鈞刻意被抑壓的葬禮。

〈第十一章〉鮮血、灑在大地上

1. 志麟在暗夜中和志騆重逢。

2. 志騆和志麟在混亂過後，從「石鹼」和「槍」中探討生命中的愛和爭戰。

3. 志騆回溯出發前夕的不安、憂懼，以及不得不然的決心。

4. 揭露志鈞在談判前被倉促射殺的死亡眞相。

〈終章〉

- 驚悸、怨憤，以及一連串的恐怖之後，志麒在牢獄後性情大變，輕易不肯說話；志麟赴日；志騆和由美戰後重逢，欣喜之餘，卻有塡不滿的空洞虛懸出來……
- 燈紅酒綠的現實生活，依然天下太平。彷彿一場驚天動地的大事件，根本在另一個世界發生，或者根本沒有發生過似的。

重要人物簡表

〔陸家第五代〕〔陸家第六代〕〔陸家第七代〕〔陸家第八代〕

- 長房—鋼福
  - ·當家老伯公，大公無私、管理嚴峻上屋下屋間排難解紛，普受崇仰
  - ？—志鈞
    - ·滿州回來的熱血青年
    - ·領軍投入二二八民變，談判前被射殺

- 二房—鋼常
  - 維弘
    - ·日據時代連任四屆二十年老庄長
    - 志謙
      - ·年已四十，倔強、好面子，國民學校校長
      - 秀雲
        - ·能講漂亮日語的大美人，眞正的文學少女
  - 維林
    - ·移居大稻埕名醫
    - 志麒
      - ·鄉中三位高等學校尋常科秀才之一東京帝大醫科博士、臺大漢醫科負責教授
      - ·妻故鄉西醫之女，嫻淑客籍女子，高等女校畢業
    - 志麟
      - ·東京帝大回臺學生在鄉中開英文班，結束後積極學北京話
      - ·妻韓萍，來自長山，積極主動北京大學中文系畢業，有使女阿毛，促使陸家迅速北京化

- 三房—鋼水
  - ·從首富淪爲佃農的傳奇人物
  - 維海—志駺
    - ·農林學校畢業，林務職員帝國陸軍二等兵，留存日軍重紀律習氣
    - ·有精神戀人由美，相知相重

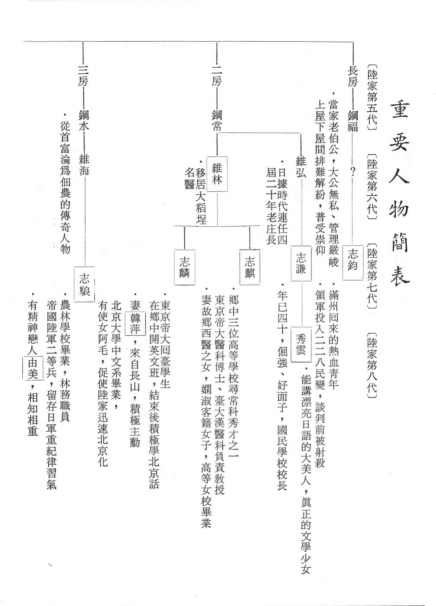

- 四房
  - 鋼列
    - 維尙
      - ·北京郵政總局局長
      - 中日戰事起倉促離開北京
    - **維禎**
      - ·日本秋田專門學校畢業
      - 從滿州投奔維尙，不遇
      - 和姜勻結伴回臺，陸家最有希望成爲州知事（縣長）者
      - ·有妻極賢美
      - 携女流離回臺，在中學任教
      - 贊成維禎推薦姜勻在這亂世中接任縣長
    - 維國
      - ·年僅二十九歲，臺北帝大教授
      - 維禎左右手

- 姜阿木
  - **姜勻**（本名姜添興）
    - ·孤兒，後做「保正」
    - ·在大陸，約略可屬「地下工作人員」
    - 自稱梅縣人，以觀光名義回臺
    - ·妻張氏
    - 遷八張犂選到街上·有長山妻**韓怡**，識事賢慧
    - 開闢間成大富戶

- 林務單位
  - 張武雄
    - ·志駺林務所同事
    - 對時局世事時有感慨而又無能爲力
  - **林俊雄**（とし，托西，即阿俊）
    - ·眼見林務敗壞、嚮往日本軍紀的熱血原住民青年
  - 陸維慶
    - ·因爲接收關係，和林務所長陸黎明相熟
    - 志駺表叔，在「揩油」和「拜伯公」惡習中，曾慷慨把扣在手中的薪水交給志駺

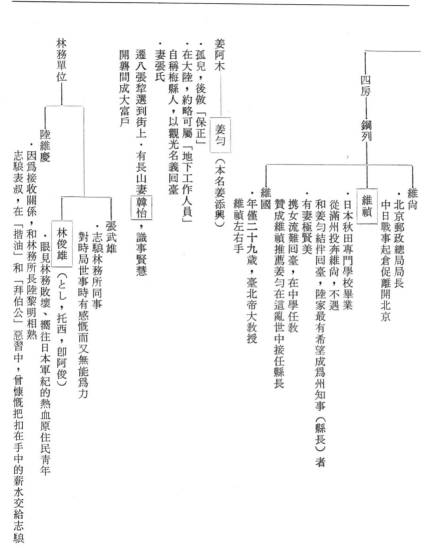

㈢三種生命原型

我們在人羣的觀看和歸納中可以發現，其實在我們共處的時空中，大部份的人都很相似。在這樣的認知下，每一種不同的特質，大致都透露出三種原始的生命原型：意見型、感覺型和行動型。

就西方神話裡爭奪金蘋果的三個女人來比較說明：

1.行動型的希拉：主宰一切，依據她的本能要什麼就做什麼，不必經過太多的感情和判斷。

2.意見型的雅典娜：透過理性思辯制約過的行爲模式。

3.感覺型的維納斯：追崇愛與美，訴諸感動。

所以，根據她們不同的特質，我們很能了解她們何以分別藉著「權力」、「智慧」和「愛情」來賄賂擔任評審的牧羊人。從《紅樓夢》這本中國式的人物字典裡，我們同樣也可以找到三種生命原型的具體證據：

1.意見型：年長的賈母、年輕的王熙鳳。他們掌握著威權、決定、並且操控整個大環境的運作規則。

2.感覺型：卑微的晴雯、嬌貴的林黛玉。完全脫離現實的運作規則，只憑著感覺在活動。

3.行動型：薛寶釵和襲人是代表人物。他們不是訴諸理性、而又淸楚地抑壓著感覺，憑著本能選擇最實際、最有效的行爲方式。

在不同的文化背景裡，我們明確看到三種不同的生命原型。我們很難去評量其間的優劣高下，只是透過這些軌迹去了解，生命本質有這些差異，在面對人生抉擇時，往往又因爲生命力的展現和完成上的歧異風景，裎露出幾點值得注意的特殊性：

甲、混合性：

除了文學上的刻意造作外，大部份的人都是混合的，幾分意見型、幾分感覺、幾分行動……，這樣組合起來，像葱薑椒蒜的調配，基本的特質多半是接近的，只是比重不同，所以表現歧異。

乙、比較性：

因爲生命原型是混合的，所以在並排的對象更迭後，自然也在比較後襯出新的特質。葉菊蘭、楊惠珊、證嚴法師這些公衆人物並比，葉菊蘭是意見型的典型；和呂秀蓮的條理邏輯比起來，「去打一場母親聖戰」的葉菊蘭，又是感覺型的成分多一點。

丙、創造性：

因爲不同的生命原型，具有混合和比較的變異性，對於人生調適的彈性和韌度，也相對地呈現更寬闊的可能。生命力的展現，在「思想接收」、「轉型成感覺」，再「付諸行動」的過程，可以在教育、提示和自我訓練中，完成不同的生命內容。

我們可以在《怒濤》書裡廡雜的出場人物中，循著這三種不同的生命原型，一組一組，秩序地，走進作者「重現那個時代，以及那個時代的台灣人，尤其年輕的一代」這樣的深沉用心裡。

書中〈後記〉載著：「那個時代，那個時代的年輕人，他們的心情，他們的想法，這一代的人，尤其這一代的年輕人，究竟有幾個能理解呢？」

希望藉著這一組又一組條理分明的生命原型，讓這一代的人，尤其這一代的年輕人，或多或少，增添一點點可能的了解。

(四)人物分析

ㄅ、主要人物

1.「意見的」志鈞：出場時和人羣在一起的悲憤，緊盯著動盪時勢的精闢分析，周旋在衆人間的支配引領，勸阻志麟的感情、導引志驤的行動，在二二八前夕的敏感觀察，而後又毫不猶豫地投入這場巨大的變動中，他那壯碩的威權支配力甚至淹沒了背後的父系背景（這是書中主角中唯一親屬關係模糊的象徵人物）。

2.「感覺的」志麟：能幹世故的父親，替他在困窘危疑的亂世裡，撐持衣食無慮的小天地，讓他可以不必憂慮國事、費心工作，不必介入一般市井小民的悲哀痛苦，得以用最純粹的感覺和愛情，去見證兩岸初相接時，困窘、眩惑、著迷、幻滅的各種情緒。

3.「行動的」志驤：因爲實際介入（工作、貧窮、愛），眞正見證了那個時代大部份並不那麼意見凜然，感覺澎湃的「行動的大衆」。表現出對於特權矛盾不得不然的日常妥協，在退無可退的關鍵投入怒濤巨浪的行動力，以及堅持在內心底線的一種精神愛的溫柔。

ㄆ、象徵人物

1.「意見的」鋼福：維繫陸家客系威權的老伯公。

2.「行動的」鋼列：仍然活躍在陸家公廳具代表性的老人。

3.「感覺的」鋼水：對照於家族威權，即使付出可觀代價仍固執著個人選擇的傳奇性單一存在的象徵人物。

ㄇ、亂世應對人物

1.「意見的」維林：在希望和破壞交接的年代，懂得周旋進退；又眞正把陸家的實力紮實地擴充出去，並且面面考慮周詳。

2.「感覺的」維禎：充滿理想色彩的滿州回台士紳。在時代的巨浪浮沉中，對家庭、對朋友、對親族，都懷有深情重義，對人的重視大過對時代、對生命尊嚴的醒覺。

3.「行動的」姜勻：妥協性高、充份把握機會，混亂的時代、複雜的人際關係，都是他在充份展現行動力的舞台。

ㄈ、應對人物對照組

1.「意見的」志謙：講究身份、面子，始終堅持嫁外省軍人的女孩要「殺分豬嬭食」的強勢態度。

2.「感覺的」志麒：充滿理想色彩、不涉現實危機的秀異菁英。

3.「行動的」托西：雖然沒有傑出的身份、學歷，但能憑著本能，講公正、重紀律，毫不猶豫地投入民變中，和混亂的末世狂濤相抗衡。

ㄉ、女性角色

1.「意見的」韓萍：充滿優越感的長山文化象徵，以積極無懼的聲勢，改變了陸家的客系傳統。

2.「感覺的」由美：一種無視於巨變的精神愛的堅持。

3.「行動的」秀雲：漂亮，充份接收殖民文化的文學少女，在時代的更遞中，不是充份意見自主、而又抑壓著感覺，隨波不斷適應著的本能行動。

ㄊ、女性角色對照組

1.「意見的」韓怡：在新舊衝突中，充份適應現世，並且堅持要植根在台灣的自覺先聲。

2.「感覺的」東京孤女：飄忽而不能確定的志麟精神愛的嚮往。

3.「行動的」維禎妻和橫街仔的當婊子：她們分別用智慧和本能，在不同的生活方式中，充份地面對、並且掌握了那個時代。

貳、靠岸

(一)人文的顏色

整部《怒濤》的進行，運用公廳家宴、平安戲、詳實的客語對話記錄，層層設色，在濃冽的客家人文顏色中，裎露出特定的一小截亂世浮生。

ㄅ客家生活：

對於陸家公廳的深刻著墨、家宴中上下桌的輩份井然，以及各房各系的緊密聯繫，表現客家族系的鮮明色彩。無論是善於在困窘中變化菜色的貧窮三房，或者是富裕顯貴的維林醫師家，都懂得謙抑收斂、堅持舊有的倫常傳統，即使出身醫生世家高女畢業的媳婦，也要親手灑掃炊煮，無論貧富貴賤治亂，儉素如一。

ㄆ、客家情感：

保守的態度，充滿內省遲疑的頻繁內在活動，往往在外在世界意外的撞擊裡，被動地映現出許多不由自主的無奈，然則在心裡最被嚴密保護的角落裡，永遠堅持著不可思議地非現實的精神嚮往。

ㄇ、客家價值：

在儉素的生活欲望以及抑壓的情感熱切交相撞擊下，表現在生命尊嚴和價值的堅持，就特別顯得高昂熱烈。好面子、倔强、守舊（在客語裡通稱爲「硬頸」），對於倫常價值的陷落和矛盾，當然就不能忍受。

理想色彩濃厚的志鈞、恭順穩重的維林、妥協中堅持不許女兒和外省軍人通婚的志謙校長，書中每一個客籍人物，維禎、志騏、志麟……，或多或少，都用各自的方式表現了對整個大時代價值潰亂的抗議。

(二)地理的界域

桃園雖於明鄭淸初早有移民集居之部落，眞正有計劃的移民墾殖，始於淸乾隆初年。桃園廳志記載，乾隆二年（西元一七三七年）粤人薛啓隆墾闢，總稱虎茅莊；十年，移集開拓，遍地種桃樹，而後桃花盛開、紅雲搖曳，因而得名。約在五十年後，才有漳州人吳沙招民入墾蛤仔難（宜蘭），夾著台北的這兩個最靠近「台灣意見核心」的城，在此後兩百年間，各自走向不同的發展可能。

較晚開發的宜蘭在「台北集中」的不公平條件下，奇異地發展出反台北、反都會、反文明、反大中國意識的精采地方文化；桃園的大專院校師資、文化中心節目、流行風尚，以及飲啄遊樂視聽習慣，全都依附著台北核心，不太能夠展現出獨具地方特色的文化活動力。

只有「色情文化」，聞名全省。這個曾經以桃花紅雲得名，曾經藉「皇后客棧」被馬偕醫生譽爲全省最乾淨的地方，曾經冠蓋雲集、曾經水陸交會的都城，居然沒有太大的機會去醞釀生養出一種豐厚的文化。

檢視桃園縣十三鄉鎮，幸好還有活動於桃園市的林鍾隆、傅林統，在兒童文學的創作和理論上，留下不少成績；大園的許金用，執著於民間禮俗的整理；中壢的杜潘芳格，辛勤地耕耘客家詩；龍潭的馮輝岳，在中國兒歌、客家童謠的整理與詮釋上，一向不遺餘力；龜山的林央敏，在閩南詩和散文上的認眞用心，踐履在實驗性濃厚的台式作品以及一場又一場教師聯盟新台灣人的下鄉演講中。

最重要的當然是龍潭的鍾肇政。他的資歷和作品，記錄了台灣史上極重要的轉折和關鍵。《怒濤》又是其中極重要的一部鑰匙書。這本戰後初期的台灣實錄，以客家話、北京話、福佬話、日語、英語等不同語系原音重現，凸顯了當時語言隔閡、文化劇烈變動的社會情境，並且以作者的「原鄉」，龍潭，做爲全書的原鄉。

全書以陸氏一家的發展爲主軸，陸家的公廳就以龍潭八張犁的乳姑山爲屏障。從乳姑山、龍潭大池寫起，旁及動盪的大稻程、憤怒的山林、混亂的殺戮現場，再回到龍潭二二八民變時爲捍衛故鄉抛灑熱血的蒼莽營舍。一個地理上清楚的界域，在並不刻意造作的眞情流露下，寫意式地突顯出來了。

㈢歷史的土壤

中國的更朝換代、美國的人權抗爭、日本的割據與統一、南非的種族尊嚴，這些歷史的土壤，是醞釀一個地方的人文累積所以深所以厚的地方。

沒有動盪，就顯不出深沉；沒有反省，更顯不出寬厚的憑恃。台灣三百年來，從荷蘭、明鄭、清廷、日據，一直到二二八，始終在動盪中；白色恐怖以後，大量的言情加工，成爲文化生產的主題，文明節奏加快以後，「輕薄短小」的通俗流行又繼續窄化我們深沉反省的可能。

「二二八禁忌」開放以後，口述歷史和一撥一撥的出土史料，提供我們一些反省的機會。前衛出版社、自立晚報出版部，以及新加入的時報出版部、遠流、久大文化事業，都在這波文史浪濤中風起雲湧。

前衛版的《二二八民變》（楊逸舟著）、《台灣二二八革命》（林木順著），自立晚報版的《二二八官方機密史料》（林德龍輯註）……許多不同的搜尋版本，耙梳出各種珍貴的史料。不需要專門研究，只是做背景式了解的閱讀者，有幾本兼顧資料和可讀性的工具書可以入門：

1. 林啓旭著・二二八事件綜合研究・二二八出版社
2. 李筱峯著・二二八消失的台灣菁英・自立晚報出版部
3. 中央研究院近代史研究所・口述歷史3・二二八事件專號
4. 沈秀華、張文義採訪記錄・噶瑪蘭二二八（宜蘭二二八口述歷史）・自立晚報出版部
5. 阮美姝著・孤寂煎熬四十五年（尋找二二八失蹤的爸爸阮朝日）・前衛出版社
6. 阮美姝著・幽暗角落的泣聲（尋訪二二八散落的遺族）・前衛出版社
7. 藍博洲著・沉屍、流亡、二二八・時報出版部
8. 藍博洲著・幌馬車之歌・時報出版部

《二二八事件綜合研究》出版的時日很早，作者林啓旭流亡在日即已先行刊印，本書是二二八背景

的勾繪；李筱峯的《台灣菁英》加重其中讓人不得不注目的色彩。中研院的二二八專號以嘉南高屏澎湖地區的口述歷史為主；噶瑪蘭雜誌發起支持的《噶瑪蘭二二八》，是一次自發性地方歷史整理的精采範例；阮美姝和藍博洲的記錄，因為個人風格濃厚，幾乎已經算是獨具創作觀點的文學作品了。

鍾肇政的《怒濤》，以龍潭為核心，以小說為型式，同樣也用他的創作觀點，從事二二八的歷史記錄。

從「等待的高峯」（回歸祖國的浪漫幻想），經歷人名的驚詫比較，情感態度、生活習慣（遲到、揩油、名實不符的堂皇表面……）上種種歧異與幻滅，寫實地迸發出怒濤般的怨憤衝突，再回歸到死城般的沉默抑壓。人名可能是假的，愛和故事可能是假的，那段歷史，卻是確切眞實存在的。

(四)文學的花朵

鍾肇政一生奉獻於文學事業，作品無數，然則，全部作品都有共同的精神一以貫之：

1.孕養性：這是一種具體的母性完成。無論任何一部作品都有一個恆定不變的原鄉，生養一切不同特質的人事物，包容任何的嘗試和可能，又在所有的動盪破壞之後，庇護一切，也舔癒所有看得到與看不到的傷口。

2.理想性：主要主角的長相和性格都很相似，而且收編在陸家維字輩和志字輩的體系裡。他們內向、自省、敏感而矛盾，少行動而多設想（純就個人觀點而言，我認為這種特質比「團結」、「硬頸」、「小氣」、「固執」這些刻板印象，更接近於客家人塑像），往往具有音樂、美術、哲學、運動方面的特殊傾向，浪漫而富英雄色彩。這種強烈的理想性在現實生活裡碰撞然後療養，成為鍾肇政作品中的主要構成。

3.和諧性：難得的是，他那種完美女性的一次又一次複製，無論是本土教養好的知識女性、富有鄉土氣息的大地之母，抑或純精神愛象徵的日本女性，往往在作品中確立著，篇幅雖少，撐持的力量卻足以和主角人物的理想追尋與幻滅等量齊觀，形成極富破壞韻律的和諧性，異議學者張良澤在《四十五自述》還記錄自己因爲著迷於鍾肇政完美的女性塑像，對於和《魯冰花》中主角同名的女子，秀霞，曾癡狂地愛戀過。

從這些共同特質來看《怒濤》，書中溫潤的「包容、療養、復原」的精神力量沒有了；完美女性的著墨更少，相對地，激情熱烈的理想性卻得到最大的機會肆意擴張。作者後記說：「我屢屢覺得此書寫得實在糟極，爛極，連我自己都忍不住認爲這本書實在面目可憎……校到末尾三章時，感覺忽然一變，常常被書中情境弄得有時是熱血澎湃，有時熱淚難禁，經常掩卷太息，無能自已。」

也許就是因爲作者的情緒和作品的距離拉得太近了，反而破壞了作品的文學性。同樣的激情素材，自立晚報出版部出版林雙不編選的《二二八台灣小說選》（一九八九年二月初版），不但創作完成時間更早觸及禁忌，文學的收斂和暗示也更精緻而有效。

不過，長篇的經營原不像短篇那樣，必須綜理包羅萬象的線索和難題，所以也不容易像短篇那麼容易討好。

綜觀鍾肇政的《怒濤》，確實可以是了解鍾肇政、了解客家、了解二二八的一部鑰匙書。本文純就「人物」部分分析解讀，其實，換另一個觀點，以「意象」中的歷史內在、以「兩岸差異」的撞擊和悲哀、以「結構」裡馭簡御繁的精采表演，無一不是解讀入門的通道。

不曾入門的「速食消費者」，當然也享受不到讀小說的淋漓暢快。

【參考書目】

1.桃園縣志・桃園縣文獻委員會編印
2.發現台灣・天下報導
3.王育德著・台灣——苦悶的歷史・自立晚報出版部
4.史明著・台灣人四百年史
5.林啓旭著・二二八事件綜合研究・二二八出版社
6.林木順編・台灣二月革命・前衛出版社
7.林德龍輯註、陳芳明導讀・二二八官方機密史料・自立晚報出版部
8.楊逸舟著、張艮澤譯・二二八民變——台灣與蔣介石・前衛出版社
9.李筱峯著・二二八消失的台灣菁英・自立晚報出版部
10.口述歷史3・二二八專號・中央研究院近代史研究所
11.沈秀華、張文義採訪紀錄・噶瑪蘭二二八・自立晚報出版部
12.阮美姝著・孤寂煎熬四十五年（尋找二二八失蹤的爸爸阮朝日）・前衛出版社
13.阮美姝著・幽暗角落的泣聲（尋訪二二八散落的遺族）・前衛出版社
14.藍博洲著・沉屍、流亡、二二八・時報出版部
15.藍博洲著・幌馬車之歌・時報出版部
16.李喬著・台灣文學造型・派色文化出版社

17. 李喬著・台灣文化造型・前衞出版社
18. 林雙不著・大聲講出愛台灣・前衞出版社
19. 林雙不編選・二二八台灣小說選・自立晚報出版部
20. 葉石濤著・紅鞋子・自立晚報出版部
21. 陳運棟著・台灣的客家禮俗・台原出版社
22. 客家人尋根・武陵出版社
23. 賴碧霞著・台灣客家山歌・百科文化出版社

講評／康來新

鍾肇政先生這本《怒濤》是他最新的作品，今年才出版，黃秋芳小姐認爲《怒濤》是要認識鍾先生文學的一部鑰匙書。鍾肇政先生作品非常多，她把本書當鑰匙書，我覺得很正確。因爲鍾先生在書的後記裏面特別强調，他非常想寫他的青少年時代，而且，是寫龍潭這個地方，我想這可能有眞實的依據，可能也包括了他自己成長的歷程。我讀黃小姐的論文時，覺得她爲讀者提供了一個很方便的閱讀管道，就是她把這個家族的譜系寫出來了，把這麼大的一部小說的情節、大要都寫出來了。

我個人覺得，鍾肇政先生在開始的序章裏用了一個很好的象徵，一艘往來在台灣和大陸之間的船，船上面有各種各樣的旅客，這些旅客的本身就是台灣歷史的縮影，因爲日本人剛走，中國政府來接收，船上台灣人的交談，鍾肇政先生是本著寫實的精神來寫的，日語的、台語的、客語的，甚至對北京話的生疏，都很眞實的在那船上表現出來；結束時又是在基隆的港口。他把台灣島嶼的性質表現得很生動，用海洋的怒濤寫一艘船來往在大陸和台灣之間，這個象徵意義非常强烈，我想黃小姐可以把這一點點出來。關於船隻和海洋的意象，我覺得是台灣島的一種自覺或是甦醒。在船上這麼多人物裏頭，我覺得寫的是青年男子的啓蒙和覺醒，從這裏可以意識到，台灣從日本人到國民政府過渡的適應不艮。但在這樣一個變動的社會裏，這個男子透過跟女子的交往而有了感情的甦醒，我個人非常喜歡小說的這個部份。

整個來講，一方面是在這樣的時代變遷下他的一些觀察和醒悟，或者是適應不艮所帶來的痛苦；另一方面，書中人物與一名外省女子的戀愛，他的一些心動以及描寫的內容。鍾肇政先生在這方面的描寫，讓我感覺到他寫作的目的，他是想追溯到四十年前台灣的樣子，這對我來講是很大的滿足。

我對黃小姐的論文呈現方式非常尊重，不過我覺得人物透過這三個型來解讀，可能反而侷限了人物。我覺得可能要對鍾先生的作品有整體的了解以後，再以自己對人物的分析去進行分類。

〈論文②〉

吳濁流的大陸經驗

⊙林柏燕

一、前言

據許素蘭所編之〈吳濁流小說評論引得〉及方美芬編〈附錄〉（註①），共三十四篇評文中，直接以「大陸經驗」爲題的，僅宋冬陽的〈朝向許願中的黎明——試論吳濁流作品中的中國經驗〉（註②）。此外，林衡哲的〈三讀無花果〉裡有一段小題：「吳濁流的大陸經驗」，不能算專論，亦未收進許編之評論引得。（註③）

吳濁流開始接觸大陸在民國三十年南京之行。在此之前，他的「祖國意識」皆來自長輩口傳，以及私塾的「漢」書。本文先從南京談起。

吳濁流的《南京雜感》（註④），記載從民國三十年一月至翌年三月末，在南京的所見所思。其後限於兩岸隔絕，晚年足跡雖遍五洲，卻從未再進大陸。然此年餘的大陸經驗，對吳老影響深遠。其重要作品《亞細亞的孤兒》、《無花果》、《臺灣連翹》，皆有許多素材重複了《南京雜感》。這些，可視爲直接的，狹義的大陸經驗。

臺灣光復，大陸奔來接收大員及祖國部隊。但由於文化落差，語言難通，戰後臺灣經濟蕭條，大陸國共戰爭方殷，陳儀搜刮臺灣物資援助大陸，接收大員貪贓腐敗，素質低劣，部隊軍紀蕩然，再加上當政者視臺灣人爲經過奴化教育之次等國民，政權分配嚴重不均等諸多因素，翌年即爆發二二八事變。緊接著，臺灣經濟全面崩潰，四萬元換一元新臺幣，一夕之間，民間積蓄頓成泡影，無異合法土匪。以上看在吳濁流眼裡，可謂間接的、廣義的「泛大陸經驗」。（大陸淪陷自東北始，當初接受大員之心態與接收臺灣如出一轍。（註⑤）

光復前，臺灣人對中國莫測高深，向以「唐山」、「祖國」夢寐之，卻鮮有大陸經驗。光復後，看到祖國部隊，腳底畢畢吧吧（或草鞋或布鞋），綁腿鬆鬆垮垮，面目黧黑，軍服破舊（苦難的中國，剛抗戰完畢，可以諒解），老的老、小的小（因拉伕，亂抓之故），背上又是鋁鍋又是竹傘，叮叮噹噹。但由於對祖國過度熱情，鄉民皆以爲竹傘張開，即能飛簷走壁（「火燒紅蓮寺」電影看多了）。筆者曾以小學身份列隊新埔鎮廣和宮前，以簞食壺漿之心，恭逢其盛。算是個人平生首次的大陸經驗。

然而四十多年來，經過教育、政治、文化、經濟、土地改革，工業轉型，民主運動等諸多整合激撞，本省外省或通婚或共事，則泛大陸經驗，人人已俱。開放探親之後，腳步加快，兼以媒體資訊之發達，已非吳老所獨專矣。

二、祖國

芥川龍之介（AKUTAGAWA LIUNOSKE）從民國九年至十三年，曾寫一連串有關大陸經驗之作。包括小說〈南京的基督〉（民九年）、〈湖南的扇子〉（民十三年）及〈江南遊記〉、〈上海遊記〉、〈長江遊記〉（民十年），足跡遍上海、南京、蘇杭、廬山；光是西湖就寫了六篇，「南國之美女」三篇。除了遊山玩水，芥川還見了章太炎，並把章太炎穿的古怪長袍描繪一番。（註⑥）

芥川跟吳濁流一樣，每到一個地方，喜歡賦詩兩首（芥川寫的是俳句）。不同者芥川的心情，純爲文人的增廣見聞，心中沒有壓力。中國的禍福與他無關，完全是一個旁觀者，outsider。雖然觀察敏銳，但其大陸經驗仍是浮面的，給筆者的感受只是「面白」（有趣）、funny，談不上特別意義。

例如芥川憑其聰明，很快就歸納出結論：中國戲劇有四大特色：一是「戲院吵雜，小孩子哇哇大哭也沒關係」，二是「非常不肯用道具」，三是「化粧特別多，光是曹操的隈取（KUMATORI 臉譜）就有六十多種。」四是「立廻 TACHI MAWARI 武打猛烈，有時翻跟斗，越過好幾張桌子，有時還會打到臺下來，有的還赤身露體」。（註⑦）

芥川的觀察，有其「入」與「隔」。（註⑧）其入者，他山之石可以攻錯，戲院的吵雜，已無此現象，臉譜也減少許多。（雖說曹操是多重人格，但也不致多到六十種，莫非象徵大陸人眞的這麼複雜？）其「隔」的部分：所謂「非常不肯用道具」，芥川不了解平劇「無聲不歌，無動不舞」，一切靠嘴巴與肢體象徵。至於「武打猛烈」，那是中國人愛熱鬧的特性，鑼鼓喧天，鞭炮沖霄，餐廳鬼叫，猜拳吆喝，一切為熱鬧。至於平劇的唱詞、唱腔、做工、戲碼，則隻字未提，只緣一竅不通。

文化落差是必然的，正如筆者在東京，經日本友人慫恿欣賞「能」劇，愚笨得連一個結論也沒有。只聽猴聲鬼叫，其動作或如僵屍轉身，或緊急半身不遂。前一陣子，臺灣有意聘請東京能劇巨星來臺演出，據說聘金上億。這是吳老所謂「大頭病」發作，臺灣兩千萬人，能欣賞的恐怕不到二十個。這種情形，正如強迫新埔鎮市場賣菜的阿庚嫂，去聽巴哈的鋼琴協奏曲，還不如殺了她。

《南京雜感》，基本上是「文化之旅」，也有它「入」與「隔」的地方。其入者看到風俗民情的林林總總，其隔者以為南京是國民政府的首都，政經中樞，可以代表整個中國（註⑨）。事實上重慶是另外一個中國，延安又是另外一個中國。鄉長輩余老先生，現年八十四歲。昭和十九年（民國三十年），為日軍軍伕長，由上海沿揚子江，一直打到南京武漢。（註⑩）他說：「當時中國人有三種：一是租界區的，穿長袍踢足球；二是淪陷區討生活的；三是日軍在山下走，他們在山上挑著被蒲蚊帳，翻山越嶺逃命的。」余老有許多大陸經驗，其「隔」者獨缺「孤兒」意識，這又是吳老「入」的地方。

《南京雜感》於民國三十一、二年間，分十期連載於《臺灣藝術》（日文），由於日本的禁止，未獲「許可」出版。等到以中文與讀者見面，已是民國六十六年張良澤編的《作品集》，因此當初讀者對象，應以日本人及臺灣知識分子為主。從這個角度，我們不難了解：《南京雜感》為什麼寫那麼多閒情逸緻無關緊要的東西：城牆、馬路、聽戲、秦淮歌妓、阿媽佣人、小費紅包、女學生、痲將、洋車伕、妓女、夫子廟、乞丐、苦力、南京人吵架、遊行、大衆食堂、澡堂、豬羣等。古跡則包括：玄武湖、雞鳴寺、紫金山、莫愁湖、明孝陵、中山陵、雨花臺等。或許值此之故，宋冬陽評文，《南京雜感》談得出奇的少，其重點放在「亞細亞的孤兒」。

《南京雜感》，基於當時處境，並無激烈之社會批判，對於生活窮苦，乞丐當道，亦僅感嘆而已，但驚訝於「大陸之魅力，是社會自由，富於娛樂性、機會性，……浪漫性、僥倖性，貧窮也沒有悲觀之必要。」（註⑪）未實際親臨，，所謂「自由」也許是一盤散沙，「機會性」、「僥倖性」濁老指的是仲介，買辦，甚至拉皮條等。以當時之臺灣、日本法律甚嚴，偷買私宰豬肉（所謂闇，YAMI）都會被打得半死，也就無怪濁老盛嘆其自由與魅力了。這時期的吳濁流，對祖國仍一片憧憬，尤其對山河美色。其《濁流詩草》中〈長江墨滴〉共三十六首（註⑫），（原五十餘首，經作者自刪。）全是欣賞性的吟哦，也可說是《南京雜感》回收後的再製品，一種 recycline。

除此，他不能多說，說南京太好，怕日方不悅，但他又極欲臺灣人知道大陸眞象，刻意抹黑，更非所願。然而，對於「山河美色」，是日本所允許的，只因符合日軍的政策。當年流行歌曲：「滿州姑娘」、「支那之夜」、「懷念滿州」、「蘇州夜曲」、「杭州姑娘」，無不充斥誘惑與挑逗，使日軍迷惑於侵略的本質，充滿浪跡異國的浪漫情調，另外配合以悲壯的軍歌如「露營之歌」、「予科練之歌」等以激發士氣，使早期日軍所向披靡。軍歌（事實上滿州姑娘等於廣義的軍歌。杭州滿州姑娘漂亮，干你日軍何事。）必須賦予感情，若無感情，只是口號，這點日本把握得非常成功。至於吾黨軍歌，早期的「反共產、殺漢奸」，以至今天的「九條好漢在一班，說幹就幹……」只能當竹聯幫的幫歌，聽起來會腦溢血，「發ㄅㄛ痰火」、「內傷」。（客語）

然而，關鍵在《南京雜感》寫了太多的「懷古」，有意無意間在喚起臺灣人的祖國意識，這已犯日本的大忌。〈長江墨滴〉裡有許多就這樣直裸裸地放到「雜感」裡。〈謁中山陵〉更有「東方世紀一豪雄，帝制驅除唱大同」，「鍾山今尙騰王氣，一望中原四百州」之句，這些「帝制驅除」「大同」、「豪雄」、「中原」、「王氣」，日軍當然視之爲「馬鹿物」之思。（呆子之想）

吳濁流喜歡寫「漢」詩，有他的背景。對他而言，這是最方便的中文。然而從文學的觀點，古典詩（相對於新詩、現代詩）有它先天的缺點，有時因過分「即興」，有時遷就平仄押韻對仗，往往無意間扭曲了原來的意念 image，而不能灑脫，只能在幾個有限的 image 裡打轉。吳濁流的詩，置之於他的小說，反而予人有一種 irony 的不協調，甚至予人以「不務正業」之感。

妙的是吳老本人卻希望以詩人自居，還請鍾肇政在其墓碑寫「詩人吳濁流」（註⑬）。他醉心於漢詩，除了文學工具的方便之外，應是來自家學庭訓，以及「祖國意識」。他爲漢詩的努力不下於小說，想力挽古詩之狂瀾，在〈再論中國的詩〉（註⑭）大聲疾呼，然而這一切，吳濁流扮演的角色，已是 TASOGARE NO KAMI——黃昏之神了。

吳濁流受的是日本教育，卻具有中國舊式文人的風雅與剛正，詩人的浪漫性格，偶會有郁達夫式的 Sentimental 的自怨自艾。他最喜歡的是登高遠眺做陶淵明狀，有時嚇破膽又只想做莊子筆下的泥龜。李白有攜妓登山遊之作（註⑮），吳濁流的詩中，則不乏女詩人、女淸客、女學生，這是浪漫特性所致。

民國六十年初夏，吳老偕一位日本少女到新埔鎭造訪筆者。少女即將赴英國留學，因慕吳老之名順道臺灣。笑談中，濁老自嘲平生三大遺憾：一是「生不逢辰」，二是「不懂英文」。生不逢辰，正是吳濁流之爲吳濁流。英文，對濁老而言，已不重要。事實上濁老晚年曾猛修英文，終因健康而放棄。

以上瑣瑣，說明南京之旅，是文化之旅，也可算是「浪漫詩人」之旅吧？在《南京雜感》裡，也許是受芥川「南國美人」之感染，他特別好感的是女人，「尤其是法國租界區的女學生，漂亮得令人發癡。」（註⑯）但他又對「患了打牌、吃飯、看戲三大病的中國女性」極其厭惡。（註⑰）除此，使他驚嘆的是河山之美，使他感動的是冬天苦力的堅忍，使他感慨的是中國人對政治的冷漠，乞丐小偷之多，衛生之差，飲水污濁，毛巾黑黑的，一切馬馬虎虎。（註⑱）

然而古老的中國，其包容力是相當大的，這是中國的「特性」，吳濁流自己也承認不易掌握，不知不覺就被感染，正如吳濁流對南京大澡堂，始以爲污濁不堪，到最後，「自己也喜歡去了」，以至泡之若飴，呼呼睡去，把故鄉的妻女，一切忘光光。（註⑲）當然，也就不必去提南京大屠殺了。

宋冬陽認爲：「在南京雜感中，沒有提到被歧視的情形。這一點表現了他宅心仁厚的可貴，因爲他以日文發表，不願意日本人知道中國人是如何歧視臺灣人。」這是以《亞細亞的孤兒》胡太明被歧視的角度，看實錄的《南京雜感》（註⑳）。

吳濁流到南京的目的，非常單純，謀職而已。因馬武督小學事件，辭去二十多年的教職，失業情況下，經友人鍾君引介，先到南京「國民政府」底下機關做事，但不如意，很快又轉到日本報紙「大陸新報」任記者。

他一到南京，友人即警告他不可暴露臺灣人身份，要自稱廣東人。實際情況，吳老沒有掩飾身份，也掩飾不了，天天要跑新聞，到國府、警察局，難免要見到一些汪偽國府的官員，吳老看不起這些大官，他們也看不起他：「你不會國語，僱用你，還不如僱用日本人。」（註㉑）彼此對不上眼，談不上誰歧視誰。等到他在日本機關做事，已儼然半個日本人。中國人會歧視臺灣人，日本根本用不著吳濁流來「提起」，早已心知肚明。臺灣是日本的殖民地，同一國的，跳到黃河也洗不清，而故鄉的余老先生，這時正在揚子江戰得昏天黑地。當年沒有把臺灣人槍斃已夠好，豈止「歧視」而已。這是歷史的荒謬，也是臺灣四百年來，荒謬的歷史不斷給她的苦難與尷尬。

這種情況當年很多，關西鎮一位羅老先生也在這段期間到大陸，深入雲南，一路自稱梅縣人，不敢稱臺灣人。他沒有日本記者的身份，只能這樣。而今，風水倒轉，可憐的老兵手持「臺胞證」，眼淚鼻涕帶回大陸，心中還以爲自己是大陸人：「我是中國人呀！臺灣人欺負我！」「不！你是臺胞，要用外匯券！」這是「亞細亞的孤兒」再製品——新孤兒！

十年前，不論眞假臺胞，只要來自臺灣，香港中國旅行社，立即另闢密室，迎之如神。開放後，初仍視爲貴賓，種種優待，享以特權，西湖遊艇已客滿，「全部下來！換臺胞上！」其後由於臺胞「大頭病」發作，「銅臭」發威，大陸人對臺灣人又羨又妒又惱火。鑒於近來臺胞之所爲，一國兩妻，淫蟲成羣，囂張「裝大」，再過五年，臺灣人到大陸，必然挨揍，這已不是歧視的問題，而是臺灣人不長進，劣根性。（所謂「裝大」是胡屠戶警告女婿范進用語，正可形容兩岸之目前。眼見臺資流向大陸，而中共日強，若一旦改革，趨向民主自由，臺灣絕對「裝大」不起來。）以上種種傳奇式的變化，若濁老地下有知，恐怕也只有啼笑皆非了。

吳濁流說：「我之去南京，也是因爲鍾君在南京的緣故吧。」（註㉒）至於他回臺灣，除了職業不順之外，也非受歧視，而是無法發展，在日本掌下，與臺灣無差，思家心切，而女兒又生病了。其詩云：

春風二月正漫漫，搔首江南欲別難

誰料女兒多疾厄，歸心似箭獨憑欄

「搔首」即猶疑不決，獨憑欄表示朋友不多，欲別離，那眞是依依不捨。

三、孤兒

吳老從南京回來，灰心喪志，眼見大陸雖然河山無處不美，人間卻無事不哀，生活比臺灣更窮苦落後。而自己中文不行，國語不通，以一介文人，已了然大陸絕無自己發展的空間，不禁又賦詩一首：「大陸歸來念且休」，所謂「念且休」，就是「不必再想了」。幸而家中還有幾畝田，可以做陶淵明。然而回到臺灣。等於又回到原點——日本的鳥籠。更嚴重的是，日本特高知道吳濁流從大陸回來，常予以跟蹤監視。這時太平洋戰爭打得血海翻騰，而美軍天天來轟炸臺灣，使他意識到自己隨時會死。那種徬徨、苦悶、無助、恐懼，前途茫茫，絕非今日所能想像。

他感到自己面臨四大危機：一、被暗殺。二、美軍登陸，戰死。三、被美軍炸死。四、營養不良，病死。（註㉓）與其白死，不如冒險寫下也許可以傳世的小說。這是《亞細亞的孤兒》最原始的寫作動機。

《亞細亞的孤兒》，民國三十二年動筆，三十四年完稿，三十五年在臺出版，書名《胡志明》（日文，這時臺灣已光復）。四十五年改名《亞細亞の孤兒》，在日本出版，再版時改名《歪あらわた島》（YUGAMERARETA SHIMA，被扭曲的島）民國四十八年改名《孤帆》，由楊召憩譯，並改主角之名爲「胡太明」，是爲第一部中文版。民國五十年，又回到《亞細亞的孤兒》，由傅恩榮譯

。六十六年，張良澤將之收入選集。（註㉔）

本書出版坎坷，不論如何改名，當初並未受到臺灣重視，反而引起日本人的注意。其中，工藤敎授對吳濁流的鼓勵功不可沒。有幾點趣事：一、他雖反日，卻有幾個知心的日本朋友。二、他寫的是臺灣人的故事，臺灣人並未重視。三、雖名孤兒，主角卻爲胡志明。吳濁流說：「此明是明朝漢族的意思。」「胡」字是「爲什麼不」，合起來就是「怎麼不志明呢？」這足以證明，寫《亞細亞的孤兒》時，心中仍充滿對祖國的眷戀。（註㉕）

吳濁流忘了「胡」字，可以當 Why not，也可當 Why Should 講，「爲什麼一定要志明呢？」那古老的漢明王朝，俱往矣。從此，《亞細亞的孤兒》，其「中國情結」、「臺灣意識」便開始糾纏不清。評論家各有所據，然而，這些意識吳濁流本人也捉摸不定。

《亞細亞的孤兒》，或許有人並未讀過。不妨先簡單介紹其情節，便於往下之闡述：

胡太明生於客家莊，自小受漢民族意識之薰陶，又受日本新式敎育。師範畢業後爲小學敎師，與日籍女老師久子戀愛，受校長歧視，校長將久子調職。接著，胡太明與日本敎頭衝突，憤而辭職，到日本留學。回臺不但失業，且受鄉民冷嘲熱諷。不久，奔向大陸，看到人民生活困苦、貧富懸殊、乞丐野雞成羣。胡太明在南京「師範女子高中」當敎員，並兼日語學校敎師。後與南京美女淑春結婚，並生下一女。婚後，卻因淑春愛跳舞、打麻將、且「沒有軍事常識」，還要參加反日遊行與演講，夫妻不和。尤其常看淑春被別的男人摟著跳舞，心中痛恨，卻又無能爲力。

不久，中日戰爭爆發，胡太明因常作曖昧論調（反戰），終於被捕，暴露臺灣人身分。很快的，又被他的學生素珠和幽香救出。胡太明經上海潛逃臺灣，即被日本刑警跟蹤。接著被日軍調往廣東戰場作軍屬（翻譯員），看到中國的「抗日志士」，不斷被槍決，又眼見日軍暴行，吹噓如何強姦當地女人，終因精神錯亂，被送回臺灣。

這時太平洋戰爭激烈，臺灣民不聊生，眼見其兄爲日本之「御用紳仕」，魚肉鄉民，卻又無可奈何。後胡太明之弟，因被日軍強迫勞動致死，胡太明終於發瘋。六個月後，突然有人傳說：從昆明的廣播電臺聽到太明對日本的廣播。（註㉖）

以上與《南京雜感》相比，除了時間背景提前，身分由吳濁流的記者改成胡太明的教師；吳濁流在臺有妻小，胡太明在南京結婚；吳濁流沒有到日本留學，也未到廣東之外，餘皆可視爲吳濁流的自傳。

從其小說故事來看，仍充滿了「祖國意識」。鄉民不認同太明留學日本，這是出自漢民族意識。久子離開他，他到日本，自卑、不敢談戀愛，甚至自閉，不參加政治活動；但「祖國」的淑春、素珠、幽香卻接納他。太明的女兒，取名紫媛，以示不忘紫金山。他認同祖國，官方卻不認同他，國民政府的「首都警察」逮捕了他。換句話說，祖國對胡太明不好，也僅止於懷疑他是否臺灣間諜，只想問清楚，還沒開始刑求呢，他人已逃回臺灣。眞正夭壽的是日軍，第一次使他半瘋，第二次使他全瘋。（陳映眞說是「佯狂」）

陳映眞於一九七八〈試評亞細亞的孤兒〉，對其「祖國意識」的背景及「孤兒意識」的來龍去脈，曾經有過極爲細膩有力的分析。最後歸納：太明之所以成孤兒，乃是因爲「一生躲躲閃閃，不肯介入」。（註㉗）

事實上書中這種「祖國」、「孤兒」意識一直糾纏不清，所以致此，關鍵在胡太明的最後結局。

彭瑞金說：「孤兒的困境，以瘋狂和不知所終作結，可謂全書中最具小說味的一段，可惜這對從這部長篇小說找尋吳濁流的人，也是最傷神的一段。」（註㉘）可謂一語道破。所謂「最傷神」，就是「非常傷腦筋」。此外，一方面也是受到臺灣政治變化及兩岸關係互動的潮浪而有了起伏不定的詮釋。

不過，胡太明並非「不知所終」，而是「傳說在昆明出現」。然而就此「傳說」，陳映眞便已緊緊抓住，認爲吳濁流終於「暗示」太明「佯狂」，「避過日人耳目，又偷渡中國大陸，在抗戰中國的大後方，積極爲抗日民族戰爭，貢獻他的力量。」（註㉙）一下子，又把胡太明帶回祖國去了。

事實上胡太明這種人的人生要求不多：一、健康。二、女人。三、和平，三項足矣。（註㉚）若是武松，可以叫他上山打游擊，至於武大郎，潘金蓮對他還是最實際的。人各有志，什麼蟲，蛀什麼木，天生註定。陳映眞這種要求，無異要求張飛唱卡拉ＯＫ「難忘初戀的情人」，或要求郭小莊唱「風飛沙」一樣荒唐、無理，也沒有這種權利。胡太明不是什麼英雄人物，他只想過平凡日子，但即便這種要求也不可得。胡太明之懦弱、徬徨、恐懼、東奔西走，結果又回到了原點，這完全是小說反映了當年台灣知識分子普遍的處境。中國政治中猜忌心重是一大特色。這不是肯不肯介入的問題，而是以「胡太明」又是「臺灣人」這種雙重角色，愛國一定會愛出問題。最後，國也沒有愛到，死的是自己，這是胡太明這個孤兒永遠的死結。

當然，《亞細亞的孤兒》也「安排」了像曾、詹、藍等這些積極的臺灣人。胡太明也受他們的感動，感動之後還是胡太明。陳映眞說：「英勇地介入中國現代史，追求民族自由、國家獨立的臺灣人——沒有認同的難題。」（註㉛），事實上當時很少這種爲「國家民族」的臺灣人。以鍾浩東而言，心向祖國，却差點以「台灣間諜」被槍決，當時台灣人的處境非常尷尬，胡太明正是具有代表性的小說人物。鍾浩東可能沒有「認同」問題，又何其不幸，他的認同不是「難題」，却是「災難」。不過，二二八之後，倒有不少像陳映眞說的臺灣人——像吳克泰、張克輝、謝雪紅等，其後又有陳若曦、黃順興等。當年在南京汪精衛政府之下，政治立場本就曖昧不定，大家也看不淸大局，未來如何，不過是官場得意與否，投機是否成功而已。二二八之後則情況不同，有的心向祖國，有的爲了逃命。其中又有幸與不幸。

四、臺灣

《亞細亞的孤兒》當年未受重視，原因有三：政治上是由於戒嚴，全國一致準備反攻，沒有臺灣的聲音，當然也就不許做「孤兒」狀。在文學上，則是反共文學、懷鄉文學、西方現代文學的天下。在小說藝術而言，則《亞細亞的孤兒》由於中文（譯）語文能力的表達，以及整體粗疏拙直的缺點，顯而易見，有些佈局則非常牽强。如胡太明與淑春的交往，好像遊山玩水回來，作了幾首漢詩，便訂下終身。她到底知不知道胡太明是否臺灣人，濁老一直未予說明，直到胡太明最後被捕。「是誰告了密？不會是淑春吧？」這時，讀者才知道淑春早已知道。那麼，淑春在嫁他之前一定會有相當大的掙扎，或者婚後才知道，也必會因此有一番衝突，淑春總會有些家人吧？這些濁老隻字未提。似乎他的漢詩至爲方便，可以遊山玩水，可以博取女人的愛，最後救他的還是那首神祕的漢詩，非常有趣。

在感情描寫方面，也非常「直魯魯」（客語、直衝之意）。寫胡太明厭惡淑春跳舞那一段更有意思：

「一想起自己的妻子正隨著爵士音樂的節奏，依偎在別的青年男子的懷抱中時，內心頓時會引起無限的憎恨。……」

「毫無羞恥之感，跳到最烈的時候，全場電燈突然熄滅，接吻之聲此起彼落。」這種舞場的情景，就是一個不相干的旁觀者，也無法容忍。何況他還親眼看見自己妻子那妖冶的胴體，在每個男人的懷抱中，依次交換和他們共舞！

「淑春到底爲什麼要做丈夫的自己來看這種情景？……」（註㉜）

簡直把淑春寫成精神虐待狂兼大浪女了。濁老本人「不會跳舞」，他曾自嘲這是他平生「第三遺憾」，可能是負面意義吧？如果他會跳舞，「認同」淑春，就不可能如此「憎恨」了。

由剛才的描述，足證濁老確實不會跳舞。一般而言，爵士樂能跳的曲子不多，而且不太可能投入對方懷抱。「跳得正烈，」燈光突然熄滅，大家會撞死。接吻不一定要熄燈；感情未到，熄燈也不會接吻，又不是豬。

濁老人很幽默，文章更幽默（像「三八淚」這種題目，也只有濁老才想得出來。）但個性剛正，生活節儉，更厭惡女人跳舞，這跟客家背景有關。不妨講一個故事：

鎮上老翁，五十多歲時，爲友人慫恿，首次「蹬」（DEM）酒家。一時「大頭病」發作，凡友皆請，凡女有TIP，又不知酒家不能亂叫菜，只可叫一碗湯喝到尾（炒類乾類皆不可，更不可叫鹹魚，湯才能解酒，且可一再加水。）大家又是山歌，又是酒拳，打情罵俏，喝得天昏地暗。帳單下來，面如土色，共兩萬元。

幸而身上還有。那天早上剛賣掉八頭豬，共兩萬多元。黃昏回家，髮妻遠遠高叫：「老公，我今天好歡喜。十斤白菜，全部賣完。價格比昨天好，一斤多賺五角，今晡日共賺了十五介半元。還剩一些菜殼，沉底的，晚上煮給你吃吧！」

老翁回到房間，眼淚强强要出來，想到妻的裙子還有三塊補釘。夭壽！夭壽！大頭病！這兩萬元，老婆種菜要種到哪一年呀！從此，老翁未進酒家一步。

濁老看不慣女人跳舞。不過既然到了南京，跳舞非大罪，若到上海，豈不活活氣死。客家婦女節儉，灶頭灶尾，「種菜供豬，做到斷烏」，也許濁老有意刻畫南京女與客家女之文化差異，卻沒有好好利用，情緒化地直衝上去。

除此，以胡太明雖然經過苦學的國語能力，能否在「國立南京高等師範女中」任教，令人懷疑。他教什麼？上課如何？教員之間，皆隻字未提，匆匆交代，就忙著遊山玩水去了。

然而，儘管有這些缺失，《亞細亞的孤兒》，乃自徐坤泉《靈肉之道》、《可愛的仇人》這些在日本統治下代表臺灣，具有社會批判的長篇小說之後，唯一能把臺灣人的苦悶表達無遺的鉅著。今天，它已是臺灣文學的血肉、靈魂，也是未來的指標。光憑這點，吳濁流已是不朽，也是空前。

中國有阿Q，臺灣有胡太明，這兩種截然不同型態的小說人物，都是各自在其文化背景，政治背景之下的受害者。所有中國人的血管都流有阿Q型的血液，所有臺灣人的頭上——特別是客家人，都貼著胡太明的標籤。這點，吳濁流在創造小說人物方面，絕對是成功的，何況那還不止於創造，而是眞實無比。

近年，中共官方對《亞細亞的孤兒》之研究，皆緊抓其「祖國情結」不放：「回來！回來！胡太明，沒有人會歧視你！」而臺灣，本土意識高漲的作家，也不斷呼喚：「太明，呆子！不要再東奔西走了。大家共同打拚，管他是大蕃薯，還是山狗泰，你不可以亂跑。除了臺灣，沒有你生存的地方！」

誇張一點說，其書名之高妙偉大，大到根本不必看內容，即可放言高論，且旁及政治、經濟、文化，甚至波及流行歌曲，以至與法國女人戀愛失敗，也是因爲我是亞細亞的孤兒。

民國三十六年發生二二八事變。吳濁流從「我在日據時代，沒有想到還有眞正的國民可做，一旦光復，我的喜歡，實非筆墨所能形容。」（註㉝）一下子張嘴結舌，跌入谷底。幸而他有大陸經驗，知道「大陸人厲害」、「臺灣人幼稚」、「中國人二加二可能等於三或五」，由於「不介入」而保全一命。

六月，吳濁流寫〈黎明前的臺灣〉雜文，以安撫臺灣青年：「你們不必爲這次事變而灰心，你們應該選擇自己較好的前途邁進，你們的前途無限地展開。廣大的祖國資源正在等著諸君去開拓，不過爲了實現將來的抱負，首先要計劃如何充實自己。」（註㉞）所謂「充實自己」，就是今後臺灣要努力的方向，從科學、工業、教育方面發展，不要在政治上再犯大頭病、政治幼稚病了。

這段期間大陸尚未淪陷。東北正在激戰，孫立人、熊式輝、廖耀湘、杜聿明、陳誠輪番上陣，個個灰頭土臉。三十八年，最後一支大軍，四十萬，全軍覆沒，胡宗南孑然一身飄到臺灣。據云國之大老，上書先總統，「殺宗南以謝天下」，中國政治，大家知道的，怎麼可能？總統批了八個字，「宗南無能，忠誠可靠！」美國發表「白皮書」，痛斥國民政府「貪污、腐化、無能」，這些不必美國人講，連總統也自知，臺灣人也早已親眼目睹的泛大陸經驗。

「祖國」突然變成兩個。國家三要素：土地、人民、主權。臺灣人傻了眼，要認同「土地」，還是認同「主權」？孤兒又開始「恍惚」了。不能再大聲說那「廣大的祖國」了。「介入」不佳，即成匪諜。（「恍惚」、日語、KOUKOTZ。別具他義。）

國民黨此時如驚弓之鳥，已準備跳海。突然民國三十九年，韓戰爆發，美軍派第七艦隊協防臺灣。這下國民黨高枕無憂，關起門來整肅異己，不論本省外省，或槍決或坐牢，近兩千人，連老實人葉石濤都被抓去，他只不過愛讀書讀錯本而已。吳濁流再度怵目驚心。

民國五十七年，吳濁流在《臺灣文藝》分三期發表《無花果》。五十九年全書出版，即遭查禁，一直到七十七年，「前衛」才予正式推出。要怎樣「介入」呢？出版一本書都這麼艱苦，在偉大的「祖國」。兩個政權，不過五十步與百步。

事實上從三十九年到五十九年，濁老幾乎沒有聲音。除了上班，五十三年開始辦《臺灣文藝》之外，只寫了幾個短篇：〈三八淚〉、〈銅臭〉（皆民四十七年），及一些雜文。但最重要的作品《無花果》，卻在默默進行。五十九年《無花果》完稿，翌年即動筆寫《臺灣連翹》，大概完成於六十三年。六十五年，吳老去世。

《無花果》寫到二二八止。不過也只是最後一章。即便如此，它還是有關二二八最早的文獻。濁老把大陸經驗與臺灣經驗揉和，指名撻伐唐山客與半山，批評二二八前後時人時政之餘，進而檢討：「臺灣人到底是什麼人？」

至此，張良澤才針對濁老本人的「臺灣意識」分為三期：一、對立期（與滿清對立，認同明漢）二、反抗期（反抗日本，不分閩客原住民，仍認同祖國。）三、臺灣烏托邦。（註㉟）濁老的烏托邦思想，實際為夜不閉戶，路不拾遺的禮記大同章的思想。等到《臺灣連翹》出現，濁老作出結論：「他們孤守不變應萬變之策，移民臺灣後依然墨守大陸時代的政策，終究是獨裁無能，民主無望。」（註㊱）

所謂「大陸時代的政策」，就是已經失敗的大陸經驗，仍在拿來用。至此，濁老的「祖國意識」全盤在「無望」中瓦解，而其大陸經驗，除了來自紫金山、雨花臺那一年，有些浪漫情調之外，所有間接、直接的大陸經驗已成臺灣的夢魘與永遠揮不去的烏雲陰霾。「官兵到，籬笆破」（註㊲），這已是大陸經驗置之本土經過 recycling 之後的新經驗了。關於這種「泛大陸經驗」，濁老有三篇極具代表性之作：

〈銅臭〉，寫沈國代來臺之後，時爾自稱「抗日地下英雄」，滿嘴「三民主義，國家民族」；忽而又稱「做過縣長」，後來他又說是「名醫之後」，他也會看病，把幼稚的臺灣人唬得團團轉。後來沈國代發現仙公廟收入不錯，又自稱佛祖托夢，叫他建廟。鄉人迷信，廟建得愈來愈大，香油錢也愈來愈多。後來，沈國代一病嗚呼，屍體因處理不當而發臭，（只差沒像齊桓公「蟲出於戶」），鄉人清理時才發現佛座底下藏有美金四百五十萬元。（註㊳）

《波茨坦科長》，寫於民國三十七年，以日文出版（這時濁老還是無法以流暢的中文寫作），寫南京政府底下一名科長范漢智，於日本投降時，怕因漢奸之罪被捕。乃捲款潛逃臺灣，佯稱接收大員，霸佔豪奪，招搖拐騙。本篇寫於二二八過後第二年，吳濁流不得不安排范科長最後伏法的結局，即便這樣，還是查禁。（註㊴）

以上兩篇指出「泛大陸經驗」中，中國人本質上欺騙、說謊、「二乘二變成五」的特性。

然而，中國十二億人口，畢竟不是所有大陸人都是范漢智、沈國代。這次東亞運，中共打出「山美水美人更美」。但願國泰民安，永保無窮之美。北京亞運、上海亞運豈止美而已，簡直壯觀無比，然六四天安門，十年浩劫，電影「老井」、「黃土地」那就「山窮水惡人更苦」。不過，臺灣也美不到那裡，大頭病、幼稚病、雞栖王、半山、臺奸，臉皮厚到被打耳光還不痛，必須拉皮；電子琴、XO，席開一千桌、綁票、販毒、鐵門重重，一旦火災，必有人死。這些畢竟與吳濁流的UTOPIA，還有很大的距離。

至於〈三八淚〉，（註㊵）那是「泛大陸經驗」，在臺灣所造成的金融風暴。四萬元換一元，使鄉下的「牛皮哥」，「討姉娘本」一夕成泡影，最後跟胡太明一樣，又發瘋了。有人問：「三八淚」是不是「三八查某」的眼淚？可惜小說中沒有「三八」字眼，也沒有「三八女人」。這是吳濁流獨創的幽默，他似乎隨時提醒：中央銀行總裁謝森中，不可再三八。所謂三八，是民國三十八年，六月，幣制大地震。大陸已無法收拾的通貨膨脹，由臺灣承受其惡果。不流淚行嗎？筆者猶記，新埔鎮板條，一碗漲到五萬元，吃完板條，渾身輕鬆。全文到此爲止吧！

五、結語

有關吳濁流的評論很多，實已無多少空間。所謂「大陸經驗」也無法與「中國情結」、「臺灣意識」、「臺灣經驗」分開。四者不能守一棄三，僅能擇其重點而已。

至於所謂意識上的「自覺」（self–conciousness），與政治上的「自決」（self–determination

），畢竟還有遙遠的距離與諸多變數。濁老生前，統獨未搬上檯面，他本人也從未提及。這方面，若再擴大延伸，必然諸多誤解；若刻意挖掘，無非以之爲墊腳，一路往自己預設的目標推上去，或打上去。

文訊月刊指定必須評桃、竹、苗本土作家。桃縣有鍾老、苗栗有李喬，竹縣則非濁老莫屬。在此之前，個人曾撰〈臺灣連翹與吳濁流〉（註㊶），故連翹部分，不再多談。

至於《無花果》，有張良澤的「解析」、林衡哲的「三讀」，已經很夠。本文動筆倉促，缺失必多，然在撰寫中，重讀吳老傑作，如見故人，心中無比欣慰。至於下筆，或逞一時之快，而引喻失義，尚盼指正。

最後要感謝文訊給我這個機會談吳濁流，以及彭瑞金、楊國鑫先生受我之託，適時爲我寄來一份資料，再說聲謝。

註釋：

①《吳濁流集》、彭瑞金主編　一九九一，前衛出版社。頁二八三—頁二八六。
②《文學界》第十期。一九八四、五月。頁一二七—頁一四六。
③《無花果》，一九八八，林衡哲等編，前衛。頁二三四—頁二三六。
④《南京雜感》——《吳濁流作品集④》、張良澤編，一九七八，遠行出版社。
⑤請參閱　陳嘉驥著《白山黑水之歌》，一九七六，長歌出版社。林柏燕著長篇小說，《策馬渡河》，一九八八，聯經出版社。

⑥《芥川龍之介全集 ，一九三〇，改造社。頁四八一—頁五四八。

⑦《芥川龍之介全集》——「見章炳麟氏」頁四八九—頁四九二。

⑧借用王國維《人間詞話》、「隔」與「不隔」之說。有所謂「東坡之詩不隔，山谷則稍隔矣」。本文將「不隔」改爲「入」，與原意稍異。

⑨《南京雜感 頁五二。

⑩請參閱 林柏燕著小說〈南方最後列車〉。自立早報 一九八九、二月十七日至二十二日。

⑪《南京雜感》頁一一五。

⑫《濁流詩草》，一九七三，臺灣文藝社出版。〈長江墨滴〉頁一二五—頁一三四。

⑬《吳濁流評傳》、呂新昌著，臺灣文藝社出版，一九八七，頁二〇二。

⑭《濁流詩草》頁三五。

⑮〈攜妓登梁王棲霞山孟氏桃園中〉。有「謝公自有東山妓，金屏笑生如花人」之句。《李太白全集》上海中央書店卷二十。

⑯《南京雜感》頁七九

⑰《南京雜感》頁五九

⑱《南京雜感》頁六三

⑲《南京雜感》頁六一

⑳宋冬陽《試論吳濁流的中國經驗》頁一三九

㉑《吳濁流評傳》頁七五

㉒《南京雜感》頁五四

㉓《黎明前的臺灣》——《吳濁流作品集⑤》頁六三

㉖《亞細亞的孤兒》——《吳濁流作品集①》

㉗《亞細亞的孤兒》，陳映眞試評　頁五一

㉘〈從無花果試論吳濁流的孤兒意識〉，見於《臺灣連翹》一書，南方出版社，一九八七，頁二七七

㉙《亞細亞的孤兒》　陳文　頁五八

㉚《亞細亞的孤兒》頁一三七

㉛《亞細亞的孤兒》陳文　頁五九

㉜《亞細亞的孤兒》頁一五五

㉝《黎明前的臺灣》頁三

㉞《黎明前的臺灣》頁七一

㉟〈解析無花果〉——《無花果》頁七—頁三二，頁三〇

㊱《臺灣連翹》，鍾肇政譯，一九八八，南方出版社。頁二七三

㊲《臺灣連翹》頁二五五

㊳《吳濁流集》彭瑞金主編，頁一〇三

㊴《吳濁流集》頁一三三

㊵《吳濁流集》頁一二五

㊶收錄於《文學廣場》頁四一—頁五三，新竹市立文化中心出版，一九九三。原刊「臺灣時報」

其他參考書目（雜誌不列）

①《近代中國史綱》　郭廷以著　香港中文大學出版　一九八〇。
②《瞄準臺灣作家》　彭瑞金著　派色出版社　一九九二。
③《臺灣文學造型》　李喬著　派色出版　一九九二。
④《吳濁流選集》　廣鴻文出版社　一九六六。
⑤《臺灣新文學概觀》　董重添等著　厦門鷺江出版社　一九八六。
⑥《二二八民變》　楊逸舟著　張良澤譯　前衛出版社　一九九一。
⑦《臺灣二二八事件綜合研究》　林啓旭編　新臺叢書（未列年月）。
⑧《臺灣人的醜陋面》　李喬著　前衛　一九八八。
⑨《臺灣人的歷史與意識》　陳芳明著　敦理出版社　一九八八。
⑩《生死存亡年代的臺灣》　鄭欽仁著　稻鄉出版社　一九八九。
⑪《臺灣人四百年史》自由時代週刊社翻印　一九八〇。

講評／呂正惠

最近統獨意識爭論得很厲害，大家在談過去的作家時都從自己現在的立場去解釋。在這方面，林先生相當客觀；他指出，台獨問題在吳濁流生存的年代是無法想像的。另外，當時台灣人到大陸去，對大陸人來講，這個人是被日本人統治的台灣人，他好像與我們有關係，又好像是日本國的人，像這樣的歷史處境是現在講統獨的人根本不去考慮的。他們只是說：你看，大陸人歧視台灣人。這樣的解釋是違反了當時歷史的環境的。這也是林先生看法實在、客觀的另一例證。

我覺得看這些問題最主要的因素，還是在於對過去的歷史是否把它放在過去的歷史架構裏面去看，而不要放在現在爭論的問題中去看，否則會充滿了主觀的爭論。目前大家在政治爭論的高潮中已經忘了客觀性的必要，這一點也是我對林先生論文感到佩服的地方。我想，我只有一點與林先生的看法不太一樣，就是《亞細亞的孤兒》結尾的地方。林先生認爲在抗戰時代很主動的投入到中國抗戰裏的台灣人非常的少，幾乎沒有，要不是做生意就是政客等等。實際上，在抗戰，甚至抗戰之前已有不少的台灣人到大陸去，站在全中國的立場去參與全中國的奮鬥。這種例子很多，並非二二八事變以後才有，這一點我與林先生看法不同。

〈論文③〉

◉黃子堯

臺灣客家文學及其客籍作家「身份」特質

A．何謂「客籍」作家

在臺灣，或者曾經生活於臺灣這塊土地上的文學作家們，以族羣的類別來識認，客家人（HAKKA）及相關文化工作者的身份，必然會彰顯於整個臺灣文學的歷程上，而且具備一定的特色及份量；所謂「客籍」，在語言文化方面代表以客家話為傳承、溝通的符號，在民系特性上則以堅韌、儉樸、強悍為本色的羣體，以生存社會而言，則是分佈於桃竹苗並包括東勢、六堆、花東等地區的一、二次客家移民為範疇的生活場景，這些「身份」特徵的構成條件，在當今族羣多元融合的實際考量方面，當然也包括一些擁有客家血統，但卻不一定具備客家認同的民衆，他們貢獻於文學的心血，從看似可有可無的「身份」抉擇到文學視野的開展所釋放出來的美感經驗，值得吾人玩味再三：

第一個類型　土生土長的客籍作家

第二個類型　福佬客作家

第三個類型　外省客作家

上述三種類型的客家作家，基本上絕少「省籍」的地域觀念區隔，客家人號稱世界性的族羣，從歷史背景或現實生活的差異而有所分分合合，正因爲逐漸向「落地生根」及「命運共同體」的臺灣做反哺或批判的演練，引申出一些特殊的寫作基調與文學風格，實乃理所當然。

㈠土生土長的客籍作家

本土性强烈的客籍作家，往往依附於臺灣悲情歷史的時空中，從日據時代被殖民的抗爭到當今在野本質的堅持，歷經客語、日文、中文等等教育思維的變遷，形成小說文學中最出色的一羣。戰前，首先登場的龍瑛宗及吳濁流，均是精通日文而崛起臺灣文壇的客家人，作品產量相當可觀。

吳濁流（新竹新埔人）的出現是一個典型的範例，他精通日文並以詩人自居，在日式體制下提出《亞細亞的孤兒》——一種「孤兒意識」的臺灣人探討，戰後（光復後）陸續完成《臺灣連翹》寫二二八，《波茨坦科長》、《功狗》寫臺灣人醜陋的扮相，在他跨越幾十個雜亂年代的歲月裡，執著地爲臺灣——尤其是日本帝國主義宰制下的歷史做見證，從吳濁流身上，我們不妨稱之爲客家鐵血詩人的作品中所凸顯的「反壓迫」屬性，造就了臺灣文學傳統中最重要的特色：沿續著對臺灣史悲劇性的抒發，從日據時代到白色恐怖，從臺灣話文運動（一九二四）到客家人「還我母語運動」（一九八八），累積爲臺灣文學足供傲世的文化資產。

在這個背袱傳統情境，並以大河小說寫作著稱的客籍作家當屬鍾理和、鍾肇政、李喬等人，也就是戰後第一、二代的重要作家。鍾理和以其沈鬱平實的筆觸，代表作《笠山農場》及許多描述當時農村景象的作品，成功地將勞苦農民、客家婦女的形象塑造出來；鍾肇政的重要作品《濁流三部曲》、《臺灣人三部曲》等，所描繪的臺灣及臺灣人樣貌，黑暗中仍隱含光明的希望，透過長篇巨幅的詮釋與探索，映照著李喬《寒夜三部曲》：寒夜、荒村、孤燈向各個時代挖掘的組合，有異族鐵蹄蹂躪下的殘害，夾雜著人性掙扎的曖昧，有威權統治下的苦痛和徬徨，印證著本土子民所思所求的憧憬，客籍臺灣作家的身份及生活圈，由始至終在字裡行間閃爍。

前行代作家的表現，當然直接影響著青壯一代詩人作家在取材或主題選擇的導向，相對於出身六堆的鍾理和/桃園的鍾肇政/苗栗的李喬，以新竹籍作家林柏燕、苗栗籍的謝霜天、桃園籍的莊華堂、六堆籍的鍾鐵民、吳錦發爲代表的作家，則有大量「對土地眷戀」的小說作品，反應出對本地鄉土情感的關照，這種設身處地的推敲，一如我們所統稱「土生土長」的客籍作家的命題，他們已喪失像先民移墾臺島的勇氣及熱情，轉而向生我育我的這塊土地投注並奉獻，展現出客籍作家不容忽視的力量：

(1)對客家母語嚴重流失、客家莊文化體系被摧毀的自我體認，轉換爲對更弱勢的族羣——原住民的憐惜及關懷，例如：早期鍾肇政《川中島》等高山組曲作品，以及近年吳錦發所編印的山地文學專集和論述、劉還月報導「平埔族」的田野調查等，成績斐然。

(2)對家園鄉土呵護及保育的重視，除了以利筆爲刀劍的抗爭之外，又如鍾鐵民挺身而出反對美濃水庫闢建、范文芳（新竹籍）堅決反核立場，曾貴海（六堆籍）的環保行動，陌上塵、鍾喬（苗栗籍）、蕭新煌（桃園籍）的勞工運動或弱勢關懷，儼然有作家論政的態勢而咄咄逼人。

(3)又如藍博洲（苗栗籍）專注於臺灣民衆史所選述的《幌馬車之歌》、《沈屍、流亡、二二八》、《日據時期臺灣學生運動》等，彭瑞金（新竹籍）戮力於臺灣文學史的構築，徐仁修（新竹籍）的自然主義報導，林清玄（六堆籍）的禪與佛學著述，均可謂獨樹一幟，成就不凡。

(4)善於文學翻譯的一群隊伍：梁景峯、彭鏡禧、張芬齡、余阿勳、黃毓秀等，各種文類兼備。

(二)福佬客作家

被譽爲「臺灣文學之父」的賴和，後人整理其遺作時赫然發現一詩云「我本客屬人，鄉語竟自忘，戚然傷懷抱，數典愧祖宗」，顯然賴和屬於被福佬化的客裔作家，在臺灣因爲客家人口居少數與福客混居二大現實因素的交相作用，許多方言島紛紛被同化，賴和感歎「身份」之作，就是福佬客作家的寫照。

另一個大家耳熟能詳的福佬客作家，則是編撰《臺灣通史》的連雅堂，連氏祖籍福建龍溪，實乃客裔身份，其著《臺灣語典》影響本土話文研究甚大，但皆屬福佬語系，這種情況跟賴和留存許多福佬語作品有相似的遭遇，「客籍」身份沒入「福佬籍」文化屬性中，因而客家情懷相當稀薄。

相近於賴和、連雅堂在文、史上的位階而卓然有成的「福佬客」作家應數：（註①）宋澤萊，宋氏小說著作甚豐，其中《打牛湳村》應是《大牛欄村》的變調，兩者剛好對照著福佬話和客家話的語誤，而《弱小民族》、《廢墟臺灣》及詩集《福爾摩沙的頌歌》等則有頗多諷詠本土的篇章，宋澤萊爲雲林二崙人，當地大部份爲操詔安話的客家人；（註②）張艮澤，自稱客裔並長於文學整編的張艮澤，其刻苦、專精的研究風貌讓人印象深刻，在劇烈變動的時代脈動中，刻劃出知識份子面對七十年代鄉土文化論戰、八十年代初期美麗島事件之後臺灣意識論戰的激盪，張氏爲臺灣文學作家立典範的作爲，自有其貫連文史的中介地位。

㈢外省客作家

國民政府遷臺前後來臺或誕生的第二代文學作家，在大陸期間的「客家身份」突然被歸屬於「外省籍」，一般社會大衆均以「外省客」稱呼，其第二代母語學習及客家認同則日漸模糊，這一類型的客籍作家，普遍具有三大特徵：

①絕少參加本土文化活動，內心仍存有「原鄉情結」的糾纏，同時面臨「中國人」、「臺灣人」辯證心態的抉擇。

②曾經掌控文藝報刊之編輯權，培養新人不遺餘力，例如：林海音、周伯乃。

③以劉慕沙（苗栗籍）、朱西寧（山東人）所結合並傳承的「客家」、「外省」雙重身份，在朱天心等新世代作家所呈現的成長經驗與意識型態。

特別值得注意的是：包括陳香梅、張堃、張香華、徐望雲、夏宇等雖仍自認「客家人」的作家言行上，我們很難發覺客家身份的影像，更確切地說，他們在文學創作過程中，「客家」身份已無特別意義，整個視界堪稱更「文藝化」、「超現實化」。

B・客家文學發展的三階段

嚴格說來，客家人及其族羣並沒有眞正屬於自我的語文學，分析其中原因可歸納如下：

a、客家人雖重視子女教育，但居家苦讀有成之後，則外出任官或謀生，「車同軌、書同文」的觀念根深蒂固，使得客家人保有話語，但並不積極建設自我獨特的語文系統。

b、客家人居住地多爲山區或丘陵地，工作勞動量付出較大，平時只能以「口授耳傳」的方式，在山歌、採茶戲等歌謠天地中自娛娛人，向文學藝術開拓的閒情雅緻缺乏。

c、客家先民渡海來臺，其間遭逢臺海險阻、瘟疫、番害、渡臺禁令、閩客械鬥等生存威脅，生活狀況窮困，而且又以「文盲」或「羅漢腳」爲主，整個客家社會欠缺文藝寫讀的誘因。

d語言爲「工具論」的論調，壓低了其所象徵的文化機能，客家人「母語及血統/土地及文化」承傳的認知，不及政治誘惑、經濟鑽營來得實際有力，因而創造語言文化的「客家觀點」極度軟弱。

e、臺灣爲多族羣組成的移民社會，在民間人口數及經濟力支配下，客家人不敵福佬人之優勢，在國家政策及教育體制下，客家人融入「國語」的世界相當明顯，客家人及其話語的存在，容易被轉變爲强調客家危機感的族羣意識，而疏忽其創新或吸收外來語素的前瞻性。

誠如上述因素的局限，客家語言文化仍能找到一些被認定爲文學耕耘的作品，則是混合於「歌謠」、「勞動」或「勸善」的人性自然流露，直到最近十年左右，才有正面介入客語寫作或描繪客家的層次出現，這個醒悟及文化互動關係的演進，可以概括列爲三個階段來說明：

㈠、山歌詩的啓蒙期
㈡、唸歌的茁長期
㈢、母語文學的昌盛期

㈠、山歌詩的啓蒙期

第一個時期，我們稱爲「山歌詩」的啓蒙階段。客家傳統歌謠「山歌」，咸認兼具北調的高亢與南曲的淒婉，歌詞多屬七字一句、四句成一首，唱腔一字百折，悠揚而長，客家山歌常見的歌詞主題有三：

ㄅ、農耕或勞動的詠嘆。山歌詞尤喜假借自然景觀或農耕生活做表現體材，其中勞動責任及困苦民生的「哀怨」十分分明，試以〈落水天〉爲例：

落水天、落水天
落水落到侄个身邊
又無遮來又無笠嘓
光等頭來真可憐

落水天、落水天
落水落到侄个身邊
衫褲濕忒無要緊
雨水多咧好耕田

下雨天、下雨天

下雨下到我的身邊
又沒傘來又沒斗笠
光著頭來真可憐

下雨天、下雨天
下雨下到我的身邊
衣服濕透不要緊
雨水多了好耕田 〔意譯〕

ㄆ、人生的感應。對生命的珍惜或人性的嘲諷，也是山歌詞經常出現的素材，例如下列這首歌詞，藉種植花生（番豆）及吃花生的過程，暗喻人生的繁雜勞苦，深刻而生動：

番豆好食難落頷
又愛割草又愛灰
又愛剁殼丟落嘴
又愛噍綿吞落頷

〔註〕

頷：喉頭

灰：木炭灰，用作肥料。

噍綿：嚼碎。

ㄇ、情歌對唱。客家山歌中的情歌佔有極大的比例，歌詞多以比興、對唱來表現，純樸直率，試讀〈老山歌〉一詞：

折茶愛折兩三皮
三日無折老了哩
三日無見情哥面
一身骨頭酸了哩

摘茶要摘兩三片
三日不摘老了哩
三日不見情哥面
一身骨頭酸了哩〔意譯〕

自古以來，山歌均是客家子弟自由塡詞的詠唱方式，但因即興歌唱欠缺準確記音、表記的手法，「九腔十八調」的山歌風情卻也獲得因人因地而異的豐盈情趣，成爲客家聚落裡重要的發聲媒介。

(二)、唸歌的茁長期

第二個時期，也就是從山歌詩的型式過渡到「唸歌」的茁長階段，常見的唸歌約可區分爲四：

ㄅ、懷古與勸善勵志的歌謠。客家人的倫理道德觀念中，忠孝節義的勸說大多數是「古今觀照」的敍述，受「昔時賢文」、「童蒙字書」的影響甚大，透過「口述」的唸唱模式，將有限生命的規範記錄下來，僅舉〈勸世歌〉一首供欣賞：

人生道德孝為先
先敬老來後敬賢
爺哀面前行孝順
貧窮富貴命由天

〔註〕

爺哀：父母親。

ㄆ、移民歌詩。描寫唐山過臺灣之險阻及苦難，〈渡臺悲歌〉應是最具代表性的作品：

勸君切莫過臺灣　臺灣親像鬼門關
百儕入門百鬼纏　喊生喊死又樣般
來到臺灣無路行　左彎右斡千萬難

……（羅肇錦改寫）

這首敍事歌詩的內涵，做爲一個移民族羣的愛憎，足以表達先民墾拓臺島的時代意義，並且歷歷如繪地見證客家人經常性遷徙的民系特性。

另一個角度來看，臺灣客家二次移民的花東地區，也曾出現如此敍述離鄉背井心境的歌謠：

當初因為水打田
過日毋得過花蓮
過來花蓮無變主

流流浪浪到玉里

當初因為田地遭水沖毀
難以度日才到花蓮來
來到花蓮仍然沒法成為地主
流流浪浪到玉里來定居〔意譯〕

ㄇ、抗日禦侮的篇章。遭受日人殖民殘害、或漳、泉、粵人械鬥、義民事件等恩怨，客家地區留傳有〈六堆邀功記略〉、〈姜紹祖抗日歌〉等篇章，這類詩文詳盡地記述客家人在臺灣所經歷的生存權抗爭，以及文化尊嚴維繫的「硬頸」性格，作者大都未見署名（或僅用假名假姓），在某些特定鄉鎮流傳。

ㄈ、兒歌。客家兒歌（童謠）的資產十分豐富，生動有趣絕對不比其他族羣遜色，普遍傳誦於各客家地區的〈阿啾箭〉、〈月光燁燁〉、〈火焰蟲〉、〈羊咩咩〉、〈掌牛哥仔〉等兒歌，於遊戲及教學之間引導孩童唸唱，飽含活潑、天眞的童趣，僅錄〈火焰蟲〉、〈羊咩咩〉二首爲例：

火焰蟲　唧唧蟲
楊桃樹下吊燈籠

〔註〕
火焰蟲：螢火蟲。

羊咩咩　十八歲
坐火車　轉妹家
兩斗米　打糍粑
無糖搵　搵泥沙

〔註〕
轉妹家：回娘家
糍粑：麻糬
搵：VUN 沾食

三、母語文學的昌盛期

白話文運動「我手寫我口」的主張及母語解放運動效應的擴散，在本土意識蓬勃開展的八〇年代，現代客家知識份子與文學作家，紛紛展開客語文字化、文學化的努力，爲客家文學紮根打底的作業，提供了一個良好的寫作環境，當客籍作家回歸客家情懷，應用客語做創作材料，正統客家文學的面貌便多姿多采起來。

現代客籍詩人作家中，杜潘芳格以其「客家女詩人」的身份，率先嘗試「客語詩」的試煉，緊接著以北部客家人爲核心的客語詩文創作，包括馮輝岳、劉慧眞（桃園籍）、范文芳（新竹籍）、黃恒秋（苗栗籍）等的作品，陸續各以四縣客話、海陸客話的朗誦聲發表，試以馮輝岳〈轉屋家〉一詩爲例

：

十過年無轉來
路唇个紅花
毋識个敢怕
一蕊蕊哩搖上搖下
搖上又搖下

每擺出門
都係為到轉屋家
皮箱打開
倒出幾多思念、幾多風霜同繁華
浪蕩个日仔
就像翻滾个海浪花
一滴影跡都無留下

頭擺个隔壁鄰舍
討个討、嫁个嫁
佢今還來一個羅漢腳

又無賺錢孝敬阿姆阿爸
唉　緊爪頭那緊想鑽落地泥下
常係問自家
到底腳步奈位行差

馮輝岳的這首詩作品，表現著出外謀職青年的心路歷程，由「每擺出門/都係爲轉屋家」的患得患失，到「到底腳步奈位行差」的自責，回家便成爲傾吐自我功過的必要行動，臺灣當今城鄉差距的牽扯，結合著後生青年的迷惘，本詩以客語吟讀更見其前後呼應的韻味。

針對風起雲湧的母語文學運動，措詞較長的小說作品，客籍作家李喬、林柏燕等人已有夾帶客語或運用客語語法的痕跡，而鍾肇政新作《怒濤》更大力突破「創作即翻譯」的困境，直接反應四〇年代臺灣民眾的語言現象，貼切地「還原」時代原貌的作風：日語、客語、福佬話……交相對話，或可稱爲小說界的新示範文體，同時純客語刊物《客家臺灣》創刊發行（一九九二、十二月），大量刊用客語作品，影響所及尙待來日評估。

C．結語：迎接文學的新世代

客家人有意建立屬於自己的文學觀，充分顯示繼往開來的使命感愈來愈清晰、愈來愈堅實，臺灣文學裡的客籍作家必然要亮出「身份」，積極汲取文化母源的養份，投入文學創作再出發的行列，比照著以往用各種名目或標記所完成的成就，客籍作家的付出必定會事半功倍。

目前臺灣文學的大環境，平等對待「福佬文學」、「原住民文學」、「客家文學」的立場必需肯定，藉由彼此尊重、提攜的互動互助，各族羣文學的發展才能擁有更多自給自足的條件，讓接棒的新世代作家更能超越歷史臺灣的族羣現象，創造出傳世不朽的文學作品。

在這關鍵性的年代，跟隨民主政治的活絡、開放，客家文學的利多，必能涵蓋衆多「族羣本色」的成份，向一座座文學的高峯挺進，在臺灣的舞臺上扮演中間角色的客家人，更要擲地有聲的將現代文明的基礎，記錄於明天的文化看板上，客籍作家們！千萬請勿缺席。

講評／羅肇錦

以桃竹苗地區的文學全貌來看，我們不難發現客家文學在這一區域中佔有重要地位；同時，就臺灣整體的區域文學立場說，它也同樣是不容忽視的。

就本篇論文來說，題目中包涵了兩個子題：「臺灣客家文學」及「其客籍作家『身份』特質」，在此，爲求能對客籍作家所形成的文學特性作更清晰的了解，個人以爲，兩個字題若將順序對調，或可更易於陳述。

作者在論文中提出三種類型來分屬客籍作家的「身份」，是個不錯的方法。不過，若能由這三個類型中將分類的標準及條件做進一步的說明，再比對各類作家的風格及特色，則更有助於對全篇文章的了解。就如在第一段中，作者整理出「語言文化」、「民俗特性」、「生存社會」爲「身份特徵的構成條件」，即是方式之一，但由於著墨較少，並且未將之與文學特性作關連性的分析解釋，有些可惜。同時，文章隨後提及的「意識的認同」也可考慮做爲構成的條件。

另外，有關作家的問題，因爲是屬於人的界定，首先可能要爲「作家」下一明確的定義，個人認爲，「作品」應是主要的指標。而評論性的文章則較不合適作爲具有創造性的「作品」。所以，論文的第三頁所言的「土地」等命題的關懷則可擴充爲身份認定的重要指標。

這篇論文所企圖處理的層面不少，以致部分細節未得以完全發揮；但，站在一個文學的、文化的感情的角度來說，這是值得提出來的一篇文章。

〈引言①〉

文學創作的檢討與再出發

⊙曾信雄

文學，離不開生活；生活，則呈現時代的訊息。作家的任務便是體察時代的脈動，展現生活的風貌。

文學創作的範疇很廣，衡諸古今中外的傑出文學作品，寫作素材的選擇判斷與作者個人的組織表達能力，幾乎是同等重要；素材的選擇關乎作者的歷史觀、價值觀、人性觀，這是文學作品的主要內涵。

我特別提到這點，乃是基於個人對文學的粗淺體認，這篇短文既是「引言」，當然也就不便長篇大論的去探討，頂多只想接續下面的人物話題。

●

談到桃園縣的文學創作，世居桃縣龍潭的名作家鍾肇政先生應該是抬面上的第一號人物。民國十四年生，國小教師退休、現專事創作，翻譯的鍾先生，光復後才學習以中文寫作，四十餘年來。出版近四十部創作作品，比較爲一般人熟知的著作，如《魯冰花》（已拍成電影），《台灣人三部曲》、《濁流三部曲》以及今年初由前衞出版社發行的《怒濤》……等等。曾獲教育部文藝獎、文藝協會傑出貢獻獎、吳三連文藝獎、台美人才成就獎、國家文藝獎等國內外文學大獎，以他的文學成就而言，若在先進國家，理應享有「國寶」或「大師」級的尊榮，但他沒有，他依然過著平凡百姓的生活，還好，他懷有無限希望，熱心參與社會公衆事務，心靈生活紮實，要不然，我們實在很難想像一位台灣知名的作家晚年生活的境況。

今年初，鍾先生榮獲「國家文藝獎」，他引述評審委員會的審查意見時說：「委員共同確認，鍾肇政先生著作豐富，對台灣文學的發展貢獻傑出，但思想內容仍有不合時宜之處……。」這種說辭令他啼笑皆非。但還是在人情關說之下領取了這份獎。

我們可以不避諱的說，在台灣光復之前，台灣作家受到日人的思想禁錮摧殘，但在光復之後到解嚴的三十餘年間，文學創作的空間依然有相當程度的受限。這種大環境的藩籬，無形中限制了作家的成長，也壓抑了作品表達的空間。像倡導台灣文學不遺餘力的吳濁流（六十四年去世）先生、其代表作《亞細亞的孤兒》、《無花果》乃至解嚴之後才正式出版的《台灣連翹》，其出版過程和出版之後，都引起很多波折爭議。其他還有很多作家的情形亦復如此。

儘管因爲環境的因素，限制了文學創作的有利發展，但是，桃園縣的文學創作風氣仍然可觀，年長一輩的如宋安業、張新金、尹駿、張行知、鄭煥、林鍾隆、吳俊傑、戚宜君……等都筆耕不輟；中壯年的傅林統、羅枝土、謝新福、徐正平、黃文相、陳宏銘、邱晞傑、林央敏、馮輝岳、鄧榮坤、黃秋芳……等人也都相當投入（以上作家姓名是想到就寫，並非知名度排榜，漏列未提及的文友請鑒諒）。

以目前的整體環境來說，時空及主客觀條件的變遷，原本應該有助於文學創作的發展，唯事實不然。聯合報駐桃縣特派員，近年來埋首兒童文學創作且頻頻得獎的邱晞傑（丘傑）先生，去（八十一）年曾經深入桃縣各角落訪問作家數十人，發現部份名位高，資歷深的作家已經很少創作；也發現創作頗豐的作家卻不受重視、生活困頓。這種奇特的現象倒值得深入去探討其原因。我想：

原因之一是受時代進步的影響。現代資訊發達，傳播媒體多樣化，無論知識的汲取，道德的認知或娛樂趣味傳輸的管道，都不僅限於書籍，而且，所謂「輕、薄、短、小」的商業實用理論也深深影響文學市場，看的人少，買的人自然也少；市場滯銷，出版者則裹足不前；如此一來，寫作者失去了創作誘因，寫的人自然也少了。這跟生物鏈一樣，環環相扣。不單台灣如此，這也是世界性的現象。

原因之二是政府對於文學的發展並未給予大多的重視。舉例來說，大學文學系課程，不排台灣文學，以致科班出身的年輕人，普遍缺乏本土文學的認知；中、英文文研所的研究生，如果以台灣文學的研究作爲論文取向，還可能遭受教授的排斥。另外，政府對於台灣文學資源的搜集、整理並未作全盤規畫，更談不上深入研究。

原因之三是意識型態的問題一直糾纏不清，阻滯了文學的健全發展。

另一個原因也影響頗深，那就是兩岸文化交流之後，台灣流入大量大陸作家的作品，在媒體炒作下，深深刺激了台灣的文化市場，本來國人就普遍存有「外國的月亮比較圓」的心態，大陸的文學作品侵入了台灣市場以後，很多缺乏自信的作者都紛紛棄甲投降了。

在功利主義彌漫的現代社會裡，我認爲文學的功利思想應該被包容。我們反對作家淪爲政治工具，爲八股教條作傳聲筒。我們也不贊同作家淪爲生活的機器，成天爲開門七件事而傷神。每一位作家理當都有一種使命感，這種使命感的賦予來自於他所得到的尊崇、社會地位以及附加的社會責任。而在台灣，我們的作家有幾個眞正具有使命感？如果沒有，那不全然是他們的錯，原因不必明說。

我們希望台灣在經濟奇蹟之外，有朝一日也能贏得「文化王國」的美譽，這需要一段長遠努力的歷程。而關鍵在於各級政府對文化建設重視以及民間有志之士的配合程度而定。

文學創作的再出發不是件難事，只要腳步踏得穩，踏得牢，若干年後開花結果的豐收是可以預期的。

〈引言②〉

花果飄零話滄桑

——談新竹地區的文學困境

⊙李青霖

一、楔子

新竹海岸距離，與大陸最近，從明鄭以來，竹塹就是唐山泉、閩子民與大陸文人雅士最常宦遊之地。

因著這層關係，竹塹藝文風尚，向來鼎盛，不管書畫、音樂、詩文，都與大陸母體文化有較深沉的牽連。

祇是，物換星移，數百年後的今日，竹塹的書畫、音律風氣仍盛，文學卻一蹶不振，從文學作家、閱讀人口，以迄文學組織，都寥若晨星，令人不忍卒睹；這是時代所趨？還是人爲所致？實值得關心文學生命者沉思。

二、繁華

新竹古名竹塹，明朝鄭成功來台時，竹塹是社番居住地，鴻濛渾沌，野獸遊焉，屬未開發地；清滅明鄭，改設一府三縣，隸屬諸羅縣，一直到清雍正設淡水廳，乾隆二十年遷廳於竹塹，新竹文化重鎮才慢慢成形。

新竹文風興盛源於道光之際，林占梅、鄭用錫等先哲倡議「文學獎掖後進」，流風遺澤，至今不息。

林占梅是新竹貢生，精音律、詩書畫俱工，喜藏金石、圖畫、良琴、古硯，他有個別號叫「賽孟嘗」，非常好客，道光二十九年，在新竹建了一座「潛園」，雇用大批佣人來照顧花木，凡外地文人到竹塹者，不管顯宦、寒士，都受到禮遇，使詩酒盛會，幾無虛日，爲北台灣之冠；他還成立了「潛園吟社」、「梅社」等詩社，倡導詩文，書畫家謝琯樵、古文家吳子光皆爲座上賓。

爲了與林占梅競艷，進士鄭用錫則於咸豐元年，建了「北郭園」，也成了文人學士、騷客遊賞之所；鄭用錫本身詩文、書畫都不錯，弟弟也都能詩書，因此幾乎每天都有文宴，鄭成立了「斯聖七吟侶」、「竹社」等詩社，福建畫家陳邦達、詩文書畫家楊浚等人，先後長駐此地。

到光緒年間，蔡啓運合竹梅兩社「竹梅吟社」，此後，新竹地區的詩社一直不斷，像民國十二年有耕心吟社、讀我詩社、柏社、朔望社、竹林吟社、竹風吟社，即便是新竹縣的關西有陶社、周末吟社、新埔有大新吟社、竹北有貓兒錠萊儀吟社，民國二十五年有竹社，三十四年有新竹市聯吟社，顯見詩文傳統不斷。

其實，新竹迄今仍有新竹吟詩社，定期辦吟詩會，祇是未注入新血，且吟的還是古詩，難免讓年輕人覺得抱殘守缺，無法接受。

三、飄零

「文學是不是死亡了？」新竹有許多作家這般質疑，的確，揆諸過去，反觀現代，不免令文學青年有深深的喟嘆，新竹文學傳統到那裡去了？

文學活動的倡導，需要主導機構，同全省各地相同，最應該倡議者應屬「台灣省文藝作家協會各地分會」及「青溪寫作協會」，在新竹，這兩個單位似未發揮應有的功能。

以前者爲例，新竹市一直到民國七十四年五月九日才在省立新竹社教館策畫下，成立文藝作家協會新竹市分會，當時加入者多爲文化、教育界人士，可惜，只辦了一次活動，就無疾而終，到今年四月，在一些老人文教人士的奔走下，這個會才又恢復，不過，與會者多爲退休人員，新竹籍作家並未納入，加上經費無著，活動力如何，有人質疑。

青溪寫作協會早年理事長是作家邵僩，長駐新竹的作家們對於活動參與率較高，但礙於經費，也無法多辦活動，前幾年，理事長易人，多教育界、書畫界人士參與，寫作的氣氛更不濃，使多數老作家也漸不參與，名存實已質變。

過去，新竹地區文學活動，以民間爲主體，對文學資料蒐集、整理、研究無人，官方在這方面向不重視，使得最近文化單位舉辦作家資料展時，文化中心承辦人員都覺得困難，所蒐得資料也相當少。

坦白說，以往學辦文學活動以救國團新竹團委會最多，每年暑假，都有文藝營，加上團委會的刊物《新竹青年》，可供發表文章，雖然以學生爲主，對文藝的倡導，有不可磨滅的功勞，不過，受社會價值觀影響，學生文學人口也漸漸少了，青少年朋友寧可找尋富聲光刺激效果的電玩、上KTV、MTV發洩，也不願靜靜的看一本書，或者一篇短文，這是社會的責任？或是學校教導不力？

四、重生

文學仍有伸展空間，拿日本來說，因國民讀書風氣盛，許多作家仍是年收入排行榜上的常客，台灣過去過於重視升學教育，以英數理化爲主科，又不鼓勵閱讀課外書，讀書風氣低落，導致國語文程度低落，一位任教的作家即慨嘆，改學生作文，改得自己都不會寫文章了，顯示其嚴重性。

如何讓文學重生，以下數端應是亟需加强之處：

（一）從基層國教作起，教師鼓勵學子們讀課外書，寫心得或閱後報告，培養讀書習慣，成爲一生的樂趣。

（二）文化機構如文化中心、救國團及縣、市教育局多舉辦文藝營活動，定期辦理學生及社會人士的文藝營及作家系列講座，帶動關心文學人口，散播文藝種籽。

（三）企業界支援知名作家，舉辦地區性的文學獎活動，使成爲地方傳統，擴大表揚，讓更多人提筆寫作。

（四）結合產、官、學界，出版文學刊物，讓文學愛好者有定期發表文章的園地，刺激發表欲。

（五）運用傳播媒體，如報社地方版或新興的社區共同天線業，出版或播映文學名著改編的節目、電影，學辦討論會，藉聲光特性，達到傳媒效果，例如台視播映清秀佳人一劇，引發許多人買原書閱讀的行爲。

〈引言③〉

苗栗文學發展的回顧與展望

⊙黃鼎松

苗栗縣爲多種族羣彙集的地區，如果依使用的傳統語言來分，客家人約佔百分之六十三，閩南人百分之三十一，原住民（泰雅族和賽夏族）約百分之一，其他省籍百分之五。各族羣傳統的文化背景，雖略有不同，但在文學發展上並沒有太大的異質性。

佔全縣人口數最多的客家、閩南人，自清康熙末年起陸續浮海來台，開發苗栗。乾隆嘉慶年間爲闢萊時期，先民初來乍到，篳路襤褸，以啓山林，斬荊闢棘，從事拓墾，主要目標是建立田園村落，以安定生活。到了道光以後，墾殖事業已初步成功，民生漸趨安定，才開始有文教的活動。歷經兩百餘年歲月，苗栗縣文學的發展，大略可分爲三個時期：一爲滿清乾隆至光緒中葉，二爲日據時期，三爲台灣光復後迄今。

滿清時期的文學發展，乾隆以前的蠻荒時期，原住民文學只有口誦之歌謠，除由原住民口傳祭典歌謠及民俗歌謠外，因缺乏文字記載，現已難以稽考。乾隆嘉慶年間的闢萊時期，則以平民大衆之山歌及小孩口唱之童謠爲主。其中客家人的山歌是一項極爲獨特的鄉土文學，詞藻艷麗，韻律優美，風格清新，雅俗兼俱，足以直追上古《詩經》之國風，及唐宋竹枝詞，絕非如部分士人所謂之「鄙俚俗語」。

苗栗地方文學之發展，實始於滿清道光年間，當時墾民生活大致底定，秉承原鄉「耕讀傳家」的優良傳統，重視子弟教育，廣設義學、社學、民學、書院，加上科舉制度的誘導，文人秀士輩出，如雨後春筍，一時文風丕振。從道光至光緒年間，出了不少望重士林的文人，苗栗的劉獻廷、謝錫光、謝維岳、劉少拔，頭份的張維垣、黃驤雲，後龍的杜式珪，銅鑼的吳子光、丘逢甲、曾肇楨等都是個中翹楚。作品以散文、詩詞爲主。

光緒乙未（二十一年、公元一八九五），日人佔台後極力推廣日本文學，如徘句或和歌等類，對華夏文學施行漸廢政策，但日本文學不受台灣士人歡迎，所以，台灣文人能作徘句和歌者，寥如晨星。當時儒門志士，深慮祖國文化遭受日劫而消滅，紛紛倡設詩社，一方面藉託吟哦，以宣洩懷國之士，一方面企以延續祖國文學於不墜。先後設立之詩社有苑裡之蓬山吟社、苗栗之栗社、竹南之南洲吟社及鷺洲吟社、後龍之龍珠吟社。但苑裡、竹南、後龍各吟社，僅維持數年便告消歇，唯苗栗之栗社，創於民國十六年九月，迄今六十餘載，鉢音不絕。

台灣光復後的文學發展，大致以民國六十年代爲分界，前期以所謂的「反共」、「戰鬥」文學爲主體，後期迄今，則呈多元化的發展，各類文學作品雜然並陳。

傳統文學的主流是小說、散文和詩歌，不過，幾十幾年來，由於社會型態的急速蛻變，新形式的報導文學，以關懷鄉土爲內涵，迅速竄起，其氣勢似乎已凌駕小說、散文、詩歌之上。主要原因是，這種融貫新聞和史觀、結合事實和思考的作品，能迅速融合於講求直接和效率的社會脈動中，打動讀者的心靈，進而引起共鳴。

光復迄今，出身苗栗的作家，爲數不少，比較爲人所知者有：林海音、劉慕沙、李喬、七等生、江上、謝霜天、王幼華、陌上塵、雪眸、梁寒衣、曾門、陳朝棟、莫渝、羅肇錦、黃瑞田、杜榮琛、黃恆秋、洪志明、詹冰、吳乾宏、陳治、何炳純、村夫、駱正榮、鍾喬、林宏田等人，他們有些是縱橫文壇的名家，有些是才華橫溢的新秀，不論在小說、散文、詩詞、報導文學的領域內，都有相當耀眼的成就。

苗栗縣的文學發展：一向都是雅好文學者，「單打獨鬥」，默默耕耘，點點滴滴彙集成燦爛的成果，不過，文學影響社會人心的層面是既深且廣的，政府有關單位不應忽視這方面的投資。近年來、社會文化的發展，呈現兩種令人憂慮的現象，一是文化資源往都市集中，形成城鄉分配不均的現象，二是浮華的物質淹沒了原本就貧乏的精神生活。爲了導正這種缺失，政府更應責無旁貸的推出合理有效的藝文政策，以提升國民的生活品質。

在經費極端拮据的情況下，苗栗縣立文化中心近兩年在文學發展上，推出兩項措施，令文學工作者倍覺欣慰的，一是將本縣籍二十六位傑出的文學作家資料建檔展示，多少鼓舞了文學工作者的士氣，二是編印《苗栗縣文學家作品集》，已出版兩輯共二十冊，藉系統性的整理，促使縣籍作家歸隊，讓他們的作品成爲鄉親的精神食糧，藉著雙向的交流，開拓創作的空間，同時紮深文藝的基礎。

展望今後苗栗地區的文學發展，受主客觀因素的影響，道路難免崎嶇，不過，既然踏上「文學」這條不歸路，所有藝文工作者也好，愛好者也好，無需妄自菲薄，再貧瘠的土地上，只要有信心、耐心去耕耘，必然也會綻開美麗的花朵，迎向璀璨的朝陽。

〈活動側寫〉

語言與文字的對應

「桃竹苗地區文學會議」側記

◉周欣雅

六月五日，由文訊雜誌社主辦的「臺灣地區區域文學會議」，假新竹市立文化中心，舉行第五場「桃竹苗地區文學會議」。新聞局副局長吳中立冒雨親臨會場，新竹市童勝男市長及市立文化中心洪惠冠主任也都到場參加。

因大雨交通不便，會議臨時決定延遲十五分鐘開始。九點四十五分，文訊雜誌社社長許福明宣布會議正式開始，同時主持開幕式。許社長爲在場的文藝人士說明，區域文學會議在各地召開，其目的在整理臺灣現代文學與地域的關係，其後由吳中立副局長致詞，並代爲贈送與會人士各一套新聞局出版的和風系列叢書。接著，洪主任與童市長也在致詞中感謝大家熱烈地參與，並預祝會議圓滿成功。

十點十分，上午論文發表的主持人，清華大學中語系主任王安祈教授接過麥克風，分別介紹了三篇論文的發表者、題目及其特約討論人，並爲他們作了簡短的介紹，依序是黃秋芳〈解讀鍾肇政的《怒濤》〉，康來新擔任特約討論；林柏燕〈吳濁流的大陸經驗〉，呂正惠擔任特約討論；黃子堯〈臺灣客家文學及其客籍作家『身分』特質〉，羅肇錦擔任特約討論。

黃秋芳在解讀鍾肇政的《怒濤》一文中，由三個層面著手，即意象、結構與人物，在人物的分析上，她又將之分爲三個類型：意見型、感情型及行動型。黃秋芳以爲，《怒濤》充份表現了客家人民的生活、精神及價值觀，並有濃厚的內在反省與人文思索。在地域特質的呈現上（如魯姑山的母性特徵），也著墨得不著痕跡。其對歷史的反映，更讓二二八事件的民間面貌在含蓄中展露出來。康來新補充鍾肇政在書前、書末一致提到的「般夏」，是海洋的意象，是《怒濤》所要表現的文化。另外，她對黃秋芳的文學熱情表示感動，但認爲其以意見型、感情型、行動型來分析《怒濤》書中的人物是危險的，而應以原著者本身的人物論引申始爲妥當。

林柏燕論文討論吳濁流生在分裂的時代而有祖國意識（民國三十年訪南京，對中國流露懷念與嚮往）、孤兒心情（其爲臺灣出生的、讀日本書的中國學生，同時兼具中國人、臺灣人，及大陸人眼中的「日本間諜」等尷尬又曖昧的身份）、臺灣意識（引張良澤對吳濁流臺灣意識的三個分期：對抗期、反抗期、臺灣烏托邦）。特約討論人呂正惠認爲該文探索吳濁流介於「臺灣人」與「中國人」的若即若離情感，寫來生動而不乏客觀。而他提出一點建議：對當時的問題，應以歷史的角度，而不宜以現代的眼光、時勢觀之。

黃子堯在〈臺灣客家文學及其客籍作家『身份』特質〉中，將客籍作家分爲土生土長、福佬客、外省客；又將客家文學發展整理出山歌詩啓蒙期、唸歌茁壯期及母語文學昌盛期三個階段。特約討論人羅肇錦由其論文格式建議題目中的兩個子題或可獨立論述。另外，對於三類客籍作家的特色與界定，羅以爲應予加强。

上午的討論集中在地方方言對鄉土傳承的貢獻議題之上。羅慶武以爲鄉土文學的表現仍應以通用的漢字完成，方便歷史文化的傳承。黃子堯認爲應依需要齊頭並進。羅肇錦則指出，白話文出現之後，語言要求對應的文字，方言文學於是開展，但其中也產生了不少因音造字的困難。他認爲文學創作使用母語，文學評論使用文字應是可行的方式。羅慶武接著提出另一種方法：書面語用通行文字，口頭語用方言。對於日後可能發展的電子閱讀媒體，呂誠敏與吳艮惠也有相關的討論。

下午的引言發表與討論於二點整展開，主持人文訊雜誌社編輯總監李瑞騰首先指出，現代的文學社會依賴政府、依賴媒體、依賴羣衆，是一種發展的趨勢。之後，李爲在場人士介紹三篇引言及其引言發表人，曾信雄〈文學創作的檢討與再出發〉、李青霖〈花果飄零話滄桑——談新竹地區的文學困境〉及黃鼎松〈苗栗縣文學發展的回顧與展望〉。

曾信雄認爲本土文學的强調應予摒棄，更指出意識型態的糾纏不清與大陸作品大量流入臺灣市場爲臺灣本土作家的二大困境。李青霖由地理與歷史的角度談新竹地區的文學環境，文末期待文學的新生，他並表示，新竹距離臺北太近而無法顯現其地方獨有的特質。黃鼎松的文章由黃子堯代爲報告，文中對苗栗藝文環境分了三個時期：一、清乾隆至光緒中葉，客家山歌爲主軸；二、日據時期，懷祖國詩爲特色；三、光復迄今，出現不少作家，分別在小說、散文、詩詞、報導文學上做出貢獻。

下午的座談仍有上午「語言文字歧義」的相關討論。李瑞騰隨之另闢「將文學還原到民間」一題。李政乃也以爲，良好的文學環境應由地方來奠基。威宜君並指出，鄉土文學的意義在突顯地方的人文精神。韓麗娟直率地表示，土地上的人與其所生存的土地，在現代的社會中，兩者之間的關連已令人驚愕地淡化了，此一疏離感的成形，實爲地方文學的危機。

北基宜地區

北基宜地區文學會議議程表

時間	場次	主持人	內容	特約討論
9：30～10：00	開幕式	許福明	貴賓致詞	
10：00～12：30	論文發表	沈清松	李瑞騰：台北：一個文學中心的形成 孟　樊：當代台灣地緣詩學初論 張星寰：在雨絲滋潤下的花朵——兼談幾篇與雨港有關的詩文 徐惠隆：蘭地文學的特質與開展	顏崑陽 龔鵬程 喬　林 邱坤良
12：30～14：00	午餐休息			
14：00～17：00	綜合座談	李瑞騰	吳明輝：松・草與苔蘚 李　潼：盛產藝文子弟的蘭陽平原 鄭清文：鄉土文學與民間傳承	

〈論文①〉

台北：一個文學中心的形成

◎李瑞騰

前言

以今日而言，政治的台北從省轄市時期的十區，擴增到直（院）轄市時期的十六區，除光緒初期的所謂台北三市街（艋舺、大稻埕、城內），到今天更包括了景美、南港、木柵、內湖、士林、北投等區，甚至納入台北縣的新店、新莊、永和、中和、淡水、汐止等地而形成所謂的大台北地區，其發展之迅速，實令人咋舌。（註①）

回顧歷史，從光緒元年（一八七五）台北設府，光緒二十年（一八九四）改爲省城（台灣於光緒十一年建省），台北正式成爲台灣的政治中心；日人據台以後，設總督府於台北，除政治以外，全台灣的金融經濟、學術教育等，無不以台北爲中心；光復以後，乃至國府遷台，台北作爲各方面中心的位置，非但沒有被動搖，反而更加鞏固。

在這個情況下，台北成爲一個文學中心乃是一種必然。

光復前台北的文學活動

台灣島的開發係由北向南（註②），當沈光文（斯庵）創「東吟社」於今之嘉義的時候（康熙二十四年，一六八五），台北可以說尚未闢荒啓地；當郁永河採硫於北投（康熙三十六年，一六九七）寫出「五月行人少，西陲有大山；孰知泉沸處，遂使旅行難」（北投硫穴詩）的時候，台北仍是初啓階段，「草萊瘴濃，居者多病」（註③）。縱觀整個清治的大部分時期，雖有少數記遊之作，但所謂的「文學社會」基本上是尚未形成。

咸豐年間，出身大龍峒的詩人陳維英，與其族人和弟子等互相酬唱，很可能是台北正式有文學活動的開始（註④）。至於詩人眞正結社活動，則始自唐巡撫景崧開府台北之際，與林鶴年、林時甫等人所創的「牡丹吟社」（光緒十七年，一八九一），經常舉辦「文酒之會」（註⑤）。根據王松「台陽詩話」的記載，稍後林輅存另組有「海東吟社」，唯情況不詳。（註⑥）

這時候的台灣已經到了清治的末期。日據初期，統治階級的官吏及仕紳頗多能作漢詩文者，他們以此籠絡台灣文人，譬如由日人成立的「玉山吟社」（一八九七）就很鼓勵台人參加，台北知縣村上淡堂發起「江瀕軒唱和」（一八九八），第四任總督兒玉源太郎組織的「南菜園唱和」（一八九九），以及召開「揚文會」（一九〇〇）等（註⑦），都可以看出行動背後的政治性目的，無非是收攬人心。

凡此皆以台北爲活動現場，其最直接的影響就是台人詩社紛紛成立，在台北即有詠霓詩社、瀛東小社、星社以及一九二二年以後陸續成立的二十餘個詩社，合併台北縣市，在日據時代總計有五十二個詩社，居全台之冠（註⑧），即以台北市來說，就有二十九個，和文風鼎盛的彰化（也是二十九個）、嘉義（二十七個）、台南（二十六個）比較起來，更形熱鬧。

日人在台北的文學活動另一方面表現在「雜誌亂立」上面，根據曹介逸的整理（註⑨），日據時期日人在此所辦的文藝雜誌有八十一種；至於省人所辦的文藝雜誌也有十幾種之多，著名的《台灣詩薈》、《南音》、《先發部隊》、《台灣文學》等都在台北創立的。其中，《台灣文學》的主將是張文環，和日人西川漢所編的《文藝台灣》，「在思想上形成著二個對立的陣營」（註⑩）。

文藝雜誌和社團是推動文學發展的主要力量，帶有思想性的社團更常經由其機關刊物發起運動。日據時代在台北成立的社團，除前述傳統詩社之外，有「台灣文化協會」（一九二一）、「台灣文藝協會」（一九三三）、「台灣文藝家協會」（一九四〇）、「啓文社」（一九四一），前者可以說是「台灣政治、文化、社會運動的第一頁」（註⑪），是從大稻程出發的；其次的「台灣文藝協會」創辦了白話文刊物《先發部隊》和《第一線》，以「自由主義」爲該會的「存在精神」，「謀台灣文藝的健全的發達」爲目的；其次的「台灣文藝家協會」成立於戰爭時期，和殖民政府關係密切，目的在「互助與親睦」，創辦《文藝台灣》，是戰時日人文藝政策的實踐者，至於台灣作家自發性，自主性團體的「啓文社」，以《台灣文學》爲機關刊物，則頗有與日人分庭抗禮之意。（註⑫）

當代台北的文學社會

現代的台灣文學應從一九二〇年代開始算起，但這中間經過一個「台灣光復」，一個「國府遷台」，變化很大，所以我們未嘗不可以把文學史從「現代」中別出一個「當代」（註⑬），指一九四九年以後，這裡正是此意。換句話說是指從五〇年代以降，經六、七、八十年代到九〇年代的這個階段。

當代台灣的文學社會，隨著環境的變遷，在不同的歷史階段有其不同的形態和內涵，文壇權力結構也有其消長變化，大體來說，其表象是由「素樸」往「絢麗」發展，其內涵是由「一元」而向「多元」邁進；從文學主要的制約力量來說，政治力之於文學，從嚴密控制到逐漸消褪，經濟力則不斷加强其對文學產生影響。

政治和經濟當然是社會文化的主導力量，如果說政治民主化、經濟自由化是四十多年來台灣發展的兩個主要取向，那麼整個社會文化走的也必然是這樣的路向，當我們把文學作爲一種社會的產物，一種文化的形態，其發展方向無疑也是如此。

台北當然是處在台灣政經的中心位置，是一個快速現代化起來的都會，它的社會結構——包括硬體和軟體，對於其他城鄉都具有示範性。仔細加以考察，這樣一個現代化都會，具備有完全充分的文化發展之條件，包括大量的文化人及各種文化性機構，乃至文化活動現場及文化的消費人口，在文學方面更是這樣，前後有將近六百位的作家居住在此地，其中本籍台北的大約只佔百分之五（註⑭），大部分是外來作家，包括一九四九年前後由大陸避共來台的所謂「外省人」，以及其後台灣在發展過程中由外縣市移入台北者，這些人大部分有其本職，寫作是興趣，是業餘性質的，唯其如此，他們容易在自然表現中寫下懷鄉的文學。他們一方面享受著台北都會所給他們在營生乃至於賺錢上的便利，享受著物質上的充盈，但是「台北不是我的家」，他們很難熱情擁抱這個城市，於是懷鄉之餘，他們冷冷看著變遷中的台北，去批判它的冷漠與疏離，乃至於它的治理者。

整個台灣的文學傳媒、出版社，以及文學性社團，大部分都在台北（註⑮），在各種大大小小的文學活動現場，作家與作家經常見面，作家與媒體編輯、文教記者、出版社負責人等也常有接觸的機會，他們彼此之間形成各種關係，構成一個文學社會，大圈圈裡面還有許多小圈圈，複雜而微妙的存在著。

在這裡，讀者和作家比較容易會面，各種演講、座談、詩歌朗誦、新書發表會等活動常常舉辦，尤其是進入八〇年代以後，作家和讀者對話的結果，也可能刺激他去寫某一些題材。而這樣的活動，常常帶有行銷的目的，是經濟力介入文學活動的一種現象，頗值得觀察。

經濟力產生影響，當然就是文學的商品化，計較稿費和版稅的多寡，從生產到銷售，出版部門重創意、重包裝和行銷策略等，文學市場簡直可以說是千巖競秀，讓人看了眼花瞭亂。好處是空間面的擴散，壞處是庸俗化，乃至低俗化取向的出現。

除了經濟力，當然就是政治力了。前面已經提過，對台灣的文學發展來說，是政治力的介入逐漸消褪的過程，台北因爲是「戰時首都」，在所謂「勘亂時期」，政治與文學之間的複雜關係，從五〇年代的文化清潔運動、戰鬥文藝運動，其後制訂文藝政策、舉行全國文藝會談，推行國軍新文藝運動，乃至於七〇年代後期的鄉土文學論戰等，縱使形態不同、輕重不同，但政治的主導性是一貫的，而這些連續性的運動方式，當然都是以台北為場域，再擴散至他縣市，乃至海外華人社會。（註⑯）

七〇年代後期以降，執政黨開始意識到時代潮流之變化，意識到規範性、強制性的文藝政策之不合時宜，政治與文學之間的緊張關係稍為鬆動，進入八〇年代以後，以服務與協助替代管理與制約的文藝方針終告確定，一九八三年《文訊月刊》的創刊正式宣告新時代的來臨。（註⑰）

一個眞正的文學中心

由於大部分的文學作家匯聚於此，大部分的文學活動集中於此，台北這個都會在台灣文學中的中心地位是無可懷疑的，但如何在強化其中心地位的同時，也不忽略中南部甚至於東部的發展，實在是我們今天必須去面對的問題，畢竟，文化上如果貧富太過於懸殊，絕非台灣文學之福。

關聯著這未來可能的發展，當我們思考及於台北的文學活動時，其實也正是面對著整體的台灣文學。我們更關心的問題是，台北可以成立一個眞正的台灣文學之「中心」嗎？（註⑱）在它享盡一切文學的資源的同時，它可以反饋到資源所來自的他縣市嗎？更何況大量生活在這裡的作家，甚至執掌文學權力，或是有獨立從事研究之能力的人，許多都來自於他縣市，回饋鄉土原本就是天經地義的事。

這是在台灣內部思考台北作為一個中心的問題，而對外呢？「台北」常常被外國人拿來和「北京」相提並論，那時的「台北」是以首都代指中華民國政府，所以當我們把自然形成的「台北」這個文學中心建立成一個有形具體的「中心」時，我們希望「台北」更可以是海峽兩岸現代文學之中心，這個自我的期許非常重要，中國現代文學的台北觀點到底是什麼？我們如何以台北有利的條件，讓它也成爲當代大陸作家的活動空間，更進一步使它成爲全世界中（華）文文學之中心？我們應該有這樣的理念與企圖心，要做其實也不難，就看我們是否有心了。

當然，站在台北市的立場，先寫一部台北文學史（註⑲），可能是比較重要的。

註釋：

①詳見台北市文獻委員會編印《台北市志》卷一〈沿革志・城市篇〉，七十七年六月。

②關於台灣之開發，詳尹章義《台灣開發史研究》，七十八年十二月，台北，聯經。另外，程大學編著《台灣開發史》，八十年六月，台北衆文，亦可參考。

③見連橫《台灣詩乘》。

④見文山遺胤〈台北詩社之概觀〉、本會〈台北市詩社座談會〉，載《台北文物》第四期，四十五年二月。

⑤見廖漢臣〈唐景崧與牡丹吟社〉，載同上註。

⑥同註④，文山遺胤文。

⑦見劉登翰等主編《台灣文學史》上卷第二編第四章第一節，福建，海峽文藝出版社，一九九一年六月。

⑧這裡有關詩社的統計資料取自許俊雅〈台灣寫實詩作之抗日精神研究〉第二章第二節註九表：「日據時期台灣詩社統計表」，載師大國文研究所集刊第三十二號。

⑨〈「日據時期的台北文藝雜誌」〉，載《台北文物》第二期，四十三年八月。

⑩同上註。關於日據時代的文學雜誌另參考葉石濤〈光復前台灣的文學雜誌〉，載《文訊月刊》第二十七期，七十五年十二月。

⑪見連溫卿〈台灣文化協會的發軔〉，載《台北文物》第三期，四十二年十一月。

⑫見黃武忠〈日據時代台灣重要的文學社團〉，載《文訊月刊》第二十七期，七十六年四月。

⑬關於「當代」一詞，大陸的文學史家以一九四九年中共建政以後爲「當代」，以別於「現代」（五四時期到一九四九年）。最近這樣的歷史分期已遭到批判。我們在台灣也用「當代」一詞，但是比較不是嚴格的歷史分期之意義。

⑭這裡的作家人數主要是根據「文訊雜誌社」作家資料檔案所作的統計。

⑮翻閱一下內政部社會司編印的《全國性社會團體名冊》以及新聞局出版的《出版年鑑》即可以知道。

⑯這是一個非常重要的問題，一直沒有比較客觀的論述，那就是國民黨過去的文藝政策和文藝觀實互動的狀況，希望有機會能詳加討論。

⑰《文訊月刊》在創刊號（七十二年七月）「編者的話」中說：「這將是一份服務重於一切的刊物。」民國七十六年，《金石堂文化廣場月刊》選出《文訊月刊》爲「年度最佳服務」，可見一斑。

⑱筆者曾撰〈當代文學可能有一個「研究中心」嗎？〉、〈爲「文學館」催生〉（見拙著《文學關懷》，台北，三民，八十一年十月），現在文建會終於要成立「現代文學資料館」了，不過館址不在台北，而在台南。

⑲「台北文學史」可能引發爭議，也可易名爲「台北地區文學發展史」，台北市志文化志中的文學篇雖有參考價值，但太過於疏陋，我的理想比較接近上海人民出版社於今年二月出版的《上海近代文學史》。

講評／顏崑陽

這篇論文觸及範圍廣泛，但內容卻稍嫌簡略。首先，論文中所使用的關鍵詞——「文學中心」，其實質義涵必須作精密的界定。假如只將「文學中心」理解爲作家集中在這個地方，生產作品，或讀者集中在這個地方，成爲購買羣；或出版商集中在這個地方，造成出版業務的蓬勃；或各種文學活動集中在這個地方。以這種概念理解臺北此一所謂「文學中心」，那麼，它只成爲一個文學生產、消費及社羣交際的場所。如此的「文學中心」，只具有商業意義，也就是附屬於「商業中心」之下的一個次概念。

假如要從區域文學概念來看待臺北時，便得考慮它的區域文化特性，如何內化成爲文學經驗題材、主題類型及語言風格，而營造出和其他區域不同性質的文學。否則，假如只作商業性的探討，可能看不清這個層面。因此，我建議作者應該先確當地詮定「文學中心」的實質義涵，然後仔細考察臺北是否產生過若干本土性的文學思潮而足以領導臺灣文學之走向？這個地方的作家，是否以臺北區域文化的特質作爲內容，而創造出其他區域文學所沒有的作品？這樣的討論才更貼切，更具體。

本論文比較集中於討論臺北在政治、經濟上的地位，認爲政治民主化、經濟自由化對文學產生影響；但政治、經濟對文學所產生的影響層面及正負値，究竟如何？實應詳細解析及論證，否則僅是宏觀的籠統的概念，交代便不夠清楚。

臺北文化的複雜性，使得要研究形成臺北「文學中心」的文化特性問題，面臨很大的難題，原因有二：

一、民國三十八年，政府播遷來臺。臺北聚集了各種族羣，而生活在同一城市中。因此討論臺北的文化特性，便必須面對族羣之間，文化普遍性及差異性的辨證關係。

二、臺北是臺灣大量接受西方文化的首善之區。因此討論臺北文化特性，必須面對西方文化輸入後，本土與外來、傳統與現代文化的衝突及變質。

面對以上二個因素，若從區域文學觀念來討論「臺北區域文學」的問題，所考量的就不只是聚集在臺北的作家，其文化的共同性而已，更要緊的恐怕是他們文化差異性的問題。但臺北市中有這麼多不同族羣的文化，那一種才足以代表臺北文化：四十多年來，在臺灣文化的發展下，各族羣的作家是否已融合他們文化的差異性而形成一新的臺北本土文化？其特質爲何？總而言之，作者必須將經過中西文化衝突及內部族羣文化融合後所產生的新文化特質，具體討論出來，才能看見臺北所產生不同於其他區域的文學。並據此評斷，在諸區域中，臺北如何以其文學創造的領先地位，成爲一個「文學中心」的都市。

〈論文②〉

◎孟　樊

當代台灣地緣詩學初探

壹、地緣詩學的理論空隙

在當代台灣詩壇對於新詩的研究中，幾乎沒有人有系統地從地緣（geography）的角度著手，偶有涉及，也是從省籍的觀點立論，這當中又難免帶有意識形態的色彩，無法純然將詩作與地理（或地域）的關係加以釐清，文壇上所謂北派作家持「第三世界文學論」和南派作家持「本土文學論」的爭議，並沒有波及到當時的詩壇，詩壇因而也免去了一場「第三世界」和「台灣本土」的論戰，換言之，有關地域性差異及意識形態糾葛的戰火，未曾眞正在詩壇上點燃起來；甚至關於台灣文學（其中當然包括詩）的本土化主張，也被認爲並無南北派之別，亦即無地理性之差異（註①），而所謂「地緣文學」（geoliterature）或「地緣詩學」（geopoetics）的理論之受到批評家和理論家的忽視，則可由此見之。

史的研究向來在文學上佔有重要的地位，以台灣新詩而言，詩史的發展一直是被詩人、詩評家及詩論家所關切，諸如詩選的編纂（《一九七〇詩選》、《八十年代詩選》）、詩論的考察（向陽的〈七十年代現代詩風潮試論〉）、林亨泰的〈從八〇年代回顧台灣詩潮的演變〉）等莫不有從史的角度亦即時間的向度著手者，甚至「史（時間）」本身就是一個被研究的對象，特別是有關「六〇年代」、「七〇年代」、「八〇年代」等斷代（史）的觀念，極爲普遍與流行；至於橫向的詩與地緣關係的研究，如前所述，便付諸闕如，對於詩學的開拓與發展，不能不說是一種缺憾，是亟待研究塡補的一個理論的縫隙。治歷史也要兼治地理，詩學之研究庶幾無憾。

事實上，文學（詩）與地理關係之密切，從中國古代的文學作品中即可見之，如最早的《詩經》中列有十五國風，《楚辭》即代表楚地之文學，晚近一點的譬如宋之「江西詩派」、淸之「桐城派」，均表明作家及其作品與地理環境之間存有相當的關係；西方的情形亦同，像新批評的大本營「南方批評學派」，即以美國南方田納西州的一所大學爲該派的根據地，而其之所以於南方興起，實有其地理上的因素，簡言之，新批評所在之重農的南方，在當時是反對北方資本主義入侵的保守勢力者，其在文學批評上的保守主張自與此有關（註②）。再以民國以來的所謂京派與海派之爭爲例，以北京爲中心的京派，如梁宗岱、沈從文、蕭乾、李健吾者流，其文風傾向和諧、節制、圓融、純眞，較爲穩重，以上海爲核心的海派，如施蟄存、張愛玲、徐訏、無名氏等人，其文風著重浪漫、狂熱、怪誕與求新，較具媚俗（註③），而兩派文風的差異，顯然和北京、上海這兩個城市（及其牽涉的地域）的地緣有著極爲密切的關係。

著名的大陸湘派作家古華在他談及《芙蓉鎭》的創作時，曾提到湖南五嶺山區的景色風物、人情傳說如何地構成他創作的底蘊：「山區小鎮古老的青石板街，新造的紅磚青瓦房，枝葉四張的老樟樹，歪歪斜斜的吊腳樓，都對我有一種古樸的吸引力，一種歷史的親切感……」（註④）以《芙蓉鎮》為例，這部小說即明顯地反映出湘西鄉鎮小城的特色，湘派作家包括沈從文、謝冰瑩、葉蔚林、古華……在他們優秀的作品中，湖南一地獨特的山川文物透過他們的生花妙筆，展現出豐富多彩的面貌（註⑤）。那麼面對大陸、四面環海的台灣寶島，是否亦孕育了不同於大陸文學的獨特文風？所謂「台灣文學」到底具有什麼樣的「台灣」特質？台灣詩人的作品又擁有多少屬於台灣一島的特性？就整個中國大陸而言，既有所謂「京派」、「海派」、「湘派」等作家，則是否也有「台派」作家（詩人）呢？

貳、宏觀性的地緣

從宏觀的角度來看，台灣詩人頗富革新求變的精神，文學思潮的遞嬗更迭，最能於詩壇見之，從戰鬥詩、現代詩、鄉土（寫實）詩、後現代詩等每隔幾年時間就躍上詩壇舞台的現象觀之，其富於實驗求新乃至混雜多元的特性已不言可喻；另外，像上述這些變動，不管是從文學的內在或外在而言，無一不受到外來的影響，現代主義及後現代主義即是舶來品。詩壇這種富於求新求變、駁雜多元以及易受外來文化影響的特色，顯然和台灣的「島國文化」性格有著密不分的關連。論者即謂：

島國文化是一種混雜性的文化，這一方面是因為島國在其歷史發展過程中融合了先後不斷傳入的各種外來文化……，另一方面，島國文化混雜性的形成同島國所處的地理位置也有相當大的關係。島國在地理上大多位於重要的戰略要地，它們往往是各地區間甚至是洲際之間的交通樞紐，自古以來就是人類進行海外交往的必經之地，來自世界各個地區不同類型的文化在島國的土地上匯合，所以島國既是地理上的交通匯合點，也往往是各種文化的交匯點（註⑥）。

島國文化形成的前提，乃在其四周被海所分隔而孤立起來之特性，文藝社會學家郝澤（Arnold Hauser）即認爲，因爲橫越的困難，所以海之於島國，扮演了一個拆散者的角色，以大英帝國爲例，因爲有著北海和英倫海峽的阻隔，使得英國保持著免受歐陸諸國混同的的獨立文化；然而也因爲航海技術的發達，海上交通的頻繁，使得雙方文化的交流得以進行，並促成大英帝國殖民霸權日不落的局面（註⑦）。以言台灣，台灣海峽對台灣島國所孕育出的「海洋精神」或「大洋精神」，其和英倫海峽之於大英帝國的影響，兩者可謂有異曲同工之妙。而所謂的「海洋精神」其實包含二個看似相反的層面，一是强調征服海洋、開發海洋及利用海洋精神的層面（如大英帝國的殖民擴張政策）——此一層面多爲政治上台獨論者之主張（註⑧）；一是强調島嶼的獨特性與本土性的層面（如英倫三島的孤立特質）——此一層面多爲文化上本土論者之主張，亦爲台灣詩壇持「台灣文學論」者之訴求。

大體而言，台灣詩壇一般詩作中所呈現出來的「海洋精神」較爲含蓄，缺乏政治上積極進取的征服性狂熱，即以黃樹根的〈讓愛統治這塊土地〉一詩爲例，詩中所說的「這塊土地」，指的便是「美麗的島嶼」，而這塊美麗的島嶼如今卻缺少愛的灌溉，如同「孤兒的寂涼／渴望愛的撫慰」。雖然這塊「土地渴求愛／渴求潔淨／卻三番二次迎來／心不甘情不願的／神主牌」——這裡即使出現了政治的控訴，詩人的立場仍是消極的，消極地想抵制外來者（荷蘭、日本、國民黨）的「殖民」，如此而已。

不同於英倫三島的是，台灣一島有著它與衆不同的認同（身份）上的困惑，劉克襄的〈福爾摩莎〉

一詩最能顯示這種失焦的感受：「第一個發現的人／不知道將它繪在航海圖的那個位置／它是徘徊北回歸線的島嶼／擁有最困惑的歷史與最衰弱的人民」；相似的感受但「更絕的」是苦苓的這首〈國家．國家〉：「愛我們的國家／國家在那裡？／在腳踏的土地上嗎／鳥不語花不香／只有二十座核能廢廠／我只想找一支槳／把這個島悄悄划走／再也不回來」。

事實上，台灣島嶼在身份認同上的困惑，還必須另從它和隔著海峽相對的大陸彼此之間的微妙關係中探尋，才能進一步釐清它的地理位置對詩作所造成的影響，台灣與大陸兩相對峙又彼此互依的關係，不僅是政治上難以處理的一個問題，即在文化上以至於文學上，都是人們心中難以釐清的結，不論是老一輩詩人或是年輕一代詩人，都必須面對兩岸的地緣關係對他們在創作上所產生的或大或小的撞擊，前者如余光中的〈鄉愁〉：「小時候／鄉愁是一枚小小的郵票／我在這頭／母親在那頭」「長大後／鄉愁是一張窄窄的船票／我在這頭／新娘在那頭」「後來啊／鄉愁是一方矮矮的墳墓／我在外頭／母親在裡頭」「而現在／鄉愁是一灣淺淺的海峽／我在這頭／大陸在那頭」；後者如劉克襄的〈七〇年代〉：「清明時節／雨落在台北中正紀念堂／幾萬人群集佇立／是什麼樣的歲月啊／有臂膀刺青的人／他噙著淚水／有扶手杖著中山裝的人／他默望天空」「清明時節／雨落在北京天安門廣場／幾十萬人蜂湧蠕動／是什麼樣的年代呵／有熟嫻日語的人／他低頭不語／有童年生在台南的人／他凝視遠方」「是誰的銅像啊／座落在台灣的城鎮裡／是誰的骨灰啊／灑落在中國的土地上」。這兩首可謂是典型的「兩岸詩」，詩人俱用對比的手法呈現，兩岸的對比關係一目瞭然，頗能凸顯兩岸分隔所衍生的問題。

叁、微觀性的地緣

如上所述，新詩之研究不能只從縱向之歷史立論，亦應予考慮橫向之地理因素對於詩人創作之影響，即以通說的「六〇年代現代主義時期」及「七〇年代寫實主義時期」爲例，檢視現代主義之能於六〇年代間盛行、寫實主義之能在七〇年代中擅場，不能僅從斷代的縱向面來看，如欲得到全面性的瞭解，則應再從台灣島嶼的地理特性來看。現代詩之所以被人特別强調它的外來層面，以及寫實詩之所以被人特別强調它的本土層面，蓋如上述，皆因島國本身一方面易於接收外來文化的影響，一方面其四周環海的孤立性地理位置使之更加重視自己的本土文化，這當中實有其地緣詩學的意涵；緣此之故，今天我們回頭重讀六〇年代的現代詩及七〇年代的寫實詩，很容易便可嗅出前者之「洋味」及後者之「土味」，而不管是洋味還是土味，均可說是其來有自。

把我們檢視的焦點擺在橫向的地緣層面上，由於地理本身的涵蓋面可大可小，因此除上所述台灣一島的大環境外，還可縮小層面至島嶼內部的地理位置上來看，易言之，島內的東部西部、南部北部不同的地緣位置，是否導致生長於其中的詩人會有不同的詩風？或者說，台灣的詩人中——不管他（她）是居住在那裡，是否出現有所謂「地域性詩人」？也就是說是否存在有「地域性的詩風」？

這裡所稱的「地域性詩人」，不是指詩人的知名度與活動範圍（包括詩的發表）僅及於某一地域，而是指其詩風具有特殊的地域性而言，實在是因爲台灣一島的面積太小了，沒有所謂「局部地域」可言，因此我們與其說是存在有「地域性詩人」，不如說是存在有「集團性（詩社）詩人」來得更恰當些。然而，台灣的詩社是否有和地域結合起來呢？亦即是否有地域性的詩社，並且這種地域性的詩社還反映出某種地域性的特殊文風？

台灣早期約在三〇年代時，南部地區包括現在的佳里、學甲、北門、將軍、七股、西港等鄉鎮，出現有所謂「鹽份地帶的詩人羣」，核心人物有郭水潭、吳新榮、徐淸吉、王登山、莊培初、林精鏐等人，其之所以被當時詩壇及各地文友稱爲「鹽份地帶派」，是因爲這些詩人的作品帶有濃厚的鄉土色彩和鹽份氣息之故。他們描寫家鄉的田園風光、鹽村景色，以及生活在這塊土地上人們的風俗民情。作爲異族（日本人）統治下殖民地的寫實主義詩人，他們對階級的壓迫、現實的黑暗、社會的不平、下層人民的痛苦，乃至對日本統治者的醜惡行徑，有所反映與揭露；對親人的愛、對弱者的同情，與其對敵人的憤恨恰成鮮明的對照（註⑨）。光復後由於詩人的老成凋謝，所謂「鹽份地帶」這一稱詞也成過眼雲煙，直到七〇年代末才又被人再度提起，且有意加以提倡，希望再次的銜接能繼續發揚光大「鹽份地帶」的詩學傳統；影響所及，南部地區隱隱然蔚起一股帶有地域色彩的寫實詩風。

大體上言，島內東西部的詩風並未有顯著的差異，甚少詩社（和詩刊）崛起自東部（成立於花蓮的海鷗詩社算是例外），這或許是中央山脈阻隔了東部詩風的發展所致吧？近年來東部花蓮聚居了一批文人（陳列、陳黎、王浩威、林宜澐、張芬齡……），文風有日益鼎盛之勢，卻無關詩風（唯陳黎一枝獨秀而已），雖然除陳黎外，詩人楊牧、陳義芝、陳克華均出身於花蓮，以及夐虹出身於台東，但他們詩藝長成和創作的活動空間，其實主要並不在東部，像〈東部〉、〈台東大橋〉、〈又歌東部〉、〈卑南溪〉（以上爲夐虹詩）、〈太魯閣．一九八九〉、〈擬泰雅族民歌〉（以上爲陳黎詩）……等具有地緣特性的詩，可謂少之又少，正因爲如此，東西部詩風之特性較難比較，且其差異性不如南北部來得大。

島內南北部詩風的差異，正如前所述大陸京派與海派相異的情形，值得吾人注意者，乃其中詩社（和詩刊）所具的地緣關係扮演了相當重要的角色。興起於南部或其主要根據地在南部的詩社（社址和編輯部則不一定在南部），諸如《笠》、《詩人季刊》、《詩脈季刊》、《腳印》等，較具社會性與鄉土氣息，七〇年代正是它們活躍的時期（《腳印》要稍晚），衍生並拓展出蕭蕭所說的「鄉疇詩」，「鄉疇詩」顧名思義是要跟詩人自己生長的鄉土相結合的詩，它表達出詩人對鄉土的熱愛，「不加修飾地擁抱拙樸的河山、泥土」（註⑩）。

文藝社會學家認爲，一般在農村、集鎮、山寨、海島等這樣的地區，比較容易保留該地區的文藝特色（註⑪），台灣南部相對於業已工商業化的北部（尤其是大台北地區）而言，保留了較多農村鄉鎮的特色，反映在文藝創作上，便較具本地的泥土香，拿詩齡較長的《笠》和其他幾份同級的詩刊如《創世紀》、《藍星》與《葡萄園》等相比，顯然即可看出《笠》較濃的本土詩味，而後幾份詩刊都屬北部刊物。反過來說，像大台北地區這種「人口密集，素質混雜、流動頻繁」的地方，較難以確定地域的文藝特色，亦即比較難以在文學創作上保持所謂地方的「原味」，以人口比例而言，有九五%的作家是籍屬其他縣市的所謂「外來人口」（註⑫）；但也正因爲如此，它反而能成爲各種文藝思潮及創作主張率先的實驗室或試驗場，具有文藝革新的精神，以台北爲基地的《創世紀》即爲顯例。再以八〇年代後半葉興起的都市詩爲例，都市詩的印記是屬於北部城市而不屬於南部地區的，它甚至沒有延伸到台中以南，從另一個相反的角度看，其實它也擁有了北部城市相當的原味，只是此原味不同於彼原味罷了。

然而，不管是城市還是鄉村，如果一地的文學作品太過强調地域的特性，甚至主張該地作者（詩人）須以該區特有的語言（語彙、詞組）或行爲方式從事創作的話，那麼此種文學作品即有陷入地方主義（Provincialism）的危險。台灣若干中南部詩人所主張的台語詩，即有這樣的傾向。文學社會學家埃斯卡皮（Robert Escarpit）即認爲，我們不應太强調地緣文學的重要性，「强調地理學，會迅速滑向地方主義，而從地方主義又會滑到種族主義。」（註⑬）從中文詩到台語詩（福佬話）以至於原住民詩，其中種族主義的色彩似乎有越來越重的傾向。

當然，即使不强調地方主義，每個地方的文學多少總會擁有自己該地的語言特色，前所舉京派、海派即有其各自不同的用語，在台灣島嶼寫的中文詩自亦會有其與衆（大陸其他省份）不同的語言特色，諸如日、台語的中文化即爲顯例。一般而言，反映地方色彩的文學，往往是寫實主義的支持者，因之其語言較爲平實，不尚花俏，台灣詩壇主張寫實主義者多在南部，即與南部詩人較具地方色彩有關；而前所說的大本營在南部的「鄉疇詩」，其出之以寫實主義，即緣於此故。

相反地，北部的城市地緣，如上所述，由於其多元混雜（一半以上的人口係來自中南部或東部）的特性，以台北縣爲例，其外來人口組成的地域特色，很難在文學創作上形成自成一格的文風，也因此寫實主義的主張無法在這多元主義雜陳的區域內凸出，充其量只能算是其中的一支。反諷的是，多元創作主義的並行，其實自另一個角度觀之，正也是反映了北部地區的地緣特性。

肆、彈性的地緣關係

然而，北部地區的城市性格，如前所述；在八〇年代間仍孕育出一種獨特的文類，那就是都市詩的興起。儘管大力提倡都市文學的林燿德，對於「都市」一詞賦予「與『鄉土』、『山林』對立的地域和某些特殊屬性人羣的集散市場」的定義持懷疑態度，並認爲「正如同過去在歷史中曾經成爲某座城市象徵中心的建築和雕塑一般，它們已經無法繼續扮演它們原本所欲中介的價值體系」（註⑭），都市詩的「都市」二字，照此看來，似乎不能在地理上被固著於某一定點，因之林氏將「都市」一詞定義爲「流動不居的變遷社會」（註⑮）。依此說法，則都市詩甚至是都市文學，其與地緣的關係就被大大地淡化了。

不論都市本身因資訊氾濫而被賦予什麼樣的流動性的意義，誠如羅門所說，都市詩是「都市型生活空間」（即其所謂的「第二自然」）的產物，乃確信不疑之事，否則爲什麼都市詩不在島內的東部、南部的偏遠城鎮出現以至於受到居住在首善之區如林燿德、羅門者流的大力鼓吹？事實上，林氏把都市定義爲「流動不居的變遷社會」，正好說中了上所說北部城市地緣「多元混雜」的特性，以台北市爲例，它的多元混雜的城市性格，係來自它本身的快速變遷的腳步，相對於較爲靜滯的東部、南部地區，林氏所謂的「流動不居的變遷」之城市特性，不言可喻。就拿都市詩和鄉疇詩（或鄉土詩）來比較，其詩味的大不相同，馬上便能一目瞭然。

如果我們把「流動不居的變遷」這個概念加以擴大的話，也就是說，一來由於台灣島嶼面積的狹窄（不到一天時間就可從南走到北），二來現今交通工具及傳播科技之發達，使得島嶼本身，包括南北部、東西部，即具有「流動不居的變遷」這種特性，各個地區因爲地域的不同所造成的地緣特性正在日益泯滅之中，特別在行政區域重劃、一省二市的格局形成以後，原先存在的城鄉之畛域將更難辨認，如套用林燿德「流動不居的變遷社會」的說法，那麼台灣一島本身不啻就是一座「台灣城」，以之示之於今日大陸之北京市，這樣的推斷並不為過。所以如果我們在島嶼的南部找到很北部化、很城市化的詩人（如早期的林亨泰、白萩，近期的簡政珍、游喚），實在也不必大驚小怪；反之，亦然。

這裡即牽涉到詩人林煥彰所提出的「大鄉土」（宏觀性）與「小鄉土」（微觀性）的概念（註⑯）。「鄉土」的大小並非絕對性的概念，如宜蘭相對於北部地區而言，為「小鄉土」，北部地區即為「大鄉土」，但相對於台灣島而言，它又為「小鄉土」，台灣則為台北人的「大鄉土」；台灣和中國大陸的關係亦可如此推演下去（以至於大同世界的「地球村」）。大致說來，鄉土愈大，文學作品的地域差異性愈難化約，反之，其差異性會愈顯著，愈容易凸出。從「台北城」擴大為「台灣城」，顯現詩作地緣特性的座標軸亦要隨之改變。而誠如前述，台灣社會由於其「流動不居的變遷」的特性使然，分散各地的塊狀的「小鄉土」極易變成整塊的「大鄉土」，則要在其中找尋「小鄉土」的差異性，就會比較不容易。

不僅如此，「流動不居的變遷」不只是城市、地區而已，人——詩人本身就是一組「流動不居的變遷」的概念，他的變遷性格較諸土地本身更是有過之而無不及，詳言之，縱使地理位置不變，但由於詩人的到處走動，從南到北或從北到南，從島嶼到大陸，從太平洋到大西洋，則其地緣關係也會因之而大為不同，所以籍屬南部者有台北詩，旅遊故國山河者有山水詩，留學放洋者有海外見聞詩，甚至被放逐的詩人也有他的放逐詩。

儘管如此，地緣關係——不管是固著的或是變動的，對於詩人而言，仍起著重要的影響，固著的地緣關係固不必說，即使是變遷的地緣關係，對於詩人還是有扮演著很重要的角色，蓋地緣的變遷其實意味的也就是「不同的地緣加不同的地緣」罷了，比如爲什麼會有山水詩？是因爲詩人面臨了不同的山水景緻而觸發他的寫作動機。也因此如前所說「住在南部卻很北部化」或「住在北部卻很南部化」的詩人，仍可從地緣關係的變動進一步予以追索。總之，地緣對於詩人的寫作，或多或少發揮了相當的影響力，值得有心者注意。

註釋：

①彭瑞金，《台灣新文學運動四〇年》，台北，自立晚報社，民國八〇年三月，頁二〇一。

②趙毅衡，《新批評——一種獨特的形式文論》，北京，中國社會科學出版社，民國七十七年五月，頁二〇〇—二〇一。

③楊義，《二十世紀中國小說與文化》，台北，業强出版社，民國八十二年一月，頁三〇三—三三九。

④古華，《古華中短篇小說集》，參見此書作者的〈自序〉部分；此處轉引自花建、于沛合著，《文藝社會學》，上海，上海文藝出版社，民國七十八年五月，頁二九二—二九三。

⑤花建、于沛，前引書，頁二九三。

⑥陳偉，《島國文化》，台北，揚智文化事業公司，民國八十二年一月，頁一三一。本文中這段引言，似不太能用以同是島國的英國，盎格魯撒克遜民族所在的英國，並未受到各種外來文化的入侵，以致英國文化能夠保持其較爲純粹的特徵，而較無混雜多元的色彩。這恐怕和英國長期以來即爲海權强國有關。

⑦Arnold Hauser, The Sociology of Art (London:Routledge & kegan Paul,1982).P.100。

⑧陳隆志，《台灣獨立的展望》，台北，鄭南榕發行，民國七十六年十月，頁二八二。

⑨劉登翰、莊明萱、黃重添、林承璜主編，《台灣文學史・上卷》，福州，海峽文藝出版社，民國八十年六月，頁五二八。

⑩蕭蕭，〈鄉疇與鄉愁的交替：論近十年中國詩壇風雲〉，《陽光小集》第五期，民國七十年三月，頁一八。

⑪花建、于沛，前引書，頁二九五。

⑫李瑞騰，〈台北：一個文學中心的形成〉，民國八十二年六月廿六日由《文訊》雜誌社於宜蘭縣立文化中心學辦之「北基宜地區文學會議」論文。

⑬顏美婷譯，Robert Escarpit原著，《文藝社會學》，台北，南方叢書出版社，民國七十七年二月，頁三三。

⑭林燿德，《重組的星空》，台北，業強出版社，民國八十年六月，頁二〇八。

⑮同前註。

⑯林煥彰於「北基宜地區文學會議」的討論會上所提出的說法；但他的說法與筆者此處所說的略有不同。林氏認爲「小鄉土」即爲詩人出生的鄉土，「大鄉土」乃詩人成長之後生活所在的鄉土，後者的涵蓋面要大於前者。

講評／龔鵬程

本論文提出了一種呼籲，要以新的態度和角度來關懷文學。文中分爲四部分：

①總體性的呼籲，第二、三部分才是論文主文。

②台灣整體與大陸的地緣關係。

③台灣內部（東、西、南、北部）的地緣關係。

④對以上的補充，台灣狹小地域中，雖有南北地域之分，但都市化形成後，南北的差異也就逐漸不嚴謹了。

個人就論文提出討論部分有三：

一、此論述中有不連貫與矛盾之處，例如論述中提到台灣地域太小，無局部區域性可言，所以可能不會有「區域性詩人」而有「集團性詩人」。然二者是不一樣的概念「集團性詩人」是以地域構成之集團，雖然有地緣上的意義，但卻不可直接推論是地域的特殊文風；某地區詩社與另一地區詩社產生對抗，也不一定是詩的文風對抗，而是文壇內部權力爭奪之對抗。故此文之析論就顯得過於簡單。

二、論文中在討論爲何文學史、詩史對文學影響的研究多於地緣性地理性的研究時，雖有相關的分析，但缺乏理論性的探討，只是陳述了一種現象。新詩是接受外來文化衝擊後形成的文體，因此外來文化輸進台灣的時間，就成爲判斷台灣詩風轉變的重要指標；因新詩是接受外來文化衝擊而成的，所以缺乏本身縱貫繼承的理論，要將新詩變爲本土論述就較爲困難。新詩本土論起於高信疆所編的《龍族評論》，當時所謂的本土論述就是「本國」、「中國」之論述，後才轉爲土地、地域的論述。故本論文要討論「地緣論述」，更應强化理論的說明。

三、文中應再强化「地緣論」的「方法論」問題；雖然提出地域分派的問題，但卻疑竇重重。例如「京派」、「湘派」竟皆以沈從文爲代表，可見以地域作爲作家分派的方法，有很大的威脅。另又引用美國南北新批評學派（保守）與前衛文風爲例，和台灣區域文學情形相證。然而台灣早期講新批評則在北部。文中雖直接用美國南北分派和大陸「京」、「海」派來討論，但在「方法論」的檢晰上卻缺乏檢討。以文中島國文化特色的論點來看，若將島國換成大陸，之間並無差異。大陸被外來征服者不斷侵略征服，所以外來文化也不斷進入大陸地區。總之，直接以誇大的地理影響來判定大陸、海洋文化爲何，這是非常危險的。所以若能加强「方法論」的研究，內容就更精彩。在本土論述中根本無「海洋精神」，而是「土地崇拜」，這屬於典型的「大陸精神」，所以對於孟樊先生所言「海洋精神」的討論不表贊同。論文最後一段，可說是全面瓦解了前文之論述，使整個地緣性論點成爲虛構。在資本主義文化體系不斷擴張之下，台灣文化工業中的文學發展，是逐漸朝向同一風格的類化，不可能仍存有城鄉不同的差異。而南北對抗是否是文壇上權力分配的爭奪？孟樊先生若以政治角度切入並深入研究，想必內容會更爲精彩。

〈論文③〉

在雨絲滋潤下的花朵

——兼談幾篇與雨港有關的詩文

⊙張星寰

一、

南宋詞人蔣竹山先生，曾把一生聽雨的心情、境遇，去骨留髓地塡入他的詞章中。這位出生於江蘇宜興的南宋進士，在少年時期有些早熟的浪漫，迷戀著紅燭昏羅帳的旖旎；到了壯年似乎心智成熟了，卻在客舟中，臥看江闊雲低，傾聽雁鳴西風，咀嚼著煙波江上的寂寥；到了雙鬢星星的晚年，竟然憩息僧廬，一任它空階滴到明，吐露出哲人的灑脫。在那國勢衰頹，異族入侵，戰亂頻仍的時代；蔣竹山先生的生卒年月，浮沉的經歷，甚至他人側記他的散聞逸事；留存於後世的，眞是少之又少。僅知道他如獨行遊僧般，是南宋格律派的詞家。入元之後，隱居不仕，是一位骨鯁秉持的君子。祇有一卷〈竹山詞〉行世；被人譽爲遣鍊穩妥，是倚聲家視爲塡詞的規範。可是就由於他的一闋〈虞美人・

聽雨詞〉，以雨為軌，航行在他那波漩起伏的生命中，描繪出他一生不平凡的輪廓。歲月淹忽，使現在的我們吟哦他的這闋〈聽雨〉時，仍然彷彿品味從一把雅緻精巧的陶壺中，潺潺斟出一盞淡綠的香茗；甘醇雋永，芳馥留頰，久久難釋。可能就因為他生長在秀麗多雨的江南？而又是增益情趣的陶壺同鄉的緣故吧！䨏䨏的雨，對於他巧妙的構思助力太大了，居然使一生盤桓在煙雨江南的蔣竹山，如此得天獨厚。

雨可以滋潤大地，改善土壤；也可以助長苗木，茁壯繁茂，開花結果；更可以調節氣候，美化環境，沛儲水量，繁滋魚蝦；並能觸動人們的文情遐想。但是因人、因時、因地而異，賦成無數風格不同，意境相殊，動人心絃的文詞詩篇。所以有岳武穆「怒髮衝冠，憑欄處，瀟瀟雨歇」，激昂悲壯的〈滿江紅〉；也有李後主「窗外雨潺潺，春意闌珊，羅衾不耐五更寒」，雄奇幽怨的〈浪淘沙〉；還有李易安「昨夜風疏雨驟，濃睡不消殘酒；試問捲簾人，卻道海棠依舊」，遲暮傷春的〈如夢令〉。雨潤濕了多少人不同的筆觸，描繪出千古絕唱。

二、

我們美麗寶島的東北部，峯巒綿亙，是留連雲雨的家鄉。尤其基隆市據以往的氣象紀錄，全年落雨量最多的是民國四十一年，高達二百四十三天。平均年雨量多達三千零四十三公厘。尤其入秋之後，陰霾低沉，羣山雲繞霧迷；淅淅瀝瀝的雨絲，往往經月累旬，故而有雨港之稱。也因此〈雞山驟雨〉為基隆八景之首。

雞山就是雞籠山，是基隆附近羣山的主峯，早年在澎湖遠眺臺島北部崗巒羅列，主峯突起伏如農家棲雞之籠，當時便泛稱臺島北部地區爲雞籠（註①）。應該在當時尙沒有空氣汚染，空宇澄清。據說從臺北東郊遙望雞籠山，如果嵐光明朗，基隆必是晴天。但近海峯聳，往往海風驟起，急雨即至，景觀倏變，動人心魄。因此〈雞山驟雨〉，便由那時基隆迺園主人許梓桑先生，在詠基隆八景中，寫道：

「雞山屹立冠羣峯，風雨蕭蕭聚幾重；極目微茫迷鳥道，高低雲樹匝陰濃。」

這是在早期留存的文獻上，唯一吟詠有關基隆之雨的詩篇，也是在基隆八景：「獅嶺匝雲、魴頂瀑布、鱟魚凝煙、仙洞聽濤、社寮曉日、海門澄清、杙峯聳翠」等之外，僅有的一首詠雨詩。

許梓桑先生，字迺蘭。在日據時期創辦詩報社，成立大同等詩社，領導詩學的研究。但他一生提倡孔孟學說，傳播儒家思想；是一位忍居異族權勢之下，而心存故國的人。他爲學淵博，爲人高雅；具有中華文化涵育下文化人應有的氣質。應是在當時基隆地區（註②），傳遞中華文化的核心人物。但在日人强力推動和化的政策下，所謂的漢學是受到嚴格箝制的；因此有關漢文作品地創作，便相對地減少了；記敍基隆之雨的詩文，當然甚爲貧乏，延至今日便求之難得了。

一直到以後執教臺灣師範學院的謝冰瑩教授，於民國三十七年的十月，乘中興輪在基隆港抵臺，那時基隆已進入漫長的雨季，綿綿的陰雨，使謝教授留下了深刻的印象。以後她便以細膩的筆觸，敏銳的感受，寫出〈雨港基隆〉一文。這篇文章可以說傳誦一時，曾選入《國語日報》的專刊《古今文選》，成爲國文科系學生導讀教材。她在文中是這樣敍述的：

「中興輪進入基隆港……我卻把頭從圓窗洞口伸出去，安閒地欣賞基隆的雨景……海面被朦朧的輕霧籠罩著；幾分鐘後也許會下著大雨；也許是絲絲細雨，也許是霾陰密佈，整個海面被霧封鎖了……」

「那聚集在電線桿上的雨點，恰像五線譜上的全音符，他們一串串地排列著，又像珠子在那裡遊行。有時慢慢向右邊移動，接到又轉到左邊來；也有左右兩邊的水珠同時向中間聚集，以後匯成一顆大水珠，降落在馬路上……」

謝教授如此觀察入微，生動細緻地描繪著，使閱讀者如身歷斯境，目睹基隆雨天的奇妙。

以後她又來過基隆三次，第一次住宿在友人的樓上，那時光復之後，政府轉進來臺不久。戰火摧殘，百廢待舉。古早的屋厝樓房，年久失修。可巧又碰到雨天，樓房屋頂椽腐瓦滑，縫隙窺天，於是屋頂雨水灌滲而下；「彷佛衡山黑龍潭的瀑布，聲音雄壯而宏大……」謝教授悄悄爬起來一看：「祇見水流順著樓梯曲折蜿蜒而下……」看看目前基隆居民的家居建築，層樓疊廈，廓簷複道，防雨設施應有盡有，眞不可同日而語了。

第二次她來到基隆，是住宿在基隆市的水上招待所。那一夜沒有下雨；但水上招待所座落在港灣海中，風激波湧，澎湃可聞。在午夜時分她爲了瀏覽海景，便跑到招待所的船頂去瞭望，「看見那碧海裡的浪花，也更顯得壯麗了，雄偉了。」住宿在基隆，竟然沒看見密密痲痲的雨絲，那眞是很難得的事情，但謝教授仍然領略了基隆雨港另一種感受。

第三次她再遊基隆，她說住在瑛嫂的樓上。她所稱的瑛嫂，是當時擔任基隆市長謝貫一先生的夫人，謝市長名國瑛，字貫一。爲謝教授的族兄，故她以瑛嫂稱其夫人。因市長官舍瀕臨海濱，夜深波濤盪岸，海韻感人，疾徐低昂；令謝教授儘情地享受了一晚聽濤之夜：

「有時牠像鬼神在呼嘯，有時又像嫠婦在哀號；有時像夜之神吹著輕快的哨子，奔向黎明……」

應該說謝教授是雨港基隆的知音，她把雨港的景象，刻劃在想瞭解基隆而又未到過基隆的那些人的眼簾上。也描繪在祇緣身在基隆，而未識基隆眞面目的那些基隆人的心坎上。她使雨港基隆，名享遐邇。

謝冰瑩教授有如椽之筆，著作等身。她是從舊時代中踏上新潮流的勇士。可以說她是近代中國，第一位踏上戰場的女兵。她以一本《女兵日記》，享譽國際。中年之後，爲中國語文教學之傳遞，古籍今註之研究，奉獻心力。在教壇退休之後，晚年旅美。我想我們的基隆雨港之美，應該永遠留存在謝冰瑩教授心中，也因〈雨港基隆〉一文，永遠烙印在無數人的心中。

下面我們談一首未經發表的詩：

它是一幅永遠不捲挑的簾幕
絲絲、麻麻交織著圖案的朦朧
肆無忌憚地垂掛在行人雜沓的廊外
疊滿灰暗皺紋的空宇
灑著永無休止的淚
疲憊的眼在淚珠下射出期待的光
眺盼著在帆檣如林的港外
在那天海相結處
風息浪靜

駛來一艘幸運之船
灰黃的帆影下
站著我白髮如銀的老母

詩的題目是：〈海盼〉。

這首詩的作者，是曹星垣先生。現在說起來，他在基隆市綿綿雨絲的糾纏下，是較爲陌生的人。可是在民國三十八、九年，當大批隨著政府來臺的北方人，佇足暫居在基隆的時候，大家應當還記得，白胖禿頂，闊額隆準的曹先生，手持一頂絨線便帽，在夕陽西沉時，從海岸旁徘徊，眺望著港灣外的天際。據說他在大陸上擔任過地方行政工作，也曾攀山越嶺，在沂蒙山區爲抗日戰爭，出生入死，從事游擊作戰。當另一把無情的戰火，燒毀了他所有希望的時候，他的老母和妻子也在撤退中的運河橋上失散了。有人說她們乘坐的卡車翻覆了；也有人說她們的卡車，被搶劫了，總之是音訊俱無。當他從冰天雪地的徐蚌戰場，帶著滿佈心身的傷痕，輾轉來到臺灣之後，他便在基隆停頓下來，希望這樣可以早一刻迎接到脫臉歸來的親人。不幸的事往往結伴而來，又傳來在學校從軍他那位長子的噩耗，竟然因流行瘧疾，在營中不治身亡。曹先生雖然心灰意冷，可是爲了另一椿期待，而毅然地屹立著。曾經爲社會、國家奉獻心力的人，自我的損失與挫折，往往爲了一生專注的理想而淡化。因此許多人在顚沛流離之餘，隱身市㕓，屈身於販夫走卒之間，永遠地期待著，曹先生也未能例外，他因爲嫻熟文墨，便浮沉在基層公務機構，暇時則以詩文抒懷。在當時所謂《嘗試集》式的白話詩頗爲流行。他在獨居山腰的木屋中，面對著如煙如霧的基隆雨；握著一管羊毫，在冷冷的燈光下，寫出他塞滿肺腑的衷曲。他的詩文不輕易示人，更不投稿發表。筆者有幸獲讀他的遺興之作，也保留了幾頁，他那毛筆書寫的詩文。可是往往他一夜之間的嘔心瀝血，在第二天的黎明，化爲書桌前的一堆灰燼。

戰爭的殘酷，骨肉的分離，星垣先生在中美斷交的前夕，聽完夜間新聞播報後，溘然長逝。抛下多少未了的心願，他是難以瞑目的。

最後談一篇透著春天芳香的文章，這是在《基隆青年》月刊第一百九十四期，國中徵文比賽，獲得散文組第二名的作品。以學年度來推算，這篇文章的作者應該已是高中生了。她的名字叫徐婉齡，以〈雨〉爲題目。啓筆她便寫到冬季夜讀時窗外的雨：「風雨織成一片淒清，但我並不覺得寂懼……案頭的燈光，隔開了窗外的風雨飄搖，是多麼一派安逸溫馨。狂舞的雨，充分告訴了我，什麼是保護的幸福。」

由這兒可以看出，她有一個健康美滿的成長環境；是一個充滿自信心的女孩，生活獨立而滿足。她說：「如果小雨是莫札特優雅斯文的小步舞曲，那該是其中最婉約的一段旋律；那麼狂風暴雨所散發的便是海頓驚愕交響曲中最强烈奔放的一篇樂章了。」

基隆的雨，在她的筆下，成爲一章章耐人尋味的樂曲。欣賞雨以她而言。沒有悲傷、孤寂，觸景傷情。祇有快樂地感受。

在雨後的庭院中，她喜歡觀察沐雨而榮的植物：「窗外的紫薇沾滿未離去的雨珠，紫紅的花瓣和晶瑩圓潤的雨珠，交相映輝。隔鄰的芙蓉，淺色的花冠外凝了水汪汪的一圈，垂著枝條隨著含有水氣的風兒搖曳。而櫻桃樹也被洗滌清淨，嫩綠的葉梢垂掛了戀戀不捨的雨滴……」

植物和雨水有著親密的因果關係，在愉快者的眼中，顯得特別融洽舒暢。

夜課之餘，她更喜歡聽雨：「凝神諦聽穿林打葉聲，藉著雨音的傳播，而與大自然交融合一。雨滴在水上是一種聲音；落在葉梢又是一種聲音；而雨敲在窗上更是一種饒富情趣的音調，就這樣錯落有致。點點滴心……」

雨音以樂章比擬，有了迥然不同地分野；而雨滴個別地與物接觸，又有不同地領略。

曹先生和徐同學兩篇有關雨的詩文，代表了兩個不同的時代背景，發展在兩個不同的空間。前者給我們警惕與感傷。後者開啟了我們的希望之門。新生代的樂觀、自信、自强，使我們面對著濛濛煙雨，充滿了無限的希望。

三、

四十年來在寶島的人們，胼手胝足，擘畫經營；使我們享受到富裕康樂的生活。這股打拚的精神力量，是植根在許梓桑等地方先賢辛勤耕耘的中華文化樂土上。而像謝冰瑩教授等的文學創作引導，更使大家自勉自勵，學習進步，瞭解自我。不要擔心曹星垣先生的挫折與失望，那是時代的悲劇，傷口地痛楚，使人們不要再蹈覆轍。可喜的，我們已增添了像徐婉齡同學般，樂觀奮鬥的新生力量！文學與雨港應該是相得益彰的。我想這不是空談！

註釋：

①「雞籠」之得名，另一考據：可能源於原住民平埔族，「凱塔格南」中「格南」二字之音譯。

②該時基隆轄有：基隆堡、金包里堡、石碇堡、三貂堡等地；有些是現在臺北縣的鄉鎮。

講評／喬　林

基隆多雨，有雨港之稱，剛剛張先生的大文便是以清朝的許梓桑先生，民初的謝冰瑩教授、三、四〇年代的曹星垣先生，以及七、八〇年代的徐婉齡同學，近至四代人的詩文來鋪陳雨給予基隆文學創作的滋養重量。

在我的閱讀記憶裡，基隆的文學創作人口甚少。爲了準備來參加這次會議，我特別又翻查了一些資料，包括臺灣史及臺灣民族運動史等可能會提及文學活動的書籍。但是所記者，都是臺南、臺中、臺北等地方，很少看到基隆地區文學的痕跡。以民國七十一年五月遠景出版陳千武羊子喬所編的《光復前臺灣文學全集》詩四冊來說，共登錄一五七人，基隆只有黃寶桃一人；民國五十四年十月文壇社出版鍾肇政編的《本省籍作家作品選》第十冊新詩集共選九十四人，基隆亦只有一人，那就是我本人。

由此可見基隆文學創作人之少，亦可見張先生要寫這篇大文一定非常爲難與辛苦，亦因之引來了我以下的疑問。

臺灣自鄭成功領臺有了文學活動以後，文風一直鼎盛，雖有日本統治末期八年的禁止中文，以及光復後不到一年隨即的禁用日文，部份寫作人口由語言工具的被剝奪，但臺灣的文學活動仍一直保持熱度。因此，對於基隆地區的文學創作人口，如此少量甚感不解。理由恐怕就是如《滄海桑田話基隆

》一書裡，作者洪連成先生所說的：「基隆文風，遠落全省各地，雖有不少好學保粹人士，其活動因與台北近在咫尺，被其吸收，另一原因係居民組合，來基者大多以謀生的寄寓心態，少有落地生根之念，事業有成則遷出或返鄉，諺云：「基隆無城，食飽就行」，意寓客居，無論成功與否皆無久居之意，因此顯出基隆特色的文化未能深植根基。」

這指的可能是聯吟酬唱的那個時代，或者那種吟社文字。因此，我另有一問。

從近代史來看，在政治軍事方面：

清朝割讓臺灣，日軍雖是在臺北縣鄰近宜蘭縣的鹽寮登陸，但其統治者首任殖民總督卻是在基隆登陸。接著第二次世界大戰日本進軍南洋，民國三十四年臺灣光復祖國軍隊登陸臺灣，大陸淪陷後之支援大陸內戰，三十八年大陸淪陷之撤退，以及後續的大陳島撤退、八二三炮戰、韓戰、越戰。其忙碌無不都集中在基隆港。

在商業、社會層面方面：

滿街的舶來品委託行，是外來商品文化的崇拜聖地。到處可見的西洋產品酒吧文化，在美軍軍艦停靠的碼頭附近，美軍與吧女公然擁抱的接吻儀式，賣春女提著一竹簍香蕉送別日本船員出港邊情景等等。

文學呈現的是人的精神現象與心靈活動，政治與經濟等社會資料是其發生背景。因此，像基隆這塊土地有這麼豐富的强烈的社會資料，照說不僅很可以豐富這塊土地上寫作者的內容，同時應該亦會帶來寫作的衝動，但是好像並沒有發生多少作用。港口地區的人文景觀文化氣息，的確與非港口地區有極大的不同，只要不是基隆的人一到基隆就很容易感覺出來。但同樣是有國際港的高雄，就我所知其文學活動卻很活躍，這是不是腹地大小亦有關係呢？我想很值得比較研究。

這是張先生大文引起我的一些感想，提供大家參考。

〈論文④〉

⊙徐惠隆

蘭地文學的特質與開展

壹、前言——蘭陽平原的自然天地

當年，葡萄牙人駕船東來，為了淘取傳說中滿地沙金的世界，他們驀地瞥見台灣東海岸郁郁蒼蒼的青翠山巒，發自於內心的「福爾摩沙」讚歎，它的餘音還能繚繞的話，依舊是在原地——從太平洋西岸看宜蘭、看花蓮、看台東。幾百年過去了，蘭陽平原的自然天地，仍然清新，一樣的淳樸。

三面環山的蘭陽平原，以蘭陽溪橫切其間，溪北的雪山山脈，聳峙挺拔，造成視覺景觀的焦點；溪南的中央山脈北端迤邐縱貫南下，很久以前，繞過山路，我們管叫那個地方為「後山」；當然，先民艱辛攀爬淡蘭古道，翻越三貂嶺和草嶺山脈時，我們也把這裡叫做「後山」。漳泉粵的移民在一七九六（清嘉慶元年）由吳沙率領，有計劃、有規模的進墾頭城，樹立了漢人開發的基礎。三籍之中，漳州人十居其九，泉州人十居其一，「閩人蠢而戾，羅漢腳逞志生事……粵人詭而和，沿山聚處，知其衆寡不敵，不分邪正，一氣聯絡。」（註①）這些第一代的移民來到蘭陽平原，首先接觸到的是自然界的氣候：「蘭與淡水接壤，淡水冬多朔風，飛沙拔木；蘭則冬多淋雨，積潦成渠。蘭尤時常陰翳連天，密雨如線，即逢晴霽，亦潮濕異常。」（註②）至於水土惡劣的程度，噶瑪蘭廳志上說：「東勢一帶（按：即今之羅東、冬山），水色儼如刀削，行人涉起，鯽魚趁腳而飛，食之則腹痛洩瀉而死；涉者不用鹽刷，則腳痒蛆爛。蘇澳一莊，山水惡劣，因水從深林密箐中流出，不無毒蛇惡鳥，雜入汚穢，故居民多染患病，症不爲脾洩，則爲鼓脹。」如此的自然環境，使得移民們「三留二死五回頭」，能夠靠著果敢毅力及强韌體性而留在平原上繼續開墾者，還得對抗瘟疫、交通以及先住民的挑戰，留在先民血液中的成份，歸納起來，那就是：勇敢、堅毅、忍耐、沉著、機警和永不妥協的執著！

一七九九年（嘉慶三年），吳沙之友蕭竹遊歷宜蘭。「蕭頗善吟詠，於堪輿之術，自謂得異傳。……居（蛤仔難）久，乃爲標勝處爲八景，且益爲十六景……竹悉爲賦詩，或論述其山水，遂爲圖以出，其圖於山水脈胳甚詳。」（註③）

今天的蘭陽平原，由頭城、三星、蘇澳所沖積下來的三角洲，佔地三百二十平方公里，是宜蘭縣全區域面積的六分之一，從海洋、平原、山嶺連綿而上的地形，錯縱其間的，有的是林泉幽谷、浩瀚碧洋、湖泊清潭、奇巖沙汕，更有地熱、溫泉與冷泉等天然景觀。太平山的檜木香，龜山島的硫氣孔，擴仔山的傳奇與東澳的粉鳥林等等，莫不是大地的顯影。

什麼樣的環境，塑造什麼樣的性格。史基納箱裡豢養的白鼠，在制約行爲中，特別懂得刺激和反應；什麼樣的刺激，便有什麼樣的反應，我們不敢說，兩百年來的蘭陽自然環境「制約」了本地人的文學創作，但至少我們不敢否認：希臘地中海充足的陽光，投射在詩與戲劇上的創作，和晦暗陰沉多雨的蘭陽平原，就文學開闊寬廣的天地間，要找到交集，形成焦點，是不太可能的事！

貳、宜蘭文壇天地——史的回顧

文學創作是一條無限寬廣的路，陰晴圓缺、悲歡離合、浮沉消長、喜怒哀樂，舉凡人們生活中的一切，點點滴滴，都是因緣的成爲文學創作的題材，現在是這個樣子，過去也是這個樣子，只不過是在傳統社會中，呈現在我們面前的，大都是敍述性的、報導性的，而今天的多元社會中，文學背負著批判和反省，前瞻與創新。時代的聲音不一定表現在政治鬥爭的現實傾軋，也不一定從經濟轉型中見出端倪，或是直接在教育文化上顯影，它通常是潛藏在藝術天地裡，藉著戲劇轉換時空現象，藉著文學各種不同表現的形式，諸如詩歌、散文、小說等，很有技術的深入人心。當我們感受到氣質有了變化時，文學已發揮效用。

一、詩社勃興

自有蘭陽平原以來，原本優遊自得的泰雅族人及平埔族噶瑪蘭人，如何以他們美麗的語言留下詩篇傳奇，我們不可得知，但從先住民們最具特色的歌舞表演中，也許這段空白總有一天會得到塡補，還原大地本來的面貌。但眞正的「文學」，卻還得推溯自台灣知府楊廷理規劃並創建仰山書院爲起點，那是西元一八一三年（嘉慶十七）的事。楊廷理對宋儒楊時（字龜山）的性理之學，佩服十分，而且又都是楊氏子弟；再加上宜蘭外海龜山聳峙，海面生波，於是定學校名爲「仰山」，蓋取高山仰止之深意。書院創設後，主持課讀業務者，邀集好學之士百有餘人，另組「仰山社」，每年定期於四月集會，以文會友，以友輔仁，對於蘭地藝文活動的提昇，自有其不可磨滅的價值。傳統詩的吟哦創作，原爲士人賞心之樂事。到了一九二八年，頭城「登瀛吟社」成立，聘請福建晋江人葉文樞傳授詩學，參加者以盧纘祥爲首，包括林才添、莊芳池、吳祥輝、游象新、陳書等十八位同好，取「十八學士登瀛洲」之義，每逢星期假日的夜間，大家集合擊缽聯吟，呫嗶咿唔，後來康灩泉、林萬榮的加入，使吟詩風氣更爲普遍。而後，陳金波在宜蘭市發起成立「仰山吟社」；楊長泉則在蘇澳成立了「濤聲吟社」；張大春在羅東創辦「東明吟社」，使傳統詩在新舊交替的年代中，綻放異彩，此四社分別於春秋兩季，就著蘭陽風光爲素材，創作了不少佳作。而後，陳進東擔任龍頭，將四社歸併爲「蘭陽聯合詩會」，一篇篇的詩作流瀉在蘭陽平原的角落裡，一本本的吟草詩集，也集結成册，輝映文壇。

蘭陽地區的開發比諸台灣各地區，都嫌晚了些，連帶的在文化教育的洗禮上，也沒有那麼受到文明的刺激，但自嘉慶十五年至光緒二十年，短短八十五年間，區區三角洲平原，卻是鍾靈毓秀，人才輩出。一八四〇年（道光二十）黃纘緒首登黃榜，成爲蘭地第一位舉人，風氣一開，士人競尙，總共在科舉競試上，高中進士一人，文武舉二十四人，貢生、廩生、增生三十二人，秀才生員則爲七十五人，合計百卅之衆，無怪乎欽差大臣沈葆禎視察台地軍務時，讚譽曰：「淡蘭文風爲全臺之冠！」

二、日治時期的空白

秉持著這個優良傳統，宜蘭的讀書人自然背負著歷史使命感。早期的士人莫不以希聖希賢做為人格的表徵，「讀聖賢書，所學何事」，似乎是讀書人該學的事，對於詞章之學，有意無意間被疏忽了。在這個過渡時期，將全副力量貫注於非武力抗爭的蔣渭水，除了「熱血男兒」「台灣孫中山」的政治封號外，他還曾經寫著〈快入來辭〉〈入獄賦〉〈牢舍銘〉這樣文學意味深濃的創作。「包括蔣渭水先生在內，絕大多數的台灣近代先覺者，都是在大和民族的教育體系下長大。因此，當他們提倡漢文的普及運動，且以實際的刊物在身體力行時，他們已二十多年沒有寫過漢文了。」（註④）

蔣渭水的注意力獨鍾於社會改革與政治抗爭，這些現實得令人窒息的運動，扼殺了細膩的文學創作，所以，楊逵很巧妙的運用了文字魅力，發揮了文學價值，成為日治時期文學創作方家。「藉皇民化運動的名義，禁止使用中文及上演中國戲、關閉寺廟、壓迫信仰、禁止在公學校使用台語，並命令各地的警察機關關閉教漢文的私塾。……一九三七年（昭和十二）以後，就文學而言，使用中文發表作品是絕對不可能的事。」（註⑤）由於政治上的影響，日治時期的宜蘭文壇，不得不留下一頁遺憾！

三、光復初期的宜蘭文壇

從日治時期轉換到光復時期的政治遞嬗中，民生問題是人們生活中最重要的課題。現在年齡在五十歲以上的，從他們「口述文學」中，驚奇的讓我們發現：如果當時有個「專業作家」，一一記錄下生活中的實錄，那一定是曠世巨作。這段貧窮落後，夾雜著淳樸憨厚，在小說素材的選擇上，儘管不會使人涕泗滂沱，但它最眞實的面貌卻是文學創作裡可以肆意發揮的酵素。一個軍伕，妻離子散，拋家遠戍，戰爭時音訊全無，卻在無任何預示下，軍伕回轉家園，與妻女抱頭痛哭，喜獲重生。類此情事，從跌入近乎絕望的深淵中，重拾生命樂章，台灣島上，何處不是活生生的例子，但我們的作家在期望祖國懷抱和驚怖二二八事件，乃至於擎著大旗喊反攻的政治背景下，舟行如矢，也是留下空白做無言的傾訴！

新的一代起來了！眞正的「文學創作」吹襲著蘭陽平原。擔負著反共救國的文藝作家深入青年社會，中國青年反共救國團走入校園，提倡學生文藝。宜蘭縣團委會的朱家駿（筆名朱橋）及鄧文來、孫虹等負責主編《青年生活》《青年雜誌》，舉辦藝文講座、文學座談、美術展覽、音樂欣賞等多元性藝術活動，開啓了日後蓬勃發展的雜誌出版之門。吳敏顯主編的《旭光文藝》及稍後的《蘭苑月刊》、吳柳彬主編的《星期日詩刊》，還有很多克難式的油性本刊物，甚至於宜蘭高中、蘭陽女中某些愛好文藝同學所編寫的班刊，也成爲熱絡的話題，許多優秀的文藝作家就是在此文學創作風氣中嶄露頭角，蔚成旋風的，而後，《蘭陽青年》於民國六十八年三月創刊，爲縣內青年學子提供了寫作園地。這段時期，被喚作鄉土文學作家的熠熠巨星黃春明，為宜蘭文壇注入了新生命。而另一股由林煥彰、邱阿塗、藍祥雲所主導的兒童文學研究，也在豐饒的土地上，播下種籽，青苗吐露芬芳，自民國五十三年以來，稚嫩鮮綠的兒童文學作品，散發著活力，在宜蘭文壇乃至於台灣地區，獨樹一幟，在它翼護下茁壯的文藝種籽，更投入了寫作的行列。

四、文藝作家協會的豐收期

自一九七〇年以來，先有保釣運動，接著有退出聯合國事件、美國總統尼克森訪問北平、中日斷航斷交；更接著總統蔣公逝世、全球經濟危機、美麗島事件等政治事件不斷地加諸我們身上。因應時代潮流，回歸鄉土的聲音，此起彼落，表現在蘭陽平原上，除了黃春明外，吳敏顯、王克岐、賴西安（筆名李潼）等，以他們敏銳的觀察，逐漸頭角崢嶸，在文學創作的天地裡，獨領風騷。

到了民國七十年八月下旬，台灣省文藝作家協會宜蘭縣分會成立，更有系統的推動文藝活動，提振寫作士氣，就整個大環境而言，文學創作的作者數逐年增加，欣賞文藝作品的讀者在企業化經營的書店招呼下，除了物質享受外，逛書店買書也成為生活的一部份。李潼的作品，連珠炮響的出版了二十多本；簡媜也筆耕了一本又一本的散文集，嘗試從追憶、禪悟、文學因緣等不同角度，詮釋她清新率眞的一面；莊展鵬由小說，越過鄉土歷史深度旅遊，開創他多方面的才華；而黃春明也將駐足心中許久的兒童小說，一一落實為白紙黑字，還有許多年青小伙子胸懷大志，走入文學田野，逡巡屬於他的寫作天地！喔！豐收！

參、蘭地文學的特質分析

在噶瑪蘭古今時空湊合下的文學天地，自有它一股汩汩流出的躍動生命，文學工作者不惜心力，不怨時間的奉獻他們的心靈，爲的就是扮演園丁灌溉田地的角色，這塊綠色大地，注入了文學，一切都將活絡起來！而文學的宇宙裡，含有著生態的均衡，無論是成人文學、少年小說或是兒童文學；不論作家是年長的、青壯的或是年少的，組合於宜蘭文壇上，或許我們可以劃分爲三種不同型態、三種不同年齡的代表加以詮釋，當然，浮現於台灣文壇受到民衆喝采肯定的，何止檯面上的人物，但若歸納爲宜蘭文壇所突顯的特質，似乎又不得不如此說了。

一、黃春明與鄉土文學的世界

提到黃春明，一個文學標籤——鄉土文學——馬上貼上等號！事實上，當黃春明寫〈城仔下車〉時，他根本沒有所謂的鄉土意識，他只是寫「我生活周圍最親切，最熟悉的部份」。最早提出鄉土文學一詞，大概是連雅堂先生「夫欲提倡鄉土文學，必先整理鄉土語言」，而見諸文字的，所以在編寫《台灣通史》之後，他又有感於「見臺語之日就消滅，不得不起而整理，一以保存，一以謀發達，遂成『臺語考釋』」。無獨有偶，黃春明在寫了許多小說之後，傾其學養爲宜蘭縣政府奔走呼號，提倡本土語言之教學，期望在被忽視了四十年之後的本土語言能夠在健康的心態上復健成功，這與連雅堂先生的抒感抱負，相爲表裡，當然，黃春明當初寫作時，是沒有爲自己歸類的。

「歐洲文學潮流方面則有德國廿世紀初的鄉土藝術之類的小說，作者且運用了鄉土方言。鄉土文學是近代歐洲都市文化學的一種反動，是歐洲人疲倦於刺激强烈的都市生活後，對童年的田園風光或淳樸生活，產生情緒上的懷念。」（註⑥）廣義的說，所有的文學作品都來自於鄉土，但由於過去無可奈何的政治對抗，屬於極度緊張的情緒並沒有絲毫解除，反而當作家筆下的主角是個毫不起眼的小人物，不是聖人賢人豪傑，也不是富家千金，英俊少年時，誤解和曲解便跟了進來，貧窮、落後、卑微、靦腆等印象馬上烙印出來，事實上，眞正解讀了「鄉土文學」的小說時，你會覺得海明威的《老人與海》是否也可歸類？「他們作品的可貴是反映現實生活中的人的感情和人性反應——他們的悲歡、他們的奮鬥、掙扎和心理的願望，而透過這些作品能使我們對這個社會和人多增加一些瞭解和關切。」（註⑦）「行爲主義大師史基納博士的史基納箱（Skinner Box）告訴我們箱內老鼠受電擊，吃到花生時的情緒，提供我們某一種刺激產生其一種反應的必然結果；在文學的領域中也是一樣的道理，什麼樣的社會產生什麼樣的文學！沒有反璞歸眞的人性，那來鄉土風采的文學？」（註⑧）的確，誠如葛浩文評論黃春明的小說，解釋鄉土爲「寫實文藝創作類型中的一種」，是「根據他的個人生活和親身經驗而寫成的」，所以「黃春明的小說世界始終只有一個——台灣社會，他寫出了廣大羣衆的生活……這些生活底層的小人物才是我們社會的基石。」（註⑨）小人物要活下去，而且要活得更好；土地要豐饒，而且要用愛來滋潤。從民國四十五年〈清道夫的孩子〉一文的發表，一直到成册的《看海的日子》，小說的主角，清一色都是「卑微的小人物」，它所帶給我們心靈的悸動是出自於同情、憐憫的情緒。小人物有他們故事的眞實性，黃春明在創作時，以〈挖甘藷〉爲例：你輕輕地挖，別弄斷了微血管那麼細小的根，拖出來的就是一大串故事，過去的年代裡，宜蘭縣裡的鄉土人物在黃春明筆下綻放光芒，於是我們學會了「放眼周遭，汲取故事」的功課。

事實上，蘭地早期的開發過程是一頁充滿辛酸血淚的奮鬥求生史！吳沙是拓墾社會的成功者，至於其餘的移民呢？疾沒世而名不稱的，都是本地的「有應公」「大道公」，頭城慶讚中元的「搶孤」，到底爲何人而設？當我們踽行於淡蘭古道上或奔馳於九彎十八拐，這條通道曾經留下多少故事？而創造故事的人，不是張三，就是李四般的小人物。文學來自鄉土的呼喚，過去如此，只是沒有文學作家努力創造而已；現在黃春明寫了一連串的鄉土人物，葛浩文認爲「即使黃春明的作品有限，他的創作生活本身卻清晰的代表了文學史上的一個重要發展階段」（註⑩），這些成果在教育我們「抓住就寫，寫我們生活週遭開始」。只要付出眞正的關懷和愛，小人物的卑微便會成爲被注意的個體，憨欽仔、阿蒼、阿盯仔、白梅，乃至於城市裡的小說主角，贏得我們的尊敬與瞭解。

另外，黃春明的另一個關懷是純眞無邪的兒童。他筆下的老人都是童心未泯的，像青番公，像〈魚〉裡的阿公。撰寫成人小說時，黃春明又規劃另一條寫作路線，劉春城訪問他時，只見到黑板上寫滿了密密麻麻的兒童故事標題，他說：「童話不只寫給小孩看，大人也能看，而且要完全中國式才好。」經過了幾年的思索，今年六月，黃春明童話，包括《小駝背》《小麻雀——稻草人》《愛吃糖的皇帝》《短鼻象》《我是貓也》等五本，在文字素養配合童稚心靈，加上別緻創意的繪圖中，流轉出一股樸實趣味，越平凡的故事越難鋪陳，黃春明充分運用想像爲兒童引導了另一扇窗的開展。聽到他最近的演講，〈地牛換肩〉和〈屋頂上的紅蕃茄〉的舉例，揉合了想像與寫實，他無怨無悔爲文學創作做了最佳的注腳。

二、藍祥雲與兒童文學的天地

生活就是文學！任何一種職業工作者，如果他有夠細膩的話，那麼生活與工作將是文學創作的根源，什麼工人文學、鄉土文學、都市文學、山水文學、妓院文學等等，文學的種籽早就埋藏在地底，端看我們如何施肥灌溉而已！一羣以藍祥雲、邱阿塗爲主導的兒童文學工作者，奉獻了他們的心力與時間，更有的是理想與執著，從民國五十年五月三日開始，一次由教育廳主辦的「國語文教學研習營」，無心插柳的蘊開了兒童文學的研究風氣。

審視這段蘭陽地區兒童文學的因緣，藍祥雲以一個謙虛的態度來看歷史的流程。那次的研習會最主要的目的乃是爲了培養國小教師從事兒童文學寫作的興趣，相對於「中華兒童叢書」的出版，教育當局認爲人力開發是當前課題，其中尤以觀念的溝通、共識的建立最爲緊要。第一期的研習人員廿四人，其中知難而退的有之，也有抱著既來之則安之的態度，好歹總要努力創作一下，試秤自己的斤兩，藍祥雲選擇了後者，而且他始終如一，在兒童文學的研究或創作上，「與國語文教學有直接關係」的信念一直支持著他的努力。其實道理很簡單，老師在課堂上命題作文是「我的老師」時，孩子的注意焦點便不易集中，寫出來的文章便泛泛散散。但若將題目改爲「老師的鬍子」時，所有的眼睛便落在老師口鼻之間方寸所在，觀察、想像、敍述、報導，孩子的天眞筆觸可能會讓老師覺得：我的鬍子還有這段傳奇？就這個樣子，從學來的文學觀念轉到教學上面，兒童文學在宜蘭綻放出自然的光輝。

草創時刻，要對兒童文學得到切入點，煞費苦思，藍祥雲便粗略的將從事兒童文學教育者分爲翻譯組、創作組，無可諱言的，西洋社會及日本教育對兒童福利是較講究的，幾年下來，翻譯的成績都來自於世界著名的童話，這也鼓舞了宜蘭文壇，繼續且願意的投入兒童心靈天地的探討。誠如邱阿塗臚列《宜蘭縣兒童文學史料初編》的資料時，將兒童文學的開展分爲拓荒時期、播種時期、萌芽時期、茁壯時期、收穫時期五個段落，文學是個生命的有機體，唯有不斷的呵護與關懷，它的長大才是值得慶幸的。當然，在默默耕耘的階段，林煥彰擔任了潤滑推動的角色，而黃基博更是落實於創作與研究，提供了其他同好一面鏡子。羣策羣力，不計毀譽，不談名利的工作羣像，正是藍祥雲當初涉足兒童文學的原有想法，三十多年來，依舊如此！

認眞說起來，蘭陽平原並沒有爲兒童文學奠下艮好的開展條件！就那個年代來講，能把教學課教出興趣、參加初中入學考試能夠多錄取幾個，便是艮師，對什麼創作啦、繪畫啦、音樂啦，無暇顧及。處在這種空氣下，宜蘭縣的兒童文學工作者卻能一本初衷的，以自掏腰包的方式，承辦了十四屆的兒童文學研習營，當初，由教育廳所舉辦的教學研習，眞正在蘭陽平原上開花結果，一直到了最近幾年，蔚成風氣的兒童文學在藍祥雲的實力展現下，獲得靑睞，經費有了著落，願意參加研習的人也加倍了，於是以指定讀物，提出心得感想；或是自行創作；或是不斷從事兒童文學教育的工作者，便成爲篩選時主要的參考。

多年來，藍祥雲先後在五結、寒溪、廣興、北成等國小播下兒童文學的種籽，在他的諄諄鼓勵下，老師們利用課餘時間，從事翻譯、改寫及創作，當一本本新書出版時，「生平中擁有第一本自己撰述的書」的喜悅，使許多兒童文學工作者不虛此生，不虛此行，藍祥雲以頗有哲理的語調講：「因爲我不太自私的個性而使很多人的童年過得更爲繽紛。」的確，在每次研習會之後，面對研習者嘔心絞腦的作品，藍祥雲爲他們寄出稿件，國內各兒童刊物響起了一片迴聲，他更有心的「逼著」老師們和學生們寫出童年往事，於是〈走過童年〉〈飄香童年〉〈金色童年〉〈繽紛童年〉等，虹吸似的抓住了我們的羨慕眼光。生活就是文學，藍祥雲、邱阿塗兩位宜蘭兒童文學教父級的奉獻者，永遠保持著一顆赤子之心，其他如李英茂、林敬祐、陳浪評等，也都散發著童心，灌溉著青苗，這不正是宜蘭文學的特質嗎？「提倡兒童文學，不是爲了培養小作家，只是讓孩子們透過學習，更豐富他們的童年罷了！」現在，藍祥雲還是這樣說著。

三、李潼與少年小說的因緣

剛從中國大陸載譽歸來的李潼，以《少年噶瑪蘭》一書獲得宋慶齡兒童文學獎，爲蘭陽平原做了最大的宣傳；不久前，由臺北、北京、河南所聯合主辦的「海峽兩岸兒童文學獎」比賽，來自三個地區八百餘件的作品，李潼又受到接納與肯定；臺灣地區，教育部散文獎、洪建全少年小說獎、時報文學獎、國家文藝獎等，凡是純文學活動所舉辦的獎項，該有的，李潼全部都有了，他可算是得獎最多，獎項最雜的專職作家了。

曾經寫過成人小說，成績也相當不錯的李潼，卻把大部份的精力轉移到少年小說的撰作，說起來這是一段因緣，也是他率直至情，對廣大多數少年人的關懷。

依照新聞局的統計資料，臺灣地區買書看書的年齡都是從十六歲開始，至廿五歲而達於最高點，然後又急速往下降，那十三歲到十五歲的「慘綠少年」階段呢？擺在我們面前的是寫的人太少了，幾乎沒有人寫，這階層的讀書權利被剝奪了，被忽視了。無可否認，少年階段對成人世界的書籍看不懂，找不到耐心看；他們對童話故事又不屑一顧，處在尷尬的年齡，學校壓力太重，除了課本，少年仔把大部份的時間用在電動玩具店或是郊遊野炊，更多的是電視機前的霸佔者，誰爲他們寫作？少年人迷失了！談到迷失，李潼直覺的說：「我之所以致力於少年小說的撰寫，乃是心中有股揮不掉的陰影——怕迷路的恐懼。」大概是六歲左右吧！李潼爲了觀賞廟會活動，隨著人潮走著走著，最後他發現周圍的人，周圍的房子都陌生的看著他，迷路！這怎好意思向別人提起呢？少年人不也是在品行學業上，稍一不愼而迷路嗎？就著這許多因緣的結合，李潼爲自己貼上標籤——少年小說的文學工作者。

透過生花妙筆，去找尋一種叫做「有趣」的元素，讓迷了路的少年機緣的讀了小說，小說裡故事情節的安排是主角配角巧妙的結合。生活中有煩惱、有失意、有苦悶，李潼透過小說的呈現方式，使少年人從故事中學會思考，懂得選擇。故事的鋪陳是整體性的，有血有肉，也有骨頭，願意啃骨頭的人，深中肯綮的聞得骨髓的芳香，喜好吃肉喝血的人，也可以從作品中看到問題解決的可能方案，「換句話說，撰寫少年小說，除了先將主題意識健康的樹立之外，還得著重在敍述技巧，這種文學包裝是從事文藝工作者最基本的工夫，我們要不著痕迹的報導故事主題，要將寫作技巧藝術化，這是對撰作者敍述能力最大能耐的挑戰。」連續寫了廿三本和少年有關的李潼，以他的經驗說出少年小說成型過程中的困境。

「文學工作者要不斷的跟自己宣戰，給自己打氣！」李潼深得個中三昧的訴說著。總的來說，把所有李潼的作品抽絲剝繭後，展現在我們面前的一個基調是：做個快樂勇敢的開路先鋒！臺灣由於承受著政治、經濟、教育、社會上許許多多的壓抑，生活步調的快速使我們不敢對任何事情做長遠的計劃，惡性循環的結果，開路的艱辛工作，沒有人願意扛在肩上，做爲性情中人的李潼，知其不可爲而爲之，認眞執意的在少年小說中步步經營，幾年下來，鰲頭非他莫屬！

〈天鷹翱翔〉中，那只風箏在電火溪的和風中，因著不必自卑自憐，以努力奉獻的積極態度，讓天鷹盤旋藍天白雲。我們的少年羣中，有數不清斷了線的風箏，孤伶伶的掛在蒼穹的壁紙上，不知所終。當年海鷗李文斯頓·岳納珊在海灘上學飛，飛出了屬於他的一片天空。〈再見天人菊〉中，明白說明唯有對家鄉的認同，才是唯一走得通的路。至於《少年噶瑪蘭》，那就更直截了當了。

李潼很用心的寫給大朋友的「序」中說：「兒童文學園地的荒蕪，正是現在人文教育的空白。……大家都不屑回頭去看看過去，沒有人肯停下腳步鑑往知來，這使得生活空間原本狹小的孩子們視野更窄，心靈更枯竭。」多沉痛的呼籲，他要從少年歷史小說中，無形無相的告訴讀者：人性的愛與恨、渴望受尊重、追求和平，都是人性的共同性。在寫給小朋友的「序」中，指出「對於不瞭解的事物，即使有愛，總是不夠深刻。」夠了夠了！少年潘新格在時光隧道返轉時，由於碰到蕭竹友而驕傲的說：「我就是噶瑪蘭·潘！」這是最緊要的一件事！

誠然，平埔族噶瑪蘭人已經走向後山，成爲極少數的先住民。但一個噶瑪蘭人如果連自己的民族認同都有問題，那他又如何應對倏忽萬變的社會？瞭解自己民族的好，把驕傲自信和感動寫在臉上；瞭解自己民族的壞，把反省檢討貼在心底，學著在無奈中欣賞自己的優點。潘新格縮在〈雄鎭蠻煙〉的凹洞中，全神貫注，靜靜的觀賞炫麗的閃光，歡喜的氣體使他尋回自我，他從歷史中瞭解「噶瑪蘭人熬得了天災，卻熬不過人禍」，在此後，他再也不自怨自艾，他接受了事實，噶瑪蘭人就噶瑪蘭人，又怎樣的？一九九三年六月廿四日的龍舟競渡，飄泊花蓮新社的噶瑪蘭人還不是再回到加禮遠，組隊參加！李潼在〈終曲〉裡似乎忘了添加如此一筆！

寫了《大聲公》《博士・布都與我》《順風耳的新香爐》《神祕谷》等多部少年小說，李潼說我雖是花蓮長大的，但我的外公外婆都是壯圍人，我是否也有噶瑪蘭人血統不得而知，不過，這一代的少年是需要關懷的，這和我是那種血統的人，都無甚關聯。

李潼說：「一代傳一代的薪火很重要！今天的社會成果是上一代努力的結果，祖先的心血只懂得付出，至於回報就看這一代的人怎樣爲下一代盡責。少年小說是我致力的目標，我很願意再出版二十本三十本的書，讓少年有個心靈依存的所在。」語氣鏗鏘有力，在空氣中飄浮！

四、創作是件快樂的事

文學的菜餚是四色拼盤，小說、散文、詩歌、劇曲，不一而足！宜蘭的文學工作者，從黃春明以降，藍祥雲、李潼，從作家輩份，撰述型態可以概略劃分之外，還有好多筆耕，在璀璨的大地塗上顏色！

吳敏顯以他洗鍊的文句，深沉的表達了他對生活周遭的感受！〈與河對話〉是一篇無盡的沉思所堆積而起的諷刺文學，字裡行間，他以極其自然的語調平鋪直敘大地上的一切，我們卻憬然發現他內心那股先天下之憂的情愫，竟是如此撞擊著心胸。「有一名男子承認，河是他最初的戀人。河，卻淚眼汪汪的回答他說：『再也不能成爲你桌上的一杯茶水了。』」這是生活裡的環節，於是我們可以說，這名男子不就是吳敏顯的自況？從「除非人們關閉所有衞生單位的檢驗室，河才可能被朗誦成詩篇」

的句子裡，赤裸裸的批判了環保工作的缺失，而這只是前後不到三十年的時間。從「小魚兒和小蝦，留在河裡等牠長大」的喃喃自語，我們的生態保育是否已將觀念深植？「任何水流，一經人間歲月，遲早就會失去嫵媚……遲早就會失去美麗的腰身。」（註⑪）吳敏顯以平實的口吻，一會兒「河說」，一會兒「他說」，談話之間，哦！我們所賴以生活的大地河川，原是如此模樣。相對於吳敏顯的自然理趣，簡媜就人文得多了。

從九歌出版社編選年度散文開始，簡媜便緊緊貼在每本的目錄上，歷久不衰。這位個子小巧，眼睛流轉活潑，舌尖敏銳的女孩子，那一年，我在講台上教她〈匆匆〉，匆匆二十年了，她的《水問》《只緣身在此山中》等等散文集子，五顏六色的爬上書架，以佛緣的道路，拈來幾朵飄香。

很難忘記她的〈漁父〉！從 teen-age 開始到荳蔻年華，十一年的等待，小女孩對大父親的感情移轉，從懵懂到逃避到排斥到接納到追憶，世上有幾多愁，纖小的簡媜如何承受？「吃さしみ！」一句很普通的呼喚，可是父女間最自然的溝通？而不願腐朽竟是那般巧合的掇近了過去與現在的塵世因緣，最後歸結到「父親，你是我遺世而獨立的戀人。」無可避免的，簡媜的人文觀察，來自於她對佛教思想的體認，佛光山的日子也好，聯合文學的日子也好，大雁書局的日子也罷，任何事情的詮釋在於一個「緣」字，灑脫自在，任眞自得。於是在〈空靈〉的思維中，簡媜踏出了另一條阡陌路。從少年時代，聽著她的嗓音，我就知道：文學的國度裡，簡媜駕馭的船隻到處可以見到燈塔，停歇一陣後，又再啓碇，找尋更遠的岸頭！

人生是一連串的奮鬥，永無終止！江彤晞，這位過了不惑之年的文學工作者，在他身上，命運之神給了他骨頭石化的怪病，經過診治，醫師搖頭太息，認爲只要渡過靑春期，骨頭便會完全「僵化」

，但江彤晞（本名江慶富）克服了殘障，昇華了情思，把所有的注意力傾向寫作，因爲勤於寫作的關係，死神也網開一面，讓他點燃生命的燭光，〈清水海岸的冬天〉寫出了他對家鄉的眷戀，他把愛還諸天地！有一首歌這樣唱著：「……暗時仔廟口聽大人碰風，叔公講日本時代他尚介勇；姨婆唱著望春風，彼就是我的故鄉……」，江彤晞的童年往事是否也曾經如此浪漫，那清水海岸是否也成爲他朝思暮想的懷鄉曲？去年，抵不過軀殼的催老，他撒手西歸，留下來的還是海濤沙汕的低迴！

在散文小說的天地裡，廖蕾夫曾經投石問路，激起〈隔壁親家〉親切的問候；吳淡如，這位永遠都是第一的，敢愛敢恨，她的率性，或許和她所報導有關電視藝人的興衰，也有著些許關聯吧！在大衆傳播轉向娛樂導向時，許多題材都值得嘗試。當然我們知道還有好多宜蘭作家，仍舊在觀光立縣、文化立縣、環保立縣的口號上，進行挖掘寶藏的工作，但願來年，山阪海濱，佈滿著文學花果。

肆、蘭地文學的未來

土地、地形、物產、氣候、歷史、人文……在在影響著文學的開展。過去的蘭陽平原給人的印象是農村、貧窮、落後、颱風大水，還有被譴笑爲「宜蘭叛仔」的憨厚拙重直蘭人。宜蘭人出走外地，飄泊異鄉，「會吃飯嬒相驚」，這是多年前的吾鄉印象，因應這個特質，鄉土小人物便躍現小說舞台；在形勢封閉的平原內，物質文明未曾打擾著她的酣睡，以至於到了今天，清新自然、純樸可愛的最後淨土，已經隱約的看到平行的等號搭在蘭陽平原的肩上，很值得慶幸的是：窩囊了幾十年的宜蘭人，到得臺灣各地，他昂首挺胸大聲的說「我是宜蘭人」！

文學的生命植基於土地和人民。十九世紀中葉，英國東印度公司海狠號貨船被颱風颳到了大南澳，船長荷恩進行了探險和開墾，這塊南澳平原成爲外交視覺的焦點，它用政治方式解決了主權問題。百多年後，王幼華就著文獻記載，在眞實與虛構之間，高春風與荷恩的愛情，譜寫爲《土地與靈魂》。（註⑫）

先民篳路藍褸，以啓山林，當年披荊斬棘，走在石磴如梯的淡蘭古道上，辛苦的一趟，「行過三貂嶺，著嘸想某子！」這句諺語的背後，有著怎樣的悲歡歲月？虎字碑雄立草嶺埡口，那座石砌土地廟的公婆，睜眼見過多少滄桑？李潼曾在夢中與土地公奕棋煮酒麼？潘新格膜拜過，但陪蕭竹友走來時，卻只聽得虎虎生風！

龜山島揚輝射斗，朝日是牠的專利。這兒曾經是海洋航路的指標，也是漁獲量最豐盛的地方，宜蘭人把龜山頂的雲朵當做氣候的測候站，那是多年經驗的智慧；更把龜山島當作精神表徵，是家鄉形象的美工畫板。去年的區運會，鄉下人辦喜事，龜山朝日射得絢爛炫耀。多少的歷史神話、地理傳奇，如今卻是「海上靶場」，遷往頭城鎮大溪里仁澤社區的龜嶼原居民，情何以堪？（註⑬）

談到宜蘭，冬山河與鴨臢也會有一番精彩的對話！那河，原是窮凶極惡的，它的氾濫，造成了宜蘭養鴨事業的一支獨秀。稻谷浸泡海水，爲了生存，爲了重整家園繼續活下去，鴨臢沒有辦法的必須成爲宜蘭名產！甘蔗醺熟染香了整個利澤，連元宵節永安宮的「走尪」，也贏得讚賞！如今，民俗技藝園區與養殖池地目重疊，該有個軟性文學的訴求吧！

礁溪的溫泉，艷幟高張，曾經，她是村姑，清秀得不忍讓人彈破她的身軀。蘇澳的冷泉，享受攝氏二十一度的恆溫，不管春夏秋冬。太平山的磞磞車載著森林的喘息，換取羅東的繁榮。砲台山上的戰事風雲，嚇走了孤拔上將，爲中法戰爭添增了海事戰役。南澳鄉武塔村〈撒韻的鐘〉，變調爲〈月光小夜曲〉，訴說著先住民泰雅人的愛情故事。

土地的素材和人民的個性，相輔相成的給予蘭地文學很好的開展空間，無論散文也罷，小說也好，從自己的周遭寫自己熟諳的事，倍覺溫馨親切。夏丏尊說：「文藝是作家的自我表現，在作品背後潛藏著作家的。所謂讀某作家的書，其實就是在讀某作家。好的文藝作品，就是作家高雅的情熱、慧敏的美感、眞摯的態度等的表現，我們應以作品爲媒介，逆溯上去，觸著那根本的作家。」（註⑭）

宜蘭，或任何地區都是一樣！本土文學是最具特色、多元化的文學，有許多層面值得開採。讀一本書，眞正認識一個人；寫一本書，眞正把自己奉獻給社會大衆。讀者、作者、編者，三位一體，文學的國度才會有新人類。

註釋：

①陳淑均《噶瑪蘭廳志》卷之五上，引〈問俗錄〉，頁三六一～三六二，宜蘭縣文獻委員會編印，民五十七年元月。

②同註①卷之五上，引〈氣候〉，頁三七一。

③《蘭陽》第五期，張白山〈開拓蘭陽一先鋒—吳沙〉，頁一〇四，台北市宜蘭縣同鄉會編印，民六十五年三月。

④〈蔣渭水先生選集——被壓迫者的怒吼〉，黃煌雄編，編者序，頁五。長橋出版社，民六十七年九月再版。

⑤尾崎秀樹〈戰時的台灣文學〉，頁一。摘自《台灣史論叢第一輯》。

⑥翁佳音〈鄉土文學論戰的時代意義〉，仙人掌雜誌第二卷第六號《民族文學再出發》，頁一五二，民六十七年八月出版。

。

⑦王拓〈是現實主義文學，不是鄉土文學〉，仙人掌雜誌第一卷第二號《鄉土與現實》，頁七十二，民六十六年四月出版

⑧徐惠隆〈從鄉土文學到民族文學〉，仙人掌雜誌第二卷第六號《民族文學再出發》，頁一四三，民六十七年八月出版。

⑨劉春城《愛土地的人——黃春明前傳》，頁十二，民七十四年元月。

⑩葛浩文《弄斧集》，頁二三八，學英文化公司，民七十三年八月。

⑪吳敏顯〈與河對話〉，九歌出版社《七十四年散文選》，頁一三三～一三八，民七十五年四月。

⑫王幼華《土地與靈魂》，九歌出版社，民八十一年二月。本書以樸實的筆法，詳密的考證，敍述荷恩開發宜蘭縣南澳平原的事，對臺灣歷史做了新的解說與呈現。

⑬徐惠隆《蘭陽的歷史與風土》，頁四十九～七十二，台原出版社，民八十一年十月。

⑭夏丏尊《文藝論》，頁五十一，莊嚴出版社，民七十一年元月。

講評／邱坤良

本文大概表現出了文學發展的脈絡、背景與不同階段，但缺乏論文格式和討論形式。文中介紹蘭陽發展，充滿了作者主觀、感性的投入，並提到蘭地文學的特點，卻不曾詳細介紹，只簡略提出了文學的情形。「宜蘭籍作家作品」和「宜蘭文學」二者定義有所不同，不可存主觀之見，認定「宜蘭籍作家作品即爲宜蘭文學」，作家文風和地域的關係雖密切，但文中只是泛泛略述，未深入分析探討。

宜蘭在近幾年來，由於因緣際會而保留了一些傳統文化，和其他地域相較，流失較少，此乃因歷任縣長苦心帶動了良性的循環，進而推動了建設及整個文風的開展，使宜蘭文學做爲臺灣現階段地方文化發展的借鏡。地方文化發展是須要各方面的配合，再加上人才的投入而有所成果，使地方上人士以其地方文化爲榮，重建藝文傳統，如此才是建立、架構臺灣當代文學的重要方式。

〈引言①〉

松・草與苔蘚

◎吳明輝

通常，在一棵巨大的松樹底下，我們可以找到很多小草，也可以找到一大片披覆岩土的苔蘚。他們同生共榮，自然而親切。它們的底下有一塊大地，不斷的孳乳著它們，給它們滋養，給它們生命。松樹挺拔而蒼勁，草兒嬌嫩而柔美；苔蘚蒼綠地綴補著大地的焦黃。它們感於大地的哺育，也就各自忙著回饋，它們造就了那片土地的生息與美麗。

鄉土，孕育著無數的文學創作者。不息不止的供給他們智慧、經驗以及濃濃的情感。於是他們有了創作的素材，有創作的靈感，而且作品有了濃郁的情味。這些創作者的成就，有的大如巨松，有的微如苔蘚。不管他們成就如何，無可懷疑的是他們都是從這塊土地上滋生出來的。他們從「鄉土」吸取養分，承受雨露陽光，他們在這塊土地上開花結果。鄉土賜給文學工作者以無比的動力，而文學創作者寄予鄉土以無限的關愛，土與人彼此依附，共生共榮，就如松、草、苔蘚與大地之關係一般地親切而自然。

這是一個很「當然」的生態。展現出來的狀況，自然得如果我們不加以思考探索，便根本感覺不到它的存在。這種現象正說明了文學創作者與鄉土之間的關係，密切到了交融而不可分的地步。我們如果仔細思量，必然會發現，事實果眞如此，甚至我們可以尋得若干脈絡：

- 文學創作植根於鄉土的經驗：我們都會同意，任何的創作（文學的、美術的、音樂的乃至科技的）其基礎都在於經驗。沒有經驗而冀求創作，難能有貼切的作品出現。鄉土提供給我們的種種，正是我們最切身、最熨貼的經驗。每一個人在鄉土成長，我們在鄉土生活中獲得最寶貴的資料和資源。在經驗裡有快樂也有哀傷，有苦痛也有慰藉。這些不同況味的經驗感覺，也就是文學創作植根最深的地方。在創作的過程中，它們不時的浮現在思慮裡，有形無形的表現在字裡行間。鄉土的經驗，使我們創作得更豐富、更貼切。
- 文學創作高貴於鄉土的情懷：不論是生於斯長於斯老於斯的原鄉人，或者是背井離鄉的流浪者，那股濃濃的鄉土情懷，必然長時間的在胸臆間縈繞，那份牽腸掛肚的、呵護與期許的深情，正是文學創作上至爲高貴的價值。當然，一個文學創作者的創作範圍，不能局限在鄉土的些許人、事、物之內，但是透過創作的手法，表達對鄉土的懷念、期許、訴說家鄉的幸福與苦難，正是許多不朽作品中，隱含著的高貴情操。
- 文學創作燦爛於對鄉土的關愛：文學創作者以關愛家鄉的原始情愫，創作者獻給家鄉的人，最起碼是一件動人的作品。因爲寫作的、閱讀的、共同的有著對同一個生活背景的認識與情感，他們極容易相互共鳴，彼此悅納；至於縱傳百世、橫傳千里的偉大作品，更常常是以作者對鄉土的濃烈甚至是刻骨銘心的憂，或者是難以撫慰的痛，源於內心發於筆端、嘔心瀝血、低吟狂嚎、至情至性的抒發而成其偉大。《古拉格羣島》如此，《漂鳥集》又何嘗不是隱含著鄉土的聲聲呼喚與嘆息？

•文學創作結實於鄉土文化的傳承：文學創作者除了藉著鄉土的資源、經驗、情感、期許創作出作品，完成一己之成就外，更有責任去彰顯家鄉的榮辱。將鄉土昔日的的榮耀與傷痛作深入的探索與發掘，系統的整理與分析，技巧的傳達與批判，傳承給周遭的人乃至於後代子孫。激發出他們對鄉土的情與愛。這個責任，自然是非文學創作者莫屬。那些從老祖母口中逐字逐句記錄下即將失傳的民謠童謠的作曲家與詞家；那些深入礦坑體驗礦工生活的，隨著漁船浮沈於大海，體驗漁人生活的文學創作者；那些埋首在資料檔案堆裡，與泛黃的書頁陣陣的霉味為伍的史料工作者，他們憑藉的是對鄉土的愛與關懷；他們期許的是對鄉土有點滴的貢獻。無論他們的成就如何，他們是值得敬佩的。

當然，文學創作的範圍，不能局限於狹義的鄉土傳統文學，文學創作者也不能只在鄉土的人、事、物裡頭打轉探尋，他們有更多更廣的層面要去思考與詮釋。文學創作者應當有自己的意識與理念等待著下功夫去抒發去傳遞。然而，文學創作者只要植根鄉土、戀愛鄉土，則不論他定的是什麼樣的創作方針，走的是什麼樣的創作路線，鄉土的溫澤將會隨時豐富他的作品，神聖他的作品，原因是他的心裡有根、有愛、有關懷。

值得進一步思考的是：就今天的文學創作背景而言，我們必須對「鄉土」兩個字作重新認定。資訊的發達，使世界變得更小巧更緊密，「鄉土」兩個字所代表的，不再僅僅是一個村莊或者是一個市鎮，我們似乎應該很宏觀地把「鄉土」擴大為一個與我們生活息息相關的生活大環境，如此一來，我們所關懷的空間加大了，我們所能獲得的資源更多了，我們的創作內容必將更廣泛更活潑。

一個文學創作者，除了表達自我之外，有義務用心地去發掘並彰顯鄉土的特性；有義務運用他筆端的智慧與情感，去傳承鄉土固有的文化；有義務敞開胸懷與其他的創作者相互提攜，共勉共礪，以促成鄉土文化的蓬勃發展，就如一棵巨大的松樹，它很自然地庇蔭著樹底下的草與苔蘚，它落葉以肥沃它生長的土地一般。

〈引言②〉

盛產藝文子弟的蘭陽平原

◎李　潼

從事台灣開發歷史研究的學者，認爲蘭陽平原的開發，可以做爲台灣移墾社會的一個縮影。蘭陽平原的族羣統合、人文風貌、地理條件所呈現的政治、社會、經濟、文化架構，因爲處在開發較晚的台灣東北角，有較佳的保存，特別適合研究取樣。

直到一八一四年，才正式收歸清朝版圖的「噶瑪蘭」（宜蘭舊稱），被所謂正統政治治理的時日，比起台灣西部，晚了將近三百年。在這之前，來自馬來西亞、菲律賓的泰雅族人和平埔族噶瑪蘭人及中國南方沿海的漳泉粵移民，在這裡設定規範、自成天地，並使得各血統在此融合、各利益重新分配。在早期的移墾年代，陸續還有西班牙人、荷蘭人、海盜、西方傳教士，曾在蘭陽平原做試探性的停留。這些迥異的各民族文化，多少都在宗教信仰、生活方式上相互滲透與衍生，改變或豐富了蘭陽平原的文化。而晚近的日本殖民和一九四九年前後隨軍來自中國大陸的移民潮，他們的民風習俗，自然也在這塊形勢封閉的平原三角洲，相互吸納與汰換。

這種民族的融合與文化面貌的演變，對於台灣島的際遇，並非特例，但是以蘭陽平原的封閉形勢，其中的激盪，深入民衆的生活方式、生活態度，並被獨立思考與存藏，可能在研究上便有值得一提之處。

惟有機敏而堅强的移民，才能在這種迅速變遷的移民文化中安身立命。機敏的人，必有靈銳的洞察體會能力；心智堅强的人，才能愈挫愈奮，歷久不頽；這樣的性格，也正是藝文創作工作者最需要的性格。身爲這封閉三角洲的蘭陽子弟，有比起台灣其他地區毫不遜色、甚至稍多的藝文工作者，是否正因爲傳承了移民先祖的此種性格？

以近代的台灣藝文範圍爲例，出身蘭陽平原而爲人熟知的工作者，如黃春明、簡媜、吳敏顯、江彤晞、吳靜吉、邱坤良、李潼、林煥彰、阮義忠、吳炫三、楊英風、楊麗花、藍蔭鼎、黃玉成……不下五、六十位之多。

這些來自多雨的蘭陽平原藝文子弟，他們的作品若要歸納特色，不外是草根性强烈、泥土味濃厚。他們本人如此，透過各自的藝術形式和素材，所展現的人物、主題和情感，不外乎是形象高大的笑淚難分的小人物；在血汗淋漓的人生關卡歷險後的平靜怡然；擁有柔韌如竹卻堅强如金石性格的中下階層羣衆，以及由此煥發的生活美感。

這些旨趣的關照，對於任何一個具有社會良知的藝文工作者，並非殊異，但是，與蘭陽平原涉有淵源的藝文子弟，如此一致的挖掘並彰顯這些題材，即使表現手法各有專長，他們關懷弱勢族羣，突出邊緣人物和强烈的鄉土認同，一旦和位處偏角，多水患天災又能自給自足的蘭陽平原結合，可能便有些特色意義。

蘭陽平原的落雨日，一年大約兩百天。這種綿雨不絕的天候，讓蘭陽平原的農作，從來沒有缺水記錄，有的是早期的氾濫成災，這種潮濕泥濘，多少也限制人們出外的興致，有人認爲；行不得也的綿綿蘭雨，對於以室內工作爲主要的藝文創作，有脫不了干係的影響。雨水帶來的清涼寧靜，有助於蘭陽子弟觀察思考、勤於閱讀和想像，並且在天晴之日，把握時間體驗生活，這樣的推演，太過簡化，卻也並非全然無理。

蘭陽平原的文學藝術工作者，所創作的重要作品，絕大部份都在離開蘭陽平原之後完成，但是他們在外的識見吸取，幾乎都回歸於驗證青少年期在家鄉體悟的美好或險惡，他們的創作性格中的「蘭陽色彩」，仍不乏蛛絲馬迹可尋，也就是蘭陽平原人文生態中，曲折坎坷的移墾背景；人與人爭、人與天爭的求生局面；人與人和、天人共和諧的學習過程；小人物羣聚的英勇形象，也即是强悍且溫柔、爽朗且多禮、莽撞又周到的綜合性格。

蘭陽平原自漢人吳沙率衆移墾，至一八一四年正式收歸清朝版圖之間，曾有十多年獨立治理的經驗，這些識字無多卻對知識十分敬重的移民領袖，自有一套有別於正統的政治理念，他們的政治主張和敬重文化的態度，落實於族羣活動和日常生活，對後代子弟頗有影響。

從事藝術文化工作的蘭陽人士，向來頗受此地的政治人物敬重，對於鄉土教育、文化活動，乃至蘭陽平原文化風貌的延續與塑造，多少都接受了諮詢與執行。政治人物的看重文化，有心培植文化，在今日台灣的政治生態，無疑也是殊異的膽識作爲，不過，到目前爲止，比較著重的仍在表演藝術方面，以及具有展示功能的圖畫、雕塑，對於詩歌、散文、小說等文學創作的實質鼓舞尚未起步。

多年來，戶籍人口常保四十五萬左右的蘭陽平原，擁有許多移居他鄉異國的子弟，這個雨水家鄉對他們仍具有强烈的向心力，若能結合內外資源，進一步對於蘭陽子弟的藝文創作計劃給予支持，蘭陽平原的傑出藝文作品當更豐碩，此地的藝文氣息當更蓬勃。

〈引言③〉

鄉土文學與民間傳承

◎鄭清文

民間傳承，就是用口傳的方式，把民間的制度、習俗、傳說、歌謠、信仰以及神話等，加以傳遞和承受。

對於鄉土文學的寫作，這些民間傳承，是一個很大的寶藏，它可以添加鄉土色彩，展現出地方特色，也可以活潑作品的情節，豐富作品的內涵。如黃春明的〈青番公〉所寫，在東部濁水溪，有一種叫蘆啼的鳥，牠一啼叫，就會做颱風，淹大水。這也可以增加作品的親切感。

這種民間傳承，對文學寫作雖然很重要，但是在台灣，經過蒐集、整理和記載，而流傳下來的卻不多。這是爲什麼呢？我不是這方面的專家，不過我可以提出幾點粗淺的看法：

一、以前，台灣文盲多，素養不夠，不知道這種傳承的重要性，也不知道它的珍貴性。

二、沒有記載的習慣，像日本人就很喜歡把身邊所發生的，或自己所見聞的事物，一一加以記載下來。

三、愛講忠孝節義的大道理，不重視在民間流傳的瑣事細節，有些還把它看成怪力亂神，加以排斥。這種做法，限制了生活和思考的空間，同時也失去文學藝術創作所需要的想像的廣大天地。

四、重視現實的民族性，沒有夢想，沒有幻想，也沒有理想，容易在權利的圈子裡打轉。

五、不大會創作。民間傳承，不是一個字一個字的傳下來，其間要經過無數次的增補和修删。這也可以說是創作的一部分。

台灣，在這一方面所做的努力，可說還不夠。不過，世界有許多國家，在這一方面都相當有成果。他們用不同的方法去蒐集、分類、記述和解讀這些資料。我是一個創作者，不是研究者，不過我對這方面也有點接觸，就把我知道的幾個例子提出來，以供參考。

一、日本

1.十八年前，我去日本研習，在電視上看到一個矮奴人的學者，帶攝影機和錄音機去訪問年老的矮奴人，記載他們口述出來的古老傳說，並加以解讀。因爲老年人所說的話，連年輕的矮奴人也不完全懂。他因這個工作，而得到一個大獎。

2.小泉八雲，是愛爾蘭人和希臘人的混血兒，後來歸化日本。他用英文寫了許多日本的民間故事，傳播到世界各地。

3.柳田國男，蒐集、整理，並用流利的日文記下許多日本的民間故事，以及異聞怪譚，尤其是日本人稱爲民俗學聖地的遠野地方的傳聞，輯成《遠野物語》，廣爲流傳。

二、美國

我手邊有一本日本學者金關壽夫所著的《美國印第安人的詩》。這些詩寫得簡樸有力。它們沒有什麼修飾，充分保持著原始的韻味。從這本書的註解可以看出這方面的龐大書目，表示各地學者對印第安的詩有廣大而深入的研究。我就擧一首很簡單，卻也很有力的詩做爲例證：

我是
歌
我在此行走

三、愛爾蘭

談到台灣文學，就很容易令人想起愛爾蘭文學，台灣和中國的關係，有一點像愛爾蘭和英國的關係。然而，爲什麼愛爾蘭能產生那麼多世界第一流的作家呢？如葉芝、蕭伯納、王爾德、喬伊斯、貝克特，也許和那豐富的民間故事有一點關係的吧。

有人說，葉芝是二十世紀最偉大的詩人之一。他就親自編了《愛爾蘭神妖故事》和《愛爾蘭民間故事》。這兩本書收集了散文和詩歌，有不少是後人撰寫的。這些文章，有些還相當粗糙，還保留著比較原始的面貌。

另外一點必須一提的，上面所提歸化日本的作家小泉八雲的父親也是愛爾蘭人。

四、義大利

卡爾維諾，從創作方面而言，可說是一位很前衛的作家。但是，他卻也做了一件很傳統的工作。他編了一本義大利民間故事。這本書包括了童話和寓言。他的作品，充滿著幻想和寓言性。這是他個人的趣向，但是他的靈感是不是來自那古代的文學遺產？

五、台灣

我的老師施翠峯先生編了一本《台灣民間故事》。這本書相當完整，裡面的故事，也未經刻意的修飾。我小時候聽過的故事，如「虎姑婆」「憨子婿」都收在裡面。

據說，日據時代，有不少日本專家或學者，曾經來台灣，做過這一類的工作，成績還相當不錯。

我自己的寫作經驗

我在寫作方面，也用了一些這方面的資料，不過不算多。這些資料，大部分是小時候聽來的，有一部分是後來才向長輩問出來的。有的，是自己創作的。

一、斷掌的故事

因台灣有一種迷信，說斷掌的婦女會剋夫剋子，因此而引起一場悲劇。

二、竹筏穴的故事

這一篇寫風水的問題。新莊是建立在淡水河邊的城鎮，每到颱風季節，大水一來，四周就變成澤國，只有這個城鎮漂浮水上，有如一竹筏。這個風水，我住在新莊三十多年一直不知道，是後來訪問一位長輩才知道的。

三、鬼姑娘的故事

這是一篇創作的童話。鬼姑娘有兩種身分，代表善的白姑娘和代表惡的黑姑娘。現在，白姑娘生病。我的著眼點是如何去救白姑娘，而不是如何去除黑姑娘。背景是長滿著相思樹的赤土台地，也就是林口。

這種創作出來的民間故事，在國外，也不乏實例。如葉芝所編的兩本書，顯然都有這種作品。實際上，民間傳承就充滿著增刪的空間，也是一種存菁去蕪的過程。從文學創作的觀點來說，這也是一種起步。

現代社會，有現代社會的特色。既然生活在現代社會，最熟悉的也是這個社會，這也是最好的寫作題材。但是，現代社會有其劃一性，世界各地的生活，越來越相似。所以以這做爲題材的作品，就不容易顯示出文學的獨特性了。鄉土性，廣義的鄉土性，便是寫出有獨特性文學的一個豐富的礦脈。但是，文學的路不止一條，這只是其中的一條而已。

葉芝說過，要是沒有這些愛爾蘭的神妖故事和民間故事，愛爾蘭農民的生活，也不會如此美妙，如此富有詩意。其實，享受這些文學遺產的，並不止是農民吧。

民間傳承，來自古老的往昔，也是生活文化的最原始的部分。這些東西，有的仍相當粗糙，有的只是一些斷片，有如從地下挖出來的古陶器的碎片。它不完整，卻是無價的珍寶，甚至是歷史的一部分。

愛爾蘭的文學，能在世界文壇上，佔那麼重要的一席地，可能有許多原因。但是，它也一定和他們有豐富的民間傳承有關係的吧。這也正是可以做爲我們的一個借鑑吧。

〈活動側寫〉

多元中心的理想

「北基宜地區文學會議」側記

⊙周欣雅

由文訊雜誌主辦的「臺灣地區區域文學會議」，六月二十六日，於宜蘭縣立文化中心舉行最後一場「北基宜地區文學會議」。至此，爲期三個月，共計六場的地區文學會議終告結束。

開幕式由文訊社長許福明主持，他首先向來自臺北、基隆及宜蘭本地的六十多位文藝人士說明此六場會議的目的，是在藉由各地小的文學傳統中，探求屬於臺灣地區整體的文學形貌。接著，文建會副主委陳其南以其人類學的學識背景指出，區域文學會議是在本土地區性的關懷下反省斯土斯民的連結與互動，繼而開展文化的新生命。最後以宜蘭縣長游錫堃所引述的一句話「冷戰時代的意識型態對抗將轉爲文化的對抗」點出文化的時代使命，結束開幕式的致詞。

十點鐘，論文的發表與討論正式開始，由國立政治大學哲學系教授沈清松擔任主持人。會中發表三篇論文：李瑞騰〈臺北：一個文學中心的形成〉、孟樊〈當代臺灣地緣詩學初論〉、張星寰〈在雨絲滋潤下的花朵——兼談幾篇與雨港有關的詩文〉、徐惠隆〈蘭地文學的特質與開展〉，特約討論分別爲顏崑陽、龔鵬程、喬林、邱坤艮。

李瑞騰首先在論文中指出，透過歷史性的考察，臺北由臺灣政治中心的優勢，逐漸取得經濟、學術中心的地位，在「這個情況下，臺北成爲一個文學中心乃是一種必然」。最後，他又說明，撰寫該文的目的在思考臺北能否成爲眞正的文學「中心」？又，它在享盡一切文學資源的同時。是否可以反饋到資源所來自的其他縣市？特約討論人顏崑陽質疑所謂的「文學中心」界定爲何？又，臺北眞正存在一種主題類型的集中趨勢？他認爲區域文學應建立在地方特性之上，著重地方的文化特徵，而不該是各地文人在該地聚集所形成的普同現象。

孟樊以「地緣」的角度著手，解釋臺灣島國型地理環境與兩岸對峙的政治關係下所展現的詩的風貌。對於島內的「地域性」詩人，孟樊認爲，「集團性（詩社）」詩人的說法要來得更恰當些。特約討論龔鵬程以爲，孟樊的「當代臺灣地緣詩學初論」誇大了地理因素對詩的影響。並指出，臺灣所呈現的，是「大陸精神」而非「海洋精神」。對於其「地緣論述」，龔亦表質疑。

張星寰以「雨」的自然景觀顯現基隆文學的一個特色，他認爲基隆入秋後「羣山雲繚霧迷，雨絲經月累旬」，故有「雨港」之稱，有關雨的詩文，在基隆也就形成特有的現象。特約討論喬林認爲基隆地區的文學特色應可有更多元與整體的內容表現。

徐惠隆由史、地及蘭籍作家三方面分析蘭地文學的特質。邱坤艮論說該篇文章感性有餘，論文格式不足。文中的「蘭籍作家」似與「蘭地文學」缺乏某種程度的釐清。邱並表示，宜蘭地區的文藝成就之所以重新受到重視，其後天主觀力量的加强（如文化工作的推行）要比本身客觀的資源（如人才、土地）來得有力。

針對「文學中心」此一議題，向明以爲，臺北聚集的文人最多，出版品最多，的確是各地文人無法望其項背的環境。但，商品文學的興起對文學卻造成了一大隱憂。葉海煙認爲，思想最忌所謂的「中心」意識，臺北如成爲一文學中心，其意義很有可能是負面的。他表示，中心可能移轉、區域文學的探討應建立在「多元中心論」的基礎之上。論文發表者李瑞騰補充說明，該文事實上是企圖在瓦解「中心」的概念。

下午的座談討論於兩點鐘展開，李瑞騰爲主持人，鄭清文、吳明輝、李潼爲引言發表人，針對地方文學發展的實況提出觀察結果，並以之做爲座談的主題。

鄭清文〈鄉土文學與民間傳承〉列舉了日本、愛爾蘭等地的例子，說明民間習俗及傳說其作爲文學發展中重要題材的情況，其中又以鄉土文學在表現上最爲明顯。他明白指出，民間文化爲文學創作豐富且獨有的來源。吳明輝〈松·草與苔蘚〉爲鄉土文學闡釋了一素材來源，即鄉土的經驗，並提醒大家思考「鄉土文化如何傳承」的問題。李潼以外來份子定居宜蘭的身分指出，蘭陽平原的文藝工作者，所創作的重要作品，絕大部份都在離開蘭陽之後，但是他們在外的識見吸取，幾乎都回歸於驗證青少年期在家鄉體悟的美好或險惡。李潼以爲這是蘭陽地區文人與人文及自然的相近、相離。

對於「鄉土」的文學性討論，徐瑜以「彼矢言，爾所從出」强調鄉土經驗在文人的創作意識上留有不可磨滅的痕跡。潘芸萍繼而引申：對土地的感受應爲地域派別的依據，而非籍貫、出生地。葉海煙更明確地說，鄉土對文學是一種資源，而臺灣一直存在著一種世界化趨勢，已使這塊地方變成一個並非無可替代的文學地域了。又，全面都市化的結果，臺灣究竟還有沒有「鄉土」？還有沒有「地域」？

接著，主持人李瑞騰帶起了文化行政工作與事務的話題，冀望作爲六場區域文學會議在實質上的建議。顏崑陽首先指出，臺灣的文化工作單位其實並不在少數，但成效不彰，其中，以動態性、可做爲傳媒報導的活動居多，有「作秀」心態之虞。文建會黃武忠科長以爲文藝行政工作應重史料的建立、獎助文藝研究、鼓勵出版……等，這些一直都有單位在執行，「現代文學資料館」的籌劃也是對臺灣現代文學的重視，杜文靖以爲，各文化中心經費由省政府負擔，企劃由文建會負責，但同一個案子在各地落實的情況不太一樣。林明德則以爲文化工作應由地方政府各自發揮，如此，文學主體才能有更多元的發展，拉近一般讀者與文學的關係。

文訊叢刊㉔

鄉土與文學 台灣地區區域文學會議實錄

主　編／封德屏
編　輯／周欣雅
校　對／高惠琳・孫小燕・周欣雅
封面設計／劉　開

發 行 人／林時機
出 版 者／文訊雜誌社
社　址／台北市林森北路七號
編 輯 部／臺北市復興南路一段 127 號三樓
電　話／(02)7711171・7412364
傳　眞／(02)7529186

總 經 銷／聯經出版事業公司
地　址／臺北縣汐止鎭大同路一段 367 號三樓
電　話／(02)6422629 代表線
印　刷／裕臺公司中華印刷廠
臺北縣新店市大坪林寶强路六號
電腦排版／浩瀚電腦排版股份有限公司
電　話／(02)7771194

定價 320 元（如有缺頁、破損請寄回本社調換）
郵撥帳號第 12106756 號文訊雜誌社

中華民國八十三年三月二十日初版
行政院新聞局局版台誌第 6584 號

國立中央圖書館出版品預行編目資料

鄉土與文學：臺灣地區區域文學會議實錄／文訊雜誌社主編. ——初版. ——臺北市：文訊雜誌出版；臺北縣汐止鎮：聯經總經銷，民 83
面；　公分. —(文訊叢刊；24)
ISBN　957-99944-1-2(平裝)

1. 中國文學—論文，講詞等

820.7　　83001800